Sechsundreißig Jahre lang hat Lis Benedict im Gefängnis gesessen. Das Gericht hatte sie seinerzeit des bestalischen Mordes an der Freundin ihres Mannes für schuldig befunden. Nach ihrer Entlassung beauftragt ihre Tochter Judy Sharon McCone von der Anwaltskanzlei All Souls mit den Ermittlungen für ein Wiederaufnahmeverfahren. Da eine Revision vor einem ordentlichen Gericht nicht möglich ist, denkt Judy an eine Neuverhandlung des Falles vor einem »Historischen Tribunal«, einer beliebten Freizeitunterhaltung in San Francisco. Man stellt eine Verhandlung nach – mit echten Juristen, Ankläger, Richter und Rechtsanwalt – und hofft dabei zu neuen Schlüssen zu gelangen.

Und Sharons Ermittlungen bringen tatsächlich Fakten ans Tageslicht, die in den alten Prozeßakten nicht erwähnt wurden. Das scheint auch einer der damals Beteiligten zu ahnen. Lis und Sharon werden bedroht, und eine wichtige Zeugin aus dem Freundeskreis der Ermordeten ist plötzlich tot ...

Marcia Muller, 1944 in Detroit geboren, gilt in Amerika mit ihren Kriminalromanen um die Ermittlerin Sharon McCone als Schöpferin der modernen Privatdetektivin. Ihr Roman ›Wölfe und Kojoten‹ (Fischer Taschenbuch 14545) wurde 1994 für den *Best Crime Novel Award* nominiert. Sie lebt mit ihrem Ehemann, dem Krimiautor Bill Pronzini, in Nordkalifornien.

Weitere Titel von Marcia Muller im Fischer Taschenbuch Verlag: ›Mord ohne Leiche‹ (Bd. 14541), ›Tote Pracht‹ (Bd. 14542), ›Niemandsland‹ (Bd. 14543), ›Wölfe und Kojoten‹ (Bd. 14545), ›Ein wilder und einsamer Ort‹ (Bd. 14546), ›Am Ende der Nacht‹ (Bd. 14352), ›Wenn alle anderen schlafen‹ (Bd. 14537 – Dezember 1999).

Marcia Muller

Letzte Instanz

Roman

Aus dem Amerikanischen von
Monika Blaich und Klaus Kamberger

Fischer Taschenbuch Verlag

Deutsche Erstausgabe
Veröffentlicht im Fischer Taschenbuch Verlag GmbH,
Frankfurt am Main, April 1994
Neuausgabe Juni 1999

Die amerikanische Originalausgabe erschien 1992 unter dem Titel
›Pennies On a Dead Woman's Eyes‹
im Verlag The Mysterious Press, New York

Gesamtherstellung: Clausen & Bosse, Leck
Printed in Germany
ISBN 3-596-14544-9

Für Helene Piazza

Ich danke Robert P. Samoian,
dem Stellvertretenden Staatsanwalt
des County of Los Angeles,
der meinem Buch den letzten Schliff gab.

Erster Teil
Die Opfer

1

»Zuerst wollten sie mich töten. Aber sie haben es sich anders überlegt und mir nur sechsunddreißig Jahre meines Lebens genommen.«

Die Frau war nicht mehr jung. Sie lehnte neben mir an der Leitplanke der Straße, die zum Fernmeldeturm auf den Bernal Heights führt. Über den kahlen Hang strich der Wind und zerrte an ihrem weißen Haar. Es schimmerte im blassen Nachmittagslicht wie ein Spinnennetz. Mit zusammengekniffenen Augen starrte sie auf die Dächer und Türme der Innenstadt von San Francisco hinab. An diesem Tag lag der Smog von den Hügeln im Osten bis zur City über der Bay, und das Panorama erinnerte an ein altes sepiafarbenes Foto.

Nach einer Weile fügte sie hinzu: »*Nur* sechsunddreißig Jahre. Und meinen Mann. Mein Kind. Die ganze Mitte meines Lebens.«

Ich wartete, wollte ihren Gedankengang nicht unterbrechen.

»Und die ganze Zeit war ich unschuldig«, sagte sie. »Sie haben mich so lange drinnen behalten, weil ich nichts zugegeben habe. Weil ich keine Reue zeigte oder das sagte, was sie hören wollten. Hätte mich eine Herzattacke nicht fast umgebracht, säße ich noch immer im Gefängnis.«

Daß sie ihre Unschuld beteuern würde, hatte ich erwartet. Aber jetzt wußte ich nicht, wie ich reagieren sollte. Ich habe nie zu denen gehört, die schnelle Urteile fällen, und würde es ganz bestimmt auch in diesem Fall nicht tun. Als ich nicht antwortete, sah sie mich durchdringend an. Ihre Augen hatten die Farbe eines seltsam durchscheinenden Aquamarins und lagen hinter blassen Wimpern tief in den Höhlen. Ich rutschte ein Stück auf der Leitplanke weiter und lehnte mich ein wenig zurück.

Die Frau, Lis Benedict, und ich waren vom Haus ihrer Tochter eine steile kleine Straße den Hügel hinaufgestiegen. Auf ärztliche Anweisungen unternehme sie jeden Tag einen ausgedehnten Spaziergang, hatte sie mir gesagt. Außerdem sei das Haus klein, und

Enge könne sie nicht ertragen. Auch ich zog es vor, mit ihr im Freien zu reden. Der Mord, für den sie verurteilt worden war, war ungewöhnlich scheußlich gewesen, das Opfer war mit dem Messer verstümmelt worden. Und wenn sie jetzt auch alt und zerbrechlich war, so gingen doch eine Aggressivität und ein Temperament von ihr aus, die mir unangenehm waren.

»Miss McCone«, sagte sie, »Sie können sich nicht vorstellen, was es bedeutet, so viel von seinem Leben einzubüßen.«

»Nein, das kann ich nicht.«

»Das Schlimmste ist, daß Sie ständig auf die Vergangenheit fixiert sind. Diese alte Frau hier, die Ihnen jetzt in den neunziger Jahren gegenübersteht, diese schuldig Gesprochene, die nun ihrer Tochter zur Last fällt – das alles bin gar nicht ich. Die wahre Lis Benedict lebt noch immer im Jahr neunzehnhundertsechsundfünfzig.«

»Und die Jahre, die Sie im Gefängnis verbrachten?«

»Ein böser Traum, aus dem ich erwachen möchte.« Sie zeigte auf die Stadt unter uns. Fast ganz San Francisco konnte man von hier aus sehen, vom Hunters Point bis hinüber zur Golden Gate Bridge. Es war nicht ohne Ironie, daß zu den wenigen Stellen, die wir nicht sehen konnten, der exklusive Seacliff-Bereich südlich der Brücke gehörte. Denn dort war der Mord geschehen.

»Schauen Sie sich um«, sagte sie im Befehlston. »Neunzehnhundertsechsundfünfzig standen die meisten Wolkenkratzer dort in der Innenstadt noch gar nicht, und auch nicht diese gräßliche Pyramide. Also nehme ich sie einfach nicht zur Kenntnis. Diesen häßlichen roten Turm auf den Sutro Heights – ich ignoriere ihn. Aber am entfernten Ende des Potrero Hill stand einmal ein gewaltiger Öltank. Für mich steht er noch immer da. Playland-at-the-Beach, der Fleishhacker Pool, die City of Paris: Die Wahrzeichen meiner Jugend sind dahin. *Und doch sehe ich sie noch.*«

Eine ungewöhnliche Bewußtseinsverschiebung, dachte ich, aber vielleicht bei gerade entlassenen Strafgefangenen gar nicht so ungewöhnlich. Ich dachte eine Weile nach und versuchte mir vorzustellen, wie man sich fühlte, wenn man in eine Welt zurückkehrt, die sich über fast vierzig Jahre hin verändert hatte.

Sie schien mein Schweigen für mangelndes Verständnis zu halten, sie kam mit ihrem Gesicht ganz nah an meines und fragte: »Begreifen Sie, was ich meine?«

Wieder wich ich zurück. »Ja, ich verstehe Sie. Und was könnte Sie wieder in die Gegenwart holen?«

»Ich weiß nicht, ob es überhaupt etwas gibt.«

»Warum dann das ganze Unternehmen?«

»Wie ich Ihnen schon sagte, es ist wegen meiner Tochter. Judy hat mich immer wieder um meine Einwilligung gebeten, meinen Fall wiederaufrollen zu lassen. Ich habe keine Widerstandskraft mehr, und ich glaube, ich schulde es ihr. Wissen Sie, sie war es, die den Beweis entdeckte, der zu meiner Verurteilung führte. Sie war damals gerade zehn Jahre alt. Der Vertreter der Anklage, Joseph Stameroff, brachte sie dazu, gegen mich auszusagen. Als dann später ihr Vater sie nicht mehr bei sich haben wollte, haben Stameroff und seine Frau sie adoptiert und alles getan, um sie völlig gegen mich einzunehmen. Aber Judy hat mich immer geliebt und hat wieder Kontakt zu mir aufgenommen, als sie erwachsen war. Sie hat sogar den Namen Stameroff abgelegt und sich wieder Benedict genannt. Als der Gouverneur vor sechs Wochen meine Strafe aus Gesundheitsgründen aussetzte, hat sie mir angeboten, bei ihr zu wohnen. Dies ist das einzige, worum sie mich jemals gebeten hat. Wie kann ich ihr das abschlagen?«

»Vielleicht wäre es das Beste für Sie beide, wenn Sie nun die Vergangenheit ruhen ließen.«

Ihre pergamentene Haut bekam erregte Flecken. »Ich wünschte, das wäre möglich. Aber Judy fühlt sich so schrecklich schuldig wegen der Rolle, die sie damals gespielt hat. Sie hat die Erinnerung an den Mord und den Prozeß großenteils verdrängt. Sie war auch immer unterwegs – von San Francisco nach Los Angeles, von Los Angeles nach New York und wieder zurück nach San Francisco. Als sie sich schließlich hier niederließ, vergrub sie sich in ihre Arbeit. Diese Beziehung zu Ihrem Kollegen Jack Stuart ist die erste normale, von der ich überhaupt weiß, und selbst die hat mit meinem Fall zu tun.«

Jack Stuart war Experte für Strafsachen in unserer All-Souls-Legal-Kooperative. Ich wußte nicht allzuviel über seine Beziehung zu Lis Benedicts Tochter, aber was sie mir über Judys bisheriges Leben erzählt hatte, klang nicht aufrichtig. Judy war Schauspielerin gewesen. Ihre Karriere hatte sie vom Laienspiel in San Francisco über Werbespots und gelegentliche Fernsehrollen in Hollywood bis zu Auftritten in New Yorker Seifenopern geführt. Mir hatte sie einmal erzählt, daß sie schließlich die Schinderei für die TV-Tagesprogramme leid gewesen sei und sich entschlossen habe heimzukehren. Hier habe sie sich dann von ihrem wohlhabenden Adoptivvater Geld für die Produktion von Off-Broadway-Stücken in einem kleinen Theater in der Innenstadt geborgt. Jack hatte sie bei einer von ihr gesponserten Veranstaltung kennengelernt, auf der für einen Schauspieler-Workshop gesammelt wurde. Und obwohl ich die beiden inzwischen bei verschiedenen gesellschaftlichen Anlässen getroffen hatte, hatte ich bisher nichts davon gemerkt, daß ihre Beziehung und die Verurteilung der Mutter in einem direkten Zusammenhang standen. Ich hatte den Verdacht, daß Lis Benedict diesen Punkt in Judys Leben überbewertete, und ich fragte mich, ob dahinter nicht noch mehr steckte als mütterlicher Altruismus.

»Also ist Judy die einzige, die sich für eine Wiederaufnahme Ihres Falls einsetzt?« fragte ich.

»Ja.«

»Versprechen Sie sich auch etwas davon?«

Die Frage ärgerte sie. »Nehmen Sie zur Kenntnis, Miss McCone, daß ich mir sehr wenig davon verspreche. Jack hat vor, meinen Fall vor das Historische Tribunal zu bringen und ihn nicht etwa neu vor einem ordentlichen Gericht aufzurollen.«

Das hatte er in unserem kurzen Gespräch über den Fall nicht erwähnt, und es machte mich nun wütend. Offensichtlich steckte eine Absicht dahinter.

San Francisco ist eine Stadt, die auf ihre Geschichte sehr stolz ist. Zur Zeit schmückte sie sich mit zwei quasigerichtlichen Institutionen, die unter dem Vorsitz echter Richter Scheinverfahren durchführten – den Gerichtshof für Historische Revision und das Historische Tribunal. Ersterer veranstaltete seine Anhörungen während der Mittagszeit. Anwälte traten dabei oft im Kostüm der Zeit auf und trugen bedeutende Fälle vor – war Fatty Arbuckle des Mordes schuldig, für den er 1921 verurteilt wurde? –, oder sie stritten sich um absolut schrullige Dinge – war Groucho Marx ein Genie oder nur ein komischer Kauz? Die Verhandlungen vor dem Historischen Tribunal waren länger. Sie zogen sich über ein ganzes Wochenende hin und waren ernsthafterer Natur. Doch keiner dieser Prozesse hatte etwas mit echter Rechtsprechung zu tun. Ich war mir ziemlich sicher, daß Jack mir seinen Plan deswegen verschwiegen hatte, weil er sich nicht fragen lassen wollte, wieso er die Chefermittlerin von All Souls auf einen alten Fall ansetzte, der vor einem Pseudo-Gericht neu verhandelt werden sollte.

»Warum kein neues *ordentliches* Verfahren?« fragte ich.

Lis Benedict sah weg und schien mit großem Interesse ein Schiff im Kanal jenseits von Hunters Point zu betrachten. Das grelle Sonnenlicht betonte ihre Blässe noch. Unter der schlaffen Haut wirkten ihre Gesichtsknochen wie geschrumpft, und die früher einmal elegant geschwungenen Konturen ihrer Wangen und Brauen ließen sich nurmehr erahnen. Überrascht stellte ich fest, daß sie als junge Frau eindrucksvoll, vielleicht sogar schön gewesen war.

Nach einer Weile wandte sie sich mir wieder zu, mit einem schmerzerfüllten Ausdruck in den aquamarinblauen Augen. »Weil ich selbst Geschichte bin, Miss Cone. Das Historische Tribunal mag zu meinen Gunsten entscheiden, doch einen wirklichen Freispruch wird es für mich nie geben.«

Ich biß mir auf die Lippe und spürte ihre fürchterliche Hoffnungslosigkeit.

»Wollen Sie Jack nun bei der Vorbereitung meines Verfahrens helfen oder nicht, Miss McCone?«

Ich gab keine Antwort und starrte zu den smogverhangenen Hügeln auf der anderen Seite der Bay hinüber. Ihre Umrisse zerflossen vor meinen Augen ebenso wie die Fakten eines sechsunddreißig Jahre alten Mordfalls. Diese Frau, dachte ich, ist durch eine wahre Hölle gegangen – durch unendlich viele ausgeklügelte Formen der Hölle, wie ich sie mir nicht einmal in Ansätzen vorstellen konnte. Was sollte ich ihr sagen? *Es tut mir leid, aber ich habe in diesem Jahr schon so einiges erlebt, und ich kann es mir nicht leisten, wieder in einen Fall hineingezogen zu werden, der mich emotional mitnimmt. Meine Reserven sind schon total an anderen Klienten verschlissen worden, anderen Opfern. Ich habe keine mehr übrig für Sie.*

Aus dem Augenwinkel sah ich, wie Lis Benedicts Hände sich ineinander verkrampften, daß die Knöchel weiß hervortraten. Aber sie wiederholte ihre Frage nicht. Ich wünschte, ich hätte einfach ja sagen können, ihr die Furcht nehmen. Aber etwas in mir hielt mich zurück. Das Verbrechen – das scheußliche Abschlachten und Verstümmeln der einundzwanzig Jahre alten Geliebten ihres Mannes – stieß mich zu sehr ab. Und so sehr mir Mrs. Benedict auch leid tat, mußte ich doch zugeben, daß ich sie nicht wirklich mochte. Zumindest nicht genug, um mich mit Hank Zahn anzulegen, der offiziell mein Boss bei All Souls war und mir sagen würde, daß ich meine Zeit und das Geld unserer Kooperative nicht mit derartigen Ermittlungen vergeuden solle.

Schließlich sagte ich: »Lassen Sie mich dieses Wochenende darüber nachdenken. Am Montag sprechen wir noch einmal darüber.«

Sie ließ sehr plötzlich die Schultern fallen und drückte damit ihre Enttäuschung aus, aber sie sagte kein Wort. Sie hatte in all den Jahren, in denen ihr eine Haftentlassung nach der anderen abgeschlagen worden war, wohl gelernt, sinnlose Proteste zu unterdrücken. »Ich höre dann von Ihnen.« Sie stand auf und wartete auf mich.

»Gehen Sie ruhig schon«, sagte ich. »Ich möchte noch ein wenig hier sitzen bleiben.«

Sie gab mir die Hand und ging auf den schmalen Asphaltstreifen zu, der sich zwischen dem Fernmeldeturm und der Zufahrtstraße hinabschlängelte. Ich sah ihr nach: eine schmale, hochaufgerichtete Gestalt in einem langen Marine-Pullover und Hosen, die vorsichtig, aber stolz davonschritt, ohne sich noch einmal umzusehen.

Als sie um die nächste Kurve verschwunden war, stand ich auf und überquerte den kiesbestreuten Boden bis zu der Stelle, wo der Fels zu den tiefer gelegenen Häusern abfiel. Ich suchte mir eine glatte Stelle auf dem Stein und setzte mich mit gekreuzten Beinen nieder. Ich war verwirrt und kam mir kleinmütig vor.

Zwei schmerzliche Fälle in einem Jahr hatten mich ausgelaugt. Mein ganzer Schwung, mein Interesse, mein Engagement waren dahin. Ich spürte sie sogar jetzt, während ich hier an einem schönen Nachmittag in der Sonne saß: diese Apathie und Lustlosigkeit. Sechs Monate lang hatte ich geradlinig meine Arbeit getan, war produktiv gewesen, sorgenfrei und fühlte mich sicher. Und ich steuerte doch gleichzeitig auf ein Ereignis zu, das mein Gleichgewicht erschüttern sollte. Egal ob Lis Benedict schuldig war oder unschuldig, die Wiederaufnahme dieses alten Mordfalls, dessen Details auch dem abgebrühtesten Ermittler noch den Magen umdrehen würde, drohte solch ein Ereignis zu werden.

Der Zwei-Penny-Mord, wie man ihn genannt hatte, war in San Francisco eine berühmte Geschichte, dem Kofferraummord von Phoenix und dem Fall Schwarze Dahlie in Los Angeles vergleichbar. In den frühen Stunden des 23. Juni 1956, einem Samstag, fand ein Gärtner die schrecklich verstümmelte Leiche der jungen Cordelia McKittridge, Tochter aus feinster Familie, im Taubenhaus auf einem zwölftausend Quadratmeter umfassenden Grundstück, das dem Institute for Northamerican Studies gehörte. Bei dem Institut handelte es sich um eine sogenannte Denkfabrik, in der man sich den Kopf über Politik und nationale Verteidigung zerbrach. Cordy, wie man sie nannte, war in der Nacht zuvor mit einer Gartenschere buchstäblich zu Tode gehackt worden. Danach war ihre Leiche regelrecht aufgebahrt worden, als läge sie in einem Sarg. Eine besonders bizzare Note erhielt der Fall durch die beiden Pennies, die ihre Augen bedeckten.

Der Verdacht konzentrierte sich natürlich auf die Mitglieder dieser Denkfabrik, eine intellektuelle Elitetruppe, dic man aus den renommiertesten Universitäten des Landes rekrutiert hatte. Mochten diese Leute auch in höheren Sphären schweben, hatten sie doch sichtlich irdische Seiten. Zumindest von zweien ging das Gerücht, sie hätten etwas mit Cordy gehabt. Cordy stammte aus einer wohlhabenden Familie, deren Besitz auf die Tage des Silberbooms in Nevada zurückging. Seit dem Winter-Cotillion zwei Jahre zuvor, mit dem Cordy in die Gesellschaft eingeführt worden war, hatte sie sich einen Spaß daraus gemacht, die tugendhafte Gesellschaft von San Francisco zu schockieren. Das Taubenhaus – ein kleines rundes Gebilde mit hoher Balkendecke inmitten einer Baumgruppe hoch über dem Pazifik – war dabei oft Ort eines Rendezvous gewesen. Am Abend ihres Todes war sie angeblich dort mit dem Biochemiker Vincent Benedict verabredet gewesen. Doch Benedict und seine Kollegen hatten zur gleichen Zeit an einem Bankett in einem Restaurant im Bankenviertel teilgenommen. Der Staatsanwalt Joseph

Stameroff sollte später vorbringen, Benedicts Frau Lisbeth habe die ganze Verabredung arrangiert, die nach einem Zusammenstoß zwischen beiden blutig und tödlich endete.

Und dem hatten die Geschworenen in Lis Benedicts Prozeß sich dann auch angeschlossen. Allerdings kamen damals auch Gerüchte auf, einflußreiche Persönlichkeiten seien in den Fall verwickelt, Polizei und Staatsanwaltschaft vertuschten gemeinsam etwas, und die wohlhabende und mächtige Familie des Opfers habe Einfluß genommen. Aber das war das übliche Gerede bei aufsehenerregenden Fällen, die die feine Gesellschaft betrafen und sich um Reichtum, Macht und Sex drehten. Am Ende schenkte ihm niemand Glauben. Lis Benedict wurde zum Tod in der Gaskammer verurteilt. In letzter Minute wurde das Urteil in lebenslänglich umgewandelt. Jedesmal, wenn sie ein Gnadengesuch einreichte, erschienen der Staatsanwalt aus dem Prozeß und ein Anwalt der Familie McKittridge zur Anhörung und plädierten mit Erfolg gegen ihre Freilassung.

Das war auch schon alles, was ich über den Zwei-Penny-Mord wußte – Fakten, die ich dem Resümee einer Zeitung nach der Entlassung von Mrs. Benedict entnommen hatte. Und der einzige Grund, warum ich den Artikel überhaupt gelesen hatte, war meine Verbindung zu Judy. Grausame Mordfälle hatten für mich nichts Faszinierendes. Ich habe in meinem Beruf als Privatdetektivin zu viele Scheußlichkeiten gesehen, als daß ich die blutrünstigen Geschichten über wahre Verbrechen noch genießen könnte, seien es nun aktuelle Fälle oder vergangene. Vielleicht sollte ich mal über das Wochenende einen Blick in das Gerichtsprotokoll werfen...

Für den Augenblick wollte ich nicht weiter darüber nachdenken. Ich legte den Kopf in den Nacken und spürte die Sonne auf meinem Gesicht. Ich war schon oft während meiner Jahre bei All Souls zu diesem öffentlich zugänglichen, aber wenig besuchten Flecken hier oben auf den Bernal Heights gestiegen. All Souls lag am Nordwesthang, ein gutes Dutzend Blocks entfernt. Bernal Heights steigt kahl und rotgrau aus dem Meer von kleinen, zusammengewürfelten Häusern an den unteren Hängen. Unbeweglich ragt der Hügel aus einer Umgebung auf, in der die Natur schlimm gewütet hat. Während große Teile der Stadt auf sandigem Grund gebaut sind, der sich bei einem Erdbeben verschiebt oder sogar verfließt, ist diese Erhebung ein gewachsener Fels. Während andere Gegenden sich in Wind und Regen oder durch die Gezeiten verändern, haben die Elemente hier wenig Angriffsflächen. Wahrscheinlich gefällt mir dieser Ort wegen seiner vertrauten Beständigkeit so gut, wegen seiner Rechtschaffenheit und Wahrhaftigkeit.

Rechtschaffenheit und Wahrhaftigkeit: Eigenschaften, auf die ein Ermittler nur selten trifft. Was hatte ich von Lis Benedict zu erwarten? Die Frau machte einen ehrlichen Eindruck, doch das tun viele Mörder, die ihre Unschuld beteuern. Unser Gespräch war viel zu kurz gewesen, als daß ich mir schon ein genaues Bild machen konnte.

Schließlich stand ich auf, wischte den Hosenboden meiner Jeans ab und ging den Hügel hinab. Nach ein paar Blocks die Zufahrtstraße entlang war ich wieder bei meinem Wagen, den ich in der Wool Street in der Nähe von Judys Haus geparkt hatte. Die Häuser, an denen ich vorbeikam, bildeten eine seltsame Mixtur: Cottages mit Fachwerk, verputzte Reihenhäuser, kleine Mehrfamilienhäuser, Bauten im klassischen viktorianischen Stil. Viele hatten Gemüsegärten, manche auch nicht genehmigte Hühnerställe. Die Gegend um Bernal Heights hat etwas Ländliches, und deswegen zieht sie wohl Paare mit kleinen Kindern an, Neuankömmlinge aus Mexiko, alternde und nostalgische Hippies und so merkwürdige Institutionen wie All Souls.

Als ich die Ecke zur Wool Street erreichte, entdeckte ich eine Menschenmenge vor Judys weißem viktorianischem Haus. Ich war beunruhigt und beschleunigte meine Schritte. Die Menge – es waren nicht viele, schließlich war Freitagnachmittag – wogte hin und her. Ich hörte ein gedämpftes Murmeln. Gleich hinter dem niedrigen Lattenzaun stand Lis Benedict und starrte auf die Fassade des Hauses. Als ich näherkam, sah ich in blutroten Buchstaben die Worte »Mörderin« und »Schl*e*chterin« auf die Schindeln gesprüht. Die Rechtschreibung stimmte nicht, aber der Sinn war klar.

Ich bahnte mir einen Weg durch die Gaffer und faßte Mrs. Benedict am Arm. »Wer war das? Haben Sie es gesehen?«

Sie schüttelte den Kopf, ohne den Blick von der Schrift abzuwenden. Die Farbe war so frisch, daß sie noch herabrann. Wie eine riesige Blutspur lief sie die weißen Schindeln herab. Judy würde entsetzt sein, wenn sie aus dem Theater zurückkam und das sehen mußte.

Ich drehte mich um und rief den Leuten hinter uns zu: »Hat jemand beobachtet, wer das getan hat?«

Stimmengewirr. Dann sagte ein Mann im Overall: »Ein Junge. Sah aus wie ein Mexikaner. Ist dorthin gerannt.« Er zeigte nach unten in Richtung Mission Street. »Dürfte nicht schwer sein, ihn zu finden. Er hat diese rote Lackfarbe überall an den Händen.«

Ich wandte mich wieder Lis Benedict zu. Sie hatte sich nicht von der Stelle gerührt. Ihre Schultern hingen herab, und die stolze Haltung ihres Kopfes war gewichen. Ich faßte sie wieder am Arm. Langsam sah sie mich an. Ihre Augen waren trüb und verhangen.

»Sie haben mich gewarnt«, sagte sie.

»Wer?«

»Stimmen am Telefon.«

»Sie haben Drohanrufe bekommen? Warum haben Sie mir das nicht gesagt?«

Sie schluckte, holte tief Luft und packte meine Hand, um festen Halt zu bekommen. »Ich wollte, daß Sie sich nur meinen Fall als solchen ansehen und dann entscheiden, ob Sie mir helfen wollen oder nicht. Hätte ich die Anrufe erwähnt, dann hätte es sich angehört, als wollte ich betteln. Ich bettele nie. Mein Leben war schon so erniedrigend genug.«

Dieser Stolz, dieser störrische Stolz. Er konnte verletzend sein, sogar tödlich. »Wann kamen die Anrufe?«

»Seit Dienstag und dann immer wieder.«

»Wie oft?«

»Zwei- bis dreimal am Tag.«

»Was wurde gesagt?«

»Dasselbe, was da oben steht.« Sie zeigte zum Haus. »Sogar noch Schlimmeres.«

»Drohungen?«

»Nicht direkt. Nur, daß ich die Stadt verlassen soll, daß ich hier nicht erwünscht bin.«

Anonyme Anrufe: die Zuflucht der Feiglinge. Ich schüttelte wütend den Kopf. »Sie sprachen von ›Stimmen‹. Sind es immer verschiedene?«

»Das kann ich nicht sagen.«

»Männlich oder weiblich?«

»Männlich, mit spanischem Akzent.«

Die Leute hinter uns zerstreuten sich langsam. Ich sah ihnen nach und fragte mich, ob wohl ein Nachbar hinter den Anrufen steckte. Wer von ihnen mochte Lis Benedict schon in seiner Nachbarschaft wohnen haben?

Sie sagte etwas, das ich nicht verstand.

»Bitte?«

»Ich muß woanders hinziehen.«

»Diese Anrufer sind bloß Spinner. Ignorieren Sie sie einfach.«

»Aber das hier...« Mit einer schwachen Geste zeigte sie auf das Haus.

»Das ist ein kindlicher böser Unfug.«

»Kinder können gefährlich sein. Ich kann nicht die Sicherheit meiner Tochter gefährden.« Sie stützte sich schwer auf meinen Arm – nichts mehr von der hochmütigen, unfreundlichen Frau, sondern nur noch eine verletzliche alte Dame.

Mein Zorn war groß. Ich mußte mich in acht nehmen, daß nicht Gefühle meinen Entschluß beeinflußten, ob ich ihren Fall übernahm oder nicht. »Tun Sie nichts Überstürztes«, sagte ich zu ihr. »Zumindest reden Sie erst mit Judy darüber.«

Sie gab keine Antwort. Ihr Blick richtete sich noch einmal auf die rote Sprühschrift. Sie schauderte, schob mich zur Seite und stolperte zur Haustür – als erinnere sie sich plötzlich an eine blutige Szene sechsunddreißig Jahre zuvor.

2

Ich vergewisserte mich, daß Lis Benedict wirklich im Haus war. Dann ging ich auf die Suche nach einem Jungen mit roten Händen.

Die Geschäfte, an denen ich auf dem belebten Bürgersteig in der Mission Street vorbeilief, spiegelten den Einfluß der irischen und italienischen Arbeiterfamilien wider, die sich hier früher angesiedelt hatten. Dazu kam der spanische Einschlag, denn heute sind die Latinos die vorherrschende Bevölkerungsgruppe, und hin und wieder noch Spuren anderer Kulturen: Zwischen kleinen Bodegas fanden sich verstreut asiatische Läden. Es gab unzählige Tacquerias, aber auch vietnamesische Restaurants und Sushi-Bars. Remedy Lounge, die von All Souls bevorzugte Trinkstätte, hatte mehr als vierzig Jahre lang der O'Flanagan-Familie gehört. Im Videoverleih waren zwar die spanischsprachigen Videos noch das Hauptgeschäft, aber ein Karatestudio, ein philippinisches Reisebüro und ein Center für Zen-Meditation kündeten auch dort von einer neuen Ordnung.

Existierten die verschiedenen Kulturen draußen auf der Straße noch relativ getrennt nebeneinander, so war die City Amusement Arcade schon der große Schmelztiegel. Videospiele kennen keine ethnischen Grenzen: Kinder aus aller Herren Länder mit wenigstens einem halben Dutzend verschiedener Sprachen hockten vor den blinkenden Maschinen. In der viel zu heißen, abgestandenen Luft mischten sich Zigarettenqualm, der Duft nach billigem Rasierwasser und Schweißgeruch. Ich blieb an der Tür stehen und wartete.

Nach kurzer Zeit tauchte aus dem Innern ein schlanker junger Mann in teurer Lederjacke auf. Er sah mich an, während er einen Kamm aus der Tasche zog und sich damit durch das üppige schwarze Haar fuhr. Ich lächelte. Sein Blick verfinsterte sich. Sein Kopf ruckte in Richtung Tür. Ich ging wieder hinaus und den halben Block weiter bis zu einem baufälligen Sandwich-Laden namens Serving Spoon. Mit zwei Tassen Kaffee setzte ich mich in eine der Kojen. Nach ein paar Minuten kam Tony Nueva herein und ließ sich mir gegenüber nieder.

»Mein Gott, McCone«, sagte er, »wieso müssen Sie denn dort in der Arcade herumstehen, als wären Sie mein Dealer?«

»Die Leute dürften eher glauben, ich bin deine Bewährungshelferin.«

»Quatsch. Wozu brauche ich Bewährungshelfer? Ich bin Geschäftsmann, nichts weiter.«

»Stimmt.« Tony Nueva war gerade neunzehn und hatte doch schon ein kleines Finanzimperium auf der Basis halblegaler Aktivitäten errichtet, zu denen nicht zuletzt das Verkaufen von Informationen an den Meistbietenden gehörte. Der Umstand, daß er überhaupt noch am Leben war, und sogar erfolgreich, zeugte von einer gewissen, wenn auch etwas fehlgeleiteten Begabung.

Er nahm einen Schluck Kaffee und verzog das Gesicht. »Was wollen Sie wissen?«

»Im Lauf der letzten Stunde hat ein Junge, ein Latino, oben an der Wool Street ein Haus angesprüht. Die Spraydose war undicht, und der Junge hat sich dabei rote Hände geholt. Ich will wissen, wer er ist.«

Tony rollte den Styroporbecher zwischen den Händen. »Graffiti-Künstler gibt es wie Sand am Meer. An manchen Abenden sind sie zahlreicher als die Wartenden an den Bushaltestellen.«

»Aber du kriegst es heraus.«

»Warum interessiert Sie das?«

»Es handelt sich um keinen gewöhnlichen Fall. Möglicherweise hat ihn jemand angeheuert.«

»Ich weiß nicht recht, McCone.«

»Na los, Tony. Ich habe Vertrauen zu dir. Weißes Haus in viktorianischem Stil. Rotes Lackspray.« Ich nannte ihm die Adresse. »Zwanzig auf die Hand, wenn du ihn mir lieferst.«

»Augenblick mal! Ich habe meine Unkosten...«

»Zehn jetzt, zehn bei Lieferung.« Ich hatte den Schein schon in der Hand und schob ihn über den Tisch.

Tony ließ einen empörten Seufzer hören und schob das Geld in die Tasche. Das Informant-Käufer-Ritual war zu Ende, und er sagte: »Bis fünf Uhr bin ich soweit. Sie sind in Ihrem Büro?«

»Ja.«

»Melde mich dann.«

Das große viktorianische Haus, in dem All Souls residierte, war eingerüstet und der rauhe braune Außenputz für einen neuen Anstrich vorbereitet. Doch als ich das grüne Rasendreieck auf der anderen Straßenseite überquerte, sah ich keinen einzigen Arbeiter. Das allein war schon ein schlechtes Zeichen und hätte mich auf das Chaos gefaßt machen sollen, das mich hinter der Eingangstür erwartete.

Der erste Mensch, den ich sah, war ein Mann im Overall, der offensichtlich den gerade frisch abgezogenen Hartholz-Fußboden im Foyer mit hellbrauner Farbe gestrichen hatte. Ein anderer Arbeiter stand neben ihm. Er schrie und fuchtelte in gefährlicher Nähe des antiken Lüsters mit einer Brechstange herum. Rae Kelleher, meine Assistentin, stand vor ihm, die Arme in die Hüften gestemmt. Ihr rot angelaufenes Gesicht und ihr kastanienbraunes Haar ergänzten sich perfekt. Außer ihr war noch Ted Smalley, unser sonst so unerschütterlicher Bürovorsteher, da und sah sehr bestürzt aus.

»Verdammt, es ist nicht mein Fehler!« beendete der Mann mit der Brechstange seine Tirade.

»Ist es doch, Sie Trottel!« rief Rae. »Wagen Sie es nur nicht, sich vor der Verantwortung zu drücken. Sie haben es hier mit einer Rechtsanwaltskanzlei zu tun, damit Sie es wissen.«

»Das gottverdammte Dach ist in einem saumäßigen Zustand.«

»Versuchen Sie nicht, Ihre Unfähigkeit auf das Dach abzuschieben!«

Der Handwerker sah sie mit offenem Mund an, als hätte sie einen unflätigen Ausdruck gebraucht – und dazu noch einen, den er nicht kannte.

»Die Farbe geht nicht ab«, jammerte der Anstreicher kläglich.

Die anderen ignorierten ihn.

»Rae, bitte«, sagte Ted, »reden wir doch vernünftig miteinander...«

»Du hältst dich da raus!« Sie griff nach der Brechstange, die gerade einen der gläsernen Schirme auf dem Lüster streifte. »Das war ein teures Messingbett, das Sie da zertrümmert haben«, sagte sie zu dem Handwerker.

»Das war nicht ich. Ein Stück von dem verdammten Dach ist draufgefallen.«

»Aber Sie sind dafür verantwortlich.« Rae sah Ted an. »Er ist doch verantwortlich, nicht? Ach, Scheiße, warum frage ich denn dich? Du bist ja kein Anwalt. Wo ist denn Hank, wenn ich ihn mal brauche?«

Ted entdeckte mich am Eingang und rollte mit den Augen. »Jetzt ist mir klar, warum sich Hank und Anne-Marie genau diese Woche für ihren Trip nach Hawaii ausgesucht haben«, sagte er.

»Was mache ich nun mit hundert Litern einer Farbe, die mich an den Inhalt der Windeln meiner Kinder erinnert?«

»Wenn Sie für das kaputte Bett nicht aufkommen, verklage ich Sie!«

»Was Sie nicht sagen.«

Ich schlug die Haustür mit einem Knall zu und schrie: »Haltet mal alle die Klappe!«

Kaum zu glauben, aber sie taten es.

Ted nutzte die Gelegenheit. »Sie gehen los und besorgen etwas, womit Sie den Fußboden wieder sauber kriegen«, sagte er zu dem Anstreicher. »Über die Verwendung der Farbe reden wir am Montag.«

Abgang des Malers, nörgelnd.

Ted wandte sich an Rae. »Das Dach ist tatsächlich in einem schlimmen Zustand, aber ich weiß auch zufällig, daß dein Messingbett ein billiges Imitat ist. Ich bin sicher, daß unsere Versicherung das ersetzt.«

Sie zögerte. Man sah ihr an, wie sie hin- und hergerissen war zwischen dem Wunsch, noch einmal auf den Handwerker loszugehen, und dem Wissen, auf Ted angewiesen zu sein, wenn er für sie bei der Versicherung intervenierte.

»Muß man eigentlich Oberlichter im Dach besonders verankern?« fragte Ted den Handwerker.

Er nickte.

»Wieviel?«

Der Handwerker machte den Mund auf, sah dann Rae an, wie sie plötzlich mit niedergeschlagenem Blick dastand, die Unterlippe vorgeschoben, ganz kleines Mädchen und nicht mehr streitsüchtige Furie. »Na ja, für hundert mache ich's.«

Rae sah auf und schenkte ihm ein strahlendes Lächeln.

Ted seufzte und entließ ihn mit einer Handbewegung. »Also dann weiter.« Während Rae und ihr neuer Verehrer die Treppe hinaufstiegen, knirschte er mit den Zähnen und murmelte: »Das Dach wäre erledigt. Was jetzt?«

Ich klopfte ihm nur auf die Schulter und sah nach meiner Post. Drei Mitteilungen, nichts von Bedeutung.

Ted seufzte erneut und ließ sich in den Schreibtischsessel fallen. In dem eleganten, holzgetäfelten Empfangsraum wirkten sein Computer, die Stahlschränke, das Fax-Gerät, der Kopierer und die Regale voller Nachschlagewerke deplaciert. Ted selber paßte zur Einrichtung – ein schlanker Mann mit feinen Gesichtszügen und einem hübschen Kinnbart. Kürzlich hatte er beschlossen, über seinen modisch zerknitterten Hemden Brokatwesten zu tragen. Selten täuscht einen die äußere Erscheinung mehr als bei Ted: Hinter seinem gekkenhaften Outfit schlägt das Herz eines Experten für rationelle Arbeitsweise.

»Diese Bruchbude zu kaufen, war ein schwerer Fehler«, sagte er.

Vom rein praktischen Standpunkt aus gab ich ihm recht, aber gefühlsmäßig kam ich zu einer anderen Antwort: »Der Hausbesitzer wollte verkaufen, so oder so. Kannst du dir vorstellen, wo wir sonst residieren sollten?«

»Nein, aber unsere Gesellschaft muß einen verdammt großen Haufen Geld in dieses Gebäude stecken, nur um es am Zusammenfallen zu hindern.« Er machte eine Pause und lauschte dem Echo seiner Worte. »Unsere Gesellschaft. Mein Gott, ich hätte nie gedacht, daß aus unserer Anwalts-Kooperative einmal eine eingetragene Gesellschaft würde, die All Souls Legal Cooperative, Inc. Wie ist das nur passiert?«

»Wir hatten Erfolg.«

Zu einer Zeit, da überall sonst im Lande die Anwaltskanzleien Personal einsparten und die Gebühren erhöhten, expandierte All Souls und hielt gleichzeitig die Honorare auf dem alten Stand. Während Kollegen in ihren stickigen Büros in der Innenstadt die geschwundene Exklusivität ihres Berufs beklagten, weil das Anwaltsein jetzt wie ein Geschäft betrieben werde, hatte All Souls sein Angebot an Dienstleistungen dynamisch erweitert, um Mandanten zu gewinnen. Wer Mitglied wurde, zahlte ein nach dem Einkommen gestaffeltes Honorar und konnte sich bei kleineren Problemen über eine 800er Nummer Rat bei einem Rechtsbeistand holen. Außerdem hatten wir unsere Angebotspalette auch mit Erfolg größeren Arbeitgebern in der Stadt schmackhaft gemacht. Einige hatten uns nun in ihrem Leistungspaket für ihre Angestellten.

Erfolg bedingt Veränderungen, und so kam es zu unserem etwas dubiosen Schritt auf den Immobilienmarkt. Unser viktorianisches Haus, in dem es neben den Büros auch noch Wohnungen für einige aus unserem Stab gab, bot bald nicht mehr genug Raum für all die Arbeit. Also mieteten wir ein zweites Gebäude gleich gegenüber auf der anderen Seite der dreieckigen Grünfläche, und inzwischen verhandelten wir schon über die Anmietung des nächsten. Um unser erfolgreiches Image nach außen zu dokumentieren, wurde jetzt unser vor kurzem zugekauftes Hauptquartier aufgemöbelt. Angeblich sollte es blaßgrau gestrichen werden mit schwarzen und weißen Zierstreifen – beziehungsweise, wenn man dem Anstreicher glauben konnte, in einer Farbe, die ihn an den Inhalt von Babywindeln erinnerte.

Ich blinzelte Ted zu, ging nach oben in mein Büro und dachte über die Veränderungen nach. Als ich hier angefangen hatte, wohnten fast alle Mitarbeiter mietfrei in diesem Haus, weil die Einkünfte selbst trostlos waren. Jetzt wohnten nur noch Rae, Ted, Jack Stuart, dann unser Experte für Handel und Gewerbe, Larry Koslowski, und Steueranwältin Pam Ogata unter diesem Dach. Ihre Gehälter hatten mit denen anderer Firmen gleichgezogen, und sie zahlten eine angemessene Miete. Früher hatte ich jeden, der bei uns arbeitete, recht gut gekannt. Doch wenn ich mich jetzt nach drüben ins neue Gebäude wagte, konnte es passieren, daß ich kleinere Angestellte überhaupt nicht kannte. Schließlich war Ted früher unser einziger Sekretär gewesen. Jetzt trug er den Titel »Bürovorsteher«. Und Hank Zahn hörte man klagen, er vertrödelte mehr Zeit auf Dienstbesprechungen, als er für die Beratung von Klienten oder Gerichtstermine übrig habe.

Aber die wichtigen Dinge, rief ich mir in Erinnerung, hatten sich nicht geändert. Wir waren immer noch eine junge, tatendurstige Firma, die sich mehr um ihre Mandanten kümmerte als um ihren Profit. Und es war immer noch unser Prinzip, Angehörigen der unteren und mittleren Einkommensklassen eine für sie noch erschwingliche hochqualifizierte Rechtsvertretung zu bieten. Und ebenso trafen sich die meisten von uns immer am Freitagnachmittag zur Happy Hour in der großen Küche im rückwärtigen Teil des Hauses. Oft wurden Mahlzeiten für zwei und auch für zwanzig Personen in Windeseile herbeigezaubert. Eine gute Poker- oder Rommérunde fand sich immer zusammen, am Tag oder abends. Ein mitfühlendes Wort, ein Schulterklopfen oder einfach nur nett zusammensitzen, das gehörte dazu. Und wenn viele von uns auch zugaben, sich an schlechten Tagen auch mal ausgepowert zu fühlen – an den guten bekannten wir uns weiterhin zu den flüchtigen Idealen. Für viele von uns war All Souls tatsächlich etwas wie eine erweiterte Familie und ein Heim. Ich konnte mir ein Leben ohne das gar nicht mehr vorstellen.

In meinem Büro vorne im ersten Stock angekommen, ließ ich Tasche und Jacke auf das Sofa fallen und schob die Notizzettel unter einen Briefbeschwerer. Dann setzte ich mich an meinen Schreibtisch in der Fensternische und kritzelte mein Kürzel auf ein paar Briefe, die in meiner Eingangspost lagen. Neben meiner Kladde lag ein dikker, mir unbekannter Aktenordner. Ich zog ihn heran: *Der Staat Kalifornien gegen Lisbeth Ingrid Benedict.*

»Jack«, flüsterte ich, »laß mich in Ruhe.«

Ich schob den Ordner weg und lehnte mich im Sessel zurück. Mein Blick blieb an der apricotfarbenen Rose in der kleinen Vase an der Ecke des Schreibtischs hängen. Sie war am Dienstagmorgen angekommen, wie immer – ein Geschenk meines Freundes Harry Ripinsky, der auf einer kleinen Schafranch in der Hochwüste östlich des Yosemite-Parks nahe der Grenze zu Nevada lebte. Letzten Herbst, als er mir die erste wöchentliche Rose schickte, war sie gelb gewesen – meine Lieblingsfarbe. Doch als wir vor zwei Monaten ein Liebespaar wurden, war gelb seiner Meinung nach nicht mehr leidenschaftlich genug, und seitdem kamen die apricotfarbenen. Diese hier war in der ungewöhnlichen Hitze, die im Augenblick herrschte, schon welk geworden. Aber ich ließ sie in der Vase stehen, bis eine neue kam – meine Art, Hy nahe zu sein, auch wenn wir getrennt waren.

Ein wenig unsicher, als könnte mich jemand beobachten, griff ich nach dem untersten Ablagekorb, wo ich unter einem Stapel leerer Spesenformulare eine Akte mit dem Etikett »Ripinsky, Heino« aufbewahrte. Angelegt hatte ich sie im vergangenen November, als mir eine Bekannte bei der Polizei von San Francisco Berichte über ihn vom National Crime Information Center und vom California Criminal Justice Information System besorgt hatte. Sie enthielten nichts Belastendes oder auch nur Interessantes – bis auf eine lange zurückliegende Verhaftung wegen Umreißens einer Straßenlaterne in Bridgeport, der Hauptstadt von Mono County, und eine Reihe späterer Festnahmen bei Umweltdemonstrationen. Ich brauchte die Berichte nicht mehr: Meine Ermittlungen unten am Tufa Lake waren abgeschlossen, und eigentlich hätte ich sie wegwerfen sollen. Statt dessen hatte ich die Akte angelegt und kannte die aufgeführten trockenen Fakten inzwischen auswendig.

Ich zog die Hand vom Korb zurück. Keine nochmalige Prüfung der Dokumente und meiner zusätzlichen Notizen würde mir verraten, was ich wissen wollte. Es bestand nicht die geringste Wahrscheinlichkeit, daß in den Berichten ein bisher unbemerkter Hinweis auf jene ausgeklammerten neun Jahre in seinem Leben enthalten war.

Wo Hy in dieser Zeit gewesen war und was er gemacht hatte, wußte niemand, und er weigerte sich auch, darüber ein Wort mit mir zu reden. In Vernon, der kleinen Stadt am Rand des Tufa Lake, wo er aufgewachsen war, schwirrten viele Gerüchte über ihn. Einige Leute behaupteten, er sei bei der CIA gewesen. Andere meinten, er müsse Drogen geschmuggelt haben, weil er seit seiner Rückkehr nie unter Geldmangel gelitten habe. Es gab die ganze Skala von Theorien von den denkbaren (daß er im Gefängnis gesessen habe) über die unwahrscheinlichen (daß er als Söldner gekämpft habe) bis zu den absurden (daß er von einer reichen alten Dame ausgehalten worden sei, die ihm nach ihrem Tod ihren ganzen Besitz hinterlassen habe). Ich mochte nicht einmal die realistischsten von allen glauben, weil keine davon zu dem Mann paßte, den ich lieben gelernt hatte.

Als wir uns näherkamen, hatte ich geglaubt, er würde mir von diesen Jahren erzählen oder mir zumindest erklären, warum sie tabu waren. Doch jedesmal, wenn die Rede darauf kam, verschloß er sich so unerbittlich, daß ich wußte: ihn zu drängen, würde das Ende unserer Beziehung bedeuten. Und so stellte ich mir nur selbst diese Fragen und hockte immer wieder brütend über seiner Akte.

Oft dachte ich, für eine Ermittlerin mit meinen Erfahrungen und meinen Kontakten müßte es ein Leichtes sein, Hys Geheimnis zu lüften. Selbst den verschwiegensten Menschen entschlüpft einmal ein Hinweis, selbst die achtsamsten hinterlassen Spuren aus ihrer Vergangenheit. Doch bis auf eine Nachfrage bei CIA und FBI, die eine frühere Beschäftigung Hys »weder bestätigen noch dementieren« mochten, war es mir gelungen, mich zurückzuhalten. Bisher jedenfalls...

Allein schon das Anlegen einer Akte über ihn mußte ihn verletzen. Beim Anblick des ordentlich mit Maschine beschrifteten Aktendeckels erfaßte mich jedesmal Scham, und jedesmal kämpfte ich mit Schuldgefühlen, wenn ich den Ordner aufschlug. Auch mußte ich meine eigenen Motive erforschen: Wollte ich über diese Jahre Bescheid wissen, weil dieses Wissen mich Hy näherbringen konnte, oder war ich bloß neugierig? Verwirrte sein Schweigen mich, weil es eine Barriere zwischen uns aufbaute oder weil es nur meinen Stolz verletzte?

Wieder fuhr meine Hand nach unten zum Korb. Ich sollte die Akte vernichten und das Ganze vergessen. Würde ich sie jetzt gleich zerreißen und in den Papierkorb werfen, wäre sie am Montag mit der Müllabfuhr verschwunden und ich käme nicht einmal mehr in Versuchung, die Schnipsel wieder herauszufischen.

Aber ich brachte es nicht über mich – noch nicht.

3

Als ich mich auf den Weg nach unten in die Küche machte, war es Zeit für die freitägliche Happy Hour. Ted verteilte schon Chips und Salsa. Auch Rae war eingetroffen und überraschenderweise auch der Anstreicher und der Mann, der die Oberlichter einbaute – allerdings ohne seine Brechstange. Larry Koslowski, unser im Haus lebender Gesundheitsapostel, mixte einen gotterbärmlichen Cocktail aus Fruchtsäften und mysteriösen Pülverchen zurecht und stritt mit Pam Ogata über die Vorteile des Hot Dog aus Tofu. Ein paar Sekretärinnen aus dem anderen Gebäude kamen herein, gefolgt vom Deutschen Schäferhund unseres Nachbarn. Der Schäferhund legte sich auf der Fußmatte vor dem Waschbecken nieder und beobachtete uns mit seinen sanften, intelligenten Augen. Sicher fand er das, was hier passierte, bizarr und sinnlos. Als ich mir ein Glas Wein besorgte, blieb ich neben ihm stehen, kraulte ihn und sagte:

»Manchmal bin ich durchaus deiner Meinung, alter Junge.« Er sah zu mir auf, um herauszufinden, ob ich etwas zu fressen für ihn hatte, und dann ignorierte er mich.

Jack Stuart hatte sich an den runden Eichentisch am Fenster gesetzt. Nach Meinung der Frauen ist Jack in puncto Männlichkeit die Nummer eins in unserer Kooperative, und ich muß zugeben, daß seine schlanke Gestalt, drahtig durch häufige Kletterpartien, zusammen mit seinem zerfurchten Gesicht, das mit dem Alter immer anziehender wird, und dem dichten silbernen Haarschopf schon eine attraktive Erscheinung bildeten. Vor einer Weile hatte ich mal Chancen bei ihm, als er sich richtig komisch in mich verknallte – als Reaktion auf eine vorausgegangene Scheidung –, und es gibt immer noch Momente, da bedaure ich, seine Avancen gar so vernünftig übersehen zu haben.

Ich trat zum Tisch und nahm den Stuhl neben ihm. Ich war mir bewußt, daß ich die Situation um den Fall Benedict klären mußte. Jacks Gesicht hellte sich auf, als er mich sah. »Nun?«

»Ich habe die Akte entdeckt, die du mir auf den Schreibtisch gelegt hast.«

»Du hast sie schon gelesen?«

»Mein Gott, ich bin erst seit einer halben Stunde zurück. Warum hast du mir nicht gesagt, daß das ein Fall für das Historische Tribunal ist?«

»Dann wärst du nicht zu ihr gegangen.«

»Und du hast dir das passenderweise genau für die Zeit von Hanks Urlaub ausgesucht, damit er mir nicht aufs Butterbrot schmieren kann, ich vergeude meine Zeit.«

»Ich bekenne mich abermals schuldig. Werde ich jetzt wegen übler Trickserei standrechtlich erschossen?« Er sagte es leichthin, aber zugleich zeigten seine zusammengezogenen Augenbrauen Verwirrung. Ich wußte, daß ihm jetzt eine Nacht im vergangenen Sommer durch den Kopf ging, in der er eine kalte und mörderische Seite an mir kennengelernt hatte, von der nur wenige etwas wußten. Jene Nacht hatte die engen Beziehungen zu meinen Freunden in der Kooperative auf eine harte Probe gestellt, und das wurde auch jetzt noch immer spürbar, sobald die Erinnerung daran aufkam.

»He«, sagte ich. »Ist schon in Ordnung.«

»War gedankenlos von mir.«

»Sieh mal, Jack, du kannst nicht immer auf Zehenspitzen um das Thema herumschleichen. Ich habe die Sache hinter mich gebracht, und das solltest du auch tun.«

Er nickte. »Also, sag – was denkst du über Lis?«

»In erster Linie, daß ich sie nicht mag. Sie hat einen mächtig dikken Schutzwall um sich errichtet, und das macht sie schroff und abweisend. Natürlich weiß ich, daß einer Frau in ihrer Situation kaum etwas anderes übrig blieb, um im Gefängnis überhaupt zu überleben. Sie ist keine gewöhnliche Haftentlassene.«

»Das ist sie nicht. Sie war auf einer guten Schule – Bryn Mawr – und ist in Scarsdale aufgewachsen. Dieser Umstand und dazu die Welt, aus der das Opfer stammte, machte den Zwei-Penny-Mord unter anderem so faszinierend.«

»Und weithin bekannt. Diese Pennies – es stimmt doch, daß es mit ihnen irgend etwas auf sich hatte, abgesehen davon, daß sie auf Cordy McKittridges Augen lagen?«

»Hm. Es waren Bleimünzen aus der Kriegszeit.«

»Das ist falsch. Sie waren nicht aus Blei. Sie waren aus verzinktem Stahl und wurden wegen des kriegsbedingten Kupfermangels nur im Jahr 1943 geprägt.«

Jack zog die Augenbrauen hoch. »Woher kennst du dich in solchen Nebensächlichkeiten so gut aus?«

»Als wir Kinder waren, hat mein Bruder Joey von einem unserer Onkel eine Münzsammlung geerbt. Ich war schrecklich neidisch und habe mich in sein Zimmer geschlichen, um sie mir genau anzuschauen, bis er sie dann verkaufte, um sich ein Surfbrett anzuschaffen.«

»Joey scheint nicht viel Verstand gehabt zu haben.«

»Ach, er ist ein Banause, aber ich liebe ihn so, wie er ist. Um auf Lis Benedict zurückzukommen – ihre harte Schale hat heute nachmittag ganz schön etwas aushalten müssen.« Ich erzählte ihm von den Graffiti. »Wußtest du, daß sie auch Drohanrufe erhalten hat? Irgend jemand will, daß sie die Stadt verläßt.«

»Ich hatte keine Ahnung, und Judy weiß sicher auch nichts davon.«

»Wären die Graffiti nicht gewesen, hätte sie mir auch nichts davon gesagt. Ich habe Tony Nueva darauf angesetzt. Er soll den Jungen finden, der das getan hat. Möglicherweise wurde er von jemandem angeheuert.«

»Wie kommst du darauf?«

»Weil der Anrufer am Telefon dieselben Worte benutzte, die auch an Judys Hauswand geschmiert waren. Das Ganze sieht eher nach einer Hexenjagd aus und nicht nach dem Einfall eines dummen Jungen.«

Jack rieb sich das Kinn. »Arme Lis. Wieso will jemand sie jetzt einschüchtern?«

»Na ja, ich nehme an, die Leute verzeihen ihr nicht. Oder die neuerliche Publicity hat die Geschichte wieder aufgerührt. Was ist mit der Familie McKittridge? Sie hat eine vorzeitige Freilassung immer wieder verhindert.«

»Schikanen sind nicht ihr Stil. Und die meisten Familienmitglieder sind inzwischen tot, bis auf Cordys Bruder, der in England lebt.«

»Erzähl mir von ihnen. Ich weiß nur, daß ihr Reichtum auf den Silberboom von Nevada zurückgeht.«

»Die McKittridges gehörten früher zur Creme der Gesellschaft von San Francisco: herrschaftliches Haus auf den Pacific Heights, Landgut in Hillsborough, Ranch im Napa Valley. Der alte Herr war Mitglied des Pacific Union Club. Cordy war die klassische hochgewachsene, aristokratische Blondine. Sie besuchte die richtige Schule – Katherine Delmar Burke – und wurde beim Winter-Cotillion im Sheraton Palace in die Gesellschaft eingeführt. Aber dann ging alles schief.«

»Sie rebellierte.«

»Hm. Weigerte sich, aufs College zu gehen, fing an, sich mit einer wilden Meute herumzutreiben. Affären mit verheirateten Männern, Boheme-Szene, Schnaps und Marihuana in Mengen. Das war wohl ein Zeichen der Zeit damals: 1954 begann die kleine, in sich geschlossene Welt der sogenannten guten Gesellschaft zu zerfallen. Der Krieg hatte alles verändert.« Ich schwieg einen Moment und spielte mit meinem Weinglas. Der Deutsche Schäferhund kam herangetrottet und legte seine Schnauze auf Jacks Knie. Jack fütterte ihn mit einem Tacochip.

»Jack«, sagte ich nach einer Weile, »glaubst du wirklich, daß Lis Benedict unschuldig ist?«

»Ja, wirklich.«

Was machte ihn so sicher? Gewiß nicht sein Verhältnis mit Judy. Jack war ein guter Strafverteidiger, und im Laufe seines Berufslebens hatte er bestimmt mehr Lügen und sonstigen Mist gehört als ich. Gefühle, wie stark sie auch sein mochten, würden ihn den Tatsachen gegenüber nicht blind machen.

»Es klingt, als dächtest du anders«, fügte er hinzu.

»Ich bin nicht sicher.«

»Lies das Protokoll.«

»Jack, ich muß dich warnen. Ich spüre einen heftigen inneren Widerstand gegen diesen Fall.«

»Ich habe Judy gleich gesagt, daß das passieren würde. Und ganz gewiß mache ich dir keinen Vorwurf. Aber wieviel Mühe kostet es dich denn, einmal das Protokoll durchzugehen?«

»Keine besondere. Wahrscheinlich schaffe ich es dieses Wochenende. Und ich will herausbekommen, wer für diese Anrufe und Graffiti verantwortlich ist.« Ich sah auf die Uhr. »Übrigens, wo bleibt denn Nueva? Er wollte mich um fünf Uhr anrufen, und jetzt ist es fast sechs. Ich habe noch nie erlebt, daß er bei einer so einfachen Sache mit leeren Händen ankam – und schon gar nicht, daß er sich zehn Dollar extra entgehen ließ.«

Rae kam auf mich zu. »Shar, ich muß noch ein paar Besorgungen machen, bevor ich zu dir komme«, sagte sie. »Kann ich einen Zweitschlüssel haben für den Fall, daß du nicht da bist, wenn ich ankomme?«

»Sicher. Frag Ted nach seinem.«

Sie nickte und ging zur Tür.

Jack hob die Augenbrauen.

»Ich habe vorübergehend eine Wohnungsgenossin. Das Dach ihrer Mansarde ist offen, solange die Oberlichter nicht eingesetzt sind. Also habe ich ihr mein Gästezimmer angeboten.«

»Oberlichter – du meine Güte. Ich weiß nicht, warum Hank so ein weiches Gemüt hat, wenn es um Rae geht. Er verwöhnt sie total. Sie hat doch schon ein Drittel des ganzen Dachgeschosses mit Beschlag belegt. Wieso braucht sie jetzt auch noch Oberlichter?«

Ich zuckte mit den Schultern. »Rae hat etwas, das einen dazu bringt, sie verwöhnen zu wollen.«

»Wahrscheinlich. Warum wohnt sie bei dir und nicht bei Willie?«

»Er ist dieses Wochenende in Reno und macht dort einen neuen Laden auf, und ich glaube, sie ist in seiner Abwesenheit nicht gern in diesem großen Haus.« Willie Whelan, Raes derzeitiger Liebhaber, hatte seine Ladenkette mit Billigjuwelen auf Nevada ausgeweitet. Bald würden die meisten Neuvermählten, die ihren Bund im Heiratsmekka des Westens geschlossen hatten, bis zum Hals in seiner Schuld stehen. »Rae hat mir versprochen, meinen Garten für die Frühlingsbepflanzung in Schuß zu bringen«, fügte ich hinzu.

»Ein bißchen spät, nicht? Wir haben bereits Ende Mai.«

»Nicht so spät wie letztes Jahr. Da habe ich nicht einmal Petunien in die Erde bekommen. Rae und ich haben uns ein heißes Wochenende vorgenommen: harte Arbeit im Garten, ein kulinarisches Experiment mit Larrys Pilz-Enchilada-Rezept, und dann früh ins Bett – allein.«

»Hy kommt nicht hergeflogen?«

Hy ist Pilot und besitzt eine Citabria Decathlon, eine kleine Kunstflugmaschine, in der zu fliegen der schiere, manchmal auch furchterregende Spaß ist. »Ich habe nichts von ihm gehört, also nehme ich es nicht an. Aber man weiß ja nie. Er gehört zu den am wenigsten einschätzbaren Menschen auf der Welt.« Und zu den verwirrendsten, fügte ich für mich hinzu. »Wie dem auch sei, ich hoffe an diesem Wochenende vor allem, daß das Wetter hält, damit ich mich am Sonntag faul auf der Terrasse ausstrecken und die Früchte unserer Arbeit genießen kann.« Ich machte eine Pause. »Habt ihr beiden, du und Judy, für morgen abend schon Pläne?«

»Nein. Wir planen auch nur so ein heißes Wochenende für uns allein. Warum?«

»Wie wäre es, wenn ihr zu unserer Pilz-Enchilada kämt? Und Lis mitbrächtet. Das wäre für uns alle eine gute Gelegenheit zu einem Gespräch, zumal ich vorhabe, mir heute abend das Protokoll anzusehen.« Während ich noch redete, entstand in meinem Hinterkopf ein Plan: Ich würde mir den Fall durchlesen, meine Gäste abfüttern, ein paar provozierende Bemerkungen machen, die Raes

Interesse weckten, und ihr dann den ganzen Fall übergeben. Das war vielleicht ein bequemer Ausweg, aber Rae war eine gute Ermittlerin, und ich konnte ihr immer noch beispringen – möglicherweise sogar effektiver, da ich so eine gewisse objektive Distanz halten konnte.

Jack sah mich skeptisch an. »Die Einladung zum Dinner klingt gut, aber was die Enchiladas angeht, weiß ich nicht recht. Bei Koslowskis Rezepten…«

»Rae hat sie schon ausprobiert, und sie sagt, sie sind gut. Daß ich sie jetzt auch versuche, gehört zu meinem Vorsatz, künftig gesünder zu essen.«

»Du sprühst ja derzeit vor guten Vorsätzen.«

»Bislang arbeite ich nur an meinen kleineren Fehlern. Die größeren würden mehr Kraft erfordern, als ich im Augenblick aufbringen kann.«

»Gut, wir kommen gern zum Dinner. Es wird Lis guttun, aus dem Haus zu kommen. Den Wein bringen wir mit – einen kräftigen, mit dem man den spezifischen Beigeschmack weggespült kriegt, der Larrys Rezepte immer begleitet.«

Ich lächelte. »Dann bis morgen abend um sieben.«

Nachdem ich mein leeres Weinglas in das Spülbecken gestellt hatte, ging ich durch den Empfangsraum zu Teds Schreibtisch und schaute nach, ob jemand einen Anruf von Tony Nueva für mich entgegengenommen und mir nicht Bescheid gesagt hatte. Überraschenderweise war Ted auch wieder an seinem Platz, saß auf seinem Sessel und starrte in die Luft. Ich zögerte, wollte ihn nicht stören, aber er sah mich an und winkte.

»Störst mich nicht«, sagte er. »Ich brüte nur.«

»Über etwas Speziellem oder ganz allgemein?«

»Ach…« Er zuckte mit den Schultern.

Ich wartete, aber er sprach nicht weiter. In den letzten sechs Monaten hatte ich einen besorgniserregenden Wandel bei Ted bemerkt. Er war so tüchtig in seiner Arbeit und so engagiert wie immer, aber manchmal war mir, als sei er überlastet. Er lachte und scherzte wie sonst auch, doch sein Humor hatte oft einen bitteren Unterton. Und immer häufiger erlebte ich ihn wie jetzt, leer in die Gegend starrend oder ziellos durch das Haus wandernd.

Natürlich, sagte ich mir, waren es heute harte Zeiten für einen Schwulen. Ted hatte seinen ältesten Freund durch AIDS verloren. Und genauso war es ihm mit anderen Freunden und früheren Liebhabern gegangen. Bisher hatte er – Gott sei Dank – negative HIV-Testergebnisse, doch die Aussicht auf einen positiven Bescheid hing immer wie ein Schatten über ihm, so daß Ted seit längerer Zeit keine neue Beziehung mehr eingegangen war.

Die Einsamkeit, dachte ich jetzt, war sein eigentliches Problem. Sich in die Arbeit zu stürzen, konnte die Leere nicht ausfüllen, ebensowenig wie noch so viel Lachen, Scherzen und Geselligkeit. So sehr wir ihn bei All Souls auch alle liebten, konnte ihm das die Liebe eines bestimmten Menschen nicht ersetzen. Trotzdem mußte man versuchen, ihm zu helfen…

Ich setzte mich auf den Rand seines Schreibtischs. »Möchtest du mit mir reden?«

Er zuckte noch einmal mit den Schultern. »Es gibt nichts zu bereden. Es ist immer dasselbe.«

»Ich bin immer für dich da.«

»Das weiß ich. Freunde wie du sind es, die mich davon abhalten, mich am nächsten Dachbalken aufzuhängen.«

»Das bringt nichts – der Oberlichtfritze sagt, das Dach ist kaputt. Erinnerst du dich?«

Er lächelte schwach.

»Übrigens«, sagte ich, »hat Tony Nueva für mich angerufen, während du hier saßest?«

»Niemand hat angerufen, und ich sehe in deinem Fach auch keinen Zettel.«

»Seltsam. Na ja, ich verschwinde jetzt. Bis Montag.«

Als ich hinaufging, um Jacke und Tasche zu holen, wunderte ich mich über Tony. Es war das erste Mal, seit er für mich arbeitete, daß er eine Zusage nicht eingehalten hatte.

4

Die in dieser Verhandlung vorgelegten Beweise werden zeigen, daß die Angeklagte, Lisbeth Ingrid Benedict, ein Motiv, die Gelegenheit und die Mittel hatte, Cordelia McKittridge zu ermorden. Sie werden ferner zeigen, daß Mrs. Benedict raffinierte und gut durchdachte Vorbereitungen zur Durchführung ihres Verbrechens traf und daß sie am 22. Juni zu dem Taubenhaus auf dem Seacliff-Anwesen ging, dem Besitz des Institute for North American Studies, mit dem vollen Vorsatz, die Frau zu töten, die sie dorthin gelockt hatte.

Die Protokollseiten mit den Eröffnungssätzen des Stellvertretenden Staatsanwalts Joseph Stameroff lagen auf meiner Küchenbar. Ich wollte sie zusammen mit dem abschließenden Statement vor der Ankunft meiner Gäste in zwei Stunden durchgelesen haben. Jetzt unterbrach ich meine Lektüre, um die klumpige grau-weiße Mixtur in der gußeisernen Bratpfanne auf dem Herd umzurühren.

Stameroff hatte für die Geschworenen überzeugend argumentiert, und er hatte, bei aller Weitschweifigkeit, gute Beweise. Doch ein paar Lücken gab es, die sich erst mit der Zeit und aus der eigenen Distanz heraus zeigten. Lücken, die vielleicht wieder diese oder jene Schneise für neue Ermittlungen öffneten.

Ich rührte die Pilzmischung noch einmal um und widmete mich wieder dem Protokoll.

Der Verlauf dieser Verhandlung wird zeigen, daß Lisbeth Benedict ein uraltes und wenig originelles Motiv hatte: die Eifersucht einer betrogenen Ehefrau auf die jüngere Geliebte ihres Mannes. Auch die Lösung des Problems eines treulosen Ehemanns durch die Angeklagte war uralt und wenig originell. Doch die Gelegenheit, die sich ihr bot, nutzte die Angeklagte auf erfindungsreiche Weise.

Die Gelegenheit: Die vorzulegenden Beweise werden ergeben, daß Mrs. Benedict von den wiederholten Treffen ihres Mannes Vincent mit Miss McKittridge an dem Taubenhaus auf dem Anwesen der Denkfabrik wußte. Sie wußte, daß er diese heimlichen

Verabredungen eher schriftlich als per Telefon arrangierte. Sie wußte, daß ihr Mann am Abend des zweiundzwanzigsten Juni mit seinen Kollegen und ihren Frauen anläßlich des Besuchs von Außenminister John Foster Dulles an einem Bankett im Blue-Fox-Restaurant in der Innenstadt teilnahm – ein Ereignis, das niemand versäumen würde.

Vom Herd kam ein blubberndes Geräusch. Die Pfanne war zu heiß geworden. Ich drehte die Flamme herunter, nahm den Holzlöffel und probierte einen Pilz. Er hatte nicht mehr Geschmack als ein Stück Pappdeckel, und der wurde von dem grünen Chili überdeckt. Und die Sauce... Wahrscheinlich hatte ihr der fettarme Hüttenkäse zu dieser klumpigen Konsistenz verholfen. Der Joghurt half dem Geschmack auch nicht auf die Beine, und dann der Mangel an Salz... Ich griff schnell nach dem Salzfaß, schüttete ein paar Teelöffel voll nach, zog das Protokoll näher und rührte weiter, während ich las.

Die Hilfsmittel: Aus den vorzulegenden Beweisen wird sich ergeben, daß Lisbeth Benedict Kalligraphie studiert hat, daß sie darin exzellent war und sogar Schecks mit dem Namen ihres Mannes zu zeichnen pflegte, wenn er einmal selbst nicht unterschreiben konnte. Daß sie durchaus in der Lage war, eine Nachricht zu verfassen, die Cordelia McKittridge für die ihres Liebhabers halten mußte und in der sie aufgefordert wurde, sich mit ihm am Abend des zweiundzwanzigsten Juni am Taubenhaus zu treffen. Daß Mrs. Benedict sich am Nachmittag des zweiundzwanzigsten Juni passenderweise eine ärztlich nicht bestätigte Nahrungsmittelvergiftung zuzog und angeblich gezwungen war, die Teilnahme am Dinner für den Außenminister abzusagen. Daß das Hauspersonal für den Abend frei bekommen hatte und Mrs. Benedict und ihre zehnjährige Tochter Judy von sechs Uhr abends bis Mitternacht allein auf dem Anwesen waren. Allein bis auf Cordelia McKittridge.

Ich probierte noch einmal die Pilzmixtur. Das Salz hatte an dem grauenvollen Gemisch absolut nichts geändert. Ohne Rücksicht auf die Gefahr eines steigenden Blutdrucks griff ich nach dem Salzfaß und schüttete eine ganze Handvoll nach. Auf der hinteren Flamme stand eine Pfanne mit einer Tomatensauce, die über die gefüllten Enchiladas gegossen werden sollte. Ich zögerte erst einmal, bevor ich sie kostete. Dieser Ölfilm auf der Oberfläche – woher mochte er kommen? Gesundheitskost galt eigentlich nicht als fettreich. Ich nahm den Löffel und holte mir eine kleine Kostprobe aus der Pfanne. Mein Gott, was für ein schreckliches Zeug! Ich schauderte und wandte mich wieder dem Protokoll zu.

Wir alle, meine Damen und Herren Geschworenen, können uns nicht anmaßen zu behaupten, daß wir wüßten, was genau dort in diesem abgelegenen Taubenhaus zwischen Lisbeth Benedict und Cordelia McKittridge vor sich gegangen ist. Wir können unterstellen, daß heftige Worte auf beiden Seiten gefallen sind. Wir können unterstellen, daß die Situation emotional sehr aufgeladen war. Die Beweise werden zeigen, daß Cordelia McKittridge mit einer Gartenschere angegriffen und schrecklich verstümmelt wurde und daß sie verblutet ist – sie blutete im Sinne des Wortes zu Tode auf dem Boden des Taubenhauses. Die Aussage von Mrs. Benedicts eigener Tochter wird erweisen, daß die Angeklagte kurz nach zehn Uhr mit roten Flecken auf dem Kleid wieder ins Haus zurückkehrte, Flecken, die sie später – viel später nach ihrer Festnahme wegen Mordverdachts – als Tintenflecke zu erklären versuchte. Aber, meine Damen und Herren, für solche Flecken hätte es einer großen Menge Tinte bedurft. Cordelia McKittridge hatte praktisch ihr ganzes Blut verloren.

Ich sah von dem Blatt vor mir auf, warf einen Blick auf die Pfanne mit der roten Sauce, versuchte dann, mit einem Anfall von übertriebener Aktivität zu verdrängen, was nicht zu verdrängen war. Ich gab etwas Knoblauchpulver nach, eine weitere Portion Kreuzkümmel und Chilipulver. Rührte wild um und kostete.

»O mein Gott!«

Was immer ich mir an Beschränkungen zugunsten einer gesunden Ernährung auferlegt hatte, war nun dahin. Ich öffnete eine Flasche roten Kochwein und goß reichlich davon nach. Während das abscheuliche Gebräu vor sich hin köchelte, las ich weiter.

Ein Verbrechen aus Leidenschaft, sagen Sie? Gewalttätig und verwerflich, aber verständlich als Auswuchs eines momentanen Wahnsinnsanfalls? Nein, meine Damen und Herren Geschworenen, so war es nicht.

Die Beweise, die wir Ihnen vorlegen werden, werden zeigen, daß nach der Mordwaffe – dieser scharfen und tödlichen Schere – nicht in einem unvorhersehbaren Zustand der Erregung oder zur Selbstverteidigung gegriffen wurde. Die Schere hatte ihren Platz nicht in dem Taubenhaus, sondern in der Hütte des Gärtners, und sie hatte sich in der Tat in der Hütte befunden, als der Gärtner an jenem Nachmittag um fünf Uhr abschloß und heimging. Und ein Zweitschlüssel hing an einem Schlüsselbrett in der Vorratskammer des Wohnhauses, für jeden Bewohner leicht zugänglich. Lisbeth Benedict ging mit dieser Schere in der Hand zum Taubenhaus, zum Mord bereit.

Erinnern Sie sich bitte an unsere Feststellung, daß Lisbeth Benedict auf erfindungsreiche Weise die sich ihr bietende Gelegenheit nutzte. Erfindungsreichtum war eines der besonderen Kennzeichen dieses Verbrechens. Lisbeth Benedict hatte, als sie zum Taubenhaus ging, nicht nur die Schere bei sich, mit der sie Cordelia McKittridge tötete, sondern auch zwei symbolische Gegenstände. Und sie kam von dort mit einem noch symbolischeren Gegenstand zurück.

Die Gegenstände, die die Angeklagte bei sich hatte, waren zwei Pennies. Nun könnte man mit gutem Recht behaupten, daß praktisch jeder jederzeit zumindest ein paar Pennies mit sich herumträgt. Doch das hier waren keine gewöhnlichen Münzen. Es waren im Krieg ausgegebene Münzen, die später kaum mehr in Umlauf waren. Und obwohl wir nicht vorgeben können zu wissen, welche Bedeutung sie für Lisbeth Benedict hatten, wissen wir sehr wohl, was sie mit ihnen gemacht hat. Nachdem Cordelia McKittridge sich auf dem Fußboden des Taubenhauses zu Tode geblutet hatte, bahrte die Angeklagte die Leiche wie zu einer Beerdigung auf und legte ihr auf jedes Auge einen dieser Pennies.

Und welchen symbolischen Gegenstand nahm sie mit sich? Einen Ring. Einen Amethystring, den, wie die Beweisführung erbringen wird, Miss McKittridge von dem Ehemann der Angeklagten geschenkt bekommen hatte. Einen Ring, den später Judy, die Tochter der Angeklagten, unter deren Habseligkeiten gefunden hat, nachdem die Familie aus dem Institut ausgezogen und in ein eigenes Haus gezogen war, wo Außenstehende keinen Zugang mehr zu ihrem Eigentum haben. Einen Ring, meine Damen und Herren Geschworenen, der nicht einfach von der Hand Cordelia McKittridges gezogen, sondern ihr *abgehackt* wurde – mitsamt dem Finger, an dem sie ihn trug.

Ich schob das Protokoll zur Seite. Genau das war der Grund, warum ich in diesem Fall nicht noch einmal ermitteln wollte. Vielleicht war das, was Cordy McKittridge angetan worden war, mild im Vergleich zu manchem, was heute gang und gäbe war. Aber es stieß mich einfach ab. Und so, wie ich mich weigerte, schmutzige Filme anzuschauen oder Romane oder Tatsachenberichte über Verbrechen zu lesen, die in Verstümmelungen und sadistischen Handlungen schwelgen, wollte ich auch mit dem hier nichts zu tun haben.

Langsam bedauerte ich, daß ich auch Lis Benedict zum Dinner eingeladen hatte. Wie konnte ich mit ihr am selben Tisch sitzen, wenn ich immer noch Zweifel daran hegte, daß sie an diesen Scheußlichkeiten unschuldig war?

Die Hitze unter dem Pilzgemisch war wieder größer geworden. Es blubberte, und dann flog ein gräulich-weißer Kloß durch die Luft und landete auf der Bar. Ich starrte ihn wütend an und blätterte nach dem Rezept. Der nächste Schritt bei der Verarbeitung dieses schrecklichen Gemischs? Wickeln Sie es in Mais-Tortillas. Gießen Sie die ölige Sauce darüber. Belegen Sie es mit Monterey-Jack-Käse und backen Sie es.

O nein, so nicht! Ich hatte nicht vor, die leckeren Tortillas und den Käse mit *diesem* Zeug in Berührung zu bringen. Ich nahm die Pfanne vom Herd, trug sie zum Spülbecken und beförderte das Pilzgemisch in den darunter befindlichen Mülleimer. Dann wandte ich mich der Tomatensauce zu.

Ich leerte die Pfanne mit der roten Sauce gerade in das Becken, als

Rae zur Hintertür hereinkam. Ihr Gesicht war vom Tag in der Sonne gerötet, und auf ihrem Nasenrücken erblühte ein Grüppchen frischer Sommersprossen. In der Hand hielt sie eine Gartenschere.

Ich sah sie und schreckte zurück. Sah auf die dickliche rote Mixtur hinab, die in den Abfluß rann. Und dachte: *Der Finger. Guter Gott, was ist mit Cordys Finger passiert?*

Rae starrte mich an. »Shar, alles in Ordnung? Was ist denn los?«

»Dieses Zeug ist ungenießbar, das ist los! Hattest du nicht gesagt, Larry hätte sie für dich gemacht und sie hätten dir geschmeckt?«

»Na ja, jedenfalls habe ich das so in Erinnerung. Aber ich habe mit Wein nachgeholfen. Das muß man bei Larrys Rezepten immer tun.«

»Hör mal, kannst du für mich schnell zum nächsten Laden fahren?«

»Wozu?«

»Um etwas zu essen zu holen!«

Sie lachte und legte die Schere auf die Bar. »In Ordnung. Ich glaube, es war mein Fehler... irgendwie. Was brauchst du?«

»Brot. Geriebenen Parmesan – eine Menge. Spaghetti. Und am besten bringst du noch etwas zu knabbern mit. Es wird einige Zeit dauern, bis meine Spaghettisauce aufgetaut ist.«

Rae nahm die Autoschlüssel vom Tisch und ging zur Tür. Ich räumte die Küche auf, schob die Spaghettisauce in die Mikrowelle und ging mit einem Glas Wein und dem Gerichtsprotokoll nach draußen auf die Terrasse.

Der frühe Abend war ungewöhnlich warm und klar. Im milden Sonnenlicht sah mein Garten heute ganz anders aus. Rae und ich hatten die wildwuchernden Pflanzen zurückgeschnitten und die dicht bewachsenen Blumenbeete gejätet. Jetzt mußte nur noch neu gepflanzt werden. Morgen, dachte ich, und setze mich in einen Gartensessel. Morgen würde es in das große Gartencenter am Bayshore Boulevard gehen. Ich würde bunte Blumen kaufen, lauter Dinge, die mir die Leute dort als nicht sehr durstig empfehlen würden. Denn wegen der Trockenheit würde das Wasser bald wieder rationiert werden.

Ich hörte ein kratzendes Geräusch und sah rechtzeitig genug auf, um das Gesicht einer rostroten Katze über den rückwärtigen Zaun lugen zu sehen. Ralph auf dem Weg zu seinem Abendessen, wenig später gefolgt von Allie, seiner buntgescheckten Schwester. Ein paar Sekunden lang schauten sie sich wie erstarrt nach ihrem verschwundenen Dschungel um. Aber anpassungsfähige Tiere, die sie waren, sprangen sie hinab und liefen zum Haus. Als Ralph einen Satz über Allie auf die Stufen machte, fauchte sie ihm nach. Er schenkte ihr einen herablassenden Blick und stolzierte zum Futternapf. Allie ließ sich zu meinen Füßen nieder, und ich kraulte sie mit den Zehen, während ich mich wieder über das Protokoll beugte.

In seiner Zusammenfassung wiederholte der Staatsanwalt noch einmal die Punkte, die er schon in der Eröffnung genannt hatte. Er stellte sie in einen engeren Zusammenhang mit den Beweisen und erging sich in der Abscheulichkeit des Verbrechens. Ich übersprang die Passage und sah mir noch einmal die tatsächlichen Beweismittel an. Es gab da ein paar Bereiche, in denen meinem Eindruck nach die Anklage auf schwachen Beinen stand. Aber die hatte sich Lis Benedicts Anwalt, ein Pflichtverteidiger und dazu kein besonders guter, größtenteils gar nicht vorgenommen.

Mich wunderte, daß sie sich so vor Gericht hatte vertreten lassen. Ihr Mann verdiente nicht schlecht, und auch Lis' eigene Familie war wohlhabend. Bestimmt hätten sie sich einen besseren Anwalt leisten können. Und das gut ausgestattete Institute for North American Studies? Warum hatte man dort nicht die Frau eines Institutsmitglieds unterstützt? Ich kannte die genauen Umstände dort nicht, aber ich hatte den Eindruck, daß Lis von niemandem große Hilfe erhalten hatte. Vielleicht hatten die Gerüchte über die Vertuschungsaktion doch eine Grundlage. Vielleicht war Lisa tatsächlich geopfert worden, um jemanden oder etwas zu schützen, das von größerer Bedeutung war als sie.

Ich ging noch einmal meine Liste der Schwachpunkte in der Beweisführung durch. Da war erst einmal der Brief, den Lis angeblich gefälscht hatte, um Cordy McKittridge in das Taubenhaus zu lokken. Eine Freundin von Cordy, Louise Wingfield, hatte ausgesagt, daß es solch eine Nachricht gegeben habe, aber sie hatte sie nicht selbst gelesen. Sie hatte nur den Umschlag gesehen und darauf das, was sie für die Handschrift von Vincent Benedict hielt. Jeder erfahrene Anwalt hätte diese Aussage zerpflücken können, aber Lis' Pflichtverteidiger hatte sie durchgehen lassen.

Ein zweiter und für mich entscheidend wichtiger Bereich, der nicht ausgelotet wurde, waren die Männer in Cordys Leben. Vor Gericht war ihre Promiskuität überhaupt nicht zur Sprache gekommen, und die Affäre mit Vincent erschien dadurch als eine große, wenn auch verbotene Liebe. Doch im gerade erschienenen Bericht des *Examiner* zur Wiederaufnahme des Verfahrens stand, Cordy sei ein wildes Mädchen gewesen, und man habe ihr Affären mit *zwei oder mehr* Männern am Institut nachgesagt. Wer war dieser andere Mann – oder diese Männer? Warum hatte Lis' Anwalt Cordys Ruf nicht dazu benutzt, den Verdacht von seiner Mandantin auf jemand anderen zu lenken?

Auch die Pennies, mit denen Cordys Augen verschlossen worden waren, machten mir Probleme. Joseph Stameroff hatte sie in seiner Anklage bei Prozeßeröffnung zwar erwähnt, sie später aber nicht mehr mit der Angeklagten in eine Verbindung gebracht oder ihre Symbolik zu erklären versucht. Seiner Ausführung nach hatte es sich um ungewöhnliche, nicht mehr sehr verbreitete Münzen gehandelt. Sicherlich hätte der Nachweis, daß sie Lis Benedict gehört hatten, seine Beweisführung noch erhärtet. Dennoch hatte er den Punkt nach der ersten Erwähnung wieder fallenlassen.

Schließlich war die Aussage der Hauptzeugin, der zehnjährigen Judy Benedict, äußerst dürftig. Das einzige, was sie über die Flecken auf der Kleidung ihrer Mutter hatte sagen können, war, daß sie groß und rot gewesen seien. Es war nie ein Kleidungsstück von Lis gefunden worden, das Tinten- oder Blutflecken aufwies. Der Ring, den Judy nach dem Umzug der Familie von Seacliff in ein Haus im nahegelegenen Outer Richmond unter den Habseligkeiten der Mutter gefunden hatte, war ein durchaus schlagendes Beweisstück. Aber die Einlassung des Stellvertretenden Bezirksstaatsanwalts Stameroff, Außenstehende hätten keinen Zugang zu der Wohnung gehabt, schien weit hergeholt, und es konnte nicht ausgeschlossen werden, daß der Ring nicht schon vor dem Wegzug der Benedicts aus Seacliff in einen der Umzugskartons geraten sein konnte. Auch diesen wichtigen Punkt hatte der Pflichtverteidiger nicht geltend gemacht.

Ich blätterte zurück und las noch einmal Judys Aussage. Selbst die trockenen Worte, in der sie gehalten war, machten die starke Beziehung zwischen dem Ankläger und seiner Zeugin deutlich. Im Alter von zehn Jahren ist der Mensch sehr beeinflußbar, und ein junges Mädchen, dessen Mutter im Gefängnis saß und dessen Vater nur wenig oder gar kein Interesse an ihm zu haben schien, würde eifrig bestrebt sein, einem Erwachsenen zu gefallen, der sich um es kümmerte. Ich bezweifelte keineswegs, daß Stameroff und seine Frau eine echte Zuneigung zu Judy gefaßt hatten – schließlich hatten sie sie nach dem Prozeß als ihre eigene Tochter aufgenommen. Aber es war möglich, daß der Ankläger einen unangemessenen Einfluß auf das Kind ausgeübt hatte. Der Prozeß hatte damals große Aufmerksamkeit erregt, und eine Verurteilung konnte seiner weiteren Karriere durchaus nützlich sein. Was auch der Fall war: Heute war Joseph Stameroff Richter am Obersten Gericht des Staates Kalifornien.

Ja, dachte ich, es gibt tatsächlich noch viele Spuren, denen nachgegangen werden muß. Ich mußte mit Lis Benedict reden, mit Judy, mit Joseph Stameroff. Mich über den Pflichtverteidiger erkundigen: wie hieß er noch? Harry Moylan. Herausbekommen, ob Moylan noch am Leben war, und wenn ja, mit ihm sprechen. Das galt auch für andere Zeugen, andere Mitglieder des Instituts. Und was war mit Vincent Benedict? Warum hatte er seine Tochter zur Adoption freigegeben, und was war aus ihm geworden?

Und dann mußten auch noch die Ereignisse der Gegenwart untersucht werden – die Anrufe bei Lis und die Schmierereien. Zuerst war ich nicht sicher gewesen, ob sie mit dem alten Fall in direktem Zusammenhang standen – höchstens ganz am Rande –, aber jetzt war das nicht mehr so. Ich wartete immer noch darauf, daß Tony Nueva sich meldete. Sein Ausbleiben bedeutete: Er stand mit leeren Händen da und war zu stolz, es zuzugeben. Das beunruhigte mich am allermeisten: Ein Geheimnis, hinter das ein Tony Nueva nicht kam, mußte ein sehr gut gehütetes sein. Ich mußte ihn erreichen und fragen...

Mit einem Ruck zog mein Gehirn die Bremse und machte mir klar, daß dies ja Raes Fall werden sollte. Und überrascht bemerkte ich einen Anflug von Bedauern...

5

Eine Zeitlang fürchtete ich, die Katastrophe mit der Pilz-Enchilada könnte zum Omen für die Stimmung des ganzen Abends werden. Zuerst rief Jack an und ließ mich ungewöhnlich kurz angebunden wissen, sie kämen eine halbe Stunde später. Kaum fünf Minuten später rief Hy vom Tufa Lake an. Er sei schon unterwegs nach San Francisco gewesen, da habe die Citabria einen kleinen Motorschaden bekommen, und die Reparatur habe ihn den ganzen Tag gekostet. Falls ich Zeit hätte, würde er es vielleicht noch einmal Mitte der Woche versuchen. Ich sagte, ich hätte Zeit, und hängte verstimmt ein. Ich hatte Hy an diesem Wochenende nicht erwartet, doch nachdem ich jetzt von seinem abgebrochenen Flug erfahren hatte, vermißte ich ihn schmerzlich.

Um sieben köchelte die Spaghettisauce vor sich hin. Das Knoblauchbrot war fertig für den Backofen, und der Salat wartete knakkig in der Schüssel. Ein kühler Abendwind war aufgekommen, und deswegen legte ich Scheite in den freistehenden Kamin, den ich kürzlich in mein Wohnzimmer hatte einbauen lassen. Rae stellte das Tablett mit dem sündhaft teuren Horsd'œuvre auf den Tisch, das sie bei unserem Lieblings-Italiener gekauft hatte. Wir setzten uns und warteten auf unsere überfälligen Gäste.

Um zehn vor acht erschienen Jack und Judy, ohne Lis, und sie sahen aus, als hätten sie gerade einen Streit gehabt. Als ich ihre Mäntel aufhängte, zog Jack mich auf die Seite. Es habe eine neue Schmieraktion gegeben, sagte er, diesmal im Laufe der vergangenen Nacht, und Lis sei völlig deprimiert. »Sie will unbedingt wieder fortziehen. Wir haben sie zu überreden versucht, heute abend mitzukommen, aber sie wollte sich nicht mit normalen Leuten zum Essen an einem Tisch setzen.«

Ich dachte an meine vorangegangenen Vorbehalte, sie überhaupt eingeladen zu haben, und schämte mich plötzlich. Mir wurde klar, daß ich zwar eine Menge über Verbrechen und ihre direkten Folgen wußte, mir aber noch nie viele Gedanken über die langfristigen Auswirkungen gemacht hatte, besonders nicht über eine sogenannte bedingte Haftentlassung.

Jack trug den mitgebrachten Wein in die Küche, und Rae holte

Gläser. Judy war ins Wohnzimmer gegangen. Ich ging ihr nach zum Kamin, wo sie sich die Hände wärmte. Sie war groß und dünn. Ihre Gabardinehose mit Bügelfalte schlotterte um sie herum. Ihr fast weißblondes Haar – wahrscheinlich auch Lis' frühere Farbe – war kunstvoll zu einem Knoten aufgesteckt. Kleine Strähnen ringelten sich über die hohe Stirn und in den langen Nacken. Ihre Augen strahlten ruhig und ausdrucksvoll hinter großen runden Brillengläsern.

Seit ich Judy kannte, ging für mich etwas Faszinierendes von ihr aus, das ich nicht erklären konnte. Jetzt fiel mir ein Begriff dafür ein, »jenseitig«. Im Schottischen heißt das »fey«, und meine Tante Clarisse, die in meiner Familie für Gespenster zuständig war, benutzte das Wort oft, wenn sie uns ihre schaurigen Gutenachtgeschichten erzählte. Oft hatten wir dann noch lange, statt zu schlafen, ängstlich unter der Bettdecke gelegen. Als Erwachsene entdecke ich in dem Begriff jetzt einen gewissen sadomasochistischen Einschlag. Ich habe auch einmal im Wörterbuch nachgeschlagen: »Fey« war, wie Clarisse, schottisch und bedeutete soviel wie »unter einem Bann stehend und fähig zur Vorahnung von Katastrophen, Tod oder Unglück; jenseitig«. Nachdem ich immer gern für alles ein Etikett habe, war mir jetzt wohler, für Judys schwer faßbare Eigenschaft einen Begriff gefunden zu haben. Zugleich stand dieser in deutlichem Widerspruch zu der Art, wie sie sich gab. Bei einer realistisch denkenden und erfolgreichen Theaterproduzentin denkt man schließlich nicht unbedingt an Übersinnliches oder Jenseitiges.

Sie kam auf mich zu und ergriff meine Hände. »Danke für die Einladung. Es tut mir leid, daß meine Mutter nicht mitkommen konnte.« Sie schien über den Begriff zu stolpern, als bereite es ihr Mühe, an Lis als ihre Mutter zu denken oder so von ihr zu sprechen.

»Jack hat mir von den neuen Schmierereien erzählt. Was stand diesmal auf der Wand?«

»Wieder das gleiche. Der Nachbar ein paar Häuser weiter hat es für mich übermalt, aber man erkennt es noch. Und wahrscheinlich kommen sie wieder.«

»Ich habe jemanden losgeschickt, den Jungen ausfindig zu machen, der es getan hat.«

Sie zuckte mutlos mit den Schultern. »Ich fürchte, bei Lis haben sie ihr schlimmes Ziel schon erreicht.«

»Ist sie wirklich entschlossen zu gehen?«

»Das sagt sie jedenfalls. Sie behauptet, von schlimmen Dingen passieren stets drei auf einmal – Lis ist und war immer äußerst abergläubisch. Bei einem Menschen von ihrer Intelligenz schon seltsam. Sie glaubt, wenn sie geht, wird das den Bann brechen. Aber ich glaube nicht, daß sie jetzt schon wegzieht. Dazu ist sie viel zu deprimiert.«

Jack und Rae kamen mit dem Wein herein. Wir setzten uns, und ich lenkte das Gespräch auf angenehmere Themen. Diese Angewohnheit verdanke ich meiner Mutter, die die Erörterung unerfreulicher Dinge vor dem Essen untersagte, weil dies der Verdauung schade. Rae gab ein paar Geschichten über ihren Willie Whelan zum besten, die mit Gelächter quittiert wurden, und die Spannung, die ich zwischen Jack und Judy gespürt hatte, lockerte sich. Erst als wir bei Kaffee und Schokoladetrüffeln angekommen waren – Rae hatte sich beim Einkauf im Delikatessenladen geradezu überschlagen –, kamen wir wieder auf Lis Benedict zu sprechen.

»Du willst mir also helfen, den Fall für das Historische Tribunal aufzubereiten?« sagte Jack zu mir.

»Dazu habe ich mich noch nicht entschlossen.« Ich hatte Rae am Abend zuvor den Fall skizziert und versucht, ihr Interesse zu wekken, indem ich ihr ein paar Passagen aus dem Protokoll vorlas. Jetzt sah ich sie an, aber sie pickte geistesabwesend mit dem Zeigefinger die Schokoladenkrümel von ihrem Teller.

Jacks Lippen zuckten ärgerlich. »Du hast das Protokoll gelesen?«

»Ja.«

»Was brauchst du dann noch für deine Entscheidung?«

»Eine bessere Vorstellung davon, ob neue Ermittlungen überhaupt noch machbar sind. Es gibt eine Reihe Dinge in dem Fall, bei denen es sich lohnte, aber ich weiß nicht, ob es möglich ist.«

»Warum nicht?«

»Erstens, welche Zeugen sind noch verfügbar? Viele dürften inzwischen verstorben sein.« Ich sah Judy an. »Mit dir kann ich zwar reden, aber deine Erinnerung an den Mord und den Prozeß wird nicht so präzise sein wie die eines damals Erwachsenen.«

Sie nickte. »Das meiste ist ziemlich verschwommen. Andere Dinge weiß ich gar nicht mehr.«

»Was ist mit der Mordnacht und mit den Blutflecken auf der Kleidung deiner Mutter?«

»Daran kann ich mich überhaupt nicht mehr erinnern. Meine Aussage vor Gericht kommt mir vor, als hätte sie jemand anderes gemacht. Mein Vater behauptet, ich habe sie völlig verdrängt.«

»Du meinst Joseph Stameroff?«

»Ja.«

»Und dein leiblicher Vater? Was ist mit ihm?«

»Er ist in den sechziger Jahren gestorben.«

»Noch sehr jung, nicht wahr?«

»Er war sechsundvierzig, so alt, wie ich jetzt bin. Er war Alkoholiker. Der Schnaps hat ihn umgebracht. Vincent Benedict«, fügte sie hinzu, als spräche sie von einer Person, von der sie nur gelesen hatte, »war nie sehr stabil. Wegen seiner Affäre mit Cordy McKittridge hat er sich selbst die Schuld an dem gegeben, was Lis passiert ist. Auch an Cordys Tod gab er sich die Schuld. Ich glaube, er hat sie wirklich geliebt. Und natürlich fühlte er sich auch schuldig, weil er mich verlassen hat.«

»Warum hat er dich eigentlich zur Adoption freigegeben?«

»Er wußte, daß er sich um ein Kind nicht kümmern konnte. Und als Lis zum Tode verurteilt wurde, war Vincent Benedict kaum fähig, nur für sich selbst zu sorgen.«

Wieder sah ich Rae an. Unsere Blicke trafen sich, und sie sah schnell weg. Dann stand sie auf und fing an, den Tisch abzuräumen.

Es lief nicht so, wie ich gehofft hatte. Ich wandte mich Judy zu. »Wie war das mit dem Auffinden von Cordys Ring?«

»Also, *daran* kann ich mich erinnern.« Sie holte tief Luft und sah Jack an, der ihr beruhigend auf die Schulter klopfte. »Ihr wißt ja, in jedem Leben gibt es diese besonderen Meilensteine«, sagte sie. »›Dies passierte davor, das danach.‹ Also, jener Abend gehört für mich zu diesen Meilensteinen. Nach dem Prozeß habe ich mir immer wieder ein neues Ende ausgemalt, in dem ich nicht auf den Dachboden hinaufging und mit dem Ring wieder herunterkam. Selbst als ich schon alt genug war, um zu wissen, daß Tagträume nichts ändern, hielt ich an dieser Vorstellung fest.« Sie unterbrach sich und fügte dann mit weicherer Stimme hinzu: »Das tue ich noch immer.«

Der Gedanke, mit der Last einer solchen Schuld zu leben, war für mich kaum vorstellbar. »Erzähl mir von dem Abend.«

Sie rutschte unbehaglich auf ihrem Stuhl hin und her. Die Flammen der Kerzen auf dem Tisch spiegelten sich unruhig in ihren runden Brillengläsern. »Wir waren aus Seacliff weggezogen«, begann sie. »Niemand wollte mehr dort leben, nach... nach dem, was passiert war, vor allem nicht Vincent... mein Vater. Er fand für uns ein Haus in der Lake Street, ganz in der Nähe. Ich erinnere mich, daß es mir nicht besonders gefiel. In dem Haus in Seacliff hatte mir das große Grundstück Auslauf geboten, und ich hatte mein Dachzimmer geliebt. Dort oben fühlte ich mich wie in einem Adlerhorst, von dem aus ich unbeobachtet Ausschau halten konnte. Jedenfalls schickten sie mich in dem Sommer dann, das war Anfang Juli, tagsüber in ein Theatercamp. Für die Aufführung eine Woche später brauchte ich ein Kostüm. Niemand half mir, eines zu beschaffen. An dem Tag waren Dr. Eyestone und seine Frau und auch die Sheridans zu einer Cocktailparty da.«

Einer der Namen erinnerte mich an das Protokoll. »War Russell Eyestone nicht der Direktor der Denkfabrik?«

»Ja.«

»Lebt er noch?«

»Er ist vor ungefähr zwei Jahren gestorben. Sein Sohn Leonard leitet das Institut jetzt.«

»Und die Sheridans – wer waren die?«

»Er gehörte zum Stab, war, glaube ich, Physiker. Was aus ihnen geworden ist, weiß ich nicht. Sie sind nach dem Prozeß in den Osten zurückgegangen.«

»Was ist mit dem Institut? Hat es seinen Sitz noch in Seacliff?«

»Nein. Kaum war Russell Eyestone tot, fing Leonard an, ein neues Zentrum am Embarcadero zu errichten. Das alte sei, wie er in einem Zeitungsinterview sagte, nicht mehr zeitgemäß gewesen. Das neue Gebäude ist sehr modern, sehr feudal. Wie ich gehört habe, wird von dem Seacliff-Anwesen das, was noch nicht verkauft wurde, weiter angeboten.«

»Okay, du sagst, die Eyestones und die Sheridans wären zu einer Cocktailparty in euer Haus an der Lake Street gekommen...«

»Es war eher eine Konferenz als eine Party. Davon gab es viele: sehr gespannte, sehr besorgte Gespräche über die Auswirkung des Mordes auf die Zukunft des Instituts. Und das ging nie ohne große Mengen Schnaps. Auf mich hat da keiner geachtet.« Sie machte eine Pause und schien das Geschehen vor ihrem inneren Auge noch einmal vorbeiziehen zu lassen.

Als sie nicht weitersprach, soufflierte ihr Jack. »Du brauchtest ein Kostüm.«

»Ja, ein Kostüm. Einige Tage zuvor hatte ich gesehen, wie meine Mutter eine Kiste mit Kleidern auf den Dachboden brachte – lauter Sachen, die aus der Mode waren, aber noch zu gut, um sie wegzuwerfen. Ich ging also hinauf, wühlte darin herum und kam mit dem Ring wieder herunter.«

»Wo war er gewesen?« fragte ich.

»In welchem Teil der Kiste, meinst du? Ich kann mich nicht erinnern.«

Nach Judys Aussageprotokoll hatte der Ring in der Tasche eines blauen Brokatkleides gesteckt. »Weißt du es bestimmt nicht mehr?«

»Wie gesagt, es gibt eine Menge Lücken in meiner Erinnerung.«

»Wußtest du, daß es Cordys Ring war?« fragte ich. »Übrigens, kanntest du Cordy?«

»Jeder am Institut kannte sie. Ihre Eltern waren eng mit den Eyestones befreundet, und sie hat sie oft besucht. Zu oft, wenn du mich fragst.«

»Wieso?«

»Also, ich finde es nicht normal für ein einundzwanzig Jahre altes Mädchen, sich so für die Freunde ihrer Eltern zu interessieren. Ich fragte mich sogar, hinter was sie eigentlich her war.« Judy preßte die Lippen zusammen. Ihre Abneigung der jungen Frau gegenüber war jetzt noch, Jahrzehnte nach Cordys Tod, spürbar. »Wahrscheinlich habe ich auch Vermutungen darüber angestellt, von wem sie den Ring haben mochte. Als ich ihn ein paar Wochen vor ihrer Ermordung an ihrem Finger entdeckt hatte, war ich von ihm fasziniert gewesen. Er faszinierte auch meine Mutter, wenn ich bedenke, wie sie ihn angeschaut hat.«

Ein Grund mehr, Lis Benedicts Unschuldsbeteuerungen zu mißtrauen. »Okay, du hast den Ring in der Kiste gefunden...«

Sie nickte und starrte in die flackernden Kerzenflammen. »Ich nahm ihn mit nach unten, um ihn meinen Eltern zu zeigen. Ich wußte, daß Cordy getötet worden war, wenn ich auch keine Details kannte, und mir war klar, daß dieser Ring nicht auf unseren Dachboden gehörte. Als Mama ihn sah... Ihr Gesicht vergesse ich nie.«

»Beschreib ihre Reaktion.«

»Zuerst war es ein Schock. Dann wurde sie ganz ruhig. Sie hatte Angst. Ich sollte mit Daddy nach oben gehen und ihm zeigen, wo ich den Ring gefunden hatte. Als wir wieder nach unten kamen, hatte Mama sich in der Küche eingeschlossen, und... alle anderen flüsterten nur noch und wirkten seltsam.«

Judys Stimme klang jetzt kindlich hoch. Als sie Lis zum zweitenmal »Mama« nannte, sah ich Jack an. Auch er hatte den Wandel bemerkt. Zwischen seinen Augenbrauen standen Falten. Als sich unsere Blicke trafen, wirkte er sehr beklommen.

Er hatte mir einmal von Judys Hang zur Melodramatik erzählt – nicht verwunderlich, schließlich war sie Schauspielerin gewesen. Aber dieser abrupte Wechsel wirkte etwas unheimlich...

»Was geschah dann?« fragte ich und merkte, daß meine Stimme jetzt ungewöhnlich gepreßt klang.

»Daddy war... Er ging in die Küche und schrie Mama an. Mama schrie zurück. Und dann schlug er sie. Sie schrie laut auf. Er schlug weiter, und sie schrie weiter, bis Dr. Eyestone und Dr. Sheridan hineingingen und ihn zurückhielten. Und dann kam die Polizei.«

»Wer hatte sie gerufen?«

Ihr Gesicht erstarrte. Einen Augenblick lang schien sie wie von den Kerzenflammen hypnotisiert. Sie holte schluchzend Luft.

Jack legte ihr die Hand auf die Schulter. »Judy?«

Sie schüttelte sie ab. »Mein Gott«, sagte sie, »*ich* war es. Ich habe die Polizei gerufen!«

»Warum?« fragte ich. »Um deine Mutter zu schützen?«

Sie schüttelte den Kopf, sichtlich durcheinander. »Ich nehme es an. Aber sonst hatte ich nie die Polizei gerufen, wenn mein Vater sie schlug.«

»Passierte das häufig?«

»Wenn er trank. Und er trank oft.«

»Davon hast du mir nie erzählt«, sagte Jack.

Sie schürzte ärgerlich die Lippen. Er sah es und zog sich zurück. Ich hatte diese Art des Umgangs miteinander schon ein paarmal beobachtet: Sie signalisierte emotionale Bedürfnisse, er reagierte mit Fürsorge. War ihr Bedürfnis befriedigt, wandte sie sich verärgert von ihm ab, und er zog sich zurück.

In die unbehagliche Stille hinein sagte ich: »Ging das lange mit dem Trinken und den Schlägen?«

Judy antwortete nicht sofort. Sie wollte wohl zuerst ihr Temperament unter Kontrolle bekommen. »Solange ich mich erinnern kann. Meine Eltern haben dreiundvierzig geheiratet, da war er noch im Studium. Er hatte nie etwas anderes getan, war immer nur zur Schule und auf die Universität gegangen. Ich glaube, er fühlte sich in der Ehe wie in einer Falle. Und in seinem Job auch. Er war das jüngste Mitglied am Institut, und so schoben ihm die anderen alle Routinearbeit zu. Dazu sah er gut aus und konnte charmant sein, wenn es sein mußte. Also setzten sie ihn immer dann ein, wenn es um PR-Arbeit ging.« Sie hielt inne. »Ich glaube, auch ich war für ihn eine Falle. Er hat sich richtig beeilt, mich nach Mamas Verhaftung loszuwerden.«

Sie drehte sich zu Jack um und verzog die Lippen zu einer Entschuldigung für ihre vorherige Gereiztheit. »Ich habe die Mißhandlungen dir gegenüber nie erwähnt, weil ich selbst erst kürzlich wieder daran gedacht habe. Auch daß ich die Polizei angerufen habe, ist mir gerade jetzt erst wieder eingefallen.« Sie sah mich an. »Es ist in letzter Zeit viel passiert. Manchmal erzählt Lis etwas, oder irgend etwas läßt mich an meine Kindheit denken, und – zack! bin ich wieder mitten in der Vergangenheit, und alles steht klar vor mir.«

»An was kannst du dich sonst noch erinnern?« fragte ich.

»An solche Dinge nicht mehr. Nur an bestimmte Orte oder an bestimmte Äußerungen von Menschen. Ich weiß nicht, wie das kommt und warum gerade jetzt.«

Ich sah in die Kerzenflammen, in die auch sie gestarrt hatte, als sie von dem längst vergangenen Abend erzählte. Sie flackerten im Luftzug. Ihre Farbe changierte von einem Goldton an der Spitze über hellrot und purpur bis kobaltblau an den Dochten. »Du sprachst von Cordys Ring. Vielleicht rief der Amethystton der Flammen deine Erinnerungen hervor.«

»Vielleicht. Aber warum gerade jetzt, nach so vielen Jahren?«

»Lis ist in dein Leben zurückgekehrt.«

»Sie ist in meinem Leben, seit ich einundzwanzig bin und Verbindung mit ihr im Gefängnis aufgenommen habe.«

»Aber nicht im Alltag, wie jetzt. Du hast nicht mit ihr unter einem Dach gelebt.«

»Das wird es wohl sein.« Ihr Gesicht zeigte müde Falten. Sie griff nach Jacks Hand und verschränkte ihre Finger mit den seinen. Er drückte sie beruhigend. Ihr Verhaltensmuster trat in eine neue Phase.

Nach einer Weile sagte sie: »Mein Gott, welche Erinnerungen werden wohl noch hochkommen? Was habe ich meiner Mutter *sonst* noch angetan?«

»Du hast ihr überhaupt nichts *angetan*«, sagte er zu ihr. »Du warst ein Kind, nicht verantwortlich.«

Ich sah Rae an, die mit untergeschlagenen Armen hinter Judys Stuhl stand. Sie hatte den Gesichtsausdruck, den sie immer bekam, wenn sie die Atmosphäre von etwas reinigen wollte, aber sie sagte nur: »Ich glaube, wir könnten jetzt einen Verdauungsdrink vertragen.«

Jack war unentschlossen, aber der Rest entschied sich für einen Sherry. Als Rae eingeschenkt und sich wieder gesetzt hatte, fragte ich Judy: »Erinnerst du dich, wie du dich gefühlt hast, als du gegen deine Mutter aussagen solltest?«

»Es klingt seltsam, aber ich wollte es – und auch das macht mir Schuldgefühle. Ich war wütend auf sie. Weil sie Cordy umgebracht hatte – wie ich damals glaubte –, und ich hatte alles verloren.«

»Was passierte mit dir, nachdem sie verhaftet worden war?«

»Ungefähr zwei Wochen lang versuchte mein Vater, die Dinge im Griff zu behalten. Er stellte eine Frau ein, die ins Haus kam und kochte und da war, wenn ich aus dem Theatercamp kam. Er kam pünktlich heim und trank nicht so viel wie sonst. Aber dann, am

26. Juli – ich erinnere mich so genau an das Datum, weil es der Tag nach dem Zusammenstoß der *Andrea Doria* mit der *Stockholm* war und alle Welt darüber redete –, kam er heim … na ja, total zu. Er saß am Küchentisch und trank fast die ganze Nacht, bis er umkippte. Und am folgenden Nachmittag schickte er mich zu den Eyestones. Ich sollte dort bleiben. Sie behielten mich für ein paar Wochen bei sich, und dann kam ich in ein Pflegeheim. Bis auf ein paar kurze Besuche habe ich meinen Vater nie wieder gesehen. Ich verlor alles.«

»Was war mit deiner Mutter?« fragte Rae. »Hast du sie im Gefängnis besucht?« In ihrer Stimme klang Mitgefühl. Sie selbst hatte früh beide Eltern verloren und war von einer Großmutter erzogen worden, die sie spüren ließ, daß sie sie nicht wirklich haben wollte.

»Ein paarmal.«

»Wie hat sie auf deine Aussage reagiert?« fragte ich.

»Sie sagte mir, ich solle tun, was ich für richtig hielt. Ich solle die Wahrheit sagen und es nie bereuen. Schon damals kam mir das seltsam vor. Ich wußte, bei einem Schuldspruch würde man sie hinrichten.«

»Habt ihr später noch einmal darüber geredet?«

»Sie sagte nur, sie wolle es mir nicht schwerer machen, als es bereits war. Aber klingt das nicht irgendwie fadenscheinig?«

»Vielleicht nicht einmal«, sagte ich und dachte dabei an meine eigene Mutter. »Es gibt Eltern, die sehr selbstlos sind, wenn es um ihre Kinder geht. Wem hast du zuerst von dem Blut auf der Kleidung deiner Mutter erzählt? Und wann?«

»Rote Flecken, nicht Blut. Ich kann mich nicht erinnern.«

»Und wann bist du zum erstenmal Joseph Stameroff begegnet?«

»Im Pflegeheim, etwa eine Woche nach meiner Ankunft dort und Monate vor dem Prozeß. Er wollte mit mir reden und brachte mir einen Teddybär mit. Ich sagte ihm, ich sei zu alt für Stofftiere, und er antwortete, niemand sei zu alt dafür. Manchmal brauche man etwas, das man an sich drücken und dem man all seine Geheimnisse anvertrauen könne. Er wußte … über vieles Bescheid.«

»Lis behauptet, er und seine Frau hätten versucht, dich gegen sie zu beeinflussen.«

Judy preßte die Lippen zusammen. Nach einem Augenblick sagte sie: »Es gibt eine ganze Menge Dinge zwischen mir und meinen Eltern... meinen Adoptiveltern, die Lis nicht versteht.«

Jack sagte gütig: »Aber sie hat gute Gründe für die Annahme, daß sie dich beeinflußt haben. Er hat dich immer gedrängt, sie nach deinem ersten Besuch im Gefängnis fallenzulassen. Er hat dir jetzt deutlich gesagt, er wolle nicht, daß sie in deinem Haus wohnt. Und seit er von diesem geplanten Scheinprozeß erfahren hat, hat er dir regelrecht zugesetzt und versucht, dir das auszureden.«

Sie sah ihn mit vor Zorn verzerrtem Gesicht an. »Woher weißt du das?«

»Von seiner Einstellung zu dem Prozeß? Das kann ich aus deinen Andeutungen schlußfolgern. Und letzte Woche hat er mich im Büro angerufen und versucht, mich unter Druck zu setzen. Heute hat er Lis angerufen, während du einkaufen warst – und das nicht zum erstenmal.«

»Hat er das? Und sie hat es dir erzählt?«

Jack nickte. Judy schwieg eine Weile. Schließlich sagte sie: »Weil wir gerade von Lis reden – wir sollten sie nicht so lange alleinlassen.«

Jack schien dieser abrupte Themenwechsel nicht zu überraschen. Er sah nur auf die Uhr, sagte: »Himmel, schon Mitternacht vorbei«, und stand auf. Als Judy sich erhob, fragte er mich: »Höre ich noch vor Montag von dir?«

»Möglich. Erreiche ich dich morgen?«

»Den ganzen Tag. Ich muß mich auf eine Verhandlung am Dienstag vorbereiten.«

»Dann komme ich vielleicht kurz bei dir vorbei.« Ich begleitete sie zur Tür und sah ihnen nach, wie sie meine schmale, mit Autos vollgeparkte Auffahrt bis zu Jacks Wagen hinuntergingen. Dann kehrte ich ins Haus zurück und setzte mich zu Rae ans Feuer.

Mit einemmal sagte sie: »Bitte mich nicht, den Fall zu übernehmen.«

»Ich... Woher wußtest du das?«

»Seit gestern abend versuchst du schon, mich rüberzuziehen. ›Rae, hör mal! Rae, dieser Fall wäre eine echte Herausforderung!‹« Die Art, wie sie meine ziemlich durchsichtigen Bemühungen nachäffte, war wenig schmeichelhaft, aber zutreffend.

»War ziemlich deutlich zu merken, nicht?«

»Du solltest nicht versuchen, andere Leute zu manipulieren. Das ist nicht gerade deine Stärke.«

»Und du willst diesen Fall also wirklich nicht übernehmen.«

»Nur auf deine ausdrückliche Anweisung. Wie du sehr wohl weißt, habe ich noch einen ganzen Stapel von Fällen zu bearbeiten. Ich möchte nicht unsere anderen Mandanten kurz abfertigen, nur wegen Jacks... Untersuchungsprojekt.«

»Du hältst nichts davon.«

»Nein, und wahrscheinlich aus anderen Gründen als du. Aber das ist meine Angelegenheit.« Sie goß uns Sherry nach und ließ sich im Schneidersitz vor dem Kamin nieder. »Ich verstehe nur nicht, warum du es überhaupt in Betracht ziehst.«

»Also, erst einmal ist Jack da wirklich mitbetroffen. Und es *könnte* ja auch eine Herausforderung werden. Aber abgesehen von den durchaus unappetitlichen Aspekten stört mich noch etwas. Es ist alles zu emotionsgeladen.«

»Du meinst, was zwischen Jack und Judy vor sich geht? Und zwischen der Mutter und dem Adoptivvater?«

»Auch auf den Fall selbst bezogen. Sogar im Gerichtsprotokoll war es zu spüren.«

»Du bist doch noch nie vor Emotionen zurückgeschreckt.«

»Vielleicht lerne ich es gerade.« Gestern nachmittag noch hatte ich Jack gesagt, ich hätte die schlimmen Ereignisse des vergangenen Sommers noch einmal für mich durchgearbeitet und sie damit hinter mich gebracht, aber das war nicht die ganze Wahrheit. Im Herbst danach war es am Tufa Lake zu weiteren gewalttätigen Szenen gekommen, die mir erneut Wunden zugefügt und mich empfindlich gemacht hatten.

In Wahrheit wollte ich nur nicht wieder in einen Fall verwickelt werden, der mich emotional vereinnahmte. Allzuoft wurden dabei Menschen in meiner Nähe verletzt. Ich spürte bereits, wie mich der Fall in seinen Bann zog, obwohl er Jahrzehnte zurücklag und trotz der Trockenheit der gerichtlichen Dokumente. All das bewirkte ein ausgesprochen unbehagliches Gefühl in mir. Wenn mich Ereignisse, die so lange zurücklagen, schon so aufsaugen konnten, wie sollte ich mich dann erst aktueller Ereignisse erwehren?

Doch das alles konnte ich Rae nicht erklären, und so fügte ich bloß noch hinzu: »Im Augenblick fühle ich mich zu nichts anderem fähig als zu ganz einfachen Routineermittlungen.«

»Und die Ermittlungen für so ein Historisches Tribunal sind keine Routinesache?«

Ich zuckte mit den Schultern und starrte in die kleiner werdenden Flammen im Kamin. Von den Holzscheiten leckten sie jetzt in einem dunkleren Spektrum hoch: kobalt, smaragd, amethyst, blutrot...

Blutrot und amethyst. Die Farbe des Mordes, die Farbe der Erinnerung. Vielleicht wäre es am besten, die Tiefen, in denen solche Erinnerungen schlummerten, wie bei Judy, unausgelotet zu lassen. Oder doch nicht? War es besser, sie wachzurufen und dabei den Schmerz unwillkommener Enthüllungen zu riskieren? Oder sie ruhen zu lassen und die seelischen Auswirkungen verdrängter Geheimnisse in Kauf zu nehmen?

Mir ging auf, daß ähnliche Fragen auch für mein eigenes Leben galten. War es besser, den schmalen, aber sicheren Mittelweg des Unbeteiligtseins zu gehen? Oder es darauf ankommen zu lassen, mich mit ganzem Herzen in die Ermittlungen zu stürzen und dabei möglicherweise unangenehme und schmerzhafte Konsequenzen in Kauf zu nehmen?

Ich starrte weiter ins Feuer und spürte, wie meine emotionalen Vorbehalte zu schwinden begannen. Zunehmend bröckelten sie von außen nach innen ab. Ich geriet ins Schwanken. Unsicherheit und Furcht nagten an mir. Ich wollte mich wehren, doch dann ließ ich sie zu. Mit der Zeit würden sie zu einer unterschwelligen Angst werden, einer ständigen Begleiterin durch alles, was vor mir lag. Diese Angst war eine alte Bekannte – die einzige, die mich, wie ich mir kürzlich eingestehen mußte, ganz lebendig werden läßt.

6

Am Sonntagmorgen geht im Mission District für eine kurze Zeitspanne ein Wandel vor sich. Kirchenglocken läuten. In der Dolores Street parken nahe der Mission Street Wagen in Doppelreihe.

Adrett gekleidete Familien, alte Damen mit Hüten auf dem Kopf und Arbeiter im Sonntagsanzug ergehen sich nach dem Gottesdienst auf den Bürgersteigen. Kinder laufen in den Laden an der Ecke und kaufen Sauerteigbrote und dicke Zeitungen ein. Junge Paare mit Kinderwagen ziehen an den Schaufenstern der Läden für Billigmöbel in der Valencia Street vorbei. Und für ein paar Stunden ist die Mission wieder ein alter, würdiger Platz, an dem Gottes Gesetze herrschen und keine Sünde so arg ist, daß sie nicht in der Beichte vergeben werden könnte.

Im Gegensatz dazu erschien mir die City Amusement Arcade innen schäbiger als sonst, als ich dort einige Minuten nach elf eintrat. Abgestandener Zigarettenrauch stieg mir ätzend in die Nase, und der Geruch von Lysol war nicht stark genug, meinen Würgereiz zu unterdrücken. Die jungen Männer, die sich überall über die Spielgeräte beugten, mochten dieselben wie am Freitag sein. Sie nahmen die Trostlosigkeit ihrer Umgebung nicht wahr. Ihre Blicke hingen starr an den flimmernden Bildschirmen. Sie reagierten auf die Bilder, die vor ihnen auftauchten, wie verwirrte Ratten in einem schmutzigen Laborkäfig. Für die meisten von ihnen war die Bedienung solch elektronischer Maschinen vielleicht die einzige Kunst, die sie je lernten, und der Sieg über diese nicht-menschlichen Gegner der einzige Triumph, der ihnen je vergönnt war.

Leider war Tony Nueva nicht unter ihnen. Ich fand den Manager der Arcade, einen einarmigen Vietnam-Veteranen namens Buck, und fragte ihn, ob er schon dagewesen sei. Buck hatte ihn noch nicht gesehen. Tony habe eine »richtig heiße Lady« und ziehe vor, es am Sonntagmorgen etwas langsamer gehen zu lassen, wenn ich wisse, was er meine.

Ich wußte, was er meinte, und der Gedanke an einen Tony, der faul unter der Bettdecke lag, während ich noch auf seine Information wartete, hob nicht gerade meine Stimmung. Aber als ich wieder vor die Tür trat, sah ich meinen Informanten aus einem grell lackierten, tiefliegenden Wagen auf den Bürgersteig klettern. Die junge Lateinamerikanerin am Steuer trug eine ungepflegte Boa um ihren Hals, und ich dachte mitleidig an den Fuchs, dessen Fell sie einmal gewesen war.

Als Tony mich entdeckte, runzelte er die Stirn und setzte ein nonchalantes Grinsen auf. »Alsdann, McCone«, sagte er, »was gibt's?«

Eine gar zu herzliche Begrüßung. Ich sah ihn nachdenklich an. Heute hatte er ein neu aussehendes, flauschiges Veloursheind an und an seinem schmalen Handgelenk eine silberne Uhr mit türkisbesetztem Armband. Die Uhr hatte ich noch nie an ihm gesehen. Am Freitag hatte er sie nicht getragen. Und sicher hatte er sie nicht für meine zehn Dollar erworben.

Er sah, wie ich die Uhr musterte, und sein Grinsen verschwand. Schnell zog er die Manschette herunter, um sie zu verbergen.

»Wieso habe ich noch nichts von dir gehört?« wollte ich wissen.

»Mein Gott, McCone! So ein schöner Morgen. Gerade komme ich aus dem Bett, und schon gehen Sie so auf mich los?«

»Ich möchte meine Information oder die zehn Dollar zurück.«

»Geben Sie mir noch etwas Zeit.«

»Die hast du gehabt.«

»Ich habe Ihnen gesagt, daß es schwer werden könnte, Verbindung zu ...«

»Wer hat dich dafür bezahlt, Tony?«

Es war nur eine Idee, aber sie paßte. Sein Mund zuckte, und sein Blick wich mir aus, ging nach rechts und links, als suche er einen Fluchtweg. »Ich weiß nicht, wovon Sie verdammt noch mal reden.«

Seine Manschette war hochgerutscht und gab die Uhr wieder frei. »Irgendwer muß dir ein nettes Sümmchen gezahlt haben«, sagte ich und zeigte darauf.

Er zerrte an der Manschette. »Ich verdiene eben gutes Geld.«

»Indem du an den Meistbietenden verkaufst.«

»Meine Güte, McCone!« Er zog seine Brieftasche, holte einen Zehner heraus und warf ihn mir zu. »Hier – Sie wollen Ihr Geld, also kriegen Sie es.«

Das bestärkte nur meinen Verdacht. Tony hatte bisher noch nie freiwillig wieder etwas herausgerückt, nicht einmal eine so kleine Summe wie zehn Dollar. Ich nahm den Schein und sagte: »Du weißt, daß du einen recht passablen Ruf bei den Leuten genießt, die du belieferst. Auf diese Weise könntest du den rasch ramponieren.«

»Ist das eine Drohung?«

»Nennen wir es eine freundliche Warnung.«

»Sie wissen, was Sie mich mit Ihrer Warnung können, McCone.« Er schoß an mir vorbei und knallte die Tür zur Arcade hinter sich zu.

Ich hatte einige Besorgungen in der Gegend zu machen, und so war es schon zehn vor eins, ehe ich bei All Souls ankam. Das viktorianische Haus hielt einen kleinen Sonntagnachmittagsschlaf. Fliegen summten im Erker, und der Aufenthaltsraum war warm und stikkig. Ich ging direkt zu Jacks Wohn- und Arbeitsbereich im hinteren Trakt des ersten Stocks. Die Tür stand offen, und Papiere lagen verstreut auf seinem Arbeitstisch. Aber er war nicht da.

So bereitet man sich also auf den bevorstehenden Prozeß vor, dachte ich. Noch vor ein paar Monaten hätte ich vermutet, das gute Wetter habe ihn in die Berge zum Klettern gelockt, aber seit er Judy kannte, hatte er den gefährlichen Sport fast völlig aufgegeben. Er hatte ihn nur betrieben, um sich von den Folgen seiner Scheidung abzulenken, und meiner Meinung nach hatten die Verletzungen, die er dabei erlitten hatte, ihn gelehrt, daß es schlimmere Schmerzen gibt als ein gebrochenes Herz.

Ich ging wieder nach unten in unsere Bibliothek und zog die verschiedenen Telefonbücher hervor, die Ted dort aufbewahrte. Beim ersten Durchblättern stieß ich auf keinen Zeugennamen aus Lis Benedicts Prozeß. Ich schrieb mir Nummer und Adresse des Institute for North American Studies auf. Dann ging ich in Jacks Büro zurück. Offenbar hatte er sich für den Nachmittag freigegeben.

Nun gut, um Lis Benedict meine Entscheidung mitzuteilen, daß ich mich ihres Falls annehmen würde, brauchte ich ihn nicht. Das konnte ich auch allein tun. Ich beschloß, zu Fuß zur Wool Street hinaufzugehen.

Die Bewohner von Bernal Heights waren alle auf den Beinen: Sie arbeiteten im Garten, führten ihre Hunde aus, spielten Ball mit den Kindern, hielten einen Schwatz mit den Nachbarn. Ich entdeckte einen unserer Mandanten und blieb stehen, um seine Rosenbüsche zu bewundern. Eine Frau, mit der sich Larry Koslowski bisweilen traf, stellte gerade einen Staketenzaun auf. Ich hielt an und fragte, wie es ihr gehe. Die Wool Street lag relativ verlassen da, bis auf eine freundliche schwarze Katze, die auf mich zugesprungen kam und mich anmaunzte. Ich unterhielt mich mit ihr, während ich weiter bis zur Mitte des Blocks hinaufstieg.

Meine sanftmütige Stimmung schwand, als ich die Fassade von Judys Haus sah. Die Farbe, die der Nachbar über die häßlichen Worte gestrichen hatte, überdeckte sie nur schwach. Sie waren jetzt zu pink verblaßt, aber weiterhin leicht zu lesen. Als ich läutete, kam niemand zur Tür. Ich läutete noch einmal und trat ein gutes Stück zurück. Falls jemand aus dem Fenster schaute, konnte er so sehen, wer draußen stand. Aber niemand zeigte sich.

Vielleicht hatten Jack und Judy beschlossen, Lis fortzubringen. Vielleicht waren sie mit ihr in den Park oder zum Lunch drüben in Marin gegangen. Dann fielen mir die ausgedehnten Spaziergänge ein, die ihr der Arzt angeraten hatte. Am besten, ich stieg zum Turm hinauf – ein gutes Training für mich, auch wenn sie nicht da wäre.

An diesem Nachmittag bevölkerten mehr Leute als am Freitag die Anlage, aber es war nicht annähernd soviel Betrieb wie in den pittoresken Vierteln der Stadt. Auf der gewundenen Straße begegnete ich keinem Menschen. Nur weiter unten sah ich ein paar entfernte Gestalten die Serpentinen hochkommen. Doch als ich die letzte Steigung erklommen hatte, entdeckte ich dann Lis Benedict am Rand eines besonders steil abfallenden Felsens.

Sie stand regungslos in ein schwarzes Wollcape gehüllt, das in Falten bis zu ihren Waden hinabfiel. Die helle Sonne legte einen leuchtenden Schimmer um ihr weißes Haar. Als ich nach dem Geländer griff, blähte ein plötzlicher Windstoß das Cape zu weiten schwingenden Flügeln auf. Lis beugte sich vor und balancierte auf den Zehenspitzen.

Plötzlich sah ich das Bild eines Raubvogels vor mir, der sich vom Felsen aufschwingt und dann herabstößt, um unten zwischen den Felsen ein kleines Tier zu schlagen. Ein unbehagliches Gefühl beschlich mich, während ich mit der Hand über das Geländer fuhr.

Lis beugte sich weiter vor. Ich wollte sie anrufen, doch dann beschleunigte ich lieber meine Schritte. Einen Augenblick stand sie wie in der Schwebe am äußersten Rand des Felsens und sah auf die Stadt hinab, die, jedenfalls für sie, wie aus einer anderen Zeit war. Dann setzte sie die Füße wieder ganz auf und zog das Cape fest um sich. Ihr Körper schien in den Falten zu versinken.

Ich atmete tief durch, ging langsamer und entspannte mich. Ich redete mir ein, daß meine Angst dumm und unberechtigt gewesen war, aber eigentlich wußte ich es besser.

Nach einer Weile wandte sich Lis von der Klippe ab und kam in meine Richtung. In ihrem Gesicht stand Resignation, und die verschwand auch nicht, als sie mich sah. Als ich fast bei ihr war, stolperte sie. Ich faßte ihren Arm.

»Alles in Ordnung?« fragte ich.

Sie nickte.

»Wir haben Sie gestern abend vermißt.«

»Tatsächlich?« Sie schien es nicht recht zu glauben.

»Ja. Wie ich hörte, hat es wieder eine Schmiererei gegeben. Auch weitere Anrufe?«

Sie zögerte einen kurzen Moment, bevor sie antwortete.

»Ja, drei gestern abend und heute mittag wieder einen.«

»Und dazu den von Joseph Stameroff.«

»...Ja.«

»Was hat er gesagt?«

»Er versuchte, wie er es nannte, mir darzulegen, was so ein Scheintribunal für Judy bedeuten würde.«

»Hat er Ihnen irgendwie gedroht?«

»Nein.«

»Was haben Sie ihm gesagt?«

»Gar nichts habe ich ihm gesagt. Er hat mir keine Chance gegeben. Das ist so seine Art.«

»Sind Sie wegen der Anrufe hierher geflohen? Raus aus dem Haus, damit Sie die Anrufe nicht entgegennehmen müssen?«

Sie antwortete nur mit einer vagen Geste und ließ sich von mir helfen, als sie nach dem Geländer griff.

»Sie sollten nicht so nah an den Klippenrand gehen, Lis.«

Unsere Blicke begegneten sich. Ihr Wissen, daß ich sie kurz vor dem Sprung gesehen hatte, machte sie noch fragiler. Sie sagte nichts und sah fort. Nach einer Weile fragte sie: »Warum sind Sie hier heraufgekommen?«

»Um mit Ihnen zu reden. Ich werde in Ihrem Fall ermitteln.«

»Warum?«

Ihre Reaktion überraschte mich, und ich brauchte einen Moment, um eine Antwort zu finden. »Weil ich das Protokoll gelesen habe und auf ein paar ungeklärte Dinge gestoßen bin, die genauer in Augenschein genommen werden sollten. Weil es wichtig ist für Jack und Judy... und für Sie.«

Sie lachte trocken. »Was für mich wichtig ist, muß Sie nicht kümmern, Miss McCone. Offensichtlich mögen Sie mich nicht, und Sie glauben mir auch nicht. Das ist in Ordnung so, und ich kann damit leben, solange es Ihre Arbeit nicht beeinflußt.«

Statt über ihre Äußerung gekränkt zu sein, fühlte ich mich erleichtert, weil die Dinge damit abgeklärt waren. »Sie haben recht, aber ich muß meine Klienten nicht lieben und kann trotzdem professionell für sie ermitteln. Und was den Punkt angeht, ob ich Ihnen glaube oder nicht, so gibt es genügend ungeklärte Dinge und offene Fragen. Ich würde den Fall nicht übernehmen, wenn ich nicht einige Zweifel am Vorgehen der Anklage hätte.«

»Anwälte übernehmen auch Mandanten, von denen sie wissen, daß sie schuldig sind.«

»Ein Anwalt hat die Aufgabe, für die beste Verteidigung seines Mandanten zu sorgen, egal, ob er schuldig ist oder nicht. Mein Job dagegen ist es, die Wahrheit herauszubekommen. Ich habe keine Nachsicht gegenüber Leuten, die mich austricksen wollen oder mich belügen. Wenn ich merke, Sie hoffen, daß ich Ihre Unschuld beweise, obwohl Sie Cordy McKittridge ermordet haben, lege ich den Fall nicht nur nieder, sondern gehe auch an die Öffentlichkeit.«

»Dann sind Sie ja eine Idealistin, Miss McCone.«

»Ich weiß überhaupt nicht mehr, was ich bin.« Schon seit ein paar Jahren nicht mehr. Nicht mehr nach alldem, was ich gesehen hatte oder zu tun gezwungen war. Und schon gar nicht mehr nach dem, was ich beinahe getan hatte.

Zum Glück war Lis Benedicts Blick nach innen gerichtet. So fragte sie nicht, was mich so verunsichert hatte. »Ich war früher eine Idealistin«, sagte sie, »aber davon heilt einen das Gefängnis – und zwar sehr schnell. Auch unser Justizsystem. Am Tag meiner Festnahme habe ich aufgehört, an Gerechtigkeit zu glauben. Ich habe aufgehört, an Mitgefühl zu glauben, als sie mich nach Corona brachten – dort saßen in den fünfziger Jahren die verurteilten Frauen, bis es Zeit für die Gaskammer in San Quentin war.«

»Und als der Gouverneur die Hinrichtung aussetzte und Sie dann später begnadigte?«

Sie lachte spöttisch. »Ich wußte, was da lief.«

»Was?«

Ihr Körper versteifte sich, und sie gab keine Antwort. Anscheinend hatte sie geheime Gedanken preisgegeben und dann gemerkt, daß sie zuviel gesagt hatte. Doch zuviel worüber?

Ich beobachtete sie und fragte mich, ob ich ihr wohl eine Antwort entlocken konnte. Nein, besser brachte ich sie dazu, über etwas anderes zu reden. »Wie ist das im Gefängnis?« fragte ich. »Kann man sich je daran gewöhnen?«

»In gewissem Maße, ja. Anfangs ist es wie ein Sturz in eine völlig andere Welt, vor allem, wenn man so aufgewachsen war wie ich. Natürlich sind schon die äußeren Umstände schlimm, aber schlimmer ist es, keine eigenen Entscheidungen treffen zu können. Und am schlimmsten ist das Gefühl, anders zu sein als die anderen Insassinnen. Nach einer Weile ändert sich das. Man lernt, kleine Entscheidungen zu treffen: Was für eine Zahnpasta kaufe ich mir diesen Monat? Welches Buch leihe ich mir diese Woche in der Bibliothek aus? Womit träume ich mich heute nacht in den Schlaf?«

Ich dachte an Judys Bemerkung über ihre Tagträume. Offenbar hatte ihre Mutter sich auf die gleiche Weise das Leben erleichtert.

»Nach einer Weile«, fuhr Lis fort, »fängt man an, die anderen Insassinnen zu akzeptieren, und umgekehrt genauso. Es macht nichts mehr aus, daß sie größtenteils wenig gebildet und arm sind und einige einfach verrückt. Sie werden zu deiner Familie, denn sie sind alles, was du hast. Und ihnen macht es nichts aus, daß du eine Ausbildung genossen hast, die sie nicht hatten. Im Gegenteil, sie werden richtig stolz auf einen. ›Das ist meine Freundin, die Lady vom College‹, stellte eine Frau mich vor, wenn sie Besuch hatte. Als ich älter wurde, sahen die Jüngeren in mir eine Ersatzmutter und erzählten mir von ihren Problemen und ihren verrückten Phantasien. Einige nannten mich Mom, und seltsamerweise gefiel mir das.«

Sie hielt einen Augenblick inne und fügte dann leiser hinzu:

»Man kann sich an alles gewöhnen, glaube ich. Aber eine Tageszeit gab es, da kam immer der Schmerz hoch. Der frühe Abend war meine liebste Tageszeit gewesen... früher. Eine Zeit des Friedens und des Hoffens. Im Gefängnis wurde es die einsamste Zeit, die traurigste, weil ich wußte, es würde nie wieder eine Hoffnung geben. In diesen frühen Abendstunden habe ich geweint, bevor mir die Tränen dann versiegten und ich für immer zu weinen aufgehört habe.«

Diese einfachen Worte berührten mich tief, um so mehr, als sie in einer Weise ausgesprochen wurden, die kein Mitleid erregen wollte: *So war es. Darum bin ich so, wie ich bin.* Nicht mehr.

»Jetzt gibt es eine Hoffnung«, sagte ich.

»Nein, für mich ist es zu spät. Aber nicht für Judy.«

»Dann packen wir die Sache eben um Judys willen an.« Ich zog mein Notizbuch aus der Tasche. »Ich habe mir schon einiges notiert, aber die meisten Leute, die mit Ihrem Fall zu tun hatten, konnte ich noch nicht auftreiben. Was ist mit Joseph Stameroff? Wie sind die Aussichten, mit ihm zu reden?«

»Ich fürchte, sehr gering.«

»Könnte es wohl sein, daß er hinter den Schmierereien und den Anrufen steckt?«

Sie dachte nach, schüttelte dann den Kopf. »Das würde er Judy nicht antun. Mir vielleicht, aber nicht ihr.«

»Dann werde ich sie bitten, mit ihm zu reden. Vielleicht bringt sie ihn dazu, den Fall mit mir zu besprechen. Dann wäre da Leonard Eyestone – morgen rufe ich als erstes in seinem Büro an und versuche, eine Verabredung mit ihm zu treffen. Und diese Louise Wingfield, Cordys Freundin, die über den Brief aussagte – ich habe schon von ihr gehört. Dame der Gesellschaft, vor fünfzehn Jahren Scheidung mit großer Abfindung – danach hat sie ihren Mädchennamen wieder angenommen. Mit dem Geld hat sie eine Stiftung zur Unterstützung von Kindern der Minderheiten gegründet. Ich habe da eine Verbindung, über die ich vielleicht zu einem Gespräch mit ihr komme. Was ist mit Ihrem Anwalt?«

»Harry Moylan? Der ist schon vor Jahren gestorben.«

»Warum hatten Sie übrigens einen Pflichtverteidiger?«

»Ich konnte mir keinen anderen leisten.«

»Ihr Mann hatte doch ein Einkommen...«

»Mein Mann war Alkoholiker, Miss McCone. Der oberste Posten im Budget eines Alkoholikers ist der Schnaps. Die meiste Zeit konnten wir kaum das Nötigste bezahlen.«

»Und das Institut hat Ihnen keine Unterstützung angeboten?«

»Sie waren nur zu glücklich, mit mir nichts zu tun zu haben. Mein angebliches Verbrechen brachte ihre Verträge mit der Regierung in Gefahr. Russell Eyestone war ein eiskalter Mann. Wenn Sie mit Leonard reden, werden Sie merken, wie sehr er seinem Vater ähnelt.«

»Und Ihre Familie – haben Sie sich an sie gewandt?«

»Das hätte nichts gebracht. Schon Jahre vorher hatte ich Streit mit ihnen gehabt wegen Vincents Trinkerei und seiner Art, mich schlecht zu behandeln. Nach meiner Verhaftung haben sie dann auch noch die letzten Kontakte abgebrochen.«

In ihrer Stimme schwang weder Bitterkeit mit noch Bedauern. Die Jahre im Gefängnis hatten auch solche Gefühle vertrocknen lassen. »Okay«, sagte ich, »und was ist mit den Sheridans? Die waren an dem Abend ja in Ihrem Haus, als Judy Cordys Ring fand.«

»Ich habe keine Ahnung, was aus Bob und Jane geworden ist. Sie könnten tot sein.«

»Gibt es sonst noch Institutsmitglieder, mit denen ich sprechen sollte?«

»Die meisten waren älter als Vincent und ich und sind inzwischen gestorben.«

»Dienstpersonal, das dort beschäftigt war?«

»Tot oder in alle Winde zerstreut. Ich kann mir nicht denken, wie Sie die ausfindig machen sollten.«

Ich klappte mein Notizbuch unbenutzt zu und ging zu einem heikleren Thema über. »Mrs. Benedict...«

»Sagen Sie bitte Lis. Ich bin Förmlichkeiten nicht gewohnt.«

»Lis«, sagte ich. »Wenn Sie mich auch beim Vornamen nennen? Ich muß Ihnen jetzt ein paar Fragen stellen, die klingen könnten, als zweifelte ich an Ihrer Schilderung des Abends, an dem der Mord geschah. Ich möchte Sie nicht kränken. Ich tue es nur, um Klarheit zu schaffen.«

»In Ordnung.«

»War die Lebensmittelvergiftung wirklich der Grund für Ihre Absage zum Bankett mit Dulles?«

»Ja, ich war krank.«

»Und die Flecken, die Judy auf Ihrer Kleidung sah – war das wirklich Tinte?«

»Ich war Kalligraphin und arbeitete an einem Auftrag, bei dem ich auch mit roter Tinte schreiben mußte.«

»Sie haben gearbeitet, obwohl Sie zu krank waren, um am Bankett für den Außenminister teilzunehmen?«

»Inzwischen fühlte ich mich besser.«

»Wo haben Sie an dem Auftrag gearbeitet?«

»Wo...?«

»Nach Judys Aussage kamen Sie von irgendwoher mit den Flecken auf dem Kleid nach Hause zurück.«

»Da hat Judy sich geirrt. Ein Kind, das durch ein Geräusch geweckt wird, ist leicht etwas durcheinander.«

»Was für ein Geräusch?«

»Na ja, irgendeines.«

»Nein – ich meine Judy und was sie speziell in dieser Nacht gehört hat.«

»Ich... weiß nicht.«

»Aber sie wurde davon wach...«

»Und sah mich im Erdgeschoß mit Flecken auf dem Kleid und vermutete, daß ich draußen gewesen war. Normalerweise verrichtete ich meine kalligraphischen Arbeiten an dem großen Tisch in der Bibliothek.«

»Ich verstehe. Und soweit Sie wissen, war an dem Abend niemand auf dem ganzen Anwesen außer Ihnen und Judy?«

»... Richtig.«

Mir gefielen ihre Reaktionen auf meine Fragen nicht. Die meisten Menschen können eine Lüge nicht ganz verbergen. Sie verraten sich mit Gesten, Veränderungen in der Haltung und der Stimmhöhe, mit lauter kleinen Zeichen. In Lis' Fall war es ein schwaches Zucken im rechten Mundwinkel. Sie mochte mir noch so offen in die Augen schauen, dieses Zucken hatte sie nicht unter Kontrolle, und bei den Fragen nach Judy und den Flecken auf ihrem Kleid war es stärker geworden.

Lis verbarg mir etwas, aber was? Was konnte so wichtig gewesen sein – und immer noch sein –, daß sie eher in der Gaskammer gestorben wäre, als dieses Geheimnis zu lüften?

Während ich sie musterte, schlug sie die Augen nieder und rieb die Wolle ihres Capes zwischen den Fingern.

Nach einer Weile fragte ich: »Fällt Ihnen noch jemand ein, mit dem ich reden sollte?«

»Nein.«

»Gab es eine Freundin, der Sie sich anvertraut haben?«

»Über was?«

»Über die Affäre Ihres Mannes mit Cordy McKittridge. Über Ihre Gefühle ihr gegenüber.«

Sie erhob sich plötzlich und ging auf den Klippenrand zu. Ich folgte ihr und hatte wieder dieses unbehagliche Gefühl. Doch sie blieb in sicherem Abstand stehen und sah zur Golden Gate Bridge. Hinter ihren rostroten Trägern lag eine Nebelbank, die sich bei Anbruch der Dunkelheit über die Stadt legen würde.

Lis sagte: »Von hier aus kann ich fast alles übersehen, nur nicht den Ort, an dem es geschah.«

»Vielleicht soll das so sein.«

»Das glaube ich nicht. Ich muß mich diesem Alptraum stellen, wenn ich mich auf diesen Scheinprozeß einlasse.«

»Aber doch nicht, indem Sie auf Seacliff hinabblicken und brüten. Sie würden ohnehin nicht mehr viel erkennen. Es hat sich alles verändert.«

»Wahrscheinlich haben Sie recht.«

»Lis, ich habe Sie etwas gefragt. Haben Sie mit irgendwem über Ihre Gefühle gegenüber Cordy gesprochen?«

Sie starrte immer noch auf die Stadt unter uns. Nach einer Weile sagte sie: »Ich habe mit zwei Menschen über Cordy McKittridge gesprochen, nur mit zwei Menschen – meinem Mann und meiner Tochter.«

»Und was haben Sie gesagt?«

Sie wandte mir ihren aquamarinblauen Blick zu. Diesmal war nichts von dem Zucken in ihrem Mundwinkel zu sehen. »Ich habe gesagt, daß ich wünschte, Cordy wäre tot. Ich sagte, ich würde ihr mit Freuden das Herz aus dem Leib schneiden.«

7

»Was für eine Frau ist das, die so etwas zu ihrer zehnjährigen Tochter sagt?« fragte ich Jack.

Er zuckte mit den Schultern. Man sah ihm an, wie erschüttert er war.

Es war Montag morgen, ein paar Minuten nach neun, und wir saßen in seinem Büro auf dem Sofa. Sein Schreibtisch war noch immer mit Papieren übersät, aber sie sahen aus, als seien sie seit gestern nicht mehr angerührt worden. Ich war gerade bei meiner dritten Tasse Kaffee angelangt. Er hatte mindestens genauso viel hinuntergegossen, schien aber immer noch halb zu schlafen.

»Verdammt!« Ich schlug mit der Faust auf die Lehne des Sofas, tat mir dabei aber nur selber weh. »Sie schien das, was sie tat, nicht einmal für schlimm zu halten.«

»Nun reg dich nicht auf«, sagte er abwesend.

»Wieso nicht? Ich hätte meinem ersten Instinkt folgen und die Pfoten von der Sache lassen sollen. Wie, um Himmels willen, kannst du diese... Farce noch rechtfertigen?«

Jack stand auf und goß sich aus der Kaffeemaschine auf einem Beistelltisch eine neue Tasse ein. »Zufällig glaube ich an ihre Unschuld. Aber ich fühle mich nicht berufen, ihren Charakter zu beurteilen, wie du anscheinend.«

»Und außerdem liebst du zufällig ihre Tochter.«

»Stimmt.«

»Wann findet diese Scheinverhandlung statt?«

»Der Termin steht noch nicht fest. Das Historische Tribunal nimmt den Fall sehr ernst, da die Verurteilte noch am Leben ist. Man bemüht sich, eine Jury aus bedeutenden Leuten zusammenzubekommen.« Jack zog ein saures Gesicht. Ich wußte, er teilte nicht die Publicitygier des Organisators des Tribunals, eines pensionierten Anwalts namens James Wald.

»Soll wohl ein Medienzirkus werden, oder?«

»Nicht, wenn Rudy Valle etwas dabei zu sagen hat.« John ›Rudy‹ Valle war der Oberste Richter und Vorsitzende der Verhandlungen vor dem Tribunal. »Valle ist ein brillanter Jurist und ein Amateurhistoriker. Er nimmt das Ganze sehr ernst.«

»Und die Geschworenen – woher kommen die?«

»Das sind Freiwillige, die man aus einer festen Liste auswählt. Die meisten sind Juristen, Historiker, Journalisten oder Kriminalschriftsteller. Der Prozeß wird nahezu genauso geführt wie ein richtiger, nur daß auch die Zeugen Freiwillige sind – die meisten haben schauspielerische Erfahrung –, und sie sind vorher über den Inhalt ihrer Aussage informiert worden.«

»Sie werden also über die Ergebnisse meiner Recherchen unterrichtet und spielen dann ihre Rollen, die der echten Prozeßteilnehmer von damals?«

»Im wesentlichen, ja.«

»Was ist, wenn echte Zeugen sich selbst spielen möchten? Wird das gestattet?«

»Du denkst an Judy und Lis. Wir haben darüber gesprochen, aber ich weiß nicht, ob das eine gute Idee wäre. Das Tribunal, vor allem James Wald, würde das natürlich sehr gern sehen.«

Ich versuchte mir den Verlauf vorzustellen. Ich hatte schon oft sowohl in Zivil- als auch in Strafprozessen aussagen müssen. Selbst wenn ich das, was im Gerichtssaal ablief, auch mal locker gesehen hatte, war ich mir doch der Ernsthaftigkeit dessen, was da geschah, durchaus bewußt. Aber in einem Scheinprozeß – steckte allein in dem Wort »Schein« nicht schon ein gewisser Mangel an Ernsthaftigkeit?

»Es hört sich wie eine Mischung aus Theater und Prozeß an«, sagte ich. »Nur werden sie in diesem Fall in Judys und Lis' Leben herumstochern...«

Plötzlich gab es einen dumpfen Stoß gegen die Rückwand des Hauses. Jack und ich tauschten einen beunruhigten Blick. Als ich zum Fenster sah, tauchte hinter den Scheiben eine blauweiß gestreifte Mütze auf. Dann folgte das fröhliche Gesicht eines der Anstreicher. Er grinste uns blöd an und bewegte die Augenbrauen auf und ab.

Ich stand auf, stakste zum Fenster und zog die Vorhänge zu. »Mein Gott! Seit sie mit den Arbeiten hier angefangen haben, kommt man sich vor wie in einem schlechten Film mit den Marx Brothers.« Ich ging zum Sofa zurück. »Bevor wir unterbrochen wurden, wollte ich noch sagen, daß mir die Idee eines Scheinprozesses nicht besonders gefällt. Ich werde den Gedanken nicht los, es könnte ein verrücktes Spiel mit möglicherweise ernsten Folgen werden.«

Über uns tat es einen entsetzlichen Schlag. Jack sah zur Decke. »Jetzt hör dir das an! Diese verflixte kleine Hexe mit ihren Oberlichtern!«

So ein Ausbruch war absolut untypisch für ihn. Ich starrte ihn sprachlos an.

»Tut mir leid«, sagte er. »Ich weiß, du magst Rae. Ich mag sie auch. Ich meine nur, daß sie sich auf unfaire Weise Vorteile verschafft.«

»Rae gehört zu den vielen Menschen, die eine unglückliche Kindheit erlebt haben. Sie revanchiert sich dafür, indem sie anderen auf die Zehen tritt.«

»Na ja, ich hoffe, sie hat das bald ausgeglichen. Aber zurück zu unserem Thema: Hattest du jemals den Verdacht, ich hätte mehr im Sinn als so einen Scheinprozeß?«

Ich runzelte die Stirn. »Lis sagte…«

»Ich weiß – für sie ist es Vergangenheit. Und ich weiß auch, daß sie eine tödliche Angst vor einer Wiederaufnahme vor einem ordentlichen Gericht hat. Das kann ich nur allzu gut verstehen. Aber angenommen, du findest neue Beweise… Deshalb wollte ich unbedingt, daß du die Ermittlungen übernimmst. Wenn überhaupt jemand herausbekommt, was damals wirklich geschehen ist, dann bist das du.«

Großes Kompliment. Und eine schwer zu tragende Bürde. »Du schmeichelst mir.«

Jacks Telefon summte. Er ging an seinen Schreibtisch, meldete sich und hielt dann mir den Hörer hin. »Für dich. Es ist Ted.«

Ted sagte: »Ich habe eine Nachricht für dich, von einer Alison. Du sollst dich um elf Uhr dreißig mit Louise Wingfield bei der Adresse des Projekts ›Helfende Hände‹ an der Sechzehnten Straße treffen.«

»Danke.« Ich legte den Hörer auf und drehte mich zu Jack um. »Eine Bekannte von mir, die für wohltätige Zwecke arbeitet, hat mit der Freundin von Cordy McKittridge gesprochen, die damals eine Aussage gemacht hat über die Nachricht an das Opfer. Sie hat für mich eine Verabredung arrangiert. Ich hatte gefürchtet, Louise Wingfield könnte sich weigern, mit mir über den Fall zu reden, doch offensichtlich ist sie bereit dazu.«

»Ich bezweifle, daß die Menschen nach all den Jahren noch feindselig reagieren.«

»Irgendwer ist noch feindselig, Jack. Wenn du Beweise brauchst, sieh dir nur Judys Hauswand an.«

Das Projekt Helfende Hände war in einer Ladenfront mitten im schmuddeligen Zentrum des Mission Districts untergebracht. Früher war es einmal eine Buchhandlung mit Café gewesen. Auf der Bar standen noch die Espresso-Maschine und Türme von Kunststoffbechern. Junge Männer und Frauen, zumeist lateinamerikanischer Abstammung, saßen an den Fenstertischen, tranken Kaffee, unterhielten sich oder lasen. In den Regalen nebenan lagen bunt durcheinander Broschüren und gebrauchte Lehrbücher, College- und Handelsschulverzeichnisse und allerlei Selbsthilfeanleitungen.

Im hinteren Teil waren Kabinen für Beratungsgespräche und für die Verwaltung abgeteilt, und in einer davon fand ich Louise Wingfield. Sie war eine große, kräftige Frau in schwarzen Jeans und einem weichen, ausgewaschenen Chambray-Shirt. Ihr graues Haar trug sie modisch kurz geschnitten, und ihre Finger waren übersät von Tinten- und Nikotinflecken. Während sie mich zu einem Holzstuhl winkte, der zwischen ihrem Schreibtisch und der dünnen Wand ihres Büroraums eingekeilt stand, telefonierte sie wild gestikulierend.

»Gordon, dieser junge Mann ist einer unserer hoffnungsvollsten College-Kandidaten, und er hat deine Unterstützung verdient. Du *mußt* dich diese Woche mit ihm treffen, damit du noch rechtzeitig vor dem frühen Anmeldeschluß die Empfehlung für deine Alma Mater schreiben kannst... Nein, ich werde sie nicht schreiben, damit du sie nur noch unterzeichnen mußt. Das wäre ein schlechtes Beispiel für meine Kundschaft... *Warum?* Mein Lieber, weil wir versuchen, aus diesen unterprivilegierten jungen Leuten hervorragende Bürger und Führungspersönlichkeiten zu machen. Und eines tun hervorragende Bürger und Führungspersönlichkeiten ganz gewiß *nicht*: Sie geben keine Empfehlungen für Leute, die sie nicht persönlich kennen... Freitag um vier? Gut, mein Lieber, ich werde da sein.«

Louise Wingfield legte den Hörer auf, schenkte mir ein strahlendes Lächeln und kritzelte etwas auf ihren Notizblock. »Gordon Kane nimmt diesen Mist für mich einzig und allein auf sich«, sagte sie, »weil ich meinen Sohn und ihn zusammen sturzbetrunken in meinem Gewächshaus erwischt habe, als sie gerade vierzehn waren. Damals habe ich ihnen eine Tracht Prügel verpaßt, die sie nie vergessen haben. Gordon hat jetzt noch die Hosen voll vor mir.«

Ich lächelte und zog meinen Notizblock hervor. Gordon Kane war eine Größe in der Geschäftswelt und der Gesellschaft von San Francisco, und demzufolge ging das Gerücht, ›Seine Majestät legen Wert auf feinstes Benehmen an der Tafel‹. Ihn sich »sturzbetrunken« oder »mit vollen Hosen« vorzustellen, war höchst amüsant. »So haben Sie sicher die besten Verbindungen, auf die Sie für Ihre Schützlinge zurückgreifen können.«

Louise Wingfield riß das oberste Blatt von ihrem Block und warf es in den Korb mit den zu erledigenden Sachen. »Niemand, den Sie einmal auf Ihren sauberen Fußboden kotzen gesehen haben, kann mehr Eindruck auf Sie machen. Aber es stimmt, ich hatte das Glück, in die ›goldenen Kreise‹ hineingeboren zu werden, wie ein Gesellschaftskolumnist das mal auszudrücken beliebte. Jeder weiß alles von jedem, Gutes und Schlechtes. Folglich schuldet jeder jedem mal einen Gefallen.« Sie lehnte sich in ihrem quietschenden Drehstuhl zurück, sah mich mit festem Blick an und fügte hinzu: »Sie wollen mit mir über Cordy reden?«

»Das stimmt. Hat Alison Ihnen gesagt, warum?«

»Ja. Es hat mich nicht überrascht. Joseph Stameroff ist schon seit Wochen wie besessen von dem Scheinprozeß und von den möglichen Folgen für seine geliebte Adoptivtochter. Leonard Eyestone – der gegenwärtige Direktor des Institute for North American Studies – ist auch nicht gerade begeistert darüber.«

»Sie kennen die beiden?«

»Sie gehören zu unseren ›goldenen Kreisen‹ – Leonard per Geburt und Joe aufgrund seines erworbenen Reichtums und Prestiges. Zwei Beispiele für die nützlichen Verbindungen, von denen Sie sprachen, und das gilt auch für Judy Benedict.« Sie zögerte. »Offen gesagt, ich habe nicht gerade Mitgefühl für Judys leibliche Mutter und ihren Fall. Vor sechsunddreißig Jahren – da war ich gerade zwanzig – hätte ich kein Wort mit Ihnen darüber gewechselt. Aber seit ich nicht mehr zu den Damen der Gesellschaft gehöre, habe ich eine Menge gelernt, und diese Erfahrungen lassen mich die Vergangenheit doch anders sehen. Es sind nicht immer schöne Dinge, die einem da bewußt werden.«

»Betrifft das auch Cordy McKittridge?«

»Cordy und andere. Auch mich selbst kann ich nicht ausschließen.« Louise Wingfield ließ eine Zigarette aus der Schachtel auf ihren Schreibtisch gleiten. »Stört es Sie, wenn ich rauche?«

Ich schüttelte den Kopf.

»Gut. Die wenigen engen Freunde, die mir aus alten Zeiten geblieben sind, machen alle in Fitneß – für sich selbst und für alle anderen gleich mit. Vor ein paar Jahren habe ich mal einen Artikel gelesen, der für diese Art Leute einen wunderbar passenden Begriff geprägt hat – ›Gesundheits-Nazis‹. Aber in dieser Gegend hier« – sie zeigte in die Runde – »und in anderen Nachbarschaftshilfezentren meiner Stiftung rauchen alle, die zu mir kommen, und deswegen fällt es mir schwer, damit aufzuhören. Die Minderheiten, mit denen ich hier zu tun habe, denken nicht viel über die Säuberung des Tempels ihrer Seelen nach. Sie sind viel zu sehr damit beschäftigt, Leib und Seele zusammenzuhalten. Außerdem ist das Rauchen ein eher kleines Laster, verglichen mit anderen, die es auch noch gibt, und macht doch eine Menge Spaß.« Sie zündete die Zigarette an, inhalierte und verzog das Gesicht. »Nicht, daß ich es empfehlen möchte.«

»Um auf Cordy zurückzukommen...« fing ich an.

»Tut mir leid, ich schweife gern zu Gott und der Welt ab. Ja, Cordy.« Einen Augenblick verengten sich ihre Augen, und sie schien ihre Erinnerungen zu sortieren. »Wissen Sie, obwohl ich sie und die damaligen Zeiten heute als das betrachte, was sie waren, empfindet doch ein Teil von mir so etwas wie... Sympathie dafür. Die frühen Fünfziger...«

»Erzählen Sie mir davon.«

Sie lehnte sich noch weiter in ihren Sessel zurück und rauchte nachdenklich. »Cordy und ich, wir kannten uns schon seit ewig. Ich war an der Burke allerdings ein paar Klassen vor ihr, und für Schulkinder machen zwei Jahre einen großen Unterschied. Deswegen waren wir keine richtigen Freundinnen – bis zu dem Sommer am Ende meines zweiten Collegejahres in Stanford. Meine Eltern hatten eine kleine Ranch in der Nähe des Sommerhauses der McKittridges im Napa Valley gekauft. Cordy hatte gerade ihren ersten Abschluß in Burke hinter sich und widersetzte sich dem Wunsch ihrer Eltern, am Debütantinnenball teilzunehmen. Auch aufs College wollte sie, trotz all ihrer Bitten, nicht gehen, nicht einmal einen richtigen High-School-Abschluß wollte sie machen. Vor dem Debütantinnenball hatte auch ich mich drücken können, und so unterstützte ich sie. Zum College versuchte ich sie aber zu überreden. Wir haben in jenem Sommer viel Zeit mit Reiten, Schwimmen und Reden verbracht.«

Ein schlanker junger Latino mit Akne und schulterlangem, strähnigem Haar kam an die Tür der Kabine. Louise Wingfield sah zu ihm hin und winkte dann ungeduldig mit der Hand ab, die die Zigarette hielt, und zeichnete dabei eine Rauchspur durch die Luft. »Später, Rick.« Er nickte und ging wieder.

»Ich war wirklich der Meinung, Cordy sollte mit ihrer Ausbildung weitermachen«, fuhr sie fort. »Sie war sehr klug, wenn sie sich auch bemühte, den gegenteiligen Eindruck zu erwecken – was damals als chic galt. Aber schließlich gab sie nach, machte bei diesem Einführungsritual in die Gesellschaft mit, blieb schön zu Hause und beschäftigte sich dort... womit auch immer. Als wir anläßlich des Winter-Cottillions im Sheraton Palace auf der Toilette einen Gin nippten, schlug sie mir vor, ich solle das Apartment mieten.«

»Was für ein Apartment? Laut Gerichtsprotokoll wohnte Cordy im Haus ihrer Eltern.«

»Das Apartment kam vor Gericht nie zur Sprache. Überhaupt wurde vieles verschwiegen, aus Gründen, die Ihnen noch deutlich werden. Die Wohnung lag in North Beach, in einer kleinen Seitenstraße von der Grant Avenue. Sehr bohemienhaft, über einer italienischen Bäckerei. Richtig gewohnt hat dort nur ein Mädchen, aber benutzt haben wir das Apartment zu sechst für unsere... Wir nannten es Abenteuer.«

»Wer waren die anderen?«

»Meine Zimmergenossin aus Stanford. Zwei ehemalige Burke-Schülerinnen, die damals am Mills College in Oakland waren. Ein Mädchen namens Melissa – das war die, die ständig dort lebte. Ich habe Melissa nie richtig kennengelernt. Sie war Cordys eigentliche Freundin und oft nicht da.«

»Und diese Abenteuer – das waren sexuelle Abenteuer, oder?«

»Gelegentlich. Aber mit heute verglichen, ging es eher zahm zu. In der Hauptsache zogen wir uns dort nur wilder an, als uns zu Hause oder an der Schule erlaubt war, gingen in Lokale, die unseren Eltern bestimmt nicht zugesagt hätten, lernten Leute kennen, die ihnen nicht gefallen hätten, und blieben bis tief in die Nacht aus. Wir gaben Parties, zu denen auch Künstler und Intellektuelle kamen, und probierten Marihuana aus. Am Wochenende, wenn uns unsere Eltern in der College-Bibliothek oder zu Besuch bei Schulfreunden wähnten, tanzten wir direkt vor ihrer Nase durch San Francisco.«

Das war genau das Doppelleben, auf das sich ein leichtfertiges Mädchen aus der Gesellschaft noch einlassen konnte: oberflächlich gewagt, aber doch sicher. Wuchs es ihr über den Kopf, konnte sie immer zurück ins sichere Nest flüchten. Doch gerade diese Form von Doppelleben interessierte mich im Hinblick darauf, was mit Cordy McKittridge passiert war. »In welchen Lokalen verkehrten Sie damals?« fragte ich. »Und was waren das für Leute, die Ihre Eltern lieber nicht kennen sollten?«

»Also, da gab es eine Reihe Clubs: das Sinaloa, Ann's Four-forty, das Hungry I und Forbidden City mit seinen chinesischen Showgirls. Cafés. Das war noch vor der Beat-Ära, aber die Stadt war voller Bohemiens. Wir haben Künstler kennengelernt, Dichter, Schauspieler, alle möglichen Schriftsteller und Intellektuelle. Wild dreinblickende Sozialisten, wahrscheinlich sogar Kommunisten. Und dann gab es noch anrüchigere Lokalitäten: Spielsalons in Chinatown, in die auch Weiße gehen konnten, Hinterzimmer in Bars im Fillmore-Distrikt und Jazzkneipen ohne Nachtlizenz.«

Louise Wingfield hielt inne und kicherte. »Manchmal sind wir nur mit knapper Not entkommen. Im Forbidden City sind wir mal einem Nachbarn unserer Eltern begegnet. Nur die Tatsache, daß die Frau in seiner Begleitung nicht seine eigene war, hat uns damals gerettet. Ein anderes Mal kreuzte der Vater meiner Zimmergenossin im Bimbo's auf – dabei wohnte er in Santa Barbara. Zum Glück waren wir draußen, ehe er uns gesehen hatte.« Plötzlich wurde ihr Gesicht wieder nüchtern. »Und dann war da Cordys Abtreibung.«

»Wann war das?«

»Im August, bevor sie starb. Kurz bevor sie ... mit Vincent angefangen hat. Ich bin mit ihr nach Ensenada in die Klinik gefahren. Es war ... schrecklich. Auf dem Heimweg wurde sie am Flughafen von L. A. ohnmächtig, und ich fürchtete schon, sie würde verbluten. Aber es war nur die Hitze.«

Ich machte mir Notizen auf meinem Block. »Wer war der Mann?«

»Das hat Cordy uns nicht gesagt. Ich hatte immer den Verdacht, es wäre Leonard Eyestone. Sie hatten sich ab und an getroffen. Sollte er es gewesen sein, so hat keiner von beiden es je zugegeben. Haben Sie schon mit Leonard gesprochen?«

»Ich hoffe, daß ich heute noch dazu komme.«

»Na ja, Leonard ist ein sonderbares Schätzchen – nicht gerade der Typ von Mann, mit dem sich Cordy sonst abgab. Promovierter Volkswirt. Wie dem auch sei, ich habe sie in dem Jahr vor unserem Flug nach Mexiko nur mit wenigen anderen Männern gesehen, aber mit keinem so häufig wie mit Leonard. Wer immer es auch gewesen sein mag, er muß Geld gehabt haben. Eine Abtreibung war teuer, und wir sind in der Ersten Klasse geflogen.«

»Dann kann es wohl keiner von euren wild dreinblickenden Sozialisten gewesen sein. Was uns zu Vincent Benedict führt. Hat Cordy ihn geliebt?«

Louise Wingfield preßte die Lippen zusammen. »Im Rahmen ihrer Möglichkeiten. Ich mußte zwangsläufig bei Cordy erkennen, daß sie niemanden liebte. Sich selbst am allerwenigsten.«

»Und diese kurzen Mitteilungen von Benedict mit den Verabredungen – sie trafen sich wohl eher in dem Apartment in North Beach als im Haus ihrer Eltern, oder?«

Louise Wingfield nickte.

»Haben Sie jemals eine davon gelesen?«

»Nein.«

»Aber Sie waren sicher, daß sie von Benedict kamen. Warum?«

»Seine Handschrift war unverwechselbar. Eine steile schwarze Schrift auf grauem Leinenpapier. Kein Absender, aber der Poststempel von San Francisco.«

»Aber was macht Sie so sicher, daß sie von ihm waren?«

»Weil Cordy es Melissa anvertraut hatte, und die erzählte es mir. Wenn sie kamen, benahm Cordy sich anders als sonst – sie lächelte blasiert und tat immer geheimnisvoll.«

»Wann begann die Geschichte mit Benedict?«

»Gleich nach unserer Rückkehr aus Mexiko.«

»Kannten Sie Benedict?«

»Ja. Cordy nahm mich ein paarmal mit ins Institut, einmal hat sie mich sogar für eine der Cocktailparties dort mit jemandem verkuppelt. Die meisten Leute kannte ich. Bei einer dieser Gelegenheiten hat sie mir auch das Taubenhaus gezeigt, einen sehr romantischen Platz, wie sie meinte. Der Architekt des Anwesens sei ein anglophiler Mensch gewesen, und darum habe ein Taubenhaus dazugehört.«

»Und für Sie war damit der Ort für Cordys Stelldichein mit Benedict gemeint.«

»Ich *wußte*, daß sie das so meinte. Cordy hatte eine Art, Dinge ganz klar auszudrücken, ohne sie wirklich beim Namen zu nennen. Ihre dauernden Anspielungen auf das Taubenhaus machten mich ganz verrückt, und ich sagte ihr, sei nicht so kindisch.«

»Wann war das?«

»Ein paar Monate vor ihrem Tod.«

»Aber, wie Sie alle hinter dem Rücken Ihrer Eltern Ihre Schleichwege suchten – das war ja auch eher kindisch, nicht?«

Louise Wingfield zuckte mit den Schultern. »Vielleicht war ich das Ganze damals schon leid geworden. Ich stand vor dem Examen in Stanford und hatte ein paar schwere Entscheidungen über meine Zukunft zu treffen. Irgendwie schien es mir nicht mehr besonders interessant, durch irgendwelche Clubs zu ziehen und Affären mit verheirateten Männern zu haben.«

»Wer sonst wußte von Cordys und Vincents Rendezvous im Taubenhaus?«

»Das weiß ich nicht genau. Ein paar mußten es schon gewesen sein, wenn man bedenkt, wie in dieser Stadt getratscht wird.«

»Lis Benedict?«

»Also, wenn es stimmt, daß sie Cordy getötet hat...«

»Nehmen wir zunächst mal an, sie hat es nicht getan.«

»Ja... Kann schon sein, daß sie es gewußt hat.«

»Sie waren doch auch mit Lis bekannt?«

»Ja.«

»Wie benahm sie sich Cordy gegenüber?«

»Sie war zu Cordy so freundlich wie zu mir, auf eine zurückhaltende Weise. Mrs. Benedict war eine wohlerzogene Frau und benahm sich stets wie eine Dame. Deswegen war ich auch so geschockt, als man sie wegen des Mordes festnahm.«

»Aber Sie haben geglaubt, daß sie die Täterin war.«

»Ja.«

»Jetzt auch noch?«

»...Ich weiß nicht. Damals wollte ich es glauben, weil ich die ganze Sache hinter mir haben wollte, damit ich mein eigenes Leben weiterführen konnte. Und jetzt... Also, ich kann mir immer noch nicht vorstellen, wer es sonst gewesen sein könnte.«

»Genau das will ich herausbekommen.« Ich sah auf meinen Block mit seinen spärlichen Notizen. »Miss Wingfield, glauben Sie, das Doppelleben von Ihnen, Cordy und Ihren Freundinnen könnte zu dem Mord geführt haben?«

Sie dachte nach und schüttelte dann den Kopf. »Wie ich schon sagte, in Wirklichkeit waren wir noch recht unschuldig. Es war eine winzig kleine Rebellion gegen Sterilität und Konservatismus, wie wir sie zu Hause und in der Schule erlebten.«

»Ich hätte San Francisco und seine Einwohner niemals für steril und konservativ gehalten, nicht einmal in den fünfziger Jahren.«

»Dann kennen Sie die Realität nicht. Nach dem Krieg mußte San Francisco sich mit einem ungeheuren Minderwertigkeitskomplex und einer furchtbaren Paranoia auseinandersetzen. Nur durch Anpassung ist der Stadt das gelungen.«

»Ich fürchte, das verstehe ich nicht ganz.«

Louise Wingfields Miene lebte auf. Ich hatte den Verdacht, daß es ihr, trotz der schmerzlichen Erinnerungen, Spaß machte, über die

Vergangenheit zu sprechen. »Im Frühjahr fünfundvierzig«, begann sie, »war San Francisco, unsere ›City‹, Gastgeberin der Konferenz, auf der die UNO-Charta verabschiedet wurde. Dreitausend Besucher aus den siebenundzwanzig Ländern und dazu die Weltpresse strömten in die Stadt. Die Parties und sonstigen Veranstaltungen... das alles war schon spektakulär. Ich weiß das, denn meine Eltern haben damals so eine Party in unserem Haus am Lafayette Square gegeben. Ein paar hundert Leute – darunter auch Männer mit Turban – waren eingeladen. Noch Jahre später erzählte meine Mutter gern, daß über hundert Flaschen Korbel-Champagner und fast genauso viele Cocktails getrunken wurden und daß für runde hundert Dollar Zigaretten und Zigarren gequalmt wurden. Was die Canapés gekostet haben, habe ich nie erfahren, denn an diesem Punkt ihrer Geschichte fuhr ihr mein Vater immer dazwischen und sagte, sie solle den Mund halten... Ich schweife schon wieder ab. Also, zwei Monate lang war San Francisco der Party-Gastgeber der Welt. Als dann die UNO-Charta unterzeichnet war und die Delegationen abgereist waren, gingen die Spitzen von Industrie und Gesellschaft davon aus, daß die City auch Sitz der Vereinten Nationen würde. Sie können sich den Schock vorstellen, als man sich statt dessen für New York entschied. Von da an vollzog sich in der City ein Wandel. Alle wollten jetzt New York schlagen. Wolkenkratzer schossen in den Himmel, Gesellschaften wurden angelockt. Mit ihnen kamen die Familien der Führungskräfte und deren Einfamilienhäuser in die Vorstädte, wo früher unsere Landsitze gewesen waren. Fremde bevölkerten plötzlich unsere Clubs und Wohnviertel, unsere Restaurants, Geschäfte und Schulen. Und statt die Neuankömmlinge freundlich zu begrüßen, zog sich unsere Gesellschaft in die Enge eines äußerst langweiligen Lebens zurück. Und die Kinder dieser gehobenen Gesellschaft, wie Cordy und ich, rebellierten dagegen.«

»Was wurde dann aus diesen Kindern der Gesellschaft?«

»Sie sind tot, wie Cordy. Oder so langweilig geworden wie ihre Eltern, wie etwa die beiden Mädchen vom Mills College, die sich mit uns das Apartment teilten. Oder sie haben sich den veränderten Zeiten angepaßt, wie ich.«

»Und die anderen, mit denen Sie das Apartment geteilt haben – können Sie da wohl eine Verbindung für mich herstellen?«

»Nein. Meine Zimmergenossin aus Stanford ist vor zehn Jahren gestorben. Mit den Frauen vom Mills College stehe ich nicht mehr in Verbindung. Aber soviel ich von ihrem jetzigen Leben weiß, werden sie mit Ihren Ermittlungen nichts zu tun haben wollen.«

»Und Melissa?«

»Über Melissa weiß ich gar nichts. Ich habe sie noch vor Cordys Tod zum letztenmal gesehen. Cordys Ermordung hat noch den letzten Rest Begeisterung für das wilde Leben zerstört. Ich habe meine Sachen aus dem Apartment geholt. Dann habe ich den Sommer damit verbracht, geeignete Männer kennenzulernen und den ersten halbwegs passenden Heiratsantrag anzunehmen. In gewissem Sinne hat mich Cordys Tod zu einem Leben als Tote in einer schrecklichen Ehe verdammt – bis ich vor fünfzehn Jahren ausbrechen konnte.«

»Erinnern Sie sich an Melissas Nachnamen?«

Louise Wingfield runzelte die Stirn, zündete sich eine neue Zigarette an. »Der fällt mir nicht ein... Seltsam. Ich wußte ihn, und eigentlich habe ich ein ausgezeichnetes Namensgedächtnis. Bird? Nein, vielleicht ein *bestimmter* Vogel. Zaunkönig? Fink? Nein... Kardinal!«

»Melissa Cardinal. Und Sie sagen, Sie wissen nicht, wie Cordy sie kennengelernt hat?«

»Nein. Cordy hat schon immer Strandgut aufgelesen.«

»Was hat Melissa gemacht? War sie Studentin?«

»Nein, sie arbeitete, und ihr Beruf hatte mit Reisen zu tun, denn mal war sie da und mal nicht. Sie war... ja, sie war Stewardeß.«

»Bei welcher Fluggesellschaft?«

»Bei einer großen mit internationalem Netz. Ich erinnere mich, daß sie uns Sachen zeigte, die sie in Paris und London gekauft hatte.«

Vielleicht konnte ich Melissa Cardinal irgendwo auftreiben – eine vage Möglichkeit. Ich machte mir eine Notiz, fragte Louise Wingfield dann, ob ihr noch etwas einfiele, das mit Cordys Tod zu tun haben könnte.

Sie dachte fast eine ganze Minute lang nach, die Augen gegen den Rauch ihrer vergessenen Zigarette zusammengekniffen. Schließlich merkte sie es und drückte sie kopfschüttelnd aus. »Mir fällt nichts mehr ein. Ist das wirklich nach all dieser Zeit noch so wichtig?«

»Es ist wichtig für Lis Benedict. Sie ist verurteilt worden – unschuldig, wie ich meine. Und selbst wenn sie nicht hingerichtet wurde, so hat sie doch den größten Teil ihres Lebens im Gefängnis verbracht.«

Louise Wingfield nickte. »Seltsam«, sagte sie, »wenn Lis unschuldig im Gefängnis gesessen hat, dann haben wir eine Menge gemeinsam. Cordys Tod markiert dann für uns beide den Beginn eines Lebens als Tote.«

8

Bevor ich in mein Büro zurückkehrte, hielt ich an einem Eckladen und kaufte mir eine Cola und eine Tüte Popcorn für die Mikrowelle – nicht gerade ein üppiger Lunch, aber etwas anderes reizte mich nicht. Außerdem enthielt Popcorn Ballaststoffe, und Ballaststoffe waren schließlich derzeit das große Diätschlagwort. Ich schob die Portion Popcorn also, wie mein Neffe sich auszudrücken pflegt, in den ›Reaktor‹ unserer Kooperative und trug sie dann zu mir hinauf. Einige Hände voll wurde ich schon unterwegs los, unter anderem auch an die Anstreicher.

In meiner Box unten im Empfang hatte keine Nachricht für mich gelegen, aber auf meinem Schreibtisch fand ich einen pinkfarbenen Zettel. Er lag oben auf einem Stapel von Briefen zur Unterschrift. Es war eine Nachricht aus Leonard Eyestones Büro im Institute for North American Studies, wo ich am Morgen um einen Gesprächstermin gebeten hatte. Da jetzt Mittagszeit war, legte ich den Zettel für später beiseite und rief dann Rae über die Haussprechanlage an.

»Hast du ein paar gute Informanten bei den Latinos im Mission District an der Hand?« fragte ich sie.

»Einige, aber keiner ist so verläßlich wie dein Tony Nueva.«

»Nueva gehört leider nicht mehr zu meinen Informanten.« Ich erzählte ihr kurz von den Schmierereien und fragte dann: »Kannst du mal Kontakt mit deinen Informanten aufnehmen und schauen, was sie dir zu bieten haben?«

Sie war einverstanden, ließ sich noch ein paar Details sagen und hängte ein.

Ich unterschrieb die Briefe und dachte über die Maschinerie nach, die in Betrieb gesetzt werden mußte, um Melissa Cardinal aufzuspüren. Sie zu finden, würde – falls sie überhaupt noch lebte – bestimmt knifflig, vielleicht ganz unmöglich werden. Als erstes ging ich in unserer Bibliothek die Telefonbücher von San Francisco und Umgebung durch, ohne Erfolg. Der nächste Schritt wäre logischerweise eine Nachfrage bei der Kfz-Zulassungsstelle. Aber den Kontakt wollte ich nicht gern überstrapazieren, denn dort herrschte strenger Datenschutz. Ich könnte im Meldeamt nachfragen, ob sie geheiratet hatte oder gestorben war, aber dazu hätte ich direkt ins Rathaus gehen müssen und vielleicht noch zu den Meldebehörden der benachbarten Counties – eine zeitraubende Angelegenheit, die nicht unbedingt von Erfolgen gekrönt sein mußte. Ich setzte mich auf einen Hocker am Rand des vollgepackten Bibliothekstischs und grübelte, wie sich das Verfahren abkürzen ließe.

Nach Louise Wingfields Auskunft war Melissa Cardinal Stewardeß bei einer internationalen Fluglinie gewesen. Sie mußte inzwischen lange den Dienst quittiert haben – jedenfalls war es damals so, daß Frauen mit der Heirat oder bei Erreichen eines bestimmten Alters ausschieden. Doch das Personal der Fluggesellschaften ist gewerkschaftlich organisiert, und Gewerkschaften haben ihre Unterlagen. In den Gelben Seiten fand ich eine Eintragung der International Union of Flight Attendants mit Sitz in Burlingame, in der Nähe von San Francisco. Ich eilte wieder hinauf in mein Büro und rief dort an. Aber es stellte sich heraus, daß sie den Datenschutz genauso streng handhabten wie die Zulassungsstelle. Ein Zeichen der Zeit, dachte ich. Wir sind alle ein wenig paranoid – und das aus gutem Grund.

Also gut, welche Fluglinien mit in San Francisco stationierten Crews flogen Mitte der fünfziger Jahre Europa an? Wer konnte so etwas wissen? Ich sah in meinem Telefonregister nach und rief Toni Alexander in meinem Reisebüro an. Toni meinte, ich hätte Glück. Eine ihrer Angestellten habe damals so einen Job gehabt. Sie sprach mit ihr, kam dann wieder an den Apparat und sagte, die beste Chance hätte ich bei TWA. Bevor ich auflegte, machte mich Toni auf einen Flug nach Hawaii aufmerksam, der so preiswert war, daß ich tatsächlich schnell meine Finanzlage überdachte. Aber meine Reserven waren nach dem Einbau des Kamins knapper als sonst, und die Hotels drüben auf den Inseln waren teuer. Allein würde ich ohnehin nicht fliegen wollen. Außerdem hatte ich meine Zweifel, Hy zu so einer Reise überreden zu können. Diese geheimnisvollen Jahre, die er fern vom Tufa Lake verbracht hatte – sie trieben mich noch zur Verzweiflung! –, schienen ihn von jeder Wanderlust kuriert zu haben.

Die zentralen Unterlagen der TWA befänden sich in Kansas City, hatte Toni mir gesagt. Ich erfragte die Nummer bei der Auskunft, wählte und sprach mit einer Miss Cook. Sie bestand auf einem Rückruf, um sicher zu gehen, daß ich tatsächlich bei All Souls war. Als Ted sie dann zu mir durchstellte, war sie schon weniger reserviert.

Und ich legte mit der Geschichte los, die ich mir ausgedacht hatte, um mir Miss Cook für den Fall geneigt zu machen, daß meine Anfrage ihr besondere Mühe machte. »Ich habe ein etwas ungewöhnliches Problem«, sagte ich. »Wir haben hier eine Klientin, die verstorben ist. Eine sehr exzentrische Frau und millionenschwer. Ich habe mich oft gefragt, ob Geld die Leute verändert oder ob sie meinen, es berechtige sie dazu, sich alles herausnehmen zu können, falls Sie verstehen, was ich meine.«

Miss Cook lachte. Das Eis war gebrochen.

»Jedenfalls gehörte unsere Klientin zu den Menschen, die extrem viel reisen. Also entschloß sie sich, ihren Besitz den Leuten zu hinterlassen, die sich auf ihren Reisen um sie kümmerten. Ein ziemlich großer Batzen ging dabei an eine TWA-Stewardeß namens Melissa Cardinal. Soweit die gute Nachricht. Die schlechte: Der letzte Kontakt unserer Klientin mit Miss Cardinal datiert von 1956.«

»Das ist in der Tat ungewöhnlich.«

»Könnten Sie für uns wohl einmal in Miss Cardinals Unterlagen nachsehen? Ich wüßte gern ihre Versicherungsnummer, ihre letzte bekannte Adresse oder den Namen des nächsten Verwandten.«

»Wenn Sie mir etwas Zeit lassen, kann ich das sicher für Sie herausfinden. Ich darf nur nichts anderes dafür liegenlassen. Es kann ein paar Tage dauern, bis ich mich wieder bei Ihnen melde.«

»Nachdem unsere Klientin über dreißig Jahre gewartet hat, ehe sie ihrer Zuneigung zu Miss Cardinal Ausdruck gab, nehme ich an, daß es auf ein paar Tage nun auch nicht mehr ankommt.«

Miss Cook versprach, mich so bald wie möglich anzurufen. Als ich mich endlich bedankt und den Hörer aufgelegt hatte, war es fast zwei und damit Zeit, in Leonard Eyestones Büro zurückzurufen. Ich wählte die Nummer des Instituts. Eyestone hatte um drei einen Termin frei. Ich ließ den Berg Papiere, über dem ich widerwillig gebrütet hatte, einfach liegen und eilte zum Embarcadero.

Das neue Hauptquartier des Instituts, ein strahlend weißes Gebäude am südlichen Ende des Küstenboulevards in der Nähe des China-Hafens, erinnerte mich an eine avantgardistische Kirche. Es hatte viele, anmutig geschwungene Fenster, und seine kreuzförmig angeordneten Flügel liefen wie in einer Basilika unter einer gläsernen Kuppel zusammen. Als ich die breite Eingangstür öffnete, fragte ich mich, ob Eyestone dieses orthodoxe Symbol gewählt hatte, um zu demonstrieren, daß es sich auch hier um ein Heiligtum handelte, ein Heiligtum des Intellekts.

Den größten Teil des Erdgeschosses nahm der Empfangsbereich mit seinem schneeweißen Marmorfußboden ein. Oben verliefen drei Galerien, überdacht von der gläsernen Kuppel. Ihre beiden Hälften waren geöffnet wie die Schalen einer Muschel und gaben den Blick auf den Himmel frei. Eine salzige Brise fuhr von oben herein und ließ die Palmwedel hinter dem halbrunden Empfangstisch rascheln. Die ungewöhnlich attraktive blonde Frau dahinter lächelte, als sie meinen erstaunten Gesichtsausdruck sah. »Die Glaskuppel funktioniert über einen Sensor«, sagte sie. »Bei einer bestimmten Temperatur geht sie automatisch auf.«

»Was ist, wenn die Temperatur zwar stimmt, es aber regnet?«

Für einen Augenblick sah sie mich verdutzt an, dann zuckte sie mit den Schultern. »Ich bin sicher, der Sensor reagiert auch auf Feuchtigkeit.«

Wahrscheinlich, dachte ich. Heutzutage gab es ja Sensoren für alles und jedes – nur nicht für die Tragödien, die aus der Wut, der Frustration und dem Irrsinn entstehen, die unsere Welt auseinanderzureißen drohen.

Die Frau ließ sich meinen Namen sagen und telefonierte. Kurz darauf kam ein junger Mann von der zweiten Galerie herunter und stellte sich als Alex, den für Eyestones Termine zuständigen Sekretär, vor. Alex war so hübsch wie die Rezeptionistin, und seine Klamotten sahen aus, als wäre er direkt vom Titelblatt eines Modemagazins gesprungen. Doch sein dümmlicher Gesichtsausdruck ließ vermuten, daß hinter seinen langwimprigen Augen nicht viel vor sich ging. Im Heiligtum des Intellekts schien man bei untergeordneten Angestellten mehr Wert auf das Physische als auf das Geistige zu legen.

Eyestones Büro verfügte über einen großen Vorraum auf der Galerieseite, die der Bucht zugewandt war. Alex ging voraus bis zu einer geschnitzten Doppeltür und kündigte mich förmlich an. Das innere Allerheiligste war ebenso strahlend weiß wie die Lobby unten und bot einen Blick auf die Bucht von Treasure Island bis Alcatraz.

Mein erster Eindruck: ein mit allem möglichen Kram vollgestopfter Raum. Die Möbel: blaue Sofas und sandfarbene Sessel, Bücherschränke aus gebleichtem Teakholz und ein riesiger alter Mahagoni-Schreibtisch. Fotos: lauter händeschüttelnde Männer, die vor der Kamera posierten. Dazu Skulpturen und mechanisches Spielzeug, wie man es einem Mann schenkt, der schon alles hat. Gerahmte Urkunden, orientalische Vasen und kleine Dosen aus Elfenbein, Silber und Gold. Golftrophäen und ein Wandgestell mit Dutzenden exotischer Pfeifen. Auf einem Hocker an der Bar saß ein ausgestopfter Koala-Bär mit Smokingjacke. Seine gläsernen Augen waren staubbedeckt, und er sah deprimiert aus. Ein Arm war zur Bar ausgestreckt, als könnte er einen Drink gebrauchen. Ich sah von ihm zu dem Mann, der nun um den Schreibtisch herum auf mich zukam, auch mit ausgestrecktem Arm.

»Wie heißt er?« fragte ich.

»Er hat keinen Namen. Er sitzt dort nur, um zu beweisen, daß wir Akademiker auch einen Sinn für Humor haben.«

»Haben Sie den?«

»Nur in seltenen Fällen.« Leonard Eyestone ergriff meine Hand und taxierte mich genau. Er war mittelgroß und untersetzt, mit silbergrauem Haar. Sein Kopf mit den etwas hervortretenden blauen

Augen wirkte zu groß für seinen Körper. Beim Lächeln hatten seine Lippen einen starken Zug nach rechts. Wahrhaftig kein attraktiver Mann, aber mit charaktervollem und sensiblem Gesichtsausdruck. Zugleich wirkte er irgendwie »verklemmt«, und ich fragte mich kurz, ob diese unsichtbaren Verklemmungen wohl mit dem zu tun haben konnten, was Cordy McKittridge zugestoßen war.

Eyestone führte mich zu einer Sitzgruppe an der Fensterseite. Er bot mir einen Drink an, den ich ablehnte, und setzte sich dann mir gegenüber. »Also, Miss McCone«, sagte er, »wie ich höre, möchten Sie mit mir über den Fall McKittridge reden. Offen gesagt, ich finde Ihren Versuch, ihn wieder aufzunehmen, kontraproduktiv.«

Seltsamer Ausdruck. »Wie meinen Sie das?«

»Was wollen Sie denn damit erreichen?«

»Vielleicht kann ich retten, was noch von zwei schwer angeschlagenen Existenzen übrig ist.«

Er legte die Stirn in Falten. Seine Hände spielten mit dem Elfenbeingriff eines Brieföffners, der neben ihm auf dem Tisch lag. Nach einer Weile sagte er: »Ich nehme an, Sie meinen Judy und Lis Benedict. Miss Benedict hatte alle Chancen, aus ihrem Leben etwas zu machen, und allem Anschein nach ist ihr das auch gelungen. Und für Lisbeth habe ich keinerlei Mitgefühl. Sie hat ihr Leben in der Nacht zerstört, als sie Cordy McKittridge zerfleischte.«

»Sie reden, als hätten Sie die Spuren beider Benedicts ständig verfolgt.«

»Ich habe mir hin und wieder ein Bild über ihre Lebenssituation gemacht.«

»Warum?«

Er zuckte mit den Schultern. »Hätten Sie das nicht getan, wenn Sie den Hauptfiguren in einem so grauenhaften Drama so nahegestanden hätten?«

»Sie waren mit der Familie befreundet?«

»Jedenfalls mit Vincent.«

»Und welche Erinnerungen haben Sie an die Mordnacht?«

»Keine, die den bekannten Fakten widersprechen, falls Sie darauf hoffen.«

»Erzählen Sie trotzdem.«

»Ich habe nichts Besonderes zu erzählen. Ich wohnte zu der Zeit nicht auf dem Gelände, war den ganzen Tag nicht dort gewesen, hatte seit Tagen weder Lisbeth oder Judy noch Cordy gesehen. Ich habe an dem Bankett für Dulles im Blue Fox teilgenommen. Vincent war auch dabei, wie übrigens alle Institutsmitglieder und ihre Frauen – bis auf Lisbeth. Warum soll ich das alles wiederholen? Sie haben doch offenbar das Gerichtsprotokoll studiert.«

»Sogar ein oberflächliches Studium dieses Protokolls belegt bereits, daß bestimmte Fakten vor Gericht überhaupt nicht zur Sprache kamen.«

»Ach, die alte Vertuschungstheorie. Was macht Verschwörungen eigentlich so anziehend für die Leute?«

»Weil Verschwörungen gar nicht so selten sind.« Ich zögerte und fügte dann hinzu: »Darf ich Sie eines fragen? Wenn es Ihnen so mißfällt, daß ich in dem Fall ermittle, warum haben Sie mich dann empfangen?«

Eyestone lächelte, und sein Gesicht verzog sich. »Also, Miss McCone, es gefällt mir nicht, aber es mißfällt mir genauso wenig. Offen gesagt, habe ich mich bereit erklärt, weil ich neugierig auf Sie war.«

»Auf mich?«

»Ja. Sie mögen sich dessen nicht bewußt sein, aber Sie erfreuen sich eines gewissen Rufs in San Francisco. Als Revanche dafür, Sie von Angesicht zu sehen, erzähle ich Ihnen gern alles, was Sie wissen wollen – in einem vernünftigen Rahmen.«

»Und was ist das für ein Rahmen?«

Sein Lächeln wurde breiter. »Loten Sie selbst die Grenzen aus.«

Ich hatte das Gefühl, als stünde ich in einer Art Wettbewerb mit Leonard Eyestone – ohne die Regeln oder den Preis zu kennen. »In Ordnung. Erzählen Sie mir, was für eine Frau Lis Benedict damals war.«

Er sah mich überrascht an. Offensichtlich hatte er mit einer anderen Frage gerechnet. »Sie war ... gut erzogen, intelligent und redegewandt. Sie hatte ein paar Hobbies – zum Beispiel Kalligraphie. Ich spürte, wie frustriert und wütend sie über Vincents Trinkerei und seine Frauengeschichten war. Vielleicht hatte es aber auch mit dem Brachliegen ihrer beträchtlichen Talente zu tun. Und Angst habe ich bei ihr gespürt.«

»Wovor?«

»Vor vielen Dingen. Lisbeth war und ist, soweit ich weiß, immer noch eine äußerst abergläubische Frau. Abergläubische Menschen sind von Natur aus ängstlich. Sie schützen sich mit Ritualen gegen das Unglück.«

»Sie sind aber nicht abergläubisch.«

Er schüttelte den Kopf. »Ich bin Gesellschaftswissenschaftler, mit der Betonung auf Wissenschaftler. Ein Pragmatiker. Und ich habe selten Angst – wahrscheinlich aus einem Mangel an Phantasie. Man muß fähig sein, sich die schlimmsten Folgen auszumalen, um sich vor ihnen zu fürchten.«

So herum hatte ich das noch nie gesehen, aber was er sagte, ergab einen Sinn. Ich hatte eine Menge Phantasie, und immer, wenn ich mich in einer gefährlichen Situation befand, mußte ich sie mit aller Willenskraft ausschalten.

»Was fand man denn an Vincent Benedict?« fragte ich. »Er war Alkoholiker und schlug seine Frau. Was haben Cordy und die anderen Frauen in ihm gesehen?«

»Schmerz.«

»Ich verstehe nicht.«

»Den Mann umgab eine Aura von tiefem psychischem Leid – natürlich sorgfältig kultiviert. Ganz bewußt entwarf er von sich das Bild des verkannten Genies, das von allen unterschätzt und mißverstanden wird und alles ruhig und stoisch erträgt. Und die Frauen streichelten seine Seele, küßten ihn und wollten alles besser machen. Dabei schadete ihm sein gutes Aussehen, das ein wenig Leichtlebigkeit signalisierte, durchaus nicht.« Eyestone sagte das ohne Groll, eher so, als bewundere er Benedicts Selbstdarstellung in gewisser Weise.

»Ich habe trotzdem den Eindruck, daß Cordy mehr als nur irgend eine unter Vincents Frauen war.«

»Da haben Sie recht. Er wollte sich von Lisbeth scheiden lassen und sie heiraten.«

»Hat er Lis das gesagt?«

»Ja.«

»Warum wurde das vor Gericht nicht gegen sie verwendet?«

»Ich nehme an, Vincent wollte nicht, daß seine Frau in die Gaskammer kam.«

»Aber Sie wußten davon. Andere müssen es auch gewußt haben.«

»Das bezweifle ich. Vincent hat es mir auch erst eine Woche vor Prozeßbeginn gesagt, und das unter dem Siegel der Verschwiegenheit.«

»Und Sie haben es niemandem weitererzählt?«

»Nein. Ich habe bis heute nicht darüber gesprochen.«

Ich zögerte, nahm mir Zeit für die Formulierung meiner nächsten Frage. »Es heißt, daß es außer Vincent in Cordys Leben noch andere Männer gegeben hat. Jemanden aus dem Institut.«

»Ja.«

»Wer war das?«

Er zuckte mit den Schultern und lächelte verschlagen.

»Sie?«

»So hieß es.«

»*Sie*, Dr. Eyestone?«

»Was für ein irritierter Blick, Miss McCone! Ja, ich gebe zu, ich hatte ein Verhältnis mit Cordy.«

»Aber Sie und Vincent waren Freunde.«

»Es gibt Männerfreundschaften, die über Revierkämpfen um Frauen stehen. Außerdem war meine Affäre mit Cordy vorbei, bevor sie mit Vincent zusammen war und bevor sie starb.«

»Wie lange vorbei?«

»Seit dem vorangegangenen Sommer, als sie unser Kind abgetrieben hat.«

Louise Wingfields Verdacht hatte also gestimmt. »Wessen Idee war die Abtreibung, Ihre oder Cordys?«

»Cordys. Ich hätte sie nur zu gern geheiratet, aber sie war mich da schon leid. Sie sagte, sie wolle die Abtreibung in jedem Fall, und so gab ich ihr Geld, damit sie wenigstens sicher war. Ich liebte sie zu sehr, als daß ich ihr Leben den Händen irgendeines Metzgers ausgeliefert hätte.« Für einen kurzen Moment wich Eyestone meinem Blick aus. Dann sah er mich wieder an.

Es überraschte mich, daß die Erinnerung an Cordys Zurückweisung ihn noch immer schmerzlich berührte. Ich dachte an Judy Benedicts Abneigung gegen diese Frau, die jetzt noch so heftig war wie vor sechsunddreißig Jahren. Cordy mußte eine starke Persönlichkeit gewesen sein, wenn sie sogar noch aus dem Grab die Menschen so heftig irritieren konnte.

Eyestone sah auf die Uhr. »Gibt es sonst noch etwas, Miss McCone? Ich habe in zwei Minuten einen anderen Termin.«

»Nichts, das wir in zwei Minuten abhandeln könnten. Ich würde mich gern noch einmal mit Ihnen unterhalten. Ich interessiere mich für das Institut – dafür, was so eine Denkfabrik heutzutage eigentlich macht.«

Er zuckte übertrieben zusammen. »Das ist ein dummer Ausdruck. Benutzen Sie ihn nicht wieder. Die Boulevardpresse hat ihn seinerzeit erfunden. Wir haben ihn damals nicht gemocht und mögen ihn auch heute noch nicht. Aber warum interessieren Sie sich für uns? Die Aktivitäten des Instituts haben ganz gewiß nichts mit Cordys Tod zu tun.«

»Wahrscheinlich nicht, aber ich möchte gern das Umfeld rekonstruieren, in dem das Verbrechen stattgefunden hat.«

Er blinzelte und sah mich im Licht, das durch das Fenster fiel, forschend an. Nach einer Weile sagte er: »Es gibt wohl niemanden, der nicht gern über seine Arbeit redet. Ich würde mich also freuen, Sie wiederzusehen. Rufen Sie Alex an und machen mit ihm einen Termin aus – am besten in der nächsten Woche.«

»Gern.«

Wir standen beide gleichzeitig auf, und Eyestone begleitete mich durch das Vorzimmer hinaus. Es lag verlassen da, und auch in der Lobby schien niemand auf ein Gespräch mit ihm zu warten. Draußen auf der Galerie ergriff Eyestone meine Hand, die Lippen schief verzogen. »Ich habe mich gern mit Ihnen unterhalten, Miss McCone«, sagte er. »Sie entsprechen durchaus Ihrem Ruf.«

Was sollte das nun wieder bedeuten? Doch bevor ich ihn fragen konnte, war Eyestone schon auf dem Weg zurück in sein Büro.

Bei All Souls angekommen, schob ich die Gedanken an den Fall beiseite und wühlte mich durch den vernachlässigten Papierkram.

Es war sieben vorbei, bis ich fertig war. Ich hatte vorgehabt, heimzufahren und das Gerichtsprotokoll des Falles Benedict noch einmal durchzugehen, aber mein kleines Wortgefecht mit Leonard Eyestone hatte mich angeregt. Ich wollte mit den Ermittlungen fortfahren, doch ich schien ein wenig den Faden verloren zu haben. Vielleicht brauchte ich Inspiration.

Ich griff zum Telefon und wählte das Projekt Helfende Hände. Louise Wingfield war noch da, genauso ein Workaholic wie ich. Ich hörte ihre Begeisterung, als ich ihr vorschlug, mich auf einer Reise in die Vergangenheit zu begleiten.

9

Ich kannte einen Kollegen, einen in San Francisco geborenen italoamerikanischen Privatdetektiv, Ende fünfzig, der oft den Untergang des alten North-Beach-Viertels beklagte. Wenn ich auch noch nicht so lange hier lebte, um mich an jene Zeit erinnern zu können, begriff ich sehr wohl, was mein Freund, ein Nostalgiker, wie er selbst zugab, damit meinte. Chinatown war in das damalige Little Italy hinübergeschwappt. Oben-ohne-Clubs, Bars und T-Shirt-Läden bildeten jetzt eine neonleuchtende Meile den Broadway und die Columbus Avenue entlang. Schicki-Micki-Restaurants waren in viele der seit Generationen von Italienern betriebenen Gaststätten eingezogen, und die hohen Mieten vertrieben die Familien. Doch es gab noch Nischen, in denen die einstige Kultur weiter blühte, wo der Duft von krustig gebackenem Sauerteigbrot, von Oregano und Espresso in der Luft lag und man noch die Sprache der alten Heimat sprach. Für mich ist North Beach ein aufregender Ort, an dem verschiedene Kulturen aufeinandertreffen und sich mischen, wo man bohemienhaft lebt und ein gutes Nudelgericht zusammen mit einem starken roten Wein für weniger als zwanzig Dollar bekommt. Falls man einen Parkplatz findet.

Ich hatte heute abend Glück. Am Washington Square ergatterte ich einen Platz im Schatten der zweitürmigen Peter-und-Paul-Kirche. Abergläubisch kreuzte ich die Finger, um auch künftiges Glück zu beschwören, und eilte hügelan zur Ecke Greenwich Street und obere Grant Avenue, wo ich mit Louise Wingfield verabredet war. Die Nachmittagswärme war verflogen, und Nebel zog auf – dünne Schwaden drangen in die engen Gassen, wanden sich um Neonleuchten und Straßenlampen und verliehen ihnen einen weichen und altmodischen Schimmer.

Louise Wingfield hatte sich in Daunenjacke, Schal und Wollmütze gepackt und lehnte an einem Straßenpfosten an der Ecke. Sie rauchte und sah zum Himmel. Als sie mich kommen hörte, sah sie sich um und streckte sich, die Zigarette warf sie auf den Gehsteig, trat sie aus und schob den Stummel mit dem Fuß in den Gulli. Nachdenklich und mit einem wehmütigen Lächeln sah sie mich an.

»Es gibt sie noch«, sagte sie.

»Die Wohnung?«

»Wahrscheinlich, aber ich meine eigentlich die Bäckerei.« Sie zeigte auf den nächsten Block, wo im Nebel verschwommen ein Schild ›Fabrizio Pastries‹ verkündete.

»Der alte Name?« fragte ich.

»Sogar das alte Schild.«

»Gehen wir doch hinein und fragen, ob der Hausbesitzer auch noch der alte ist.« Wir gingen die Steigung hinauf, und ich fügte hinzu: »Sie sind nicht mehr hier gewesen, seit Sie damals die Wohnung aufgegeben haben?«

»Nein. Nach meiner Heirat sind wir nie mehr nach North Beach gekommen. Es war, wie mein damaliger Mann gesagt haben würde, nicht der passende Ort für Leute wie uns. Und nach meiner Scheidung hatte ich auch keinen Grund, wieder hierherzukommen. Wahrscheinlich wäre ich auch gar nicht gern an die alten Zeiten erinnert worden. An Cordy ...«

In den Schaufenstern der Bäckerei lagen runde Brotlaibe, Kuchenbleche, handgezogene Grissini und eine verzierte Sahnetorte. Drinnen stand hinter einer Theke ein gutaussehender Mann mit lockigem Haar um die vierzig. Als wir eintraten, begrüßte er uns mit einem breiten Lächeln. Ich folgte Louise Wingfield und begutachtete die Kuchentabletts mit ihren vielen reizvoll geformten und appetitlich belegten Backwaren. Als ich ein paar Teilchen mit einer Füllung aus kandierten Früchten und Schokolade entdeckte, meldete sich knurrend mein Magen. Soviel zu dem nahrhaften und ballaststoffreichen Lunch.

Der Mann bemerkte meinen sehnsüchtigen Blick, lächelte wieder und kam auf mich zu. »Bitte, probieren Sie.« Er legte eins von den kleinen Hörnchen auf ein Stück Pergament und reichte es mir über die Theke. Mir lief das Wasser im Mund zusammen, als ich hineinbiß. Ricotta, Zitrone und diese wunderbar bittere Schokolade – einfach himmlisch.

»Wie, um alles in der Welt, machen Sie die?« fragte ich.

»Ein altes Familiengeheimnis.«

»Ist das hier noch ein Familienunternehmen?«

»Seit über fünfzig Jahren. Mein alter Herr hat damit begonnen, als ich noch gar nicht auf der Welt war.«

»Und seit wann führen Sie das Geschäft?«

»Erst seit fünf Jahren, nachdem mein alter Herr sich zurückgezogen hat. Ich habe eine lange Lehrzeit hinter mir, aber sie hat sich gelohnt.«

»Sie werden sich wohl nicht mehr an meine Freundin erinnern.« Ich zeigte auf Louise Wingfield. »Sie hatte Mitte der fünfziger Jahre die Wohnung über Ihnen gemietet.«

Er sah Louise an und schüttelte bedauernd den Kopf. »Ich erinnere mich schon, daß mein Vater die Wohnung vermietet hatte. Er hatte damals beschlossen, meine Schwester und ich sollten außerhalb der Stadt aufwachsen. Wir sind nach Dale City gezogen, in eine Neubausiedlung. Das war in den Fünfzigern gerade en vogue: alles modern, nett und hygienisch, nett und langweilig. Meine Schwester und ich sind später wieder hierher zurückgekommen, und jetzt wohne ich mit meiner Familie in der Wohnung. Und was immer aus meinen Kindern wird, ich garantiere ihnen, daß sie sich dabei nicht langweilen werden.«

»Lebt Ihr Vater noch in Dale City?« fragte ich.

»Sie scherzen! Nach dem Tod meiner Mutter sehnte er sich genauso wie ich und meine Schwester wieder hierher zurück. Er hat ein Apartment ein paar Blocks weiter, und abends um diese Zeit finden Sie ihn meistens zusammen mit seinen Freunden bei Reno's.«

»Ist das eine Bar?«

Louise antwortete für ihn. »Eine Bar in bester North-Beach-Tradition.«

Der Bäcker nickte. »Waren Sie mal drin?«

»Mehr als einmal, damals.«

»Und mein alter Herr, Frank Fabrizio, war Ihr Vermieter? Was es nicht alles gibt. Hören Sie, gehen Sie doch einfach rüber zu Reno und sagen ihm guten Tag. Das würde den alten Mann ganz sicher freuen.«

»Machen wir das doch«, sagte ich und warf einen Blick auf das Tablett mit den Hörnchen. »Aber vorher hätte ich gern noch sechs Stück.«

Zu Reno's mußten wir uns durch die neblige Gasse kämpfen. Louise blieb draußen für einen Moment stehen und zeigte mir den Aufgang zur Wohnung. Ein schwarzes Eisengitter versperrte den winzigen Eingang. Durch die schneeweißen Gardinen hinter den Fenstern drang gedämpftes Licht nach draußen.

»Es ist genau wie früher«, sagte sie. »Als wäre ich erst gestern ausgezogen. Fast sehe ich noch Cordy in ihrer Lieblingshemdbluse aus eisblauem Taft die Stufen herunterkommen.« Dann schlug sie die Arme um die Schultern und schauderte. »Wie konnte ich selbst so alt werden, während all dies so geblieben ist, wie es war?«

»So alt sind Sie doch noch nicht.«

»Bisher habe ich das auch gedacht. Doch mein Körper fühlt sich so... vergänglich an, während das hier« – sie stieß mit der Fußspitze kräftig gegen die kleine Betonveranda – »alles wie immer ist.«

In ihrer Stimme klang echter Zorn mit, und das wunderte mich. Louise Wingfield war noch keine sechzig und sehr robust, aber wahrscheinlich hat jeder ein anderes Bild vom Alter. Ich selbst wappnete mich schon für den Tag, an dem mein Körper anfangen würde, mir nicht mehr zu folgen und ich Stück für Stück genötigt wäre, auf das zu verzichten, was ich gern tat, und auf die Träume, die sich bis dahin nicht erfüllt hatten. Und ich wußte, daß es keine tröstenden Worte für Louise gab, nichts, was ihren Zorn auf den stetigen Ansturm der Zeit würde besänftigen können.

»Gehen wir zu Reno's«, sagte ich leise. »Wir könnten jetzt beide einen Drink gebrauchen.«

Die Bar war typisch altes North Beach: schummriges Licht, dunkle Holztäfelung, Fliesenboden im Schachbrettmuster, dunkelrote Vorhänge. In die Ziegelwand waren Nischen mit pseudoklassischen Statuen eingelassen, und über der Bar hing als scheußliches Ölgemälde eine toskanische Landschaft mit Goldrahmen. Zwei alte Männer saßen an einem Tisch über ein eingelegtes Schachbrett gebeugt. Etwas weiter hockte ein anderer, vielleicht ein Dichter, und kritzelte wirr auf einem zerfledderten Block herum. In einer Nische hielt sich ein Paar mittleren Alters eng umschlungen. In ihren Gesichtern stand stumme Verzweiflung.

Sonst gab es nur noch einen Gast: einen Mann mit zerfurchtem Gesicht und schütter werdendem Haar, der der Bäcker sein konnte – um ein Vierteljahrhundert gealtert. Er saß auf einem Hocker am anderen Ende der Bar, vor sich ein Glas Rotwein. Er unterhielt sich mit dem ergrauten Barkeeper. Ich tippte Louise an und zeigte auf ihn. Sie nickte und ging auf ihn zu.

Als wir näherkamen, unterbrachen die beiden Männer ihr Gespräch – eine lebhafte Diskussion über das Versagen unseres Bürgermeisters – und sahen uns interessiert an. Frank Fabrizio zwinkerte uns zweideutig zu – offenbar ein Mann, der die Frauen liebte, junge wie alte. Louise schenkte ihm ein kleines Lächeln als Dank für sein Kompliment, dann kletterte sie auf den Hocker neben ihm. Ich setzte mich an ihre andere Seite, während der Barkeeper zwei Cocktail-Servietten vor uns auf die blankpolierte Theke legte. Wir bestellten zwei Gläser von seinem roten Hauswein. Dann zündete sich Louise eine Zigarette an, sah Frank Fabrizio an und stellte sich vor. »Ich war eines von den Mädchen, die Mitte der fünfziger Jahre Ihre Wohnung im ersten Stock gemietet hatten«, sagte sie. »Ihr Sohn sagte uns, daß wir Sie hier finden würden. Also sind wir vorbeigekommen, um Ihnen guten Tag zu sagen.«

Er musterte sie, und die Falten um seine Augen vertieften sich. »Irgendwie kommen Sie mir bekannt vor. Natürlich sind wir alle inzwischen älter geworden, stimmt's, Reno?«

Der Barkeeper zuckte weise mit den Schultern.

Fabrizio schüttelte amüsiert den Kopf. »Komisch, was nach all den Jahren aus den Leuten wird. Ihr Mädchen wart damals die reinen Teufelsweiber.«

»Nun, ja...«

»Meine Frau, Gott hab' sie selig, hat sich ständig über euch beschwert. Sie sagte, wir hätten aus der Wohnung auch gleich ein Bordell machen können. Wußten Sie, daß besonders tugendhafte Frauen eine besonders schmutzige Phantasie haben? Wie dem auch sei, ich habe euch Mädchen die Stange gehalten und ihr gesagt, daß ihr euch nur ein bißchen die Hörner abstoßt. Ich glaube, jeder, ob männlich oder weiblich, hat ein Recht darauf, wenn er den nötigen Mumm hat.«

Der alte Mann schien sich gern reden zu hören und würde wohl endlos so weiter schwadronieren, wenn man ihn ließe. Also beugte ich mich an Louise Wingfield vorbei zu ihm hinüber, nannte meinen Namen und Beruf und fügte hinzu: »Ich suche nach den anderen Bewohnerinnen der Wohnung – zum Beispiel Melissa Cardinal. Erinnern Sie sich an sie?«

»Natürlich. Mein Gedächtnis funktioniert noch bestens. Was ist mit ihr?«

»Gar nichts. Louise würde sie nur gern mal wiedersehen und hat mich gebeten, ihr bei der Suche zu helfen.«

»Also, ich erinnere mich an sie, als wäre es gestern gewesen. Kleines blondes Mädchen. Nette Figur.« Fabrizios Hände umschrieben ihre Kurven. »Wenn die Kleine hereinkam und die Miete zahlte, ließ mich meine Frau nicht aus den Augen.«

»Wann haben Sie Melissa zum letztenmal gesehen?«

Fabrizios prompte Antwort überraschte mich. »Vor zwei Wochen.«

Ich sah Louise an. Sie runzelte die Stirn.

»Wo?«

»Drüben am Broadway, in der Nähe von Chinatown. Sie hat sich nicht so gut gehalten wie Sie.« Er blinzelte Louise zu. »Sah verdammt heruntergekommen aus, ungepflegt. Ich hätte sie nicht erkannt, wenn der Kerl bei ihr sie nicht beim Namen genannt hätte. Auch eine komische Sache: Er paßte gar nicht zu ihr. Ein Gentleman. Eleganter Haarschnitt, guter Anzug, beste Qualität.«

»Was haben sie gemacht?«

»Kamen aus einer Bar. Paßte auch nicht zu ihm, genauso wenig wie die Frau. Und sie haben gestritten.«

»Worüber?«

»Die Worte habe ich nicht mitbekommen. Nur den Ton: Jammern und Nörgeln. Das kenne ich zur Genüge von meiner Frau.«

»Melissa jammerte?«

»Hm.«

»Er war nicht gerade glücklich darüber, versuchte aber, nett zu sein. Wie gesagt, ein Gentleman. Wollte wohl keine Szene in der Öffentlichkeit.«

»Können Sie ihn beschreiben?«

»Also, direkt von vorn habe ich ihn nicht gesehen. Ich habe mehr nach Melissa geschaut als nach ihm. Jünger als ich, wie er sich hielt. Graues Haar, oder eher weißes? Jedenfalls viel Haar.« Er klopfte sich wehmütig auf die eigene Glatze.

»Größe? Gewicht?«

»Mittel, denke ich.«

»Sonst noch etwas?«

»Wie gesagt, er stand mit dem Rücken zu mir, und ich habe mehr auf Melissa geachtet. Ich habe ihn nur als Typ wahrgenommen, verstehen Sie?«

Ich verstand. Leider war er ein Typ, wie es ihn in San Francisco in Massen gab. »Wie hieß die Bar?«

»The Haven.«

Die kannte ich – eine typische Broadway-Kneipe. »Und die Tageszeit?«

»Ich kam von meinem Morgenspaziergang zum Obst- und Gemüsestand an der Jackson Street zurück, also ungefähr halb bis Viertel vor zwölf.«

Dann hatte es keinen Sinn, noch heute abend zur Haven-Bar hinüberzugehen. Ich mußte morgen auf die Tagschicht warten. Doch dies war bis jetzt die beste Spur zu Melissa. Und wenn sie dort Stammgast war, wußte vielleicht jemand, wo sie wohnte.

»Haben Sie Melissa bei der Gelegenheit zum erstenmal wiedergesehen, seit sie die Wohnung von Ihnen gemietet hatte?«

»Sie wohnt seit Jahren hier in der Gegend. Aber soviel ich weiß, geht sie nur abends aus. Und Sie können mir glauben: Ich hätte diese heruntergekommene Lady niemals mit der kleinen Stewardeß zusammengebracht, wenn der Kerl nicht ihren Namen genannt hätte.« Fabrizios Gesicht verdüsterte sich, und er nahm einen kräftigen Schluck Wein. Nach einer Weile sah er Louise an und fügte hinzu: »Ist schon ein Ding – was die Zeit mit uns anstellt, nicht?«

Sie nickte zustimmend und schwieg dazu.

Das Gespräch mit Fabrizio hatte auf Louise' Stimmung gedrückt. Sie schwieg, als wir wieder zum Washington Square hinuntergingen, und hatte die Hände tief in den Taschen vergraben. Schließlich sagte ich: »Ich hatte heute nachmittag eine Verabredung mit Leonard Eyestone. Ein seltsamer Mann, aber interessant. Er hat zugegeben, daß Cordy von ihm schwanger war.«

»Einfach so?«

»Ohne zu zögern, nachdem er eingeräumt hatte, daß er der andere Mann am Institut war, mit dem sie eine Affäre hatte.«

»Gut, dann muß er sich gedacht haben, daß das jetzt nichts mehr zu bedeuten hat. Daß genug Zeit vergangen ist. Auf den ersten Blick mag die Affäre eigentümlich erscheinen, aber Leonard hat einen brillanten Verstand, und Cordy war, bei all ihren sonstigen Fehlern, keineswegs dumm.«

»Er sagte, er hätte sie gern geheiratet, aber sie sei ihn leid gewesen.«

Louise preßte die Lippen zusammen. »Ihre Unfähigkeit, ein Interesse an Dingen und an Menschen zu bewahren, war einer der Fehler, von denen ich gerade sprach.«

»Ihr Interesse an Vincent Benedict hatte sie sich immerhin lange genug bewahrt, um in ihm den Wunsch zu wecken, seine Frau zu verlassen und sie zu heiraten. Auch das hat Eyestone mir erzählt.«

»Ich bezweifle, daß diese Heirat je zustande gekommen wäre.«

»Sie meinen, sie wäre ihn auch bald leid gewesen?«

»Vielleicht nicht leid gewesen, aber... Bedenken Sie die Situation. Vincent wollte sich von Lis scheiden lassen. Eine Scheidung wäre eine kostspielige Angelegenheit gewesen, vor allem, weil es auch um ein Kind ging. Außerdem galt damals noch das Schuldprinzip. Lis hätte Cordy mitbeschuldigt. Und dann hätte Cordys Familie sich sofort von ihr abgewandt. Vincent hätte Unterhalt zahlen und für das Kind sorgen müssen. Dazu hätte er noch Cordys Lebensunterhalt bestreiten müssen, alles von seinem Gehalt am Institut. Er verdiente zwar nicht schlecht, aber so viel nun auch wieder nicht. Es wäre nie gegangen. Miss McKittridge war ihren Luxus gewöhnt, und sie liebte den Luxus.«

Ich dachte darüber nach. »Und wenn Cordy Schluß gemacht hätte, nachdem Vincent Lis um die Scheidung gebeten hatte?«

»Das wäre möglicherweise reines Dynamit gewesen.«

»Doch nach Aussage aller Zeugen war Vincent in der Mordnacht bei dem Bankett für Dulles.«

»Lis aber nicht.«

Wir waren bei meinem MG angekommen. Louise sagte: »Ich muß Sie leider bitten, mich zu chauffieren. Mein Wagen ist in der Inspektion. Einer meiner Mitarbeiter hat mich hier abgesetzt.«

»Haben Sie Hunger?«

»Keinen besonderen. Und Sie?«

»Nein.« Aber ich zögerte, weil ich den Abend noch nicht beenden wollte. »Wie wäre es mit noch einer Portion Reminiszenzen?«

»Ich bin nicht gerade begeistert. Aber was führen Sie im Schilde?«

»Ich möchte einen Blick auf das Anwesen in Seacliff werfen.«

»Warum?«

»Derselbe Grund, aus dem ich sehen wollte, wo das Apartment lag. Es gehört zu meinen Gewohnheiten, mir den Tatort eines Verbrechens und das Umfeld anzuschauen. So entwickle ich ein Gefühl dafür, was vor sich gegangen ist.«

»Sogar so lange Zeit nach der Tat?«

»Ja.«

Sie preßte die Lippen zusammen, trat unentschlossen von einem Fuß auf den anderen.

»Ich bringe Sie nach Hause und fahre allein«, sagte ich.

»... Nein, ich komme mit. Mit meiner Hilfe finden Sie es leichter. Und es ist Zeit, daß ich mich der Vergangenheit stelle.«

»Lis Benedict hat erst gestern etwas ganz Ähnliches gesagt.«

»So? Na ja, wie ich heute morgen schon sagte, haben Lis und ich mehr gemeinsam, als mir klar war. Wir sind beide Opfer dessen, was mit Cordy geschehen ist.«

Seacliff ist ein exklusiver Wohnbezirk. Er liegt auf einem Steilufer südlich der Golden Gate Bridge, hoch über dem offenen Meer zwischen Bakers Beach und Lincoln Park. Gegen das angrenzende Richmond sichert sich das Viertel nicht mit Mauern oder bewachten Toren ab, aber imposante steinerne Pfeiler markieren den Übergang. Hat man sie erst passiert, merkt man schnell, daß man sich jetzt in einer wohlhabenden und privilegierten Enklave befindet. Die Grundstücke sind für städtische Verhältnisse groß und die Häuser individuell gestaltet. Die ganze Umgebung ist sehr gepflegt und der Blick atemberaubend. Allein der Gedanke an die Kosten, die die Erhaltung eines dieser Anwesen verschlingen mußte, ließ eine bescheidene Haus- und Grundbesitzerin wie mich schon zusammenzucken.

An diesem Abend legte sich ein seltsam dichter Nebel vom Pazifik aus über die Stadt. Er machte die Fahrbahn rutschig und die Kurven der gewundenen Straßen gefährlich. Er ließ die Konturen der großen Häuser auf den Felsen verschwimmen, dämpfte Licht und Geräusche. Hinter seinen Schwaden aber spürte ich verborgenes Leben und Treiben – trügerisch ruhig und ein wenig bedrohlich.

Louise lotste mich über ein paar Irr- und Umwege nach El Camino del Mar. Hier standen die Häuser gedrängt nebeneinander, damit alle einen guten Blick auf das Meer hatten. Als wir uns dem Lincoln Park näherten, kamen wir an einer langen, dicht bewachsenen Mauer vorbei zu einer Auffahrt, die von Pfeilern gesäumt war. An einem davon hing gut sichtbar ein Schild ›Zu verkaufen‹.

»Halt«, flüsterte Louise. Ihre Hand griff eisig und mit verkrampften Fingern nach meiner Rechten am Steuer.

Ich lenkte den MG an den Bordstein und beugte mich vor, um einen Blick auf das Haus zu erhaschen. Doch hinter der Mauer und den Zypressen erkannte ich nur einen spitzgiebligen dunklen Steinklotz. Ich nahm den Fuß von der Bremse und ließ den Wagen ein paar Zentimeter weiterrollen.

»Fahren Sie besser nicht hinein«, sagte Louise. »Hier kommt oft die Polizei vorbei.«

»Dann gehen wir eben zu Fuß weiter. Und wenn jemand kommt, sagen wir, wir seien Kaufinteressenten.« Ich zeigte auf das Schild am Pfeiler.

»Kaufinteressenten auf nächtlicher Besichtigungstour?«

»Warum nicht? Wenn ich mir das hier leisten könnte, dann würde ich es mir auch bei Nacht und nicht nur am Tag ansehen. Sie nicht auch?«

Sie zuckte mit den Schultern, stieg aber aus.

Bis auf das Tuten der Nebelhörner und das gedämpfte Rauschen der See war es sehr still hier. Feuchte Kälte legte sich auf meine Wangen. Man konnte das Salz riechen und schmecken. Ich ging zur Einfahrt und marschierte los, Louise Wingfield im Schlepptau. Der Weg führte durch das Zypressenwäldchen, das ich schon von außen gesehen hatte. Als wir es durchquert hatten, blieb ich stehen und starrte auf das herrschaftliche Haus.

Es war groß, im englischen Stil erbaut, mit Dachgauben im zweiten Stock und oberhalb des Ziegelmauerwerks holzverkleidet. Umgeben war es von einer Feuerdornhecke. Neben der Eingangstür befand sich ein großes Fenster mit Bleiverglasung. Die rautenförmigen Scheiben waren dunkel und glanzlos. Die Ziegelmauern waren großenteils mit Efeu bewachsen, und von den Dachrinnen unter dem Schieferdach hingen Weinranken herab. Ein paar kleine Leuchten, die spärlich den Weg erhellten, sorgten für trügerische Licht- und Schattenwirkungen.

Die Einfahrt mündete in einen ovalen Parkbereich, auf dem wenigstens ein Dutzend Wagen Platz fanden. Ich wollte ihn gerade überqueren, da merkte ich, daß Louise mir nicht folgte. Sie stand am Rand des Zypressenwäldchens und starrte das Haus an, genau wie ich zuvor. Ihre Arme hingen schlaff herab, aber als ich sie ansah, schlang sie sie um ihren Körper. Sogar auf die Entfernung konnte ich sehen, wie sie schauderte. Ich winkte ihr, mir zu folgen. Sie tat es zögernd.

»Wo war das Taubenhaus?« fragte ich.

»Da drüben.« Sie zeigte nach rechts, wo das Gelände zur Klippe hin abfiel. »Sie haben es gleich nach dem Prozeß abgerissen. Schon seit Jahren steht das Anwesen zum Verkauf, aber es hat sich noch kein Käufer gefunden.«

Ich sah mich um. Das Grundstück hatte einen reichen Baumbestand, krüppelige Monterey-Pinien, die dunkel im Nebel aufragten. Wäre ich bis an den Klippenrand gegangen, hätte ich die Felsbrokken und die Brandung am Strand von China Beach sehen können. So schön dieser Ort bei Tag auch sein mochte, bei Nacht wirkte er einsam und verlassen. Dagegen wirkte sogar das leere Haus einladend.

»Keine Käufer?« fragte ich Louise. »Wenn man bedenkt, wie wertvoll das Land direkt an der See ist.«

»Das Gelände fällt hier steil ab und ist sehr schwer zu bebauen. Dazu kommt der Mord, der hier geschehen ist. Das Stigma ist zwar inzwischen verblaßt, aber das Grundstück ist noch immer zu teuer und ebenso das Haus.«

»Aber ein Teil des Besitzes ist verkauft worden?«

»Ja, Ende der fünfziger Jahre. Das Haus, an dem wir vorbeigekommen sind, bevor die Mauer begann, hat damals zum Institut gehört. Dort waren Konferenzräume und Wohnungen für Mitarbeiter. Aber nach dem Mord wollten immer weniger Leute auf dem Grundstück wohnen, und deswegen wurde das Haus verkauft.«

»Aus welchem Grund haben die Mitarbeiter anfangs hier gewohnt?«

»Es war Russell Eyestones Wunsch. Er wollte, daß seine handverlesene Schar Intellektueller in einer kleinen Gemeinschaft fest zusammenlebte. Auf daß sich der eine am Genius des anderen labe.«

»Das klingt sarkastisch.«

»Na ja, ich bin nicht allzu oft hierher gekommen. Aber wenn, dann habe ich nie etwas gehört, das nach hochgestochenen Diskursen klang.«

»Was haben Sie dann gehört?«

»Das gleiche Cocktail-Geschwätz und den gleichen Tratsch wie zu Hause. Und immer ging es um Geld. Was Politik betraf – konservativ einer wie der andere. Und viel niederträchtiges Gerede. Akademiker können die übelsten Verleumder sein, die man sich denken kann.«

»Leonard Eyestone meint außerdem, sie hätten keinen besonderen Sinn für Humor.«

»Leonard muß das schließlich wissen. Er lacht nur auf Kosten anderer.«

»Erzählen Sie mir, worüber getratscht wurde.«

»Über Leute, die ich nicht kannte. Über Dinge, die mich nicht interessierten.«

»Und Sie sagten, es sei Cocktail-Geschwätz gewesen. Wurde viel getrunken?«

»Harte Drinks. Daß Vincent Benedict schwerer Alkoholiker war, war kein Geheimnis, aber die meisten schafften es durchaus, mitzuhalten. Es ist schon erschreckend, wenn man bedenkt, daß solche Leute so großen Einfluß im öffentlichen Leben in Verteidigungsfragen dieses Landes hatten.«

»War der Einfluß des Instituts so groß?«

»Ja. Ich weiß nicht genau, was für Verträge sie hatten und was für Studien hier angefertigt wurden, aber das Institut ist erste Wahl, vergleichbar mit RAND oder Brookings. Das Institut spricht, und alle Entscheidungsträger hören zu.«

Ich merkte mir, daß ich noch Eyestones Sekretärin anrufen und einen Termin verabreden wollte, um mit ihm über die Denkfabrik zu reden.

Wieder tönte vom Gate ein Nebelhorn herüber – der klagende Ruf einer umherirrenden Seele auf der Suche nach Trost.

Louise Wingfield schauderte, und diesmal heftig. »Gehen wir«, sagte sie.

Zwar gab es hier nichts zu sehen, dennoch hielt mich etwas zurück. »Gehen Sie schon mal zum Wagen«, sagte ich ihr. »Ich komme gleich nach.«

»Machen Sie nicht zu lange.« Sie eilte durch den Nebel davon. Einmal beugte sie sich vor, um eine Zigarette anzuzünden.

Das Haus stand schweigend da. Ich versuchte, die Dunkelheit mit den Augen zu durchdringen und mir vorzustellen, daß seine vielen Fenster erleuchtet waren und Musik und Lachen in die Nacht hinausschollen. Doch das Bild nahm keine Gestalt an.

Ich drehte mich um und sah nach Norden, wo die Bay ins offene Meer überging. Eine weiße Wand verstellte mir den Blick. Hatte in jener Juninacht vor vielen Jahren auch Nebel geherrscht? Hatte Cordy McKittridge' Mörder diesen Nebel vielleicht genutzt, um sich heimlich zum Taubenhaus zu schleichen? Und hatte der Nebel schließlich auch den blutigen Rückzug des Mörders gedeckt?

Die Fragen hämmerten in meinem Hirn, und Bilder stürmten auf mich ein. Eine Schattenfigur unbestimmten Geschlechts glitt über den Rasen und durch das Blätterwerk. Lichtstrahlen aus dem Haus schoben den Nebel für Momente zur Seite. Und drinnen vor rohen Ziegelmauern weitere Schatten: Sie kündeten von Zorn, Wut, Gewalt. Und die langen Blätter der Gartenschere glänzten... und stachen zu. Blut floß... spritzte auf...

Ich blinzelte. Wirbelte herum. Starrte angestrengt über das leere Grundstück und zum Wohnhaus im Dunkeln hinüber.

Hier herrschte nicht mehr das Böse, sagte ich mir. Es war nur ein leeres Haus, das darauf wartete, daß Makler potentielle Käufer heranschleppten. Die anderen Wohnhäuser in der Nachbarschaft standen fest und solide da, beleuchtet und bewohnt. Das Taubenhaus gab es nicht mehr. Es war einfach eine angenehme Gegend, deren Bewohner ihr Leben stilvoll und in Luxus zubrachten.

Doch die Erinnerung an das Böse lebte in den Köpfen mancher Menschen fort. Und sie lebte auch noch in dieser nebelverhangenen Dunkelheit.

10

Als ich am nächsten Morgen aufwachte, fiel das Tageslicht grau durch die Jalousien. Deutlich spürte ich die Feuchtigkeit des Nebels. Ich blieb noch eine Weile in meine Steppdecke eingerollt liegen und hörte Rae zu, wie sie sich zur Arbeit fertig machte. Das Dach über ihrem Zimmer bei All Souls war ja immer noch offen. Auch als sie gegangen war, blieb ich noch im Bett, ich kämpfte gegen ein bleiernes Gefühl an und versuchte herauszubekommen, was mich so beunruhigte.

Wenn es sein mußte, konnte mir eine Menge beunruhigender Dinge einfallen, von ganz persönlichen bis hin zu weltweiten, von wichtigen bis hin zu sehr profanen. Aber sie alle drückten mich nicht nieder. Vielleicht war ›beunruhigend‹ nicht das richtige Wort. Sagen wir besser... quälend.

Ich erinnerte mich an die Bilder, die letzte Nacht in Seacliff an mir vorbeigezogen waren, und an andere, die meine Träume verdunkelt hatten. Ich wollte sie schon beiseitewischen, da sagte ich mir: Nein, sieh sie dir noch einmal genau bei Tageslicht an.

Es war kein erfreuliches Bild, das ich sah. Aber erfreulich war ein Mord, selbst ein so lange vergangener, schließlich nie. Doch der Mord *war* vor langer Zeit geschehen, begangen an einem Menschen, dem ich nie begegnet war. Warum also diese lebendigen Bilder und Alpträume? Woher das Gefühl, daß ich nicht gefeit war gegen plötzliche heftige Emotionen, die ihren Ursprung in einer vergangenen Zeit hatten?

Ein Schauer lief mir über den Rücken, und ich zog die Decke enger um mich. Vielleicht konnte man es eine krankhafte Fixierung auf das Verbrechen nennen. Oder auch eine sonderbare psychische Neigung. Doch welches Etikett man auch wählen mochte, als ich gestern abend vor diesem Haus in Seacliff stand, hatte ich *gespürt*, wie es sich an diesem 22. Juni 1956 abgespielt hatte. Obwohl sich die Gegend verändert hatte, hatte ich die Gärten und das Taubenhaus tatsächlich *gesehen*. Und später in meinen Träumen hatte ich gespürt, was dort vor sich gegangen sein mußte. Ich wußte es und wußte es doch nicht...

Am Ende lief alles darauf hinaus, daß ich mich zu sehr auf diesen Fall eingelassen hatte und ernstlich in Gefahr geriet, auf beinahe krankhafte Weise von ihm besessen zu werden. Wenn man derart seine objektive Distanz verliert, sollte man schleunigst abbrechen – aufgeben. Man hat sein Bestes getan, aber man sollte etwas anderes anfangen, bevor man seinem Klienten und sich selbst irreparablen Schaden zufügt.

Doch dafür war es jetzt zu spät. Wenn ich mich erst einmal an die Aufklärung eines Falles gemacht hatte, konnte ich nicht einfach Schluß machen. Man ist seinem Klienten verpflichtet, natürlich, aber mehr noch sich selbst. Ich könnte nicht mit der Erkenntnis leben, daß ich mich durch schlimme Träume von der Suche nach der Wahrheit hätte abschrecken lassen.

Hätte ich wirklich die Flucht vor diesem Fall ergreifen wollen, wäre ich am Abend zuvor nicht nach Seacliff gefahren. Niemals hätte ich diese vergilbten Gerichtsakten aufgeschlagen. Und niemals wäre ich gleich auf die Bernal Heights gestiegen, um mit Lis zu sprechen.

Jetzt war es zu spät. Vielleicht war es schon immer zu spät gewesen.

Kaum hatte ich mich angezogen und mir einen Kaffee eingegossen, rief ich auch schon bei All Souls an und fragte Rae, ob einer ihrer Informanten ihr etwas zu den Wandschmierereien habe sagen können. Nein, sagte sie, aber sie bleibe am Ball. Ich ließ mich mit Jack verbinden und fragte ihn, ob Judy mit ihren Bemühungen irgendwie weitergekommen sei, ihren Adoptivvater zu einem Gespräch mit mir zu überreden. Er wußte es nicht. Judy war geschäftlich außerhalb der Stadt, aber er werde sie fragen, wenn sie am Abend heimkomme. Schließlich rief ich im Haven an, jener Bar am Rande von Chinatown, wo Frank Fabrizio Melissa Cardinal entdeckt hatte. Von einem Tonband erfuhr ich, daß um elf geöffnet wurde.

Das ließ mir eine Menge Zeit für ein Gespräch mit Lis Benedict. Ich packte Handtasche und Aktenkoffer und machte mich auf den Weg nach Bernal Heights.

Im Nebel wirkte die schmale, steile Straße trostlos. Mit den flekkigen pinkfarbenen Buchstaben auf der weißen Fassade wirkte das viktorianische Haus schäbig und verlassen. Ich klingelte, bekam aber keine Antwort. Also griff ich zum Türklopfer und wartete. Nach ein paar Augenblicken bewegte sich der Vorhang hinter dem Fenster des Vorderzimmers. Dann rasselte die Kette, und Lis öffnete die Tür.

Sie sah abgespannt aus. Das weiße Haar hing ihr in Strähnen herunter, und der schwarze Bademantel klaffte über der Brust auf. Sie zog ihn zusammen und den Gürtel enger, bevor sie mich hereinbat. Im Haus war es kalt. Abgestandener Küchendunst hing in der Luft. Der kleine Salon rechts war ebenso verstaubt und unbenutzt wie der bei mir zu Hause.

Wortlos bat mich Lis mit einer Kopfbewegung durch einen engen Flur zur Küche und zum Eßbereich. Trotz der warmen Erdtöne und der bequemen Möbel wirkte der Raum trostlos. Eine Glasschiebetür führte zu einer Terrasse, hinter der der Nebel durch das Laub kroch.

Auf dem Tisch neben einer halbvollen Tasse Kaffee lag eine Zeitung mit aufgeschlagenem Anzeigenteil. Im Fernseher auf der Küchenbar mühte sich bei abgedrehtem Ton eine Gymnastikgruppe mit schmerzlichem Grimassieren. Lis' Lächeln, als sie mir einen Kaffee anbot, wirkte ganz ähnlich.

Ich dankte und setzte mich an den Tisch. Das Blatt war eine Sonntagszeitung mit Wohnungsmarkt. Lis kam mit einer Tasse zurück. Sie ging stockend, als spüre sie heute die ganze Last ihrer Jahre. Sie setzte sich und schob die Zeitung beiseite. »Ich würde Ihnen ja gern ein Frühstück anbieten, aber leider ist mir der Vorrat ausgegangen.«

Wie automatisch sie die perfekte Gastgeberin spielte, selbst noch nach den vielen Jahren im Gefängnis. Ich versicherte ihr, daß ich morgens ohnehin kaum etwas zu mir nehme und fragte dann: »Sagt Ihnen der Name Melissa Cardinal etwas?«

Sie dachte nach und schüttelte den Kopf. »Ein seltsamer Name. Ich würde mich sicher erinnern, wenn ich ihn jemals gehört hätte.«

»Auch wenn dies vor Ihrer Zeit im Gefängnis gewesen wäre?«

»Ich bin im Gefängnis ja nicht verblödet«, gab sie ein wenig scharf zurück. »Wer ist sie?«

»Sie ist eine frühere Zimmergenossin von Cordy McKittridge.« Ich erklärte ihr, was mir Louise Wingfield über das Apartment erzählt hatte.

»Davon habe ich nie gehört. In meinem Prozeß kam das nie zur Sprache. Ist Melissa Cardinal für meinen Fall von Bedeutung?«

»Ich weiß nicht genau. Aber ich möchte mit ihr reden, wenn sie noch am Leben ist.« Ich nippte an meinem Kaffee, setzte dann die Tasse ab und stützte die Arme auf den Tisch. »Lis, gestern habe ich mich mit Leonard Eyestone unterhalten. Er behauptet, Ihr Mann habe ihm anvertraut, daß er Sie um die Scheidung gebeten habe. Er habe Cordy heiraten wollen.«

Ihr Gesicht veränderte sich urplötzlich – es fiel zusammen und wurde ganz faltig. Sie tastete blind nach ihrer Kaffeetasse und warf einen Salzstreuer um, der auf einem Untersetzer zwischen uns stand. Automatisch kehrte sie das Salz zusammen und warf es über die Schulter nach hinten. »Ich hätte Ihnen das wohl erzählen sollen.«

»Warum haben Sie es nicht getan?«

»Ich habe so lange gelebt mit meinen ... Erinnern Sie sich, was ich Ihnen über meine Tagträume sagte?«

Ich nickte.

»Ich stellte mir vor, daß Vincent nie vorgehabt hatte, mich zu verlassen. Wenn ich so tat, als liebte er mich noch immer und Cordy wäre nur eine seiner unbedeutenden Affären, dann war das Gefängnis leichter zu ertragen. Und wenn man sich so etwas nur lange und intensiv genug einbildet, glaubt man es schließlich auch.«

»Ich verstehe. Gab es sonst noch etwas, das Sie sich vorgegaukelt haben?«

Sie stand auf und ging zur Schiebetür. Starrte schweigend in den Nebel.

»Lis, gibt es noch etwas, das ich wissen sollte?«

Das Telefon klingelte. Lis zuckte heftig zusammen und klammerte sich an den Vorhang neben der Tür. So panisch, wie sie reagierte, konnte das nicht der erste Anruf heute morgen sein.

Ich sagte: »Ich gehe dran«, und ging hinüber zur Küchenbar. Ich senkte meine Stimme, bemühte mich, sie älter klingen zu lassen und sagte »Hallo?« in die Sprechmuschel.

Mit einem Klicken wurde die Verbindung unterbrochen.

Ich legte den Hörer zurück. Lis sah mir zu und hielt sich immer noch am Vorhang fest. Ihr Gesicht hatte die Farbe von ausgebleichtem Pergament. Mit Anstrengung ließ sie los und schleppte sich zu ihrem Stuhl.

»Wie oft kommen diese anonymen Anrufe?« fragte ich.

»Ach ... mehrmals täglich. In den letzten vierundzwanzig Stunden wenigstens ein dutzendmal. Und dann ist da ... Judys Adoptivvater.«

»Er hat wieder versucht, Sie unter Druck zu setzen?«

»Zweimal. Joseph Stameroff ist noch genauso hartnäckig wie damals, als er bei der Bezirksstaatsanwaltschaft war. Irgendwie hat er sich in den Kopf gesetzt, daß er Judy und mich einfach zwingen kann aufzugeben. Es ist soweit gekommen, daß ich zwischen seinen und den anderen Anrufen keinen Schlaf mehr finden kann. Ich schaffe es nicht einmal, in den nächsten Laden zu gehen oder meinen Spaziergang zu machen.«

»Um Himmels willen, warum ziehen Sie nicht den Telefonstecker heraus? Warum sorgt Judy nicht dafür, daß Sie eine andere Nummer kriegen?«

»Judy ist weg, seit Sonntag abend. Ich kann den Hörer nicht einmal danebenlegen. Sie könnte ja anrufen.«

Als Jack erwähnt hatte, daß sie weggefahren sei, war mir durch den Kopf gegangen, zu welch ungünstigem Zeitpunkt sie Lis allein gelassen hatte. »Wo ist sie?«

»In New York. Hat etwas mit dem Stück zu tun, das sie hier auf die Bühne bringen will.« Lis mußte meine Mißbilligung bemerkt haben, denn sie setzte schnell hinzu: »Sie wollte gar nicht fliegen. Ich habe darauf bestanden. Ich habe in ihrem Leben schon zuviel kaputtgemacht. Nun nicht auch noch ihre Karriere.«

Ich spürte Ärger in mir aufsteigen. »Hören Sie auf, die Märtyrerin zu spielen. *Sie* haben Judy gar nichts angetan. Das Geschehene ist Ihnen beiden angetan worden, und dabei haben Sie ganz offensichtlich den schlechteren Teil erwischt. Judy hat recht gut für sich selber gesorgt, und deswegen sollten Sie aufhören zu glauben, die Vergangenheit habe sie irgendwie zum Krüppel gemacht.«

Lis schwieg und sah auf den Tisch hinunter.

Munter fügte ich hinzu: »Sie brauchen etwas zu essen im Haus. Soll ich für Sie ins Lebensmittelgeschäft gehen?«

»...Nein. Die Frau von nebenan hat mir das schon angeboten. Mrs. Skillman. Ich sollte ihr Angebot annehmen.«

»Gut. Sie sollten Ihre Nachbarn kennenlernen. Dann fühlen Sie sich nicht so allein. Ich fahre jetzt zu All Souls und rede mit Jack. Wahrscheinlich kommt er später her und kümmert sich um Sie. In der Zwischenzeit...« Ich ließ meinen Blick durch das Zimmer schweifen – über den tonlos flimmernden Fernseher, die zerknüllte Zeitung, die bedrohliche Gegenwart des Telefons auf der Küchenbar. »In der Zwischenzeit versuchen Sie, Ihre Probleme aus Ihrem Kopf zu verbannen«, schloß ich lahm.

Sie nickte und stand auf, um mich hinauszubegleiten.

Ich wartete, bis ich hörte, wie hinter mir der Riegel zugeschoben und die Kette vorgelegt wurde. Dann ging ich die Eingangsstufen hinunter.

Jack sah genauso abgespannt aus wie Lis. Er saß hinter seinem Schreibtisch, der mit Papieren übersät war. Ich hätte schwören können, daß er seit Sonntag hier nichts mehr angerührt hatte.

Ich lehnte mich gegen den Türrahmen, bis er Notiz von mir nahm. »Dachte, du hättest heute einen Termin am Gericht«, meinte ich.

Er zuckte matt mit den Schultern. »Der Richter ist krank.«

»Ein Glück für dich.«

»Wieso?«

»Du bist im Moment viel zu sehr mit anderem beschäftigt, um deinen Mandanten wirklich gut vertreten zu können. Und ich bürde dir ungern noch mehr auf, aber...« Ich erzählte ihm von meinem Besuch bei Lis.

»O Gott«, sagte er. Von oben aus Raes Dachzimmer kam ein krachendes Geräusch. Er sah zur Decke.

»Geht das schon den ganzen Morgen so?«

»Ja. Es macht mich verrückt. Der Kerl hat versprochen, er ist bis Mittag fertig. Hast du Lis gesagt, daß ich bei ihr vorbeischaue?«

»Wahrscheinlich, habe ich gesagt.«

»Gut. Ich werde sie anrufen.«

»Was ist los? Willst du sie nicht sehen?«

»Eigentlich nicht.« Er zögerte. »Shar, Judy gegenüber will ich es nicht erwähnen, aber ich habe bei Lis ein ungutes Gefühl.«

»Du glaubst also, sie hat Cordy McKittridge getötet.«

»Nein, das nicht. Aber wie jeder gute Strafverteidiger habe ich einen Riecher für etwas, das nicht stimmt. Und ich weiß, bei der Frau stimmt etwas nicht. Es gibt vieles, was sie uns nicht erzählt. Ich weiß nicht... Vielleicht hat der alte Joe Stameroff recht. Vielleicht sollte sie tatsächlich nicht dort wohnen.«

Er wirkte so ungewohnt konfus und verzweifelt, daß ich mein Mitgefühl von Lis auf ihn übertrug. »Hör mal, laß die Sache eine Weile ruhen. Mit Lis geht es schon weiter. Eine Nachbarin kauft heute für sie ein, und vielleicht bleibt sie dann noch eine Weile bei ihr. Ich kann mir nicht vorstellen, daß jemand, der so viele Jahre im Gefängnis überlebt hat, Judys Heimkehr heute abend nicht überlebt.«

Jack sah gequält drein. »Na gut, vielleicht rufe ich sie an. Ist das wenigste, was ich tun kann. Kommst du voran?«

»Mal ja, mal nein.« Ich trat in den Flur zurück. »Und wenn es weitergehen soll, lege ich besser gleich los.«

Wie sich zeigen sollte, war ich schon einen Schritt weitergekommen. Auf meinem Schreibtisch lag eine Nachricht von Miss Cook von der TWA aus Kansas City. Melissa Cardinals Unterlagen seien leicht zugänglich gewesen, weil die Fluggesellschaft ihr für die Folgen eines Unfalls im Jahr 1961 eine Rente zahle. Sie wohnte in der James Alley, einer Querstraße der Jackson Street in Chinatown.

Die James Alley hatte nichts von dem pittoresken Drum und Dran, das man sich vorstellt, wenn man Chinatown hört. Sie war nur ein paar schmutzige Häuser lang. An ihren engen Gehsteigen parkten die Autos in beiden Richtungen, und an den Hintertüren von Läden und Gaststätten sammelten sich die Mülltonnen. Ein Geruch von Bratfett, asiatischen Gewürzen und Abfall hing in der Luft. Die Fahrbahn war mit Abfall und Hundekot übersät. An den Fenstern über den Läden hingen schmutzige Gardinen. Der Zugang zu Melissa Cardinals Haus war flankiert von zwei stinkenden Müllcontainern. Die Glasscheibe der Haustür war vergittert.

Ich klingelte bei ihr, und nach einer Weile summte der Öffner. Die Tür führte in ein steiles, dunkles Treppenhaus, in dem es nach Katzen roch. Ich blickte nach oben, entdeckte niemanden und machte mich an den Aufstieg. Vom ersten Podest sah ich noch einmal hoch und machte in der Dunkelheit die Umrisse einer massigen Gestalt aus. »Miss Cardinal?«

»Heute ganz förmlich, wie?« sagte eine Altfrauenstimme.

»Wie bitte?«

»Ach.« Sie klang verwirrt. »Ich erwartete... Wer sind Sie?«

»Sharon McCone von der Anwaltskooperative All Souls.« Ich stieg den letzten Treppenabschnitt hinauf.

»Was wollen Sie von mir?«

»Ihnen ein paar Fragen zu einem Fall stellen, an dem ich gerade arbeite.« Im Treppenhaus war es so dunkel, daß ich sie immer noch nicht deutlich sehen konnte. Hielt ihr Vermieter nichts von Glühbirnen?

»Ich habe keine Zeit. Ich erwarte...«

»Es dauert nur ein paar Minuten.«

Die Frau seufzte. »In Ordnung. Wenn es schnell geht.« Sie drehte sich um und führte mich in ihre Wohnung. Von hinten sah ihr ausgebleichtes, weißblondes Haar aus, als sei es ohne Zuhilfenahme eines Spiegels geschnitten worden. Es hing in Strähnen herunter und bildete eine Wellenlinie über dem Kragen ihres sackartigen geblümten Kleides. Die Wohnung war fast genauso dunkel wie das Treppenhaus, aber hier roch es besser.

»Setzen Sie sich.« Melissa Cardinal zeigte auf ein klobiges Sofa.

Ich setzte mich und wartete, daß sie Licht machte. Doch sie ließ sich nur ächzend in einen Sessel sinken. Eine weiße Katze sprang ihr auf den Schoß, und sie drückte sie besitzergreifend an sich. Allmählich konnte ich sie besser sehen, und der Anblick war ein Schock.

Melissa Cardinals Gesicht war von schrecklichen Narben entstellt. Die linke Wange war uneben und runzelig, der Mundwinkel war zu einem ständigen, einseitigen Grinsen verzogen. Von rechts betrachtet, wirkte ihr Gesicht ganz normal, aber von links war es entsetzlich verunstaltet. Der Flugzeugabsturz, dachte ich, damals einundsechzig.

Mein Gesichtsausdruck mußte meine Überraschung verraten haben, denn ihre dickliche Hand fuhr zur Wange hinauf – nur kurz, ehe sie dann die Katze streichelte. Um ihr Unbehagen nicht noch zu verstärken, holte ich meinen Notizblock hervor und sah mich im Zimmer um. Es war schäbig möbliert, bis auf eine hohe Vitrine voller Tierfiguren, die liebevoll zusammengestellt und wahrscheinlich sorgfältig abgestaubt waren.

Mich überkam ein Anflug von Mitgefühl für Melissa Cardinal, wie sie da so allein im Halbdunkel mit ihrer Entstellung lebte. Es wunderte mich nicht, daß Frank Fabrizio sie nicht erkannt hatte, bis ihr Begleiter ihren Namen nannte. Und er hatte wohl nur ihre gute Seite gesehen.

»Was wollen Sie denn wissen?« fragte Melissa Cardinal abwehrend, als spüre sie mein Mitgefühl, auf das sie keinen Wert legte.

»Ich habe erfahren, daß Sie eine Freundin von Cordy McKittridge waren.«

Sie fuhr so heftig hoch, daß die Katze von ihrem Schoß flüchtete. »Cordy! Cordy ist schon seit vielen Jahren tot.«

»Einer unserer Anwälte hat mich gebeten, den Fall noch einmal zu untersuchen. Wie ich weiß, haben Sie…«

»Ich kann über Cordy nicht reden.«

»Warum nicht?«

»Ich kann es einfach nicht, das ist alles.« Sie versuchte aufzustehen, stützte sich dabei schwer auf die Lehnen ihres Sessels und sank wieder hilflos zurück. »Sie gehen besser. Ich erwarte Besuch.«

»Miss Cardinal, es gibt keinen Grund zur Aufregung. Wie Sie sagten, ist Cordy schon lange tot. Es kann doch nicht mehr wehtun, darüber zu reden, wie…«

»Kann es nicht?« Ihre Augen funkelten. »Das zeigt, wie wenig Sie wirklich wissen.«

»Wie kann es wehtun?«

Schweigen.

»Hat Ihnen jemand verboten, über Cordy zu reden? Sie bedroht?«

Melissa Cardinal suchte ihre Katze und entdeckte sie unter der Vitrine. Sie schnalzte mit der Zunge, und das Tier sprang wieder auf ihren Schoß. Melissa wiegte das Fellknäuel wie einen Schild vor ihrer Brust.

Ich suchte nach einem weniger einschüchternden Ansatz. »Erinnern Sie sich an Frank Fabrizio? Den Bäcker, der Ihnen, Cordy und Ihren Freundinnen die Wohnung vermietet hat?«

»Sicher erinnere ich mich an Frank. Ich sehe ihn immer wieder hier in der Gegend, aber er sieht mich nie.«

»Warum nicht?«

»Weil ich nur nachts ausgehe, darum.« Sie berührte vorsichtig ihre Wange, als täte sie noch immer weh. »Es ist jetzt mehr als dreißig Jahre her, aber noch immer kann ich kein Tageslicht ertragen, geschweige denn einen Spiegel. Ich war recht hübsch, wissen Sie – ich war Stewardeß und bin um die ganze Welt geflogen. Bis zu der Bruchlandung in Orly, im Herbst einundsechzig. Einer der Passagiere, ein kleiner Junge, der allein reiste, war nicht mit den anderen herausgeholt worden. Da bin ich zurückgegangen. War kein Heldentum – nur das, was man uns beigebracht hatte. Er kam ohne einen Kratzer in Sicherheit, ich aber hatte so schwere Verbrennungen, daß auch mit zwei Operationen nicht mehr zu erreichen war als das hier. Und wissen Sie was? Seine Eltern haben sich nicht einmal bei mir bedankt.«

»Das tut mir leid für Sie.«

»Nicht mehr als mir selbst.« Ihre Stimme bekam einen bitteren und überdrüssigen Ton. »Sehen Sie, ich möchte mich nicht an Cordy erinnern oder an die Zeit, als ich noch hübsch war. Bitte, gehen Sie.«

Verletzliche Menschen wie Melissa Cardinal unter Druck zu setzen, ist etwas, das ich zutiefst verabscheue, aber es ist ein notwendiger Teil meines Jobs. »Wußten Sie«, sagte ich, »daß Frank Fabrizio Sie vor ein paar Wochen vormittags gesehen hat?«

»Ich gehe nie...« Sie brach ab und erinnerte sich.

»Er hat Sie mit einem Begleiter vor dem ›Haven‹ gesehen.«

Einen Moment lang dachte ich, sie würde leugnen, dort gewesen zu sein, doch dann fragte sie fast schamhaft: »Was hat er über mich gesagt?«

»Daß Sie sich gut gehalten haben«, log ich.

Sie nickte. »Frank hatte schon immer ein Auge auf mich geworfen, und ich glaube, ich habe ihn ein wenig ermutigt. Hat mir Spaß gemacht – seine Frau war so eine dumme Kuh. Er hat mich wohl von meiner guten Seite gesehen. Sonst...«

»Warum waren Sie an dem Vormittag unterwegs, Miss Cardinal?«

»Wieso fragen Sie?«

»Wenn Sie sonst nicht bei Tage ausgehen, müssen Sie doch einen guten Grund gehabt haben. War es der Mann, den Frank in Ihrer Begleitung gesehen hat?«

»Welcher Mann?«

»Frank hat ihn als mittelgroß, gut angezogen beschrieben. Ein Gentleman.«

»...Ach, der. Das war nur jemand, der mir in der Bar einen Drink spendiert hatte.«

»Dann sind Sie also einfach so um elf Uhr vormittags auf einen Drink ausgegangen – mehr nicht?«

»Was sonst?«

Ich sah sie nur an. Bevor sie wegschaute, entdeckte ich einen Anflug von Angst in ihren Augen.

»Miss Cardinal«, sagte ich, »wenn Sie in Schwierigkeiten sind, kann ich Ihnen helfen.«

»Wieso sollte ich in Schwierigkeiten sein?« Doch sie umklammerte ihre Katze so fest, daß die protestierend aufschrie. Sie ließ sie los, und das Tier sprang wieder auf den Boden.

Ich zog eine Karte aus meiner Tasche und schrieb meine Privatnummer auf die Rückseite. »Sie erreichen mich Tag und Nacht unter einer dieser Nummern, falls Sie Hilfe brauchen oder mit mir reden wollen.« Ich stand auf und reichte sie ihr. Als sie nicht danach griff, legte ich sie auf den Tisch.

»Miss McCone«, rief sie mir auf dem Weg zur Tür nach, »es tut mir leid, aber ich kann es einfach nicht riskieren.«

»Was riskieren?«

Sie schüttelte den Kopf. »Bitte, gehen Sie. Ich habe nicht viel vom Leben, aber deshalb bin ich noch keine Selbstmörderin.«

11

Nachdem ich mich von Melissa Cardinal verabschiedet hatte, ging ich ins Haven, um vielleicht an eine bessere Beschreibung des Mannes zu kommen, den Frank Fabrizio mit ihr gesehen hatte. Zwar sagte der Barkeeper, er mache seit sechs Wochen ohne Unterbrechung die Frühschicht, aber er behauptete zunächst, sich nicht an Melissa Cardinal zu erinnern. Nachdem zehn Dollar den Besitzer gewechselt hatten, besserte sich sein Gedächtnis soweit, daß sie ihm wieder einfiel, nicht aber der Mann. Für weitere fünf Dollar kaufte ich mir die Beschreibung des Mannes, die in mehrfacher Hinsicht der Fabrizios widersprach. Für den sehr kurz geratenen Barkeeper war der Mann groß. Sein Haar sei eher blond als grau oder weiß gewesen. Besondere Kennzeichen? Na ja, er habe mehr auf die Frau geachtet, so korpulent, wie sie war. Ob er den Mann in ihrer Begleitung wohl als Gentleman bezeichnen würde? Na ja, er habe nicht gerade zu der Sorte Stammpublikum gehört, das er sonst im Haven bediene, aber es kämen eben alle möglichen Leute.

Was nun? fragte ich mich, als ich aus der düsteren Bar in die helle

Sonne trat, die gerade durch den Nebel drang. Ich mußte jetzt wirklich mit Richter Joseph Stameroff reden. Doch das ging frühestens, wenn Judy aus New York zurück war. Auch hätte ich gern Leonard Eyestone über die Arbeit seines Institute of North American Studies ausgefragt. Aber der Herr Direktor hatte mich wissen lassen, vor nächster Woche habe er keinen Gesprächstermin frei. Warum die Verzögerung? Ein voller Terminkalender – oder der Wunsch, weiteren Gesprächen aus dem Weg zu gehen? In der Zwischenzeit könnte ich in der Bibliothek recherchieren, aber das schien mir eine unnütze Zeitverschwendung.

Noch immer unentschlossen, machte ich mich auf den Weg zu All Souls quer durch die Stadt, doch an der Ecke Market und Church Street fuhr ich auf den Safeway-Parkplatz und ging zum Telefon. Passenderweise saß Jack an Teds Schreibtisch und vertrat ihn über die Mittagszeit. Für mich sei kein dringender Anruf notiert, sagte er, und auch von Rae, die mit Willie Whelan zum Lunch gegangen sei, habe er nichts gehört.

»Dann ist er also aus Reno zurück«, meinte ich dazu. »Auch wenn ihre Dachfenster heute nicht pünktlich fertig werden, habe ich mein Haus jetzt wieder für mich allein. Bestimmt wird sie sein Bett meinem Gästezimmer vorziehen.«

»Bestimmt. Aber, Shar, eines wird dir nicht gefallen: Willie deutete mir gegenüber an, er habe ihr einen Diamantring mitgebracht.«

»Die Eröffnung des neuen Geschäfts muß ein Riesenerfolg gewesen sein. Mein Gott, und wenn Sie ihn tatsächlich heiratet?« Aber ich wollte nicht weiter über diese Möglichkeit nachdenken. Schließlich hatte ich mit Rae schon einmal das Ende ihrer ersten unglücklichen Beziehung durchlitten.

»Wenn sie das tut«, sagte Jack, »sollten wir sie vor Gericht bringen. Früher gab es in diesem Staat ein Gesetz, das einem für plötzliches Überschnappen fünfzig Dollar Strafe aufbrummte. Ob es wohl noch gilt?« Er brach ab und fragte dann: »Bist du auf dem Weg zurück ins Büro?«

Das hatte ich vorgehabt, aber jetzt sagte ich schnell nein. Mein Magen konnte nicht schon wieder ein Mikrowellen-Gericht am Schreibtisch verkraften. Ich wollte mich nicht den Malern aussetzen, die mich durch alle Fenster idiotisch angrinsten. Und ganz bestimmt würde ich Raes Verzückung nicht ertragen, sollte sie tatsächlich mit einem Diamanten vom Lunch zurückkehren. »Bis auf weiteres bin ich zu Hause zu erreichen«, sagte ich Jack.

An der Fischtheke im Safeway kaufte ich einen Becher marinierter Muscheln und legte außerdem ein frisch gebackenes Sauerteigbrötchen und eine große Portion Birneneis in meinen Einkaufskorb. Wenn du schon schwänzt, sagte ich mir, dann wenigstens mit Stil.

An der Ecke Dreißigste Straße und Church Street hatte es einen Zusammenstoß zwischen der Straßenbahn und einem Lieferwagen gegeben, und die Zufahrt zu meinem Haus am schmalen Ende der Church Street, wo die Gleise enden, war blockiert. Ich mußte einen Umweg in südlicher Richtung fahren, und als ich schließlich vom anderen Ende her meine Straße wieder erreichte, mißmutig und hungrig, war seit meinem Gespräch mit Jack fast eine ganze Stunde vergangen.

Und da stand, mitten vor meinem Haus, ein großer grauer Lincoln Towncar, dessen schwarzgekleideter Fahrer nicht zur Kenntnis zu nehmen schien, daß er einer Reihe meiner Nachbarn ziemlich im Wege war. Zudem blockierte er auch noch meine Einfahrt. Ich hielt an und stemmte mich gestikulierend auf meine Hupe.

Der Fahrer sah auf und sagte dann etwas zu jemandem auf dem Rücksitz.

Ich steckte den Kopf aus dem Fenster und rief: »Sie blockieren meine Einfahrt!«

Er ignorierte mich und redete weiter mit seinem Fahrgast. Wer war dieser Mensch, der mir meine Zufahrt versperrte – und mich von meinem lange überfälligen Lunch abhielt? Ich lehnte mich noch weiter aus dem Fenster und polterte: »Fahren Sie die gottverdammte Kiste da weg!«

Meine Nachbarin von gegenüber versuchte, aus ihrer Einfahrt *heraus*zukommen und machte mir mit erhobenem Daumen ein Zeichen. Der Fahrer des Lincoln sah sich mit gerunzelter Stirn um. Dann ließ er den Motor an und setzte ein paar Zentimeter zurück.

Ich lenkte meinen MG in die Einfahrt, griff nach der Einkaufstüte und stieg aus. Der Lincoln-Fahrer stand nun an der Hintertür seines Wagens und öffnete sie. Ich ging langsam hinüber und sagte: »Sehen Sie, wie vielen Leuten Sie Ärger bereiten, wenn Sie so eine enge Straße blockieren?«

Der Fahrer zuckte mit den Schultern und wandte sich dem Mann zu, der gerade aus dem Wagen stieg.

Er war vielleicht siebzig und groß und schlank. Sein faltiges Gesicht strahlte Intelligenz und Nachdenklichkeit aus. Er hatte volles weißes Haar und harte graue Augen, die gar nicht erst versuchten, ihren arroganten Ausdruck zu verschleiern. Da ich sein Foto schon in den Zeitungen gesehen hatte, wußte ich, daß Richter Joseph Stameroff vom Obersten Gericht des Staates Kalifornien vor mir stand.

Stameroff beugte sich mit seiner langen Nase zu mir, dann sah er auf die Straße. Sein Blick blieb am Wagen meiner Nachbarin hängen, deren hintere Stoßstange den Lincoln fast berührte. Sein Gesichtsausdruck zeigte deutlich, wie unangenehm ihm der Besuch eines solchen Ortes war.

Er brachte meinen Zorn zum Überkochen. »Sagen Sie Ihrem Fahrer, er soll weiterfahren«, sagte ich. »Wo, zum Teufel, haben Sie Ihre Manieren her – aus der Baumschule?«

Auf den Backenknochen des Richters erschienen kleine rote Flekken. »Und Sie, junge Frau, wo hat man Ihnen beigebracht, so mit älteren Menschen zu sprechen?«

»Ein langes Leben gibt Ihnen noch keineswegs das Recht zu Rücksichtslosigkeit.« *Halt den Rand, McCone. Dieser Mann da ist Judys Vater. Hast du schon vergessen, daß du dich mit ihm über den Fall unterhalten wolltest?* »Und auch die Tatsache, daß Sie Richter an unserem Obersten Gericht sind, stellt Sie noch lange nicht über das Gesetz.« *Mein Gott, du lernst aber auch nie, oder?*

Überraschenderweise kräuselten sich Stameroffs Lippen zu etwas, was bei ihm wohl einem Lächeln am nächsten kam. »Miss McCone«, sagte er, »ich verzeihe Ihnen Ihre Grobheit, wenn Sie mir meine verzeihen.«

»... Darüber läßt sich reden.«

»Wenn Sie mich jetzt in Ihr Haus bitten, könnten wir miteinander reden. Mein Fahrer fährt den Wagen um den Block.« Er wandte sich an den Mann und setzte hinzu: »Zwanzig Minuten dürften ausreichen.«

Als ich ihn die Stufen zu meinem braun geschindelten Cottage hinaufführte, meinte Stameroff: »Wie ich sehe, ist dies eins der Erdbebenhäuser.«

»Sie kennen sich damit aus?« Ich schüttelte Hausschlüssel aus meinem Bund heraus.

»Einigermaßen. An die viertausendsechshundert wurden nach dem Erdbeben und dem Brand von 1906 als vorübergehende Unterkünfte gebaut. Zwei bis drei Zimmer. Ihres muß ein Dreizimmer-Haus gewesen sein. Ofenheizung und keine Installation. Die Bewohner wurden Eigentümer, wenn sie bis August 1907 die Häuser auf eigene Kosten ausbauten.«

An seinem Vortrag merkte man, wie sehr Stameroff es genoß, sein Wissen vorzuführen. Ich schmeichelte ihm. »Sie sind sehr beschlagen.«

»Geschichte war meine erste Liebe, vor der Juristerei.«

Drinnen überlegte ich, wohin ich ihn für unser Gespräch bitten sollte, und entschied mich für das nicht so förmliche Wohnzimmer. Auf dem Weg durch den Flur fiel mir auf, daß er mit aufmerksamem Interesse die Einrichtung studierte.

»Sie haben viel aus dem Cottage gemacht«, sagte er. »Wie viele Zimmer hat es jetzt?«

»Sechs. Zwei davon nebst Garage und Untergeschoß wurden von Vorbesitzern dazugebaut. Von mir stammen das sechste Zimmer und die Terrasse, und außerdem habe ich Küche und Bad renoviert.«

»Eigenhändig?«

»Einiges eigenhändig, einiges mit Handwerkern.«

»Ihr jungen Frauen seid heutzutage so unternehmungslustig.« Das klang väterlich und nachsichtig – und schrecklich herablassend.

»Es war mal eine interessante Sache«, war alles, was ich antwortete. Ich forderte ihn auf, sich zu setzen, und trug meine Einkäufe in die Küche.

Als ich zurückkam, saß Stameroff auf einer Stuhlkante und ließ seinen arroganten Blick von dem Kamin voller Asche über den kunterbunten Haufen Taschenbücher auf dem Teppich schweifen und weiter zu dem fleckigen Weinglas auf dem Kaffeetisch und den ausgetretenen Turnschuhen mit den offenen Schnürsenkeln darunter. Plötzlich sah ich das Zimmer mit seinen Augen. Es war nicht mehr der warme, willkommene Hafen, sondern die schäbige Höhle einer hochnäsigen Frau, die zugleich eine schlechte Hausfrau war. Daß ich mich nun auch noch in die Defensive gedrängt sah, heizte meine Wut auf ihn nur weiter an, und ich setzte mich auf das Sofa, ohne ihm eine Erfrischung anzubieten oder eine Entschuldigung hervorzubringen.

»Vermutlich haben Sie mit Jack Stuart gesprochen«, sagte ich, »und von ihm erfahren, daß ich heute nachmittag zu Hause sein würde.«

»Stimmt. Meine Tochter hat mich gedrängt, mit Ihnen zu sprechen, und da ich gerade etwas Zeit hatte, beschloß ich, herzukommen. Was wir zu besprechen haben, ist am besten in privater Sphäre gesagt.«

»Ich weiß es zu schätzen, daß Sie bereit sind, mit mir zu sprechen. Obgleich Sie wohl kaum mit meinen Nachforschungen einverstanden sein können...«

»Das trifft sich gut, Miss McCone. Ich bin nämlich keineswegs damit einverstanden. Ich bin in der Tat gekommen, um Sie zu bitten, Ihre Bemühungen in der Sache Mrs. Benedict einzustellen.«

Das überraschte mich nicht. »Warum?«

»Weil ich meine Tochter liebe und Ihr Herumwühlen in der schmerzlichen Vergangenheit sie nur verletzen kann.«

»Sie sieht das aber nicht so. Sollte die Entscheidung nicht ihr selbst überlassen bleiben?«

Er seufzte. »Judy war immer schon ein... Problemkind. Das ist natürlich nicht verwunderlich, wenn man bedenkt, was ihr im verletzlichen Alter von zehn Jahren zugestoßen ist. Sie dramatisiert das Ganze zu sehr und macht es sich nur selber schwer. Zuerst das Theater mit der Wiederaufnahme des Kontaktes zur leiblichen Mutter. Nahezu fünfundzwanzig Jahre lang hat sie sie in Frontera besucht – wohin Mrs. Benedict in den sechziger Jahren verlegt wurde –, wann immer sie konnte, und Mrs. Benedict hat sie mit Lügen vollgestopft. Dann dieser Unsinn, die Frau in ihr Haus aufzunehmen. Das reicht jetzt. Ich kann... ich *will* dieses Ausgraben der Vergangenheit, an die besser nicht gerührt würde, nicht zulassen.«

»Richter Stameroff«, sagte ich, »Judy ist sechsundvierzig Jahre alt.«

Er runzelte die Stirn. »Ich weiß, wie alt meine Tochter ist.«

»Dann werden Sie auch wissen, daß sie eine erwachsene Frau ist und fähig, eigene Entscheidungen zu treffen.«

»Ich fürchte, Sie verstehen die Situation nicht. Judy ist eine erwachsene Frau, das stimmt, aber in vielerlei Hinsicht ist sie wie ein Kind. Ein eigenwilliges Kind, das seine Wünsche erfüllt sehen will, ohne Rücksicht auf die Folgen.«

»Die Folgen für wen?«

»Für sich selbst natürlich.«

»Ich bin nicht sicher, ob Ihre Hauptsorge wirklich Ihrer Tochter gilt.«

»Wem sollte sie sonst gelten?«

»Ihnen selbst.«

Seine Augen wurden eng. »Erklären Sie mir das.«

»Richter Stameroff, ich bin keineswegs davon überzeugt, daß Lis Benedict Cordy McKittridge ermordet hat. Würde es mir gelingen, das zu beweisen, würde es Ihren Sieg in dieser Sache zunichte machen – einen Sieg, der Ihnen den Weg zum Obersten Gericht geebnet hat.«

»Ich kann mir kaum vorstellen, daß das meine Stellung dort beeinträchtigen würde.«

»Es sei denn, es stellt sich heraus, daß damals während des Prozesses Dinge vertuscht oder verdunkelt wurden.«

Er ließ einen tiefen Seufzer hören. »Nicht schon wieder die alte Verschwörungstheorie! Miss McCone, ich habe Sie für klüger gehalten.«

»Auch Leonard Eyestone hat über die Verschwörungstheorie gelacht. Aber etwas hat mich auf den Gedanken gebracht, daß doch etwas daran sein könnte: 1956 waren Sie in Ihrem Stab nur stellvertretender Bezirksstaatsanwalt und ein ziemlich junger Mann. Warum hat man Sie als Ankläger von Lis Benedict ausgewählt? Es war ein hochbrisanter Fall. Warum wurde er nicht vom Bezirksstaatsanwalt selbst übernommen?«

Stameroff brauchte etwas Zeit, bis er sich die Antwort zurechtgelegt hatte. »Der Bezirksstaatsanwalt war gesundheitlich nicht auf der Höhe. Er hatte bereits angekündigt, daß er nicht für eine weitere Amtszeit kandidieren wolle. Die Anklagebehörde suchte also nach jemandem, der die Fähigkeit wie die Prozeßerfahrung besaß, mit einem Verbrechen wie dem von Lis Benedict umzugehen. Da lag meine Wahl nahe.«

»Vielleicht lag sie nur nahe, weil Sie jung waren und zu Kompromissen bereit, wenn es darum ging, Ihre Karriere voranzutreiben.«

Stameroff reagierte sanft, gemessen an dem, was ich ihm unterstellte. »Wenn Sie diesen Unsinn glauben, sind Sie eine Närrin.«

Ich gab keine Antwort, sondern sah ihm bloß in die Augen und wartete.

»Eine Närrin«, wiederholte er. »Ist Ihnen klar, was Sie riskieren, wenn Sie sich dieses lächerlichen Falls annehmen?«

»Sagen Sie es mir.«

»Ich *habe* es Ihnen schon gesagt. Das Glück meiner Tochter, vielleicht auch ihre emotionale Stabilität, stehen auf dem Spiel.«

»Und außerdem?«

»Ganz bestimmt wird dieser Fall Ihrer Karriere nicht zuträglich sein. Oder der Ihrer Arbeitgeber.«

»Aha, das ist es also. Ich wußte, es würde darauf hinauslaufen.«

»Worauf, Miss McCone?«

Ich stand auf und wanderte hin und her. »Was wäre denn der erste Schritt, Richter Stameroff? Kostspielige, aber im Grunde harmlose Zerstörungsaktionen, etwas wie die Schmierereien an Judys Hauswand? Oder der Versuch, mich psychisch mürbe zu machen, etwa mit anonymen Anrufen wie bei Lis? Und was, wenn das alles nichts bringt? Körperverletzung?«

Einen Moment lang schien es Stameroff die Sprache verschlagen zu haben. »Würde ich meiner eigenen Tochter so etwas antun? Nur ein Ungeheuer könnte zu solchen Mitteln greifen, wie sehr er sich auch wünschte, daß diese Frau ihr Haus verläßt!«

»Dann hoffe ich für Sie, daß Sie es tatsächlich nicht waren. Aber ich habe den Verdacht, wenn ich an der Reihe wäre, würden Sie sich bei der Anwendung solcher heimlichen Praktiken nicht zurückhalten. Sie haben selbst eine sehr hohe gesellschaftliche Position und

Freunde in noch höheren Positionen. Ein Anruf bei der richtigen Person... Natürlich würden Sie nicht All Souls unter Druck setzen. Sie haben es bei Jack Stuart versucht, und es hat Ihnen nichts gebracht. Sie könnten Ihren Einfluß ausüben, daß die Behörden meine Lizenz nicht verlängern, aber wissen Sie was? Für unsere Staatsdiener dort, die geschworen haben, Recht und Gesetz hochzuhalten, hat eine illegale Nötigung einen äußerst üblen Geruch.«

Stameroff stand langsam auf – ein alter Mann mit nachlassenden Kräften, aber immer noch ein ernstzunehmender Gegner. »Ich habe keine Lust, mir dieses Gerede noch länger anzuhören! Und ich werde Ihre Einmischung nicht hinnehmen. Sie können Leuten, die etwas zählen, nicht so ins Gesicht springen.«

Leuten, die etwas zählen.

Keine Redensart hätte mich mehr in Rage bringen können. Ich wandte mich um und suchte die Machtprobe. »Wer sind diese Leute, Stameroff? Ihre Freunde? Leute in politischen Spitzenpositionen? Oder Menschen, die so reich sind, daß sie sich alles und jeden kaufen können? Wen, zum Teufel, meinen Sie, Stameroff?«

Er preßte die Lippen zusammen und sah sich um. Man sah, er wollte hinaus. Aber er wollte auch das letzte Wort haben.

»Wen meinen Sie?« bohrte ich. »Kennen die Leute, die zählen, etwa die Wahrheit über den Mord an Cordy McKittridge? Kennen sie sie und haben gute Gründe, sie zu fürchten?«

Stameroff fuhr sich mit der Zunge über die Lippen. Seine Hände waren damit beschäftigt, seine Kleidung glattzustreichen. Schließlich sagte er: »Ich werde Ihre Fragen keiner Antwort würdigen. Ich sage nur soviel: Dies ist meine letzte Warnung. Diese Beleidigung von Recht und Gesetz kann ich nicht länger hinnehmen. Dem Recht und Gesetz wurde vor sechsunddreißig Jahren Genüge getan, als Lisbeth Benedict zum Tod in der Gaskammer verurteilt wurde. Ich bedaure nur, daß ich nicht zusehen konnte, wie sie am Zyanid erstickte. Ich werde nicht zulassen, daß Recht und Gesetz weiter untergraben werden – nicht zu diesem späten Zeitpunkt! Und gewiß nicht von Ihnen.«

Ich sah ihm direkt in die Augen – Augen, die mich jetzt verstehen ließen, was alte Weststaatler gemeint hatten, wenn sie von den Augen eines Richters sprachen, der mit dem Todesurteil schnell bei der Hand ist – und sagte: »Das ist das erstemal, daß jemand die Korrektur eines Fehlurteils als ›Untergrabung‹ von Recht und Gesetz bezeichnet.«

Seine Kinnbacken mahlten, und er preßte erneut die Lippen zusammen. Dann drehte er auf den Fersen um und verließ das Zimmer. Ein paar Sekunden später schlug die Haustür mit einem Knall hinter ihm zu.

Den Rest des Nachmittags verbrachte ich mit Routinearbeit an meinem heimischen Schreibtisch, den frühen Abend mit dem Ausgraben der restlichen Brombeerausläufer im Hinterhof. Dabei dachte ich in allen Einzelheiten über die Schwierigkeiten nach, in die ich mich nun gebracht hatte. Es waren nicht wenige, aber leid tat es mir ganz und gar nicht. Die Joseph Stameroffs dieser Welt, die glauben, auf dem Rest der Menschheit herumtrampeln zu können, machten mich regelrecht krank. Mit seinem Einschüchterungsversuch sollte Stameroff diesmal auf einen Menschen gestoßen sein, dem man so leicht keine Angst einjagen kann.

Starke Worte, McCone, sagte ich zu mir selbst. Gar nicht einmal schlecht für eine dieser hochnäsigen, unternehmungslustigen jungen Frauen. Wir werden sehen, wie tapfer du bist, wenn du unter Druck gerätst.

Mit neuem Schwung stürzte ich mich wieder auf die Brombeerausläufer.

Um neun Uhr lag ich auf dem Sofa und hörte mir ein paar CDs mit Bigband-Musik an – eine kürzlich nach dem Wiederlesen von *The Last Convertible* aufgekommene Begeisterung. Dabei kam ich zu dem Schluß, daß nun der letzte Rest des Wunsches, den Fall Benedict noch fallenzulassen, verflogen war. Vielmehr trieb mich die Wut, nun erst recht nachzubohren – und das wiederum weckte meine Vorsicht. Kaum etwas, was ich mit Wut im Bauch angepackt hatte, war gut ausgegangen. Ich brauchte jetzt vor allem Rat – juristischen wie persönlichen – und das offizielle Einverständnis von All Souls. Von Hank konnte ich beides bekommen. Morgen würde ich ihn in der Ferienwohnung anrufen, die er und Anne-Marie auf Kauai gemietet hatten.

Und wenn er grünes Licht gegeben hatte? fragte ich mich, während mein Fuß zu Glenn Millers ›American Patrol‹ den Takt stampfte und Allie die Flucht von der Sofalehne ergriff. Ganz diskret weiterermitteln und hoffen, daß Stameroff keinen Wind davon kriegte? Oder voll loslegen und mich selbst wie auch All Souls in noch größere Bedrängnis bringen? Eine schlechte Alternative, vor der ich da stand.

Auch als die CDs zum zweitenmal durchgelaufen waren, hatte ich mich immer noch nicht für eine der beiden Strategien entschieden. Also gab ich es auf und ging ins Bett.

Zuerst wußte ich nicht, was das für ein Läuten war. Ich hatte so tief geträumt, daß ich die Bilder nicht lange genug festhalten konnte, um sie zu verstehen. Ich stützte mich auf einen Ellbogen und schob mir die Haare aus dem Gesicht. Mein Digitalwecker zeigte zwei Uhr siebzehn. Das Telefon läutete weiter. Ich griff nach dem Hörer und rechnete damit, einen Betrunkenen anknurren zu müssen, der sich verwählt hatte.

Es war Jacks Stimme – aufgeregt, Worte hervorstoßend, die ich nicht verstand.

»Was? Sag das noch einmal.«

»Komm gleich hierher.«

»Warum? Und wohin?«

»Sharon, wach auf! Das habe ich bereits gesagt – in Judys Haus. Lis ist ermordet worden.«

12

Wenn Streifenwagen und Ambulanzen in einem Wohngebiet auftauchen, gibt es immer einen Menschenauflauf, sogar morgens um zwanzig vor drei. Zuerst dachte ich, die kleine Gruppe vor Judys Haus trete für mich auseinander. Doch dann sah ich, daß die Tote gerade herausgetragen wurde. Also machte ich selber Platz und sah zur Seite, als der Leichensack auf der Trage vorbeikam.

Eine uniformierte Streifenpolizistin bewachte den Eingang. Ich sagte ihr, wer ich war. Sie sprach gerade mit jemand anderem, winkte mich aber hinein. Jack und Judy saßen auf dem Sofa im kleinen Salon, in den ich an dem Morgen einen Blick geworfen hatte. Sie sah zerknittert aus und hatte rotgeweinte Augen. Er hatte Joggingschuhe an, die nicht zusammenpaßten. Sie mußte spät nach Hause gekommen sein, hatte Lis dann wohl gefunden und ihn angerufen und aus dem Schlaf geholt.

Bei ihnen war Bart Wallace, eine Inspektor von der Mordkommission. Ein drahtiger Schwarzer mit grauem Haar und silbergerahmter Brille: Wallace war einer der besten Detectives seiner Abteilung. Ich kannte und mochte ihn seit Jahren, hatte Respekt vor seinen Fähigkeiten und vertraute seinem Urteil. Ich war erleichtert zu sehen, daß er den Anruf entgegengenommen hatte.

Wallace kam auf mich zu und schüttelte mir die Hand. »Mr. Stuart sagte, Sie hätten vielleicht Informationen, die uns weiterhelfen könnten.«

»Das hoffe ich.« Ich warf Jack einen Blick zu, aber seine Aufmerksamkeit galt allein Judy. Sie saß wie erstarrt da, den Blick zu Boden gesenkt. Jack hatte den Arm um ihre Schultern gelegt. Doch sie schien seine Anwesenheit kaum wahrzunehmen und schon gar nicht Wallace' oder meine.

Bart bemerkte das auch. Leise sagte er: »Gehen wir in die Küche zurück, wo Miss Benedict ihre Mutter gefunden hat.«

Ich nickte und folgte ihm durch den Flur. »Wann hat sie sie gefunden?« flüsterte ich.

»Der Anruf kam um zehn vor eins. Sie war gerade mit der letzten Nachtmaschine aus New York zurückgekommen.«

»Und wie ist es passiert?«

»Lis Benedict wurde in den Kopf geschossen. Wahrscheinlich aus nächster Nähe: strahlenförmiger Einschuß, Hautlappen nach außen, Schmauchspuren.«

»Also jemand, den sie kannte?«

»Vielleicht auch nicht. Der Täter hat sich gewaltsam Zutritt verschafft. Sie waren hier schon mal, kennen das Haus also?«

»Ja.«

»Die Glasschiebetür zum Hof war aufgebrochen. Spuren von einem Kampf im Eßbereich – umgekippter Stuhl, heruntergefallene Kaffeetasse. Die Waffe, die wir neben ihr gefunden haben – eine

32er, gehört ihrer Tochter. Sie sagt, sie hat sie zum Selbstschutz gekauft.«

»Also versuchte Lis Benedict, einen Eindringling abzuschrecken. Er nahm ihr die Waffe ab und tötete sie.« Das war ein vorzügliches Argument gegen Feuerwaffen in den Händen ungeübter Personen.

»Sieht so aus«, sagte Wallace.

Arme Lis, dachte ich. Allein, voller Angst, hilflos gegen einen jüngeren und stärkeren Gegner. Mir fiel ein, wie ich mich von ihr verabschiedet hatte: Ich war ärgerlich geworden, hatte gesagt, sie solle aufhören, die Märtyrerin zu spielen. Und ich hatte ihr gesagt, daß Jack vielleicht später vorbeikommen werde. Doch der hatte nicht gewollt.

Ich schob mein Bedauern vorerst beiseite und zeigte auf die Küche. »Kann man jetzt rein?«

»Die Spurensicherung ist abgeschlossen.«

Wir gingen in den Raum, wo ich mich morgens mit Lis unterhalten hatte. Die Anzeichen für einen Kampf waren nicht zahlreich, aber sofort zu erkennen. Der Stuhl, auf dem sie gesessen hatte, lag auf der Seite. Ihre Kaffeetasse lag zerbrochen neben der Kreidelinie, die die Lage ihres Körpers markierte. Ein Farn war von einer Säule an der Glastür gefallen. Er war zertrampelt und welk. Ich sah mir die Tür an: Zackige Scherben ragten aus dem Rahmen, und kleinere Splitter lagen über die Terrakottafliesen verstreut. Die Kaffeetasse, aus der ich getrunken hatte, stand auf dem Tisch. Sie war mit Fingerabdruckpulver überpinselt.

»Die Abdrücke an der Tasse stammen wahrscheinlich von mir«, sagte ich und zeigte darauf. »Ich war gestern morgen gegen halb zehn bei ihr und bin etwa eine halbe Stunde geblieben. Haben Sie einen Hinweis auf die Todeszeit?«

»Ja, von der Nachbarin rechts, Adele Skillman. Sie hat den Schuß gehört. Etwa Viertel nach sechs, sagt sie. Kurze Zeit danach hörte sie jemanden auf dem Weg zwischen den beiden Häusern davonlaufen.«

Viertel nach sechs. Ich dachte wieder an Lis, allein und hilflos. Judy war nicht zu erreichen, wußte nichts von der lähmenden Depression, die ihre Mutter, ausgelöst durch die immer häufigeren anonymen Anrufe, befallen hatte. Und Jack? Vielleicht hatte er sich nicht einmal die Mühe gemacht, Lis anzurufen, sondern sich zu Herzen genommen, was ich gesagt hatte: *Ich kann mir nicht vorstellen, daß jemand, der so viele Jahre im Gefängnis überlebt hat, Judys Heimkehr heute abend nicht überlebt.*

Aber sie hatte nicht überlebt. Und vielleicht machte mich diese Äußerung in gewisser Hinsicht indirekt mitverantwortlich. Wo war *ich* gewesen, als Lis starb? Zu Hause, mit Joseph Stameroff beschäftigt und mit der Frage, in welche Klemme ich mich und All Souls gebracht haben mochte.

Stameroff, ging es mir jetzt durch den Kopf. Konnte Stameroff etwas damit zu tun haben? Er hatte es nicht eindeutig verneint, als ich die Vermutung äußerte, daß er für die Schmierereien und die Anrufe verantwortlich wäre. Konnte das hier die Arbeit eines Profis gewesen sein?

Wallace sah mich eindringlich an. »Stimmt etwas nicht?«

Ich war noch nicht so weit, Richter Stameroff schon jetzt ins Gespräch zu bringen, und so sagte ich: »Hab wohl Schuldgefühle. Sie war meine Klientin, und ich habe sie nicht besonders gemocht. Wenn dann so etwas einem Menschen passiert, der einem eher gleichgültig ist, fühlt man sich schuldig, und zwar aus einer Menge irrationaler Gründe.« Ich sah mir noch einmal die eingeschlagene Glastür an. »Bart, diese Adele Skillman – sie hat den Schuß gehört, aber nicht das splitternde Glas?«

»Stimmt.«

Das störte mich. Ich hatte da doch während der scheinbar endlosen Renovierung meines Hauses eine Erfahrung gemacht. Aber ich kam jetzt nicht darauf. »Was hat sie denn gemacht, als sie erst den Schuß und dann diese Person laufen hörte?«

»Nichts. Sie wollte nicht …«

»Hineingezogen werden.«

»Genau.«

Wir schwiegen eine Weile. Dann sagte Wallace: »Erzählen Sie mir von Ihren Ermittlungen. Stuart hat mir ganz grob den Rahmen skizziert, und natürlich kenne ich die Geschichte des Opfers. Sagen Sie mir, was Sie herausgefunden haben.«

Ich hockte mich auf die Tischkante, und er lehnte an der Küchenbar, während ich in die Details ging. Als ich zu Ende war, klappte er sein Notizbuch zu und steckte es in die Innentasche seiner Jacke. »Das ist schon einiges. Wenn Ihnen noch etwas einfällt, lassen Sie es mich auf jeden Fall wissen.«

Ich zögerte. Die Vorstellung, daß ein Oberster Richter unseres Landes einen professionellen Killer beauftragte, mochte weit hergeholt klingen. Doch meine Unterhaltung mit Stameroff hatte direkt mit Lis Benedicts Versuch zu tun, ihren Namen reinzuwaschen – und dieser Vorsatz könnte womöglich zu ihrem Tod geführt haben. Hielt ich jetzt Einzelheiten aus meinem Gespräch mit Stameroff zurück, wäre das eine Unterdrückung von Beweismaterial. »Bart«, sagte ich, »da ist tatsächlich noch etwas.« Und dann erzählte ich ihm vom Besuch des Richters in meinem Haus.

Wallace' Gesichtsausdruck wurde immer ernster. Als ich fertig war, schwieg er eine Weile. »Da haben Sie mir ja eine tolle Suppe eingebrockt, wissen Sie das?«

»Ja.«

Er nahm die Brille ab und rieb sich den Nasenrücken an den Stellen, wo sie tiefe Eindrücke hinterlassen hatte. Mein Gott, wie ich diese Fälle hasse, die auf politisch empfindliches Terrain übergreifen! Ich werde mit meinem Lieutenant darüber reden müssen, und der muß zum Captain gehen... Hören Sie, Sharon, versprechen Sie mir: kein Wort darüber zu irgendwem!«

»Natürlich.«

»Und lassen Sie vorerst Ihre Ermittlungen ruhen. Sie wollen ja sicher keinen Aufruhr, schon gar nicht, indem Sie sich diesen alten Mord vornehmen. Diese... wie hat Stameroff sie genannt? Diese ›Leute, die zählen‹, können grob werden.«

Ich nickte und rutschte von der Tischkante. Mein Blick fiel auf die Linie, wo Lis' Körper gelegen hatte, und mir stiegen Tränen in die Augen. Was bedeutete es schon, daß ich die Frau nicht gemocht hatte? Ein schreckliches Leben hatte ein schreckliches Ende gefunden.

Wallace entging wenig. Er legte mir den Arm um die Schultern und führte mich zur Tür. »Wenn es für Sie ein Trost ist«, sagte er, »mir geht es nicht besser.«

Wir sprachen beide kurz mit Jack, und Wallace betonte noch einmal, ich solle meine Ermittlungen im Fall McKittridge unterbrechen. Jack war zerstreut und in Gedanken bei Judy. »Es war von Anfang an eine schlechte Idee«, sagte er und ging sie trösten.

Den Rest der Nacht brütete ich zu Hause nicht nur über Lis Benedicts Schicksal, sondern auch über dem der anderen, noch lebenden Opfer des McKittridge-Mordes. Ich dachte an all die Opfer, denen ich schon begegnet war. An all die Verbrecher, die die anderen zu Opfern gemacht hatten. Und an all die Gründe, warum...

Als es hinter den Wohnzimmerfenstern langsam grau wurde, schrillte die Türglocke. Ich stand auf, und mich überkam dieses Unbehagen, das ich bei so unzeitigem Alarm zu spüren pflege. Ich ging durch den Flur und lugte durch das Guckloch. Mein Nachbar Will Curley, Lkw-Fahrer bei einer Transportfirma, stand auf den Stufen. Er bediente die Bay Area und tauchte immer zu den unmöglichsten Zeiten auf. Unter der Giants-Baseballmütze sah mich ein zorniges Gesicht an.

»Haben Sie das hier gesehen?« fragte er, kaum daß ich die Tür aufgemacht hatte.

Ich trat hinaus und sah in die Richtung, in die er zeigte. Die Schindeln an der Vorderwand meines Hauses waren rot verschmiert. Die Farbe war ins Holz eingezogen und verlaufen, aber man konnte die Schrift noch lesen: TOTE FRAU. Zwei-, drei–, nein, viermal an die Wand gesprüht.

Ich war wie betäubt und berührte den nächstgelegenen Farbfleck mit dem Finger. Er war noch klebrig. War das passiert, als ich, in eine Decke gehüllt, auf dem Sofa gesessen hatte, oder schon vorher, als ich noch am Tatort war? Oder noch früher, als ich schlief? Möglicherweise war es mir nicht aufgefallen, weil ich im Dunkeln weggefahren und im Dunkeln auch wieder heimgekommen war. Ich war in Eile und in Aufregung gewesen. Zudem war die Außenbeleuchtung gestern abend ausgefallen.

Tote Frau. Das war ich, wenn ich den Fall Benedict nicht ruhen ließ. Mir fielen Wallace' Worte ein: »Diese ›Leute, die zählen‹, können grob werden.«

Will wartete darauf, daß ich reagierte – daß ich schrie, fluchte, weinte, irgend etwas tat, aber ich stand nur da. Schließlich fragte ich: »Wissen Sie, wie ich das wieder runterkriege?«

Er runzelte die Stirn, offensichtlich verwundert über meine sanfte Reaktion. »Wahrscheinlich müssen Sie neu verschindeln. War das die Mafia? Meine Frau sagt, gestern wäre hier eine schwere Limousine aufgekreuzt, und Sie hätten sich mit ein paar Leuten in dunklen Anzügen unterhalten.«

Ich lächelte schwach. »Sie haben zu viele Filme gesehen. Der Kerl in dem großen Wagen – es war keine Limousine – steht auf unserer Seite des Gesetzes.« Zumindest heißt das allgemein so, schränkte ich für mich ein.

»Wer hat das dann getan?«

»Ich wünschte, ich wüßte es.«

»Wenn Sie es heraus haben, kommen Sie zu mir. Ich werde mich um ihn kümmern.«

»Mir wäre lieber, Sie erkundigten sich für mich nach einem Handwerker, der mir billig die Schindeln ersetzt.«

»Ich habe einen Vetter im Baugewerbe – er macht Ihnen einen guten Preis.« Dann musterte Will mich genau, um zu sehen, ob ich in Ordnung war. »Wenn Sie sonst noch etwas brauchen, rufen Sie mich nur.«

»Danke, Will.« Während er den Block hinunter zu seinem Laster joggte, stieg in mir ein Gefühl der Dankbarkeit dafür auf, daß ich diese Oase guter Nachbarschaft gefunden hatte. Ich ging ins Haus zurück und rief Bart Wallace in seinem Büro an.

»Ist Ihnen noch etwas eingefallen? fragte er.

»Nein, aber es gibt eine neue Entwicklung.« Ich berichtete ihm von der Schmiererei.

»›Tote Frau‹«, sagte er. »So etwas mag ich gar nicht. Eine Stunde habe ich jetzt mit meinem Lieutenant konferiert, und nun ist er beim Captain, aber ich habe ein Gefühl im Bauch, daß ich auf der Stameroff-Kurve nur langsame Fahrt machen darf.« Er brach ab. »Wissen Sie was? Ich schicke Ihnen die Spurensicherung heraus. Sie soll Fotos machen und Farbproben nehmen. Vielleicht kriegen wir eine Verbindung zu den Schmierereien bei den Benedicts. Sind Sie in Ordnung?«

»Ich habe keine Angst, wenn Sie das meinen. Mich kotzt es nur an.«

Wallace schwieg einen Moment. »Sharon, warum fahren Sie

nicht ein paar Tage weg? Das Memorial-Day-Wochenende steht bevor. Gönnen Sie sich einen kleinen Urlaub.«

»Warum? Ich bezweifle, daß ich wirklich in Gefahr schwebe.«

»Das weiß man nie. Außerdem, wenn Sie es mit der Kotzerei bekommen, ruiniert mir das meinen Fall.« Er wollte es von der humorigen Seite nehmen. Doch hinter seinen Worten steckte ernste Besorgnis. »Denken Sie darüber nach, ja? Hier gibt es für Sie nichts zu tun.«

»Bart, ich habe auch noch andere Aufgaben zu erledigen als die Benedict-Sache.«

»Gut, aber denken Sie trotzdem darüber nach. Wenn Sie sich entschließen zu fahren, lassen Sie mich nur wissen, wo ich Sie erreiche.« Abrupt hängte er ein.

Während ich den Kaffee mahlte, ließ ich mir Wallace' Vorschlag durch den Kopf gehen. Wenn ich die Stadt verließe, sähe es nach Flucht aus. Doch andererseits konnte ich tatsächlich im Fall Benedict oder wegen der Schmierereien nichts unternehmen. An sonstigen Aufträgen war nicht viel zu erledigen, und für den nächsten Freitag hatte ich bereits um Urlaub gebeten. Warum also nicht noch ein paar Tage an das lange Wochenende dranhängen? Ich könnte in einer anderen Umgebung die Fakten und meine Eindrücke noch einmal sortieren. Vielleicht würde mir etwas einfallen, das Wallace bei seinen Ermittlungen weiterhalf.

Aber *konnte* ich denn angesichts dessen, was gerade mit meinem Haus passiert war, überhaupt fortfahren? Was wäre, wenn der Schmierer wiederkäme und noch kostspieligere Verwüstungen anrichtete?

Natürlich konnte ich fahren. Über Wallace könnte ich um ein paar Extra-Polizeipatrouillen durch meine Straße bitten. Falls sie den Vandalen schnappten, würde ihm das auch in seinem eigenen Fall weiterhelfen. Außerdem könnte ich Ted überreden, regelmäßig an meinem Haus vorbeizufahren und nachzusehen. Er hatte so etwas wie ein Besitzerinteresse an Ralph und Allie, die ursprünglich seinem Jugendfreund Harry gehört hatten. Harry war an AIDS gestorben. Ted fütterte die Katzen immer, wenn ich nicht in der Stadt war. Zudem gab es wachsame Nachbarn wie Will Curley. Ganz bestimmt konnte ich fahren.

Und dann gab es noch einen Punkt, der mir einen kleinen Tapetenwechsel sinnvoll erscheinen ließ: Ich fürchtete nämlich, daß mir der McKittridge-Mord zur Zwangsvorstellung werden könnte. Im Augenblick nämlich war der Sog, den dieses so weit zurückliegende Verbrechen auf mich ausübte, sogar noch stärker geworden. Ich mußte nicht nur die Fakten und meine Eindrücke sortieren, sondern auch meine Gefühle. Aus der Distanz konnte ich sie vielleicht wieder unter Kontrolle bekommen.

Nach der ersten Tasse Kaffee begann ich mit den Vorbereitungen. Dann rief ich Hy an und sagte, ich müsse für eine Weile weg. Er hörte mir an, wie ernst es mir war, und ohne weiter zu fragen, sagte er, in vier Stunden sei er am Oakland Airport. Wir würden über die Sierra Nevada fliegen und zu den Great White Mountains, wo die Bristlecone-Pinien wüchsen, die ältesten lebenden Pflanzen der Erde. Wir würden Waipitis beobachten, wilde Mustangs und Goldadler. Wir würden uns unter dem sternenübersäten schwarzen Himmel lieben und dem Schweigen lauschen.

Mir wurde unbehaglich. Ich erinnerte ihn daran, daß ich die bedrückende Stille der Berge gar nicht mochte.

Das liege nur daran, daß ich ihr noch nie richtig zugehört hätte, sagte er. Wenn ich das erst einmal könnte, würden die Great Whites besänftigend auf mich wirken. Und mir Kraft geben, so daß ich bei meiner Heimkehr allem wieder ins Auge blicken könnte, was mich aus der Stadt vertrieben hätte.

Ich war zwar nicht ganz überzeugt, stimmte aber zu und fing an zu packen. Mir wurde bewußt, daß ich meine Vorbereitungen ohne den geringsten Zweifel daran begonnen hatte, daß Hy mich mit dem Flugzeug abholen würde – genau wie er nicht daran gezweifelt hatte, daß ich mit ihm in die Great White Mountains fliegen würde.

In dem Moment wurde mir klar, daß wir voneinander alles Notwendige wußten. Es mochte weiße und leere Stellen in unser beider Leben geben, die wir lieber nicht ausfüllen wollten – doch im Grunde zählte nur das Wesentliche eines Menschen, und das hatten wir vom ersten Augenblick an instinktiv erfaßt.

Auf dem Weg nach Oakland fuhr ich im Büro vorbei und zerriß die Akte mit der Aufschrift »Ripinsky, Heino«.

Zweiter Teil
Die Täter

13

Flammen leckten an den rauhen Steinen hoch. Hy saß an der Feuerstelle und wärmte sich den Rücken. Der flackernde Lichtschein beließ sein Gesicht mit der Hakennase im Schatten, spielte aber über seine dunkelblonden Locken, die über den Kragen seines Wollhemds fielen.

Ich ging durch den Raum, stieg über unseren Doppelschlafsack und reichte ihm das Bier, das ich aus der Kühlbox geholt hatte. Dann ließ ich mich auf den Fußboden aus rohen Kieferbrettern nieder und preßte meinen Schenkel an seinen.

»Du bist schrecklich schweigsam gewesen in den letzten Tagen, McCone«, sagte er. »Schon zu irgendwelchen Schlußfolgerungen gelangt?«

»Zu einigen. Aber keinen bedeutenden.«

Er nickte und drängte nicht weiter.

Wir waren in seiner Citabria zu einem Flugfeld bei Big Pine im nördlichen Inyo County geflogen. Dort hatten wir eingekauft, uns einen Jeep gemietet und waren über die Death Valley Road in die Great Whites zu dieser Zwei-Zimmer-Hütte gefahren, die einem der vielen namen- und gesichtslosen Freunde gehörte, die Hy verpflichtet waren. Wir hatten alles getan, wovon er gesprochen hatte, und noch einiges mehr. Ich hatte gelernt, der Stille zu lauschen. Dies war unsere letzte Nacht. Morgen, Mittwoch, würden wir nach Oakland fliegen. Danach hatte Hy einen Auftrag in San Diego zu erledigen, über den er bisher nichts Näheres gesagt hatte.

»Was ist mit dir?« fragte ich. »Kannst du mit jetzt etwas über diesen Flug in meine Heimatstadt erzählen?«

»Ich muß mit einem alten Kumpel über einen geschäftlichen Vorschlag reden, den er mir gemacht hat.«

»Was für ein Vorschlag?«

»Ich erzähle dir davon, wenn etwas daraus wird.«

»Hat es mit der Stiftung zu tun?« Paß auf, warnte ich mich. Du wirst zu neugierig.

Überraschenderweise grinste er, und seine Zähne strahlten unter dem hängenden Schnurrbart. »Nein, du neugierige Person. Um die Wahrheit zu sagen, die Umweltarbeit ist für mich inzwischen irgendwie abgesteckt. Nicht die Sache – die Arbeit selbst. Die Leitung der Stiftung, die mir meine Frau vor ihrem Tod großzügig überlassen hat, füllt nicht einmal die Hälfte meiner Zeit aus. Was den Rest angeht... vielleicht will ich einfach nur nicht immer auf die Rettung von Bäumen festgenagelt sein. Die Bäume werden früher oder später gerettet werden, aber von einem Jüngeren, der weiß, wie man an Spenden kommt und wie man eine PR-Firma führt. Nicht von so einem alten Knastbruder wie mir.«

Das »alt« paßte nicht zu ihm, der »Knastbruder« sehr wohl. Ich kenne niemanden, der längere Zeit aus nobleren Gründen gesessen hätte als er. »Das hört sich ja an, als würdest du unruhig.«

»Das bin ich schon.« Er warf mir einen Blick zu und runzelte die Stirn. Dann schob er die Hand unter mein Kinn und hob mein Gesicht seinem entgegen. »Sieh mal, McCone, ich spüre irgendwelche Veränderungen. Es sind positive Veränderungen, und viel davon verdanke ich dir. Aber ich bin nie besonders redselig gewesen, schon gar nicht, wenn es um mich ging, und deswegen drängle mich jetzt nicht, okay?«

Ich ließ das Thema fallen. Was er mir sagen wollte, würde er mir sagen, auf seine Weise und zu dem Zeitpunkt, den er für richtig hielt.

Das anschließende Schweigen tat gut. Der Wind blaffte um den steinernen Kamin hinter uns. Ich sank tiefer in die gemütliche Wärme meiner Daunenjacke und spürte die Wärme von Hys Schenkel durch meine Jeans. Die Minuten verrannen, bis er sagte: »Du hast diesen Cop gar nicht mehr angerufen.«

Ich hatte Bart Wallace von Big Pine aus angerufen und ihm gesagt, ich sei für ein paar Tage nicht zu erreichen. Am Freitag nachmittag waren Hy und ich dann noch einmal zum Einkaufen in die Stadt gefahren. Den Abend hatten wir in einer Country-and-Western-Bar mit Essen, Trinken und Tanzen verbracht. Aber ich hatte nicht versucht, den Inspektor zu erreichen. »Hätte keinen Zweck gehabt. Aus der Gerichtsmedizin oder dem Labor konnten noch keine endgültigen Resultate vorliegen, und in der Sache Stameroff haben ihn seine Vorgesetzten angewiesen, ganz leise aufzutreten. Und Leisetreterei führt bei einem Bastard wie Stameroff zu nichts.«

»Und was hast du nun vor? Zulassen, daß alles vertuscht wird, wie seit sechsunddreißig Jahren?«

Die Frage ärgerte mich. Er hätte inzwischen wissen müssen, daß ich kein Mensch bin, der aufgibt. Diese Reise – meine Flucht aus der City und vor dem Fall – war nur ein Aufschub. Zudem hatte ich Bart Wallace unter anderem auch nicht wieder angerufen, weil ich Zeit gewinnen wollte. Ich hoffte, ein kleines Stückchen Information könnte quasi von selbst aus der Masse nutzloser Daten herausfallen, die jeder so in einem hinteren Winkel seines Bewußtseins mit sich herumschleppt. Irgend etwas *hatte* nicht gestimmt am Tatort des Mordes an Lis. Irgend etwas... aber ich kam nicht darauf.

Der Ärger ließ meine Stimme schärfer klingen. »Du ziehst vorschnelle Schlüsse, Hy. Vielleicht ist Stameroff nur ein besorgter und überfürsorglicher Vater.«

Er reagierte nicht auf den Ton, den ich angeschlagen hatte, sondern sagte bloß: »Das glaubst du selber nicht, und du weißt es. Todsicher vertuscht er etwas, und ich sage dir eines, McCone, Vertuschen ist eine üble Sache.«

Ich sah ihn neugierig an und hoffte, er würde fortfahren. Schließlich weiß jeder, daß Vertuschen eine üble Sache ist. Aber Hy hatte das mit einer Heftigkeit betont, die ganz offensichtlich auf eine bittere persönliche Erfahrung schließen ließ. Doch er sah meinen Gesichtsausdruck und zog sich wieder vorsichtig zurück.

»Na gut«, sagte ich nach einer Weile, »Vertuschung oder nicht, es ist nicht mehr mein Fall.«

Er machte sein Bier auf und sah mich nachdenklich an.

»Was ist mit dir los, McCone? Du hast keine Angst – nicht vor dem guten Richter Stameroff und nicht vor diesem Abschaum, der die Wände beschmiert. Es steht dir bis oben, aber du fürchtest nicht, die Kontrolle zu verlieren. Vor dem Problem hast du schon zweimal gestanden, und du weißt, daß du die Grenze nicht überschreiten wirst. Was also geht dir so gegen den Strich? Den alten Fall könntest du doch weiter für das Historische Tribunal recherchieren. Daran kann dich niemand hindern.«

Ich rückte von ihm ab, drehte mich zur Seite und sah in die Flammen. Kobalt, smaragd, amethyst, blutrot – genau wie in meinem Traum von den Ereignissen am 22. Juni 1956...

»McCone?«

»Ich habe gehört, was du gesagt hast.«

»Und?«

»Ich werde darüber nachdenken.«

Er nickte zufrieden. Nach einer Weile sagte er: »Diese Pennies auf den Augen der toten Frau – der Symbolgehalt ist ziemlich klar.« Ich hatte ihm in den letzten fünf Tagen den Fall von damals bis heute in allen Einzelheiten geschildert.

»Jemandem die Augen vor etwas verschließen«, sagte ich. »Er sagt etwas über das Opfer aus: Sie sollte die Augen vor dem verschließen, was immer zu ihrem Tod geführt hat. Oder es sollte eine Warnung für andere sein.«

»Aber warum Pennies aus *Blei*? Die waren gar nicht so leicht zu bekommen, auch damals nicht. Blei ist ein sehr reaktives Metall und hochtoxisch. Und es besitzt auch eine Symbolik: schwer, grau, träge.«

»Diese Kriegspennies waren nicht wirklich aus Blei. Es war verzinkter Stahl. Sie wurden nur ein Jahr lang geprägt, neunzehnhundertdreiundvierzig.«

Anders als Jack fand Hy es nicht verwunderlich, daß ich so genau Bescheid wußte. »Ich frage mich, wie viele Leute das überhaupt wissen? Zink – keine besondere Symbolik, außer der Assoziation mit der Farbe Weiß. Stahl – eine von Menschen hergestellte Legierung – symbolisiert Festigkeit. Die ›eiserne Hochzeit‹ feiert man bei uns nach elf Jahren.« Er lachte sich erinnernd. »Das weiß ich, weil meine Eltern sich im elften Ehejahr scheiden ließen und meine Mutter beklagte, daß es in ihrer Beziehung kein Eisen, keine Festigkeit gegeben habe. Dafür hatte ihre zweite Ehe viel davon. Sie dauerte bis zum Tode.«

Wieder sah ich ihn neugierig an. Er hatte eine Art, mir größere und kleinere Stücke aus seinem Leben mitzuteilen – Fragmente, die sich nicht richtig zusammenfügten –, die mich immer neugieriger machten.

»Das chemische Zeichen für Blei ist Pb«, fuhr er fort, »die Ordnungszahl 82. Zink ist Zn, 30. Das hat nichts zu bedeuten, glaube ich.«

Jetzt starrte ich ihn nur noch an. »Seit wann kennst du dich so gut in Chemie aus?«

»Ach, vor langer Zeit habe ich mich mal darin etwas umgeschaut. Man bekommt zumindest flüchtig mit der Mineralogie zu tun, wenn man in diesem Teil des Landes lebt, wo soviel geschürft wurde.«

Ich schüttelte den Kopf. Die Breite von Hys Interessengebieten verwunderte mich immer wieder. Ich wußte inzwischen, daß er ein Faible für die Geschichte des Westens und für Romane über dieses Genre hatte. Er konnte ein Flugzeug fliegen und auch reparieren, er konnte auch diplomatisch genug sein, um Geld für die Umweltbewegung locker zu machen. Aber er scheute auch keine Zusammenstöße und führte sich dann, wie ich das einmal beschrieben hatte, wie eine Kreuzung aus Dschingis-Khan und einem Kamikaze-Piloten auf. Außerdem konnte er sehr fundiert über Volksmedizin, Viehhaltung, amerikanische Volkskunst, Meteorologie und antike Feuerwaffen reden – und das in vier Sprachen. Und jetzt stellte sich heraus, daß er die Tafel der chemischen Elemente nicht nur gelesen, sondern sich auch gemerkt hatte.

»Was ist?« fragte er.

»Ich bin beeindruckt.«

»Warum, zum Teufel, McCone, habe ich das ganze Zeug wohl gelernt? So imponiert man Frauen!« In ernsterem Ton fuhr er fort: »Weißt du, für einen Sammler können solche Münzen eine bewußte Fälschung sein, weil sie nicht aus Kupfer sind.«

»Aber sie wurden von der Regierung geprägt.«

»Ich meine, für einen Puristen. Sammler können schon sonderbar sein.«

»Das weiß ich allerdings.« Hy war selbst ein Purist, was seine Sammlung von Westernromanen anging. Er hatte mir einmal erzählt, für ihn sei eine Erstausgabe erst dann vollständig, wenn sie noch genau denselben Schutzumschlag habe wie beim Kauf in der Buchhandlung.

»Und deswegen«, fuhr er fort, »könnten die Münzen auch für Unechtheit stehen. Schließlich noch ein Stückchen Symbolismus: In der alten Westernzeit legten sie Münzen auf die Augen eines Toten in dem Aberglauben, daß der, den die offenen Augen eines Toten anguckten, als nächster sterben mußte.«

»Interessant. Aber was hat das mit diesem besonderen Fall zu tun?«

»Das wüßte ich gern selber. Du solltest aber eines bedenken: Die Münzen hatten vielleicht gar nicht diese zentrale Bedeutung. Dadurch, daß die Cops sich so darauf konzentrierten, haben sie womöglich etwas anderes übersehen.«

Daran hatte ich auch schon gedacht. »Du meinst den Ring. Und den fehlenden Finger.«

»Genau.«

»Okay. Dann erklär mir, was *das* zu bedeuten hat.«

»Also, wenn Lis Benedict tatsächlich Cordy McKittridge' Mörderin war, liegt es auf der Hand: Der Ring, das Geschenk ihres Mannes, mußte wieder herunter von ihrer Hand. Und das geschah am besten dadurch, daß sie den Finger abhackte, an dem einmal der Trauring hätte stecken sollen.« Er trank sein Bier aus und lächelte mich an. »Aber wollen wir uns unsere letzte Nacht hier wirklich mit so einem blutigen Thema verderben? Ich bin eigentlich viel mehr an physischen als an symbolischen Aktivitäten interessiert.«

»Ach, wirklich?«

»Hm.«

Als ich näherrückte, warf er die Flasche in Richtung Müllbehälter. Er traf aber nicht, und das Glas ging mit einem lauten Knall zu Bruch. Wir fuhren beide hoch und lachten.

»Angst?« flüsterte Hy und zog mich auf unsere Schlafsäcke.

Irgendwann gegen Morgen wachte ich auf, in den gesteppten Schlafsack eingerollt. Hys Arm lag schwer auf meiner Brust. Ich wachte auf aus einem Traum, in dem geschossen worden war. Ich war Verfolgerin und Verfolgte zugleich. Und in diesem Moment wußte ich, was mich am Tatort des Mordes an Lis Benedict gestört hatte.

14

Am nächsten Morgen verabschiedete ich mich von Hy auf dem Nordlandefeld des Oakland Airport. Er wolle nachtanken, sagte er, und dann nach San Diego weiterfliegen. Im Terminal suchte ich mir eine Telefonzelle und rief Bart Wallace an.

»Wo haben Sie gesteckt?« wollte er wissen. »Ich hatte gedacht, Sie würden sich noch mal melden.«

»Ich habe gesagt, ich würde es versuchen. Wo ich war, steht nicht an jeder Straßenecke eine Telefonzelle – da gibt es noch nicht einmal Straßenecken.«

»Was hatten Sie denn da verloren?« Bart war überzeugter Stadtmensch. Er hatte mir einmal gestanden, selbst Zimmerpflanzen machten ihn nervös. »Es gibt ein paar Dinge, die ich mit Ihnen durchsprechen möchte«, setzte er hinzu. »Ich habe ein Protokoll aufgesetzt, das Sie unterschreiben können. Dann sind auch die Laborbefunde zu den Schmierereien an Ihrem Haus da. Zudem habe ich mir Sorgen um Sie gemacht.«

»Warum?«

Wallace gab keine Antwort. In Hintergrund hörte ich eine weibliche Stimme. Bart sagte: »Ich bin in drei Minuten fertig«, dann wieder zu mir. »Sharon? Haben Sie irgendwann heute vormittag für mich Zeit?«

»Ja. Ich kann zu Ihnen kommen...«

»Treffen wir uns lieber woanders. Wie wäre es vor Judy Benedicts Haus um elf? Ich muß mir dort noch einiges ansehen, bevor ich es wieder entsiegele.«

»Gut. Treffen wir uns da.» Auch ich wollte mir dort eine Menge ansehen.

Bevor ich nach Bernal Heights fuhr, machte ich einen Abstecher in mein Viertel und sah mir mein Haus an. Die scheußliche rote Schrift auf den Schindeln leuchtete grell im Morgenlicht, doch sonst schien alles in Ordnung. Ralph und Allie begrüßen mich an der Eingangstür und maunzten indigniert nach ihrem Frühstück. »Wie nett, daß ich für euch nicht mehr bin als ein Zusatzgerät zum Dosenöffner«, ließ ich sie säuerlich wissen.

Ich ging nach hinten in die Küche, machte ihnen eine Büchse mit diesem gummiartigen Zeug auf, das sie bevorzugten, und beschwichtigte so die wilden Bestien. Auf der Küchenbar lag ein Zettel von Ted, er habe das Wochenende hier verbracht, es habe nur einen nächtlichen Anruf gegeben, aber da habe nur jemand schwer geatmet, weiter nichts. Das konnte natürlich jede einsame, gequälte Seele in unserer Stadt gewesen sein, dachte ich mir. Außerdem stand auf dem Zettel, jemand habe wegen der neuen Schindeln angerufen und schicke einen Kostenvoranschlag.

Ich spielte das Band meines Anrufbeantworters ab, hörte aber nichts von Bedeutung. Dann rief ich bei All Souls an. Jack war im Gericht, aber ich erreichte Rae. Einer ihrer Informanten aus dem Mission District hatte ihr erzählt, Tony Nueva habe am Freitag sehr plötzlich die Stadt verlassen. Das war interessant, denn ich wußte, daß Tony selten seinen Stadtteil und noch viel seltener die City verließ. Vielleicht wußte Buck, der Manager des Videoladens, etwas über seine abrupte Abreise. Ich würde ihn später aufsuchen.

Wallace' Zivilfahrzeug bog in die Einfahrt, als ich meinen Wagen gerade gegenüber von Judys Haus parkte. Als ich die Straße überquerte, stieg er zusammen mit einer Frau aus. Die Frau war ungefähr so groß wie ich – eins fünfundsechzig – mit honigbraunem Teint und dunkelbraunen kurzen, eng am Kopf anliegenden Löckchen. Sie hatte ausdrucksstarke, angenehme Züge und bewegte sich schwungvoll. Ihre elegant geschnittene Jacke und die engen Hosen wirkten unerwartet funktionell.

»Sharon, das ist meine Kollegin«, sagte Wallace und stellte uns vor. »Adah Joslyn, Sharon McCone.«

Von Adah Joslyn hatte ich in der Zeitung gelesen, aber mir war nicht aufgegangen, daß sie mit Wallace zusammenarbeitete. Nach nur wenigen Jahren als Inspektorin war sie bereits in die Eliteabteilung, die Mordkommission, befördert worden – eine Auszeichnung, die unseren Polizeichef seinem Ziel ein gutes Stück näherbrachte, Frauen und Minderheiten im Polizeidienst soweit zu fördern, bis ihr Anteil dem der Gesamtbevölkerung entsprach. Mit Adah Joslyn war das Pressebüro der Polizei auf eine echte Goldmine gestoßen – und hatte sie weidlich ausgebeutet: Nicht nur, daß sie eine Frau war, nein, sie war zur Hälfte schwarz und relativ jung und obendrein auch noch Halbjüdin.

Wir gaben uns die Hand, während wir einander taxierten, und sagten in einem Atemzug: »Ich habe viel von Ihnen gehört«, und brachen in schallendes Gelächter aus.

»Ich wußte, daß ihr miteinander auskommt«, sagte Wallace. Er stieg die Stufen zum Haus hinauf, wo ein gelbes Plastikband der Polizei die Tür versperrte, zog es ab und schüttelte an einem Schlüsselbund.

»Wo hält sich Judy Benedict auf?« fragte ich, während Adah und ich ihm folgten.

»In ihrem Büro im Theater unten in der Stadt. Bart sagt, sie ist noch immer ganz fertig nach dem Tod ihrer Mutter. Macht es schwierig, Informationen aus ihr herauszuholen. Und natürlich treibt sich ihr Vater noch überall herum und gibt sich überfürsorglich.«

»Überfürsorglich oder...«

Wallace sagte: »Heben Sie sich das für später auf, ich will Adah erst den Tatort zeigen. Sie ist erst heute früh aus dem Urlaub gekommen und hat sich noch nicht einmal die Protokolle angeschaut.«

In dem kleinen Haus war es kalt. Die Vorhänge im Vorraum waren zugezogen und tauchten den Raum und den Flur in Dunkelheit. Wallace fuhrte uns in den Eßbereich, wo Lis getötet worden war. Die einzige Veränderung seit der Mordnacht war eine Sperrholzplatte, die vor die zerbrochene Glastür genagelt worden war.

Wallace erklärte Adah die Einzelheiten. Ich sah beiden eine Zeitlang zu und sagte dann: »Ich bin gleich wieder da.« Ich ging durch den Flur zurück und zur Tür hinaus. Rechts lief der Zaun direkt am Haus entlang, aber auf der linken Seite war ein Weg. Dem folgte ich bis zu einem unverschlossenen Tor, das zur Terrasse mit der Glastür führte. Ich ging wieder zurück und sah mir das Haus von der Seite an. Auf den Weg hinaus gab es keine Fenster. In Höhe des Eßbereichs war ein Schuppen angebaut. Ich pochte gegen die Wand. Das Haus schien solide gebaut und gut isoliert.

Als ich wieder im Zimmer war, zeigte Wallace gerade auf eine Stelle an der Wand, wo ein Stück Holzverkleidung entfernt worden war. »Dort hat eine verirrte Kugel gesteckt.«

»Wurden zwei Schüsse abgegeben?«

Die beiden sahen mich überrascht an, als hätten sie vergessen, daß ich auch noch da war. »Stimmt«, sagte Wallace. »Lis Benedict wurde nur von einer Kugel getroffen, aber ihre Hände haben positiv auf den Nitrattest reagiert. Wir nehmen an, Sie hat einen ungezielten Schuß abgegeben, bevor der Mörder ihr die Waffe abnahm und sie gegen sie richtete.«

»Interessant.« Ich sah mich um und entdeckte den Fernseher auf der Küchenbar. »Darf ich etwas ausprobieren?«

»Was?«

»Ich möchte den Ton am Fernseher ein paar Minuten lang auf maximale Lautstärke drehen.«

Wallace sah mich erstaunt an, sagte aber: »Bitte sehr.«

Ich schaltete den Apparat ein und lief wieder nach draußen und hinter das Haus. An keiner Stelle des Weges war er deutlich zu hören. Als ich zurückkam, hielten sich Wallace und Adah Joslyn die Ohren zu. Adah sah mich und drückte auch schon den Aus-Knopf.

»Himmel«, sagte sie, »mußte es denn unbedingt ein Werbespot für Pillsbury Doughboy sein?«

Ich grinste. »Er steht auch auf meiner Liste ganz oben – zusammen mit Snuggle Bear, Mrs. Butterworth und Orville mit seinem Enkel.«

Wallace runzelte die Stirn. Er war offenbar kein Mensch, der ernstlich Anstoß an Fernsehwerbung nahm. »Was sollte denn nun das Ganze?«

»Sie meinen, warum ich den Fernseher eingeschaltet habe? Ich wollte wissen, ob ich draußen etwas hören konnte. Schon, aber nur schwach.«

»Und?«

»Dieses Haus ist gut schallisoliert. Ein Schuß ist zwar lauter als der Ton eines Fernsehers, doch direkt nebenan könnte man ihn vielleicht als Fehlzündung eines Autos abgetan haben.«

»Aber die Nachbarin war ganz fest überzeugt, einen Schuß gehört zu haben. Bedenken Sie, daß die Scheibe zerbrochen war. Dadurch wurde er hörbar.«

»Haben Sie jemals so eine Tür zertrümmert?« fragte ich.

Wallace und Joslyn schüttelten den Kopf.

»Hat einer von euch je in der Einbruch-Abteilung gearbeitet?«

»Nein«, gaben sie zurück.

»Also, als ich mein Haus renovierte, ist ein Beamter bei mir gewesen und hat mir Tips gegeben, wie ich mich gegen Einbrüche schütze. Und wissen Sie, was er mir sagte? Wenn so eine Glastür zerspringt, klingt das genau wie ein Schuß.«

Sie sahen sich an und dann wieder zu mir herüber. »Und?« ermunterte Adah mich.

»Ich glaube, der Schuß, den die Nachbarin hörte – wann war das noch gleich?«

»Viertel nach sechs.«

»Der Schuß, den sie um Viertel nach sechs hörte, war in Wirklichkeit das Zerspringen der Scheibe.«

»Warum hat sie dann nicht kurz danach zwei Schüsse gehört? Wenn die Tür eingeschlagen war...«

»Vielleicht hat gar nicht die Person, die das Glas einschlug, Lis Benedict erschossen.«

Wallace sah mich skeptisch an, sagte aber: »Und weiter?«

»Angenommen, jemand läutete vorn an der Eingangstür, aber niemand machte auf. Vielleicht jemand, der mit Lis Benedict verabredet war und erwartete, daß sie zu Hause war. Also ging er oder sie auf den Weg hinter das Haus und sah durch die Terrassentür. Lis Benedict lag auf dem Boden. Die Person schlug die Glastür ein, stellte fest, daß sie tot war, geriet in Panik und rannte weg.«

Wallace zog einen Stuhl heran und setzte sich nachdenklich. »Wenn sie vor Viertel nach sechs erschossen wurde, würde das die Diskrepanz im gerichtsmedizinischen Gutachten erklären.«

»Was für eine Diskrepanz?« fragte ich.

»Den Grad der Leichenstarre – sie war weiter fortgeschritten, als erwartet.«

Adah Joslyn sagte: »Ich habe den Bericht zwar noch nicht gelesen, aber die Leichenstarre hängt von der Außentemperatur ab. Könnte sie nicht durch Wärme beschleunigt worden sein?«

Wallace schüttelte den Kopf. »Die kalte Luft, die in den etwa fünf Stunden durch die Terrassentür hereindrang, bevor ihre Tochter sie fand, hätte das verhindert.«

Ich fügte hinzu: »Und auch schon, bevor die Tür aufgebrochen war, war es kalt hier. Das ist mir aufgefallen, als ich Lis morgens besuchte.«

»Hat die Untersuchung des Mageninhalts Anhaltspunkte ergeben?« erkundigte sich Adah bei Wallace.

»Nur, daß sie nichts gegessen hatte.«

»Als ich bei ihr war«, sagte ich, »sagte sie mir, im ganzen Haus gäbe es nichts zu essen. Sie wäre zu niedergeschlagen gewesen, um einkaufen zu gehen.«

»Etwas möchte ich noch einmal genau wissen«, sagte Wallace zu mir. »Sie haben Lis Benedict morgens um zehn verlassen?«

»Spätestens.«

»Haben Sie danach noch einmal mit ihr telefoniert?«

»Nein. Vielleicht Jack Stuart.«

»Er sagt, nein. Ihre Tochter sagt dasselbe.«

»Sie haben natürlich das Alibi der Tochter überprüft«, sagte Adah.

»Ihr Flugticket für die Nachtmaschine war benutzt. Die Stewardessen haben sich zwar nicht an sie erinnert, aber das hat nicht viel zu bedeuten. Nach Lage der Dinge hielt ich es nicht für nötig, noch weiter nachzuforschen.«

Adah Joslyn nickte, aber ich sah ihr an, daß sie nicht seiner Meinung war. Und natürlich mußte man auch die Möglichkeit, daß Judy selbst mit Lis' Tod etwas zu tun haben könnte, bedenken. Sie hätte ja früher heimkommen können, als sie gesagt hatte, und ein zweites Rückflug-Ticket am Flughafen in New York verkauft oder weitergegeben haben.

Doch Wallace war mit seinen Gedanken woanders. »Lis Benedict kann zwischen zehn Uhr morgens und Viertel nach sechs abends gestorben sein, vorausgesetzt, daß Ihre Theorie mit der Glastür stimmt«, sagte er. »Was ich noch von Ihnen wissen wollte: Hat sie je den Eindruck gemacht, sie sei selbstmordgefährdet?«

Ich hatte schon am Wochenende darüber nachgedacht. »Eine gewisse Neigung war wohl vorhanden.« Ich berichtete von der Szene am Rand der Klippe.

»Wissen Sie«, sagte Adah Joslyn, »wenn es Selbstmord war, könnte die fortgeschrittene Leichenstarre durch einen Spasmus entstanden sein. Die extreme Spannung, unter der Selbstmörder zur Zeit ihres Todes stehen, *kann* zu einer sofortigen Versteifung führen.«

Wallace schüttelte den Kopf. »Das paßt nicht. Hätte sie sich selbst erschossen und einen Spasmus bekommen, würde sie noch die Pistole umklammert haben. Die lag aber neben ihr auf dem Boden.«

»Das schließt aber einen Selbstmord noch nicht aus«, sagte ich. »Nicht alle Selbstmörder bekommen einen Spasmus.«

»Es wurden zwei Schüsse abgefeuert«, erinnerte Wallace mich.

»Dann war sie unerfahren in der Handhabung von Waffen. Beim erstenmal hat sie danebengeschossen.«

Er nickte. »Okay. Wenn wir Ihre Theorie mit der Glastür akzeptieren – und ich finde sie gut –, dann haben wir es entweder mit einem Selbstmord zu tun oder mit einem Mord, ausgeführt von jemandem, den Lis Benedict kannte und zur vorderen Tür hereingelassen hat. Sie hatte die Waffe in der Hand, weil sie der Person nicht traute. Sie gerieten in Streit, sie fuchtelte mit der Waffe herum, feuerte einen Schuß ab, er nahm sie ihr ab und tötete sie.« Wallace' Blick begegnete meinem. Ich wußte, daß er dachte, wie gut Joseph Stameroff in dieses Szenario paßte.

»Adah«, fügte er hinzu, »könnten sie wohl nach nebenan gehen und schauen, ob Mrs. Skillman da ist? Fragen Sie sie, ob Sie vorher schon etwas gehört hat, das wie Schüsse klang, oder ob sie bemerkt hat, daß Lis Benedict Besuch hatte. Und fragen Sie gleich auch die Leute gegenüber und auf der anderen Seite des Hauses.«

Joslyn nickte und eilte davon.

»Okay«, sagte ich zu Wallace, »das bringt uns zu Joe Stameroff. Wie stehen Ihre Vorgesetzten zu ihm?«

»Das ist ziemlich frustrierend. Offiziell sollen wir Joe mit Samthandschuhen anfassen, aber zugleich sollen wir ihn uns genau ansehen. Wie soll man denn, zum Teufel, gegen jemanden ermitteln, wenn der das nicht merken darf?« Er brach ab und meinte dann: »Mein Gott, ich würde zu gern erleben, wie der arrogante Scheißkerl das abkriegt, was ihm gebührt!«

Ich hatte von Bart selten so heftige Töne gehört. »Das hört sich an, als wäre zwischen euch beiden schon einmal etwas gewesen?«

Wallace schien zu überlegen, wieviel er mir erzählen sollte. Nach einer kurzen Atempause antwortete er: »Sagen wir mal nur, ich mochte ihn weder als Staatsanwalt noch als Richter, und ich mag ihn noch weniger, seit er am Obersten Gericht sitzt.«

Ich hätte ihn gern nach Einzelheiten gefragt, aber für den Augenblick ließ ich das Thema besser fallen. »Sie erwähnten den Laborbefund zu den Schmierereien an meinem Haus.«

»Ja. Wir haben von beiden Schmierereien Farbproben genommen und Fotos gemacht. Die Farbe war die gleiche. Ich weiß nicht, ob Sie das wissen, aber Graffiti haben ganz bestimmte Charakteristika wie eine Handschrift. Nicht so verläßliche natürlich, aber unser Experte meint, beide könnten von derselben Person stammen.«

Ich dachte darüber nach, als Adah wieder auftauchte. »Die Skillman sagt, sie war den ganzen Tag weg und ist erst kurz vor sechs nach Hause gekommen. Im Haus auf der anderen Seite ist niemand da. Soll ich mir den restlichen Block vornehmen?«

Wallace schüttelte den Kopf und stand auf. »Das mache ich. Wie wäre es, wenn ihr beide euch einen Lunch holt und Sharon Ihnen sagt, was in ihrem Protokoll steht? Dann kann sie Sie ins Präsidium fahren und es unterschreiben.«

Ich hatte zwar noch ein paar Fragen an ihn in petto, aber er ging zur Eingangstür und sagte zu Adah: »Und erzählen Sie ihr, was wir beide vorhin besprochen haben, ja?«

»He«, rief ich ihm nach.

Er ging weiter.

»Kommen Sie«, sagte Adah. »Gehen wir, bevor er es sich anders überlegt und ich um meinen Lunch komme.«

15

Adah wußte eine gute Adresse zum Mittagessen in einem kleinen Einkaufszentrum an der Cortland Avenue. Also stiegen wir aus meinem Wagen und gingen zu Fuß dorthin. Eingebettet zwischen Lebensmittel- und Schnapsläden, Kneipen und kleinen Geschäften lag ein wackeliger roter, von Bougainvillea überwucherter Bungalow. ›Twylla's Creole‹ stand auf einem handgemalten Schild.

»Es ist mir bis heute nie aufgefallen«, sagte ich.

Sie lächelte. »Viele Leute laufen daran vorbei. Dabei war es schon immer hier. Twylla Hopper, die es betreibt, stammt aus der gleichen Gegend wie meine Familie.« Sie ging über die ausgetretenen Stufen voraus in einen dunklen Gang, in dem der Duft kräftiger Gewürze hing. »Twylla kam zur gleichen Zeit wie mein Vater aus New Orleans hierher. Er hat hier im Zweiten Weltkrieg in den Werften gearbeitet. Sie hat für die heimwehkranken Freunde gekocht. Jetzt ist sie längst so etwas wie eine Institution.«

Links und rechts zwei Gasträume: pinkfarbene Wände, bröckelnder Putz, eng zusammengerückte Stühle und Tische auf wackeligen Beinen, abgewetzte geblümte Wachstuchdecken. Fast alle Tische waren besetzt. Adah strebte auf einen Fenstertisch zu, auf dem ein einsames Gänseblümchen in einem Marmeladenglas stand. Das Besteck paßte nicht zueinander, das Geschirr auch nicht. Die Servietten waren ausgebleichte, sorgfältig gestopfte Lappen.

»Twylla macht nicht viel Aufhebens um das Drumherum«, sagte Adah, als ich mich setzte, »aber ich garantiere Ihnen eine verdammt gute Jambalaya.«

»Ich verlasse mich auf Ihre Empfehlung.«

»Dann nehmen wir beide eine.« Sie streckte einem jungen Mann, der am Nebentisch stand, zwei Finger entgegen, und er nickte. »Twyllas Enkel«, erklärte sie. »Er kennt mein Leibgericht.«

»Dann wohnen Sie also in Bernal Heights?«

Sie schüttelte den Kopf. »Ich bin hier aufgewachsen, ein paar Blocks von der Powhattan Avenue entfernt. Jetzt habe ich ein Apartment in Marina. Ich brauchte ein bißchen Abstand zu meinen Leuten. Sie wissen ja, wie das ist.«

»Ja, sicher.« Ich hatte mich für Berkeley entschieden und nicht für ein College in Südkalifornien. Dann war ich in San Francisco geblieben, auch um etwas Abstand zu meiner emotional allzu vereinnahmenden Familie zu halten.

»Meine Familie war zum Beispiel absolut nicht begeistert, als ich Cop werden wollte«, ergänzte Adah. »Polizeiarbeit ist bei den Leuten auf dem Red Hill nicht besonders angesehen.«

»Red Hill?«

»Haben Sie nie diesen Namen für Bernal Heights gehört?«

»Nein.«

»Komisch, ich dachte, deswegen hätten sich diese sozial engagierten Liberalen, für die Sie arbeiten, dort angesiedelt. Es geht das Gerücht, Sie hätten sich direkt in ein ehemaliges kommunistisches Nest gesetzt.«

»Soll das ein Scherz sein? Wann war denn das?«

»Das fing in den zwanziger Jahren an. Inzwischen mag der Kommunismus fast überall ziemlich tot sein, aber dort gibt es bis heute noch ein paar altkommunistische Zellen.«

»Wissen Sie das ganz bestimmt?«

»Also, ich *kenne* zwar keine eingetragenen Mitglieder, aber... sehen Sie sich zum Beispiel meine Leute an. Dad ist ein alter Kämpfer für die Arbeiterbewegung, und Mom gehört zu einer marxistischen Studiengruppe, die sich seit Jahrzehnten jeden Mittwoch trifft. Diese Ehe entstand aus den berühmten Gegensätzen, die sich anziehen, geschlossen in der antibürgerlichen Euphorie der Nachkriegszeit: er schwarz, aus der Arbeiterklasse, ein zäher Pragmatiker; sie jüdische Intellektuelle mit College-Abschluß und rebellischem Temperament. Bei der Art, wie sie ihre ideologischen Differenzen austragen, ist es ein Wunder, daß sie bis heute überlebt haben.«

»Sie müssen interessante Menschen sein.«

»O ja, interessant sind sie wirklich. Vor allem dann, wenn man nicht mit ihnen zusammenleben muß.« Sie lächelte liebevoll. »Und jetzt erzählen Sie mir von Ihren Ermittlungen im Fall McKittridge und ihrem Zusammenhang mit dem Mordfall hier. Wie Bart schon sagte, bin ich erst heute morgen aus dem Urlaub zurückgekommen und hatte noch keine Zeit, die Protokolle zu lesen.«

Zwei dampfende Schüsseln Jambalaya wurden vor uns hingestellt. Ich nutzte die Unterbrechung dazu, ihre Bitte zu ignorieren und eine Gegenfrage zu stellen. »Worüber, meinte Bart, sollten Sie mit mir reden?«

Sie runzelte die Stirn, und es gefiel ihr offensichtlich gar nicht, daß ich ihr die Initiative in unserem Gespräch abgenommen hatte. Nach einer Weile sagte sie: »Er hofft, daß Sie an dem alten Fall dran bleiben.«

»Warum? Glaubt er, es besteht ein Zusammenhang mit dem gegenwärtigen?«

»Das kann ich nicht sagen. Er behauptet zwar nein, aber zugleich ist er doch sehr an dem McKittridge-Mord interessiert. Ich nehme an, er hofft, daß Sie auf etwas stoßen, das Richter Stameroff belastet.«

»Im Fall McKittridge?«

»Ich glaube, Bart weiß selbst nicht genau, worauf er aus ist. Aber ich weiß sehr wohl, daß er Stameroff zu Fall gebracht sehen möchte.«

»Was ist denn zwischen den beiden vorgegangen?«

Adah Joslyn zuckte mit den Schultern und spielte mit dem Löffel.

Auch wenn Wallace und Joslyn inoffiziell zuließen, daß ich so weitermachte, wie ich ohnehin vorgehabt hatte, war ich doch ein wenig mißtrauisch. »Wieso hat mir Bart das vorhin drüben im Haus nicht selbst gesagt?«

»Ach, Sie kennen ihn doch – er bittet nicht gern jemanden um einen Gefallen.«

»Hm.« Das klang überhaupt nicht nach Bart. Wir hatten uns schon oft genug gegenseitig einen Gefallen getan. Adah wich jetzt meinem Blick aus, was genausowenig zu ihr zu passen schien.

»Okay«, sagte ich nach einer Weile, »wenn Jack Stuart und Judy meinen, wir sollten die Sache weiterverfolgen, um den Namen ihrer Mutter vor dem Historischen Tribunal reinwaschen zu lassen, dann mache ich es. Und nur so ist überhaupt der Zeitaufwand zu rechtfertigen. Von Ihnen brauche ich dazu auch etwas – die Originalakten Ihrer Abteilung zum Fall McKittridge.«

»Klar. Wahrscheinlich kommt man nicht mehr so leicht an sie heran, aber ich sorge dafür, daß das Archiv sie schnell herausrückt. Jetzt sagen Sie mir kurz, was in dem Protokoll steht, das Sie unterschreiben sollen. Das spart mir Zeit.«

Ich löffelte die hervorragende Jambalaya in mich hinein und gab wieder, was ich Wallace über die Mordnacht erzählt hatte. Adah dachte eine Zeitlang nach. »Das alles sieht danach aus, als hätten Lis Benedicts Entlassung und Ihr Graben in der alten Mordgeschichte jemanden ganz schön aus der Fassung gebracht«, sagte sie.

»Zu dem Schluß bin ich auch gekommen. Es liegt auf der Hand, daß Jack Stuart sich nicht mit einem Scheinprozeß begnügen, sondern eine Wiederaufnahme betreiben wird, sollte ich mit neuen Erkenntnissen aufkreuzen.«

»Wie sehen die Dinge also Ihrer Meinung nach aus?«

Ich zuckte mit den Schultern und schüttelte den Kopf. Was konnte ich ihr erzählen? Daß ich eine eigentümliche psychologische Verbindung zu den Ereignissen am 22. Juni 1956 entwickelt hatte? Daß ich wußte, was passiert war, und auch wieder nicht? Daß ich es genau spürte, aber nicht auf den Begriff bringen konnte?

Um ihrer Frage auszuweichen, sagte ich: »Warum stört es mich noch immer, daß Bart sich damit nicht direkt an mich wendet?«

Sie sah auf ihre leere Schüssel. »Wie gesagt, er bittet nicht gern um einen Gefallen. Zudem möchte er, daß Sie die Angelegenheit ausschließlich mit mir behandeln.«

»Wie das?«

»Es ist sicherer so. Falls Sie jemand beobachtet – und das ist wahrscheinlich der Fall, denken Sie nur an die Schmierereien an Ihrem Haus –, wird man uns einfach für Freundinnen halten.«

»Das funktioniert nicht, Adah. Wenn man ein Auge auf mich hat, dann hat man auch die Polizei und ihre Ermittlungen im Auge. Und man wird wissen, daß es Ihr Fall ist.«

»Okay.« Sie sah sich um und senkte die Stimme. »Was ich Ihnen gerade nannte, war Barts Vernunftserklärung. Aber wir sind ja beide nicht auf den Kopf gefallen, oder? In Wirklichkeit scheint es Bart nämlich im *eigenen* Sinne sicherer, wenn die Verbindung zu Ihnen über mich läuft. Sollten die hohen Tiere im Polizeipräsidium uns beobachten und sollte auffliegen, daß wir damit eine Privatdetektivin beauftragt haben, sich um Dinge zu kümmern, die für uns wegen der in Sachen Stameroff verordneten Samthandschuhe tabu sind, habe ich nicht viel zu verlieren. Bart dagegen hat eine Hypothek abzuzahlen und hat zudem mehrere Kinder auf dem College. Ich kann mein Apartment zu jedem Monatsende kündigen und habe noch einige andere Eisen im Feuer.«

»Wie fühlt man sich, wenn man so den Kopf für andere hinhält?«

»Gar nicht großartig, aber es geht, wenn man noch kein so hohes Dienstalter hat. Außerdem bin ich risikofreudig. Bart nicht.«

Ich an Adah Joslyns Stelle hätte mich trotzdem nicht auf so ein Risiko eingelassen – zumindest nicht ohne gewisse Gegenleistungen. Und nachdem Adah, wie sie es ausdrückte, nicht auf den Kopf gefallen war, hatte sie ihrem Kollegen bestimmt eine entsprechende Gegenleistung entlockt. Ich hätte nur zu gern gewußt, was für eine.

Außerdem kannte ich Bart Wallace gut genug, um zu wissen, daß er eine Kollegin nicht bat, allein ein Risiko auf sich zu nehmen – nicht ohne die feste Überzeugung, daß es die Sache wert und überdies nötig war. Wieder ging mir die Frage durch den Kopf, was zwischen Bart und dem Richter vorgefallen war und ob der Inspektor nicht ein allzu persönliches Interesse an dieser Sache hatte.

Nachdem ich das Protokoll, das für mich am Gericht bereitlag, unterschrieben hatte, sagte ich zu Adah, ich würde den Nachmittag wohl größtenteils in der Bibliothek verbringen. Dann aber machte ich einen Umweg über die City Amusement Arcade. Buck versicherte mir, Tony Nueva sei dort seit Freitag nachmittag nicht mehr aufgetaucht. Tony ging selten fort, ohne bei Buck zu hinterlassen, wo man ihn erreichen könne und wann er zurück sei. Also versuchte ich, es aus ihm herauszubekommen, aber angeblich wußte er nichts. Er meinte, ich könne ja Linda Bautista, Tonys Kleine, fragen. Sie arbeite einen Block weiter im Wig Wonderland.

Das Schaufenster des Ladens bot eine bemerkenswerte Perückenauswahl feil. Die Haarschöpfe thronten auf gesichts- und körperlosen Köpfen. Einige glänzten schauderhaft synthetisch. Vor einer etwas exquisiteren und natürlicher wirkenden Gruppe prangte ein Schild »Echt asiatisches Haar, in Taiwan gewachsen«. Vor meinem inneren Auge sah ich eine Ebene an der Küste des Südchinesischen Meeres, auf der Haar wuchs wie die Artischocken auf den Feldern der Monterey-Halbinsel.

Der einzige Mensch im Laden war die Frau, die ich am Sonntag morgen mit Tony zusammen gesehen hatte. Sie trug eine Kopfbedeckung aus blonden Synthetik-Löckchen. Mit einem Federwedel staubte sie die auf dem Ladentisch aufgereihten Köpfe ab. Als sie die

Türglocke hörte, sah sie mich an und runzelte die Stirn, als überlege sie, wo sie mir schon einmal begegnet sein könnte.

Ich stellte mich vor und sagte, ich hätte geschäftlich mit Tony zu tun. Ihr Gesicht verhärtete sich. »Wagen Sie nicht, diesen Namen noch einmal vor mir auszusprechen!«

»Ich dachte, sie wären mit Tony befreundet.«

»Ha!« Sie verschränkte die Arme, als wolle sie so ihre angeschlagene Würde schützen. »Ganz bestimmt nicht mehr. Der Schweinehund ist Freitag abend abgehauen, mit unserer eisernen Reserve. Mich hat er auf der Miete sitzenlassen.«

»Wissen Sie, wohin er ist?«

»Zu seinen Verwandten.«

»Wo?«

»National City? Chula Vista? Eines von diesen verdammten Kaffs zwischen San Diego und der Grenze.« Sie machte eine abfällige Handbewegung. »Wissen Sie, was ich ihm gesagt habe? Gott sei Dank bin ich dich los, habe ich gesagt. Tony verspricht nur immer und verspricht, aber halten tut er nichts.«

»Was hat er versprochen?«

»Einen Ring. Die Hochzeitskapelle in Reno. Zwei Nächte im Circus Circus. Wir wollten an den Slots spielen und Blackjack und groß gewinnen. Alles Scheiße! Das einzige, was ich bekommen habe, sind die leere Spardose und die unbezahlte Miete.«

»Sie glauben nicht, daß er zurückkommt?«

»Das sollte er besser nicht. Aber er wird es auch nicht, nach der Tracht Prügel, die er bezogen hat. Er wird sich da unten für immer verkriechen.«

»Was für Prügel? Wann?«

Linda Bautista sah mich schweigend an und streckte dann die Hand nach Geld aus. Komisch und ungelenk rieb sie Daumen und Zeigefinger aneinander, wie sie es bei ihrem davongerannten Liebhaber gesehen hatte. Ich seufzte, griff in meine Tasche und reichte ihr einen Zehner.

»Passiert ist«, begann sie und stopfte den Schein in den V-Ausschnitt ihrer pinkfarbenen Bluse, »daß Tony diesen Plan hatte. Vor einer Woche hatte er von diesem Kerl, der für irgendwas angeheuert war, ein paar Dollar bekommen.«

»Sie meinen, einen Mord zu begehen?«

»O Gott, nein!« Linda schlug sich mit der Hand gegen die Brust. »Nicht so etwas! Nur ein bißchen aufmischen, verstehen Sie?«

»Und weiter?«

»Jedenfalls hat Tony Mitte letzter Woche gemerkt, daß da noch eine andere Sache gelaufen war – ein größeres Ding. Also machte er den Kerl noch einmal an. Und der hat ihm dann das Gedärm aus dem Leib geprügelt.«

»Dieser Kerl – wer hatte den angeheuert?«

»Das weiß ich nicht. Tony meinte, es war irgendein hohes Tier, aber Tony redet viel, wenn der Tag lang ist. Er wollte beim zweiten Mal das große Geld abkassieren, und dann könnten wir nach Reno fahren. Und sehen Sie mich jetzt an. Neunzehn Dollar habe ich noch auf dem Konto, und die nächste Miete ist fällig. Selbst wenn er zurückgekrochen käme und mir den Hintern küssen würde, würde ich ihn nicht mehr heiraten.«

Hinter dem Trotz in ihren Augen konnte ich ihre tiefe Enttäuschung lesen. Die Träume, die Tony Nueva ihr zerstört hatte, waren bescheiden gewesen, aber wahrscheinlich die schönsten, die Linda Bautista jemals träumen würde. Ich war so dumm, noch einen Zehner aus der Tasche zu ziehen und ihn ihr zusammen mit meiner Visitenkarte zu geben. »Das ist ein Vorschuß, Linda. Wenn Sie von Tony hören, holen Sie aus ihm heraus, wo er steckt, und sagen Sie es mir. Auch wenn Ihnen noch etwas einfällt, das er über diesen Kerl gesagt hat, aus dem er noch mehr Geld herausholen wollte, rufen Sie mich an.«

Sie betrachtete die Karte und den Schein in ihrer Hand, und ihre Finger schlossen sich fest darum. »Sie wollen ihm doch nichts tun, oder?«

»Nein, ich muß ihm nur ein paar Fragen stellen.«

»Das ist gut. Tony ist ein Arsch, aber irgendwie ...« Einen Augenblick lang zitterte ihre Unterlippe. Sie bekam sie wieder unter Kontrolle und fuhr fort: »Ich dachte einfach nur, er ist anders als die anderen – wissen Sie? Aber er ist genau wie alle. Ich verstehe das nicht. Ich meine, sehen Sie mich an. Was *stimmt* denn nicht mit mir?«

Sie stand da auf ihren billigen pinkfarbenen Plastikabsätzen, fuhr sich mit den Händen über die unecht glänzenden Locken, über den viel zu grellen Rock und die Bluse und zeichnete ihre reichlich plumpe Figur nach. Sie hatte sich mit allen Tricks aufgemacht – ein Opfer des Mythos, daß solche Trugbilder nötig sind, um Männer anzulocken und einzufangen. Alle Frauen glauben anfangs bis zu einem gewissen Grad an diesen Mythos, und allzu viele kommen nie darauf, daß eine echte Frau nicht mit Illusionen handelt – genausowenig, wie ein echter Mann ihr die abkauft.

16

Ich verabschiedete mich von Linda Bautista, fuhr bei All Souls vorbei und erzählte Jack von meinem Gespräch mit Bart Wallace und Adah Joslyn. Er glaubte sicher, daß Judy weiter zu den Vorbereitungen zum Scheinprozeß stand, und versprach mir, für mich eine Verabredung mit ihr zu treffen. Dann ging ich in mein Büro und rief Rae über das Haustelefon. Sie kam zu mir herauf, und wir gingen eine halbe Stunde lang ihre Angelegenheiten durch. Als sie aufstand, fiel mir Jacks Äußerung von letzter Woche hinsichtlich eines möglichen Diamantrings von Willie Whelan ein. An ihrer linken Hand war nichts zu entdecken.

»Na, wie geht's Willie?«

Rae verzog das Gesicht. »Über den will ich lieber nicht reden.«

»Was ist passiert?«

»Ich kann einfach im Augenblick nicht darüber sprechen, okay?« Vor Wut preßte sie die Lippen zusammen, drehte sich auf dem Absatz um und rauschte davon.

Noch eine Er-behandelt-mich-schlecht-Geschichte, dachte ich. Und wieder einmal harte Zeiten für Rae.

Ich packte meine Aktentasche um und ging hinunter in den Empfang. Ted war nicht an seinem Platz, aber einer der Anstreicher saß auf seiner Schreibtischkante und quasselte ins Telefon. Ich warf ihm einen mißbilligenden Blick zu, während ich das Schildchen an meiner Notizbox umdrehte – so wußte Ted, daß ich außer Haus war. Der Anstreicher grinste mich nur geistesabwesend an.

Mir war zuvor schon aufgefallen, daß die Fassade unseres Hauses jetzt annähernd so aussah wie geplant, aber die Farbe an den Seitenwänden erinnerte immer noch an den Inhalt von Babywindeln. Hätte sich Hank nur nicht überreden lassen, die Farbe im Billigangebot von einem pleite gegangenen Laden aus Larry Koslowskis Klientel zu kaufen. Und hätte dieser Kunde doch bloß nicht auch noch seinen entfernten Vetter für die Anstreicherarbeiten empfohlen. Hoffentlich stolperte All Souls nicht eher ins einundzwanzigste Jahrhundert, als festen Schrittes hineinzuschreiten...

Schon im College hatte mir unter anderem mein höllisches Talent zum Recherchieren manchen Vorteil gebracht. Während sich andere nur an den Wortlaut ihrer Vorlesungsskripte hielten, saß ich oft genug in einer Nische unserer Bibliothek, umgeben von Stapeln dicker Bücher, und füllte unermüdlich Karteikarten mit obskuren Fakten und Zahlen. Ganze Wochenenden verbrachte ich in der dämmerigen Welt des Mikrofilmraums, verschlang anscheinend nutzlose Details, die einem weniger besessenen Menschen total entgangen wären, und tauchte dann seltsamerweise frisch und zufrieden wieder daraus hervor. Doch diesmal war meine Sucharbeit keine angenehme intellektuelle Beschäftigung. Die aufgezwungene Tatenlosigkeit machte mich gereizt. Als ich mich schließlich nervös und mit roten Augen aus der Zentrale der öffentlichen Bibliothek in das Fünf-Uhr-Gewühl auf der Civic Center Plaza stürzte, kam ich mir vor wie eine Angehörige der Gattung Maulwurf.

Doch was ich in den letzten paar Stunden zusammengetragen hatte, war höchst informativ. Da waren zum Beispiel die Denkfabriken: Es gab sie in allen Variationen von kleinen privaten Forschungs- und Entwicklungseinrichtungen über nicht-kommerzielle Institute, die zumeist Universitäten angegliedert waren, bis zu Elite-Unternehmen wie RAND oder das Institute for North American Studies, die eng mit der Regierung verbunden waren. Nach meinem Eindruck war ihnen hauptsächlich eines gemeinsam: Sie produzierten, was Insider als ›Papier-Alchimie‹ zu bezeichnen pflegen – Studien und Berichte, Auswertungen und Vorschläge zur Politik und zu langfristigen Planungen, Theorieveröffentlichungen und technische

Beschreibungen. Es war nicht ungewöhnlich, daß das Ergebnis eines ganzen Arbeitsjahres einer Denkfabrik mit Hundert-Millionen-Dollar-Etat in einer einzigen Aktentasche Platz fand.

Der ganze Bereich von Forschung und Entwicklung ist wenig greifbar – man kann ihn nur schwer quantifizieren und beschreiben. Er beschäftigt einige der intelligentesten und beeindruckendsten Menschen unseres Landes, und Umfang und Bedeutung ihres Einflusses auf unsere Regierung lassen sich nur annähernd schätzen. Und wegen dieses Einflusses, vor allem auf die Führungsschicht im Verteidigungs- und Außenministerium, hat er auch etwas Unheimliches an sich.

Die Sicherheitsvorkehrungen haben höchste Geheimhaltungsstufe. Man residiert in streng neutral aussehenden Gebäuden. Alle Eingänge werden von uniformierten Posten bewacht. Im Innern finden geheime Konferenzen mit hohen Regierungsvertretern statt. Unterlagen gibt es nur zur persönlichen Einsichtnahme. Verbindungsstellen sorgen für schnellen Informationsaustausch. Kurzum, die Denkfabriken bieten noch für die abgebrühtesten Fans von Spionageromanen jede Menge Stoff. Und wenn man dann noch ein paar gefährliche Ingredienzien hinzumischt – Alkoholismus, Größenwahn, abartigen Sex, Psychokram, zweifelhafte Verbindungen –, kommt am Ende das Horrorszenario für einen apokalyptischen Film heraus.

Angesichts dessen, was ich über das Institute for North American Studies wußte, jagte mir dieses Szenario buchstäblich einen Schauer über den Rücken.

Aber meine Nachforschungen hatten mir nicht nur Stoff für Alpträume geliefert. Ich hatte mir auch angesehen, mit welchen Aufträgen das Institut zur Zeit des Mordes an Cordy McKittdrigdes befaßt war: Eindämmungspolitik im Sinne des Kalten Krieges; öffentliche Unterstützung für den Einsatz atomarer Waffen in begrenzten Kriegen; ›biologische Alterationen‹ zu militärischen Zwecken; Vorsorgemaßnahmen zur Wiederherstellung der Regierungsmacht nach einem atomaren Weltkrieg. John Foster Dulles' Besuch in San Francisco hing mit einem auf mehrere Millionen Dollar dotierten Auftrag des Außenministeriums zusammen: eine umfassende Studie über die innere Bedrohung der Vereinigten Staaten.

Daraus schloß ich, daß das Institut in der späteren Phase der Hexenjagd auf Kommunisten, also in den Fünfzigern, gegründet worden war. Bis zu einem bestimmten Grad mußte es wohl die Arbeit von Senator Joseph McCarthy und FBI-Direktor J. Edgar Hoover und Konsorten fortgesetzt haben – das rücksichtslose Wühlen in der Privatsphäre ihrer Bürger, das meiner Meinung nach ebenso viele unschuldige Leben zerstört hatte wie die Spanische Inquisition.

Ich fragte mich, wie wohl Adah Joslyn, aufgewachsen auf dem Red Hill und hervorgegangen aus einer Verbindung zwischen einem Sozialisten und einer Marxistin, auf diese Nachricht reagieren würde.

Außerdem hatte ich mir die Berichterstattung der lokalen Presse über das Dulles-Bankett und den McKittridge-Mord angesehen. Die Fotos von Cordy – hübsch, blond, aristokratisch – hinterließen ein ungutes Gefühl in mir. Wieder spürte ich den eigentümlichen Sog, den der Fall auf mich ausübte. Es war, als wäre ich auf das Foto einer vor langem verstorbenen Freundin gestoßen. Die Berichterstattung über den Mord war so umfassend und zugleich gespenstisch, wie ich es erwartet hatte. Von dem Dulles-Bankett und dem anschließenden exklusiven Empfang für staatliche und lokale Würdenträger war die Presse dagegen ausgeschlossen gewesen. Außer Fotos von der Ankunft Dulles' und seines Gefolges vor dem St. Francis Hotel, wo der Empfang stattfand, gab es nur ›offizielle‹ Bilder, die Roy Loomis, ein Institutsfotograf, geschossen hatte. Eines zeigte Dulles zusammen mit Russell und Leonard Eyestone. Die drei Männer waren fast auf die gleiche Art konservativ und steif gekleidet, doch damit endete auch die Ähnlichkeit. Dulles war ganz der kampflustige bebrillte Mann, den ich schon oft auf Fotos gesehen hatte. Russel Eyestone war gutaussehend und beeindruckend. Er schien seinen Sohn um Kopf und Schultern zu überragen, obwohl sie gleich groß waren. Leonard wirkte zusammengesunken und anämisch, sein Blick in die Kamera hatte etwas Gejagtes, als wäre er nur zu gern dem gewichtigen Schatten seines Vaters entflohen.

Bevor ich die Bibliothek verließ, hatte ich Jack angerufen und erfahren, daß Judy mich um sechs im Artist's Showcase treffen wollte. In diesem Theater liefen ihre Produktionen. Ich holte meinen Wagen aus der Plaza-Garage und kroch die geschäftige Golden Gate Avenue entlang in Richtung Market Street.

Irgend etwas in der Gegend, in der die Golden Gate Avenue mit der Taylor Street und der Market Street zusammentreffen, ist dabei, sich zu verändern, aber es ist schwer zu sagen, was. Es gibt dort Theater und Restaurants für die Theaterbesucher und Hotels aller Preisklassen. Auf den Gehsteigen hocken Kinder von Flüchtlingen aus Südostasien auf ihren Skateboards, Hooker bewachen eifersüchtig ihr Revier, und dann sind da natürlich die ausgeflippten Typen.

Zu ihnen gehörte eine Schwarze mit einer wilden roten Mähne und Einstichen in den dünnen Armen. Sie stand an der Ecke nicht weit von der Stelle, an der ich parkte, und überschüttete die vorbeifahrenden Autos mit einem Wortschwall. Er lief in etwa darauf hinaus, daß man ihr Geld geben solle, denn Jesus brauche ohnehin keines mehr. Auf dem Weg zum Theater kam ich an zwei Hook-Spielern vorbei, die an der Fassade eines geschlossenen Sandwich-Ladens lehnten. »Die irre Lady ist heute wirklich schwer in Fahrt«, sagte der eine, und der andere antwortete: »Genau, und sie merkt nicht, daß *ich* jetzt in Fahrt komme. Am Ende wird sie sich wünschen, sie hätte netter über Jesus geredet.«

Ich erreichte das Theater und ging auf den Eingang zu, blieb aber abrupt stehen, weil ich auf eine Frau aufmerksam wurde, die von der Market Street herüberkam. Eine hochgewachsene Frau mit hellem, feinem Haar, eingehüllt in ein langes Cape, dessen Falten im Wind flatterten. Einen Moment lang stockte mir der Atem, denn sie sah aus wie Lis Benedict. Dann erkannte Judy mich und winkte. Ich entspannte mich, aber ein wenig unbehaglich war mir weiterhin.

Als Judy näherkam, sah sie meinen Blick auf ihrem Cape und lächelte. »Ja, es hat Lis gehört. Ich wollte etwas haben, das mich an sie erinnert, und ich habe es immer schon gemocht.« Sie führte mich zum Eingang des Theaters und klopfte an ein Glasfenster, damit der Wachmann uns hineinließ.

Die Lobby war düster und kalt. Abgestandener Zigarettenqualm hing in der muffigen Luft. Der Wachmann knipste ein paar Schalter auf einem Schaltbrett an, bevor er weiterging, und ein riesiger Kronleuchter aus Gold und Kristall leuchtete auf. In seinem Licht sah man jetzt den abgewetzten roten Teppich und ebensolche Vorhänge, weiteres Gold und Kristall und blind gewordene Spiegel an den Wänden. Offenbar war es mit dem Theater noch nicht aufwärts gegangen, seit Judy es übernommen hatte, dachte ich.

Sie sah sich um, den Mund abschätzig verzogen, als sähe sie alles mit meinen Augen. Sie zeigte auf ein altmodisches Sofa mit rotem Polster und Zierquasten und sagte: »Dort können wir uns unterhalten. Mein Büro ist ein Chaos, seit ich auch noch darin wohne.«

Wir setzten uns, und sie breitete das Cape um sich wie ein nistender Vogel seine Federn.

»Haben Sie vor, später wieder in Ihr Haus zu ziehen?« fragte ich.

»Ich weiß nicht. Im Augenblick neige ich dazu, es zu verkaufen.«

»Es tut mir leid, daß ich nicht an der Beerdigung teilnehmen konnte.« Sie hatte am Dienstag stattgefunden, und da war ich noch oben in den Great Whites.

»Das geht in Ordnung. Es war ein kleines Begräbnis, so, wie Lis es sich gewünscht hätte – abgesehen von der Presse natürlich.«

Der Wachmann kam aus dem Haupttrakt des Theaters zurück, und für einen Moment schollen Stimmengewirr und Hammerschläge durch die offene Tür.

»Das übliche Pandämonium da hinten«, sagte Judy.

Ich hatte nicht nachgeschaut, was draußen angeschlagen war, und deshalb fragte ich: »Läuft *Deadfall* noch immer?« Es war ein Kriminalstück, das ich noch sehen wollte. Jack wollte mir Karten für die Premiere besorgen, aber ich war verhindert gewesen.

»Noch eine Woche. Dann habe ich ein Psychodrama hereingenommen, das off-Broadway ein enormer Erfolg gewesen ist.«

»Offenbar haben Sie eine glückliche Hand hier.«

»Das stimmt. Manchmal ist es fast ein Ausgleich dafür, daß ich als Schauspielerin nicht so reüssiert habe, aber ... Wenn ich auf die Bühne gehe und alle hin und her eilen, dann knistert es vor Spannung. Ich spüre sie immer noch, wenn ich auch nicht mehr direkt dazugehöre.« Sie seufzte.

»Aber Sie haben doch eine lange Karriere als Schauspielerin hinter sich.«

»Wenn man das Schauspielerei nennen kann, was ich betrieben habe. Jedenfalls habe ich keine Einbrüche erlebt. Ich bin weiterhin der Meinung, wenn ich einmal mit dem richtigen Stoff eine richtig gute Vorstellung gegeben hätte, hätte das alles verändert. Vielleicht aber auch nicht.« Sie blickte einen Augenblick nachdenklich, doch dann wechselte sie abrupt das Thema. »Sharon, ich möchte mich für das Verhalten meines Vaters letzte Woche entschuldigen. Jack sagte mir, er hätte Sie zu Hause besucht und eingeschüchtert. Er… er meint es gut, aber er kann so anmaßend sein.«

»Sie müssen sich nicht entschuldigen.« *Sie* nicht, fügte ich in Gedanken hinzu. »Bleibt es bei dem geplanten Scheinprozeß?«

»Mit mehr Nachdruck denn je.«

»Ist Ihr Vater immer noch dagegen?«

»Ja.«

»Macht Ihnen das Probleme?«

»Nicht mehr als früher. Ich werde mit ihm fertig.« Sie beugte sich zu mir vor und sah mich eindringlich an. Das Licht, das vom Kronleuchter auf ihre Brillengläser fiel, verstärkte die Intensität ihres Blicks noch. Ihre Hand packte meinen Arm so fest, daß es fast weh tat. Wieder erinnerte sie mich an ihre Mutter.

»Ich will diesen Prozeß«, sagte sie. »Ich will ihn um Lis willen, um ihren Namen reinzuwaschen. Aber ich will ihn auch für mich selbst. Ich muß das klären, verstehen Sie?«

Ich nickte und entzog meinen Arm ihrem Griff. »Dann machen wir weiter. Aber ich muß Sie etwas fragen. Bitte, seien Sie nicht gekränkt.«

»Ich werde mich bemühen.«

»Könnte Ihr Vater – ich meine, Joseph Stameroff – Ihnen für Ihre Aussage beim Prozeß gegen Lis etwas suggeriert haben?«

»Er… das hätte er nicht getan.«

»Aber er *hätte* es gekonnt, oder? Zum Beispiel, als er Sie vor Beginn des Prozesses in Ihrem Kinderheim besuchte.«

Sie runzelte die Stirn. Man sah, wie schwer es ihr wurde, ihre Gereiztheit im Zaum zu halten.

»Denken Sie nach, Judy. Sie sagten, Sie erinnern sich nicht mehr, was Sie ausgesagt haben, und daß es war, als wären Sie jemand anders gewesen.«

»Ich habe Ihnen auch gesagt, daß ich mich an eine Menge anderer Dinge nicht erinnere. Wieviel, das habe ich erst gemerkt, als die Sache wieder hochkam.« Sie schauderte und zog ihr schwarzes Cape enger um sich.

»Ist Ihnen seit unserem letzten Gespräch noch etwas eingefallen?«

»Ja.«

»Sagen Sie es mir.«

»Also ... am Tag nach Lis' Tod ... hatte ich ... Es war weniger ein Traum als ein Bild vor meinen Augen, als ich gerade beim Einschlafen war. In dem Bild war ich im zweiten Stock des Hauses – in Seacliff – und sah nachts aus dem Fenster meines alten Zimmers. Es herrschte dichter Nebel. Die Brückenpfeiler waren angeleuchtet, aber im Nebel wirkten sie ... unwirklich. Und unter dem Fenster in der Dunkelheit war irgend etwas. Ich hatte Angst, richtige Angst.« Sie schüttelte den Kopf. »Es ist blöd, aber wenn ich nur davon rede, macht es mir angst.«

»Manchmal können innere Bilder einen mehr ängstigen als die Wirklichkeit, vor allem wenn sie nicht ganz deutlich sind. Da unter dem Fenster – war das ein Mensch? Ein Tier?«

»Ich weiß nicht.«

»Hat es sich bewegt? Stand es still?«

»Es bewegte sich. Ich fürchtete, es könnte ins Haus kommen und herauf in mein Zimmer.«

»Und kam es?«

»Ich weiß nicht. Mehr habe ich nicht gesehen.«

Ich dachte nach. Aus den Zeitungsbänden in der Bibliothek hatte ich erfahren, daß in der Nacht des Mordes an Cordy McKittridge ungewöhnlich dichter Nebel geherrscht hatte – ein Nebel, wie ich ihn mir vorgestellt hatte, als ich vorige Woche vor dem Haus in Seacliff stand, ein Nebel, wie ihn Judy jetzt beschrieb. Mir schien das Bild, das sie im Halbschlaf gesehen hatte, tatsächlich eine wahre Erinnerung an jene Nacht zu sein. Und das, was sich im Dunkeln bewegt hatte? Cordys Mörder?

Ganz plötzlich sagte Judy heftig: »Ich wünschte, es käme *alles* zurück! Ich muß es wissen!«

So sehr ich das verstand und so sehr ich die Lösung des alten

Falles wollte, glaubte ich doch, sie warnen zu müssen. »Vielleicht sollten Sie sich lieber nicht erinnern. Sie müssen einen gewichtigen Grund gehabt haben, es so weit zu verdrängen.«

»Nein, ich *will* mich erinnern. Ich kann mit dieser... Leere nicht länger leben. Mein Leben kann nicht weitergehen, solange ich nicht weiß, daß Lis die Wahrheit gesagt und den Mord nicht begangen hat.«

»Haben Sie wegen dieser Erinnerungen schon mal mit jemandem gesprochen? Mit einem Therapeuten?«

Ihr Gesicht verschloß sich. Sie schüttelte den Kopf.

»Vielleicht sollten Sie das.«

»Darf ich es auf meine Art machen?« Das kam spitz, fast zornig. Noch bevor mir eine Antwort einfiel, wollte sie wissen: »Wie gehen Sie nun weiter vor?«

Ich schluckte meinen Ärger hinunter und sagte: »Eigentlich wollte ich noch einmal mit Ihrem Vater reden, aber nach Ihren Äußerungen ist das wohl unmöglich. Ich muß auch noch einmal mit Leonard Eyestone sprechen. Und ich möchte mich auf dem Anwesen in Seacliff umsehen.«

»Wie wollen Sie das machen?«

»Das Haus steht zum Verkauf. Ich rufe meine Maklerin an und lasse sie eine Besichtigung arrangieren.«

»Bei einem so teuren Anwesen wie dem müssen Sie vielleicht Referenzen nachweisen, ehe man es Ihnen zeigt.«

»Die Maklerin ist eine Freundin von mir, sie findet schon einen Weg.«

»Warum wollen Sie überhaupt dorthin?«

»Um mir den Tatort anzusehen.«

»Ich habe keinen Fuß mehr auf das Grundstück gesetzt, seit ich unmittelbar nach dem Mord mit meinen Eltern in die Lake Street gezogen bin.« Widerstreitende Gefühle spiegelten sich in ihrem Gesicht – Mißbehagen, ein Zögern und zum Schluß Eifer. »Sharon«, sagte sie, »nehmen Sie mich mit.«

Die Bitte überraschte mich. Rasch suchte ich nach einer Möglichkeit, es ihr wieder auszureden.

»Bitte«, setzte sie nach. »Vielleicht hilft es mir, mich zu erinnern.«

»Ich weiß nicht, ob das klug ist.« Das Wachrufen ihrer Erinnerung könnte ja auch eine heftige emotionale Krise hervorrufen.

»Sie behandeln mich wie ein Kind, genau wie mein Vater. Bei ihm heißt es dauernd: ›Judy, du willst es nicht wissen. Du willst dich nicht erinnern.‹ Verdammt, ich *will* es wohl!«

»Ich meine nur, es ist vielleicht nicht der richtige Weg, sich zu erinnern.«

»Lassen Sie das mich beurteilen.« Sie schob ihr Kinn vor und fügte hinzu: »Wenn Sie mich nicht mitnehmen, gehe ich allein. Mir wird jeder Makler nur zu gern das Anwesen zeigen, denn ich kann unter dem Namen Stameroff auftreten.«

Unsere Blicke trafen sich. Ihrer war unerschütterlich. Nach einer Weile sagte ich: »Ich werde sehen, was ich tun kann.«

Kaum war ich zu Hause, grub ich ein altes Adreßbuch aus und rief Mary Norton an, eine alte Freundin aus der College-Zeit. Sie arbeitete jetzt als Therapeutin an einer Klinik in der Sacramento Street. Mary hatte gerade eine Gruppensitzung hinter sich, und man hatte meinen Anruf in ihr Büro gelegt. Seit mehr als zwei Jahren hatten wir uns nicht gesehen, und so tauschten wir fast zehn Minuten lang erst einmal Neuigkeiten und Klatsch aus. Dann kam ich zum Grund meines Anrufs. Ich schilderte ihr kurz die Erfahrung, die Judy Benedict mit wiederauftauchenden Erinnerungen gemacht hatte und fragte: »Passiert so etwas häufig? Und wie präzis sind solche Erinnerungen?«

»Um auf die erste Frage zu antworten: Verdrängte Erinnerungen sind ein häufig auftretendes Phänomen, vor allem bei mißbrauchten Kindern. Wurde diese Frau sexuell mißbraucht oder körperlich mißhandelt?«

»Das glaube ich nicht. Aber der Vater war Alkoholiker und hat die Mutter oft geschlagen. Die häusliche Atmosphäre hat sich also mißlich auf sie ausgewirkt.«

»Und du sagst, sie hat das meiste von dem vergessen, was mit dem Mord und dem Prozeß zu tun hat?«

»Ja. Sie sagt, ihre Aussage höre sich an, als wäre sie von jemand anderem.«

»Das paßt zusammen. Wenn ein Kind unter einem einzigen traumatischen Ereignis leidet, kann es das oft gar nicht verdrängen. In diesem Fall dagegen, wo es sich um eine fortgesetzte Traumatisierung handelt... Neigt die Frau zu Selbstbezichtigungen?«

»Sie fühlt sich schuldig, weil sie gegen ihre Mutter ausgesagt hat.«

»Und wahrscheinlich wegen einer ganzen Menge anderer Dinge auch noch. Kinder, vor allem solche, die auf irgendeine Weise mißbraucht oder mißhandelt worden sind, neigen dazu, sich selbst die Schuld an dem zu geben, was in ihrem Leben passiert.«

»Okay«, sagte ich, »Ursache für die Verdrängung war eine Serie von Ereignissen, die das Bewußtsein des Kindes nicht verarbeiten konnte. Zum Schutz macht das Gedächtnis zu. Wie holt man die Erinnerung wieder hervor?«

»Bei Erwachsenen, deren Ich-Bewußtsein stark genug geworden ist, um damit umzugehen, reicht manchmal schon ein kleiner Auslöser, um die Erinnerungen wieder ins Bewußtsein zurückzuholen. So, wie bei deiner Klientin, als deren Mutter in ihr tägliches Leben zurückgekehrt war. Es gibt auch dramatischere Verläufe. Erinnerst du dich an den Mordprozeß unten in Monterey vor ein paar Jahren? Den Fall Susan Nason?«

»Ja.« Der Mord an der achtjährigen Susan Nason blieb zwanzig Jahre ungeklärt, bis 1989 ihre beste Freundin sich meldete und sagte, sie habe gesehen, wie ihr eigener Vater ihre Spielkameradin getötet habe. Die lange unterdrückte Erinnerung kam hoch, als diese Freundin in den Augen ihrer jungen Tochter den gleichen Ausdruck entdeckte, den sie bei Susan kurz vor ihrem Tod gesehen hatte. Dieses Phänomen war von den gutachtenden Psychologen so gut herausgearbeitet worden, daß das Gericht danach sofort auf Mord erkannte.

»Das war ein Schulbeispiel für eine spontane Blockadelösung«, sagte Mary. »Und was die Genauigkeit solcher Erinnerungen angeht, so sind sie oft klarer und detaillierter als normale, so als wären sie eingefroren oder sonstwie konserviert gewesen. Manchmal verschieben sie sich auch durch Schock oder Angst – dann bedarf es einiger Interpretation, um an die Tatsachen heranzukommen –, aber meistens zeigt sich eine echte Erinnerung schon an der Vielfalt der Details.«

Ich überflog meine hingekritzelten Notizen. »Du sagst, die Erinnerungsblockade löst sich, wenn es das Ich-Bewußtsein eines Menschen aushält. Was passiert aber, wenn jemand heftig in der Richtung angestoßen wird, bevor er bereit ist, mit dem Erinnerten umzugehen? Kommt es dann trotzdem hoch?«

»Möglich, und die Folge kann ein neues Trauma sein. Worauf willst du hinaus, Sharon?«

Ich erzählte ihr von Judys nachdrücklichem Wunsch, mit mir nach Seacliff zu fahren. »Ich habe Angst, daß sie dabei aus dem Gleichgewicht kommt.«

Mary zögerte. »Ich kenne sie nicht, und man kann nie voraussagen, wie jemand reagiert. Es ist von Fall zu Fall ganz unterschiedlich. Aber ich würde sagen, wenn sie so dringend den Wunsch hat, sich zu erinnern, ist sie wahrscheinlich auch bereit. Ist sie in Behandlung?«

»Nein. Ich habe versucht, das Thema anzuschneiden, aber da hat sie völlig zugemacht.«

»Und warum, meinst du?«

»Ich halte sie für jemanden, der mit seinen Problemen allein fertig werden will.«

»Vielleicht ist sie fähig dazu.«

»Vielleicht. Aber ich kann überhaupt nicht sagen, wie stabil sie ist, vor allem jetzt nicht, nach dem Mord an ihrer Mutter. Und ich bin in der Klemme. Wenn ich sie nämlich nicht mitnehme, geht sie wahrscheinlich auf eigene Faust.«

»Und das könnte ihr mehr schaden, als wenn jemand bei ihr wäre.«

»Was soll ich also tun?«

Mary zögerte erneut. »Du weißt, daß ich dir keinen Rat geben kann, ohne sie genau einschätzen zu können, aber ... in einem Fall wie diesem wäre es wohl besser, sie sieht sich das Haus zusammen mit jemandem an, den sie mag und dem sie vertraut.«

Jack. Natürlich – ich nehme einfach beide mit. »Danke für den nicht gegebenen Rat, Mary.«

»Gern geschehen. Aber ich gebe dir den guten Rat, unsere Verbindung nicht wieder abreißen zu lassen.«

Ich versprach es. Dann rief ich Cathy Potter, meine Maklerin, an und sprach eine Nachricht auf ihren Anrufbeantworter. Inzwischen war ich halb verhungert, und so ging ich in die Küche und schob eine Tiefkühl-Lasagne in die Mikrowelle. Während der Herd summte und das Essen Pirouetten drehte, überlegte ich, ob ich später Hy anrufen sollte. Da fiel mir ein, daß er ja in San Diego war. Vielleicht war es auch ganz gut, daß ich dort keine Telefonnummer von ihm hatte. Ich war eigentlich gar nicht in redseliger Stimmung.

Die Mikrowelle piepte. Ich ließ die Lasagne auf einen Teller gleiten und schlang sie hinunter. Nebenbei blätterte ich in einem Versandhauskatalog. Das Gerichtsprotokoll über den Fall Benedict lag vor mir auf dem Tisch unter der ungelesenen Morgenzeitung. Meine Finger wanderten langsam darauf zu, zuckten dann aber zurück, als hätte ich sie mir verbrannt.

Nicht heute abend, rief ich mich zur Ordnung. Wenigstens eine Nacht mal ohne Alpträume.

Ich erhob mich und räumte die Küche auf. Mein Blick wanderte noch einmal zum Protokoll. Dann ging ich ins Wohnzimmer, musterte den Stapel Romane, die darauf warteten, gelesen zu werden, und studierte als nächstes die Fernseh-Illustrierte. Noch immer spürte ich den Sog aus der Küche. Schließlich gab ich nach, holte mir das Protokoll und blätterte es durch – wieder einmal auf der Suche nach den wahren Gründen.

Der anonyme Anruf kam um fünf nach drei Uhr morgens. Es war eine männliche Stimme mit starkem Akzent.

»Wenn Sie nicht sterben wollen, lassen Sie die Finger von der Benedict-Geschichte«, sagte sie.

17

Um zehn nach acht am nächsten Morgen öffnete ich die Haustür und sah den Abfall, den man mir vor den Eingang gekippt hatte. Klebriger, schmieriger Abfall – und nicht einmal mein eigener –, der aussah und so roch, als faule er schon seit Wochen vor sich hin.

Übelkeit und Wut zugleich schnürten mir die Kehle zu. Ich drehte mich um, schlug die Tür wieder zu und lehnte mich dagegen. Vielleicht ist er ja nicht mehr da, wenn ich jetzt noch einmal hinausschaue, sagte ich mir. Vielleicht kommt ja zufällig ein guter Samariter vorbei, der sich gern des Abfalls annimmt und die Wege abspritzt.

Genau – und vielleicht bekommen Schweine auch Flügel und ich gewinne in der Lotterie.

Ich kehrte in die Küche zurück und goß mir eine zweite Tasse Kaffee ein. Das schnurlose Telefon thronte auf einem Haufen Einkaufszetteln und Postwurfsendungen. Ich nahm es auf und tippte die Nummer der Mordkommission. Adah Joslyn war schon im Büro und unerträglich fröhlich. »Hallo, Sharon, was gibt's denn?« fragte sie.

»Vor meiner Haustür liegt eine ganze Tonne Abfall.«

»Waren das Kinder? Oder Hunde?«

»Nein, anscheinend wurde er extra für mich per LKW rangekarrt.«

»O Gott, ich weiß, man kann heute alles per Katalog bestellen.« Etwas ernster setzte sie hinzu: »Halten Sie das für eine Variante zu den Schmierereien?«

»Hm. Und zu der telefonischen Morddrohung gestern mitten in der Nacht.«

»Wird richtig einfallsreich, der Kerl, nicht? Womit haben Sie ihn nur so weit gebracht?«

Ich berichtete kurz, was ich seit unserem letzten Treffen unternommen hatte.

Darauf sagte sie: »Also, ich dachte, Sie hätten begriffen, daß Sie sich aus unserem Fall heraushalten sollen. Nueva hätten Sie uns überlassen sollen.«

»Sie hatten doch zugegeben, daß die beiden Fälle miteinander zu tun haben könnten. Was Sie von mir verlangen – die Vergangenheit zu erforschen, aber von allem die Finger zu lassen, was in die Gegenwart reicht –, ist so weder machbar noch führt es zu etwas.«

Sie schwieg.

»Ich habe Ihnen alles berichtet. Ich nehme Ihnen Laufarbeit ab. Was wollen Sie mehr?«

»Ich möchte, daß Sie aufpassen und nicht unsere Ermittlungen gefährden – und unsere Jobs. Von jetzt an rufen Sie mich nicht mehr im Büro an. Sie haben ja meine Privatnummer.«

»Bart und Sie, ihr beide seid wirklich paranoid.«

»Dazu haben wir auch allen Grund, wenn man bedenkt, gegen wen wir ermitteln.« Sie hängte ein, und ich stand mit offenem Mund und reichlich irritiert da.

Für einen Augenblick dachte ich daran, sie zurückzurufen. Schließlich tat ich ihr einen Gefallen, und als Gegenleistung für meine Bemühungen hatte ich eine schlaflose Nacht hinter mir und einen Haufen Abfall vor der Tür. Aber dann dachte ich nach. Bei Mord hat die Polizei einigen Spielraum im Umgang mit Privatdetektiven. Ich wollte vermeiden, daß Adah mir überhaupt verbot, weiter zu ermitteln. Also zog ich mir, statt meinem Ärger über sie Luft zu machen, ein Paar alte Jeans und ein T-Shirt an und ging nach draußen, um mich dem Mist vor der Tür zu widmen. Während ich den Weg freischaufelte und abspritzte, kamen ein paarmal Nachbarn vorbei. Die einen wollten wissen, was passiert war, die anderen taten ihren Unwillen ob meiner Wasserverschwendung kund. Als ich fertig war, gönnte ich mir eine ausgedehnte heiße Dusche – und verschwendete noch einmal Wasser, aber diesmal hinter verschlossener Tür.

Nach dem, was ich gerade hinter mir hatte, machte mir der Gestank der Mülltonnen an der James Alley nichts mehr aus, und als ich bei Melissa Cardinal klingelte, war ich nicht in der Stimmung, mir noch irgendwelchen Unsinn gefallen zu lassen, von wem auch immer. Melissa lugte durch den Haustürspalt, erkannte mich und wollte gleich wieder zumachen. Aber ich lehnte mich mit der Schulter gegen die Tür und drängte mich ins Treppenhaus. Ihr fiel das Kinn ein wenig herunter, und in ihren Augen stand nackte Angst, als sie einen Schritt zurücktrat.

Sanft, aber bestimmt griff ich ihren Arm und führte sie zur Treppe. »Wir müssen miteinander reden, Melissa.«

»Ich habe Ihnen schon gesagt...«

»Ich weiß, was Sie mir gesagt haben, aber sehen Sie sich doch an: Sie haben solche Angst, daß Sie sogar bis zur Haustür kommen, statt mich per Türöffner hereinzulassen. Außerdem bin ich es nicht, vor der Sie sich fürchten, oder?«

Zuerst wollte sie die Stufen nicht hinaufgehen, dann aber gab sie nach und stützte sich mit ihrem Gewicht auf meinen Arm.

»Kommen Sie«, sagte ich. »Vielleicht kann ich Ihnen helfen.«

»Mir kann niemand helfen.« Aber sie griff nach dem Geländer und stieg mühsam die Stufen hinauf.

In der Wohnung angekommen, zog sie sich in ihren Sessel zurück und sah sich besorgt nach der Katze um. Ich entdeckte sie unter der Vitrine, nahm sie hoch und setzte sie ihr in den Schoß. Diese Geste beruhigte sie. Sie kraulte das Tier und holte sich Trost aus seinem weichen Fell.

»Und jetzt«, sagte ich, während ich mich auf dem Sofa niederließ, »besprechen wir, warum Sie Angst haben, über Cordy McKittridge zu sprechen. Zunächst aber, wer war der Mann, den Sie im ›Haven‹ getroffen haben?«

»Ich habe Ihnen schon gesagt, irgendein Mann.«

»Hat dieser Mann auch einen Namen?«

»Den weiß ich nicht. Er hat mir nur einen Drink an der Bar spendiert, das ist alles.«

»Kommen Sie, Melissa – Sie haben mir doch gesagt, daß Sie tagsüber nie ausgehen. Sie waren nicht im ›Haven‹, nur weil Sie plötzlich so nötig einen Drink brauchten. Und dieser bestimmte Mann war nicht nur eine Zufallsbekanntschaft.«

»Das ist also Ihre Meinung – ich bin so häßlich, daß mir nicht einmal jemand einen Drink anbietet?«

»Melissa, der Mann kannte sie. Er hat Sie beim Namen genannt. Dadurch ist Frank Fabrizio doch überhaupt nur auf Sie aufmerksam geworden. Und Sie haben sich mit ihm gestritten. Auch das ist Frank aufgefallen.«

»Frank ist ein alter Mann. Vielleicht läßt sein Gehör nach. Bestimmt ist er senil.«

»Das ist er nicht, und sein Gehör ist ausgezeichnet. Melissa, warum haben Sie den Mann nicht zu sich in Ihre Wohnung kommen lassen?«

Ein Sonnenstrahl fiel auf ihre Augen, und ihr Blick zuckte unruhig hin und her.

»Weil Sie Angst vor ihm hatten, stimmt's?« sagte ich.

Schweigen.

Ich versuchte es andersherum. »Melissa, was Sie über Cordys Ermordung wissen, ist jetzt gefährlich für Sie geworden.«

»Ich weiß *überhaupt* nichts über den Mord! Ich war an dem Tag nicht einmal in der Stadt. Ich hatte an dem Morgen einen Flug nach Rom.«

»Aber Sie kannten Cordy – sehr gut sogar.«

»Mit all den Mädchen habe ich nur zusammengewohnt, weil so die Miete billiger wurde.«

»Sie meinen damit, daß Cordy die Mädchen zusammenbrachte. Sie beide waren schon vorher befreundet, dann sind eben noch ein paar andere hinzugekommen. Das hat mir Louise Wingfield erzählt.«

Ihre Augen bekamen einen wissenden Ausdruck, und ihre Lippen verzogen sich zu einem boshaften Lächeln. »Louise Wingfield?« fragte sie. »Geht es darum? Glauben Sie, ich bin in Gefahr, weil ich von ihr und Vincent Benedict weiß?«

»Louise und... Benedict?«

»Sicher. Zu diesem Thema war sie vermutlich nicht sehr mitteilsam. Louise war in ihn verliebt, bevor er sich dann Cordy zuwandte. Cordy ging damals mit Leonard Eyestone und hat die beiden miteinander bekannt gemacht. Sie hatten fast ein Jahr lang eine heiße Affäre. Das weiß ich, weil sie sich in einem der Zimmer in der Wohnung in North Beach abspielte.«

»Und dann?«

»Nach ihrer Abtreibung brach Cordy die Beziehung zu Eyestone ab. Anschließend war sie hinter Benedict her, egal, ob Louise ihn liebte oder nicht. Sie hat ihn ihr einfach weggenommen, und es war ihr dabei gleichgültig, daß Louise immerhin ihre beste Freundin war. Danach kam Vincent nicht mehr in die Wohnung – er konnte Louise nicht unter die Augen treten –, aber wir alle wußten, was los war. Und wir alle wußten, wie sehr Louise Cordy haßte. Sie versuchte, es zu verbergen, aber sie... *belauerte* Cordy mit solch einem Haß im Blick, als wartete sie darauf, daß ihr etwas zustieß.«

Ich dachte über Louise Wingfield nach. Sie war entgegenkommend gewesen, aber nur bis zu einem gewissen Punkt. Vielleicht hatte sie gehofft, ihre Freimütigkeit würde mich entwaffnen und mich davon abhalten, weiter zu bohren und gerade diese verdammte Tatsache auszugraben. Und als ich meine Nachforschungen weiterführte – jedenfalls hatte Louise Wingfield tatsächlich enge Verbindungen zu den Latinos im Mission District.

»Wann genau begann das Verhältnis zwischen Cordy und Benedict?« fragte ich.

»Gleich nachdem sie und Louise aus Mexiko zurück waren.«

Im August des Jahres vor dem Mord waren sie in die Abtreibungsklinik gefahren. So hatte ihr Groll gegen die Freundin noch neun Monate lang schwelen können.

»Melissa, haben Sie irgendwem von Louise und Benedict erzählt?« fragte ich.

Sie schüttelte den Kopf.

»Dann tun Sie es auch jetzt nicht. Ich möchte, daß Sie sich in Zukunft sehr in acht nehmen. Haben Sie noch meine Visitenkarte mit der Privatnummer?«

Sie zeigte auf den Tisch nebenan, wo die Karte unter dem Fuß einer Lampe klemmte.

»Gut. Wenn jemand versucht, Ihnen etwas zu tun oder Sie zu bedrohen, rufen Sie mich sofort an. Tag und Nacht, zu Hause oder im Büro.«

Einen Moment schien sie zu zögern, als wolle sie mir noch etwas sagen. Ihr Blick wanderte unsicher zur Vitrine, und sie schüttelte den Kopf. »Louise wird mir nichts tun, falls Sie das meinen.«

»Man kann nie wissen.«

»*Ich* weiß es.«

»Vor wem haben Sie *dann* Angst?«

Sie schloß die Augen und schüttelte wieder den Kopf.

»In Ordnung«, sagte ich. »Sie haben meine Karte. Rufen Sie mich an, wenn Sie reden wollen.«

»Haben Sie vor, Louise zu sagen, was ich Ihnen erzählt habe?«

»Ja. Es ist die beste Methode, sie direkt zu fragen.«

»Ich habe meine Beziehung zu Vincent Benedict keineswegs vor Ihnen *verborgen*«, sagte Louise Wingfield.

»Sie waren sonst in allen Dingen ganz offen. Warum haben Sie das verheimlicht?«

Louise drückte ihre Zigarette im Aschenbecher aus, der auf dem Schreibtisch zwischen uns stand. »Verbergen! Verheimlichen! Was halten Sie eigentlich vom Recht eines Menschen auf seine Privatsphäre?«

»Viel. Aber es geht bei Ihnen doch eher um den Wunsch eines Menschen, sich nicht selbst zu belasten.«

»Mich *belasten*? Haben Sie den Verstand verloren?« Louise Wingfields Gesichtsausdruck zeigte Wut und Schrecken zugleich. »Sie können mich doch nicht verdächtigen, Cordy ermordet zu haben!«

»Ich kann nur Melissa Cardinal wörtlich zitieren: ›Sie belauerte Cordy mit einem solchen Haß im Blick, als wartete sie darauf, daß ihr etwas zustieß.‹«

»Was kann Melissa schon wissen? Sie war doch nie da.«

»Scheinbar doch oft genug, um zu realisieren, was wirklich vor sich ging.«

»*Wirklich* vor sich ging?« Louise Wingfield lachte bitter. »Wer weiß denn schon, was genau passiert ist? Und wie können Sie überhaupt das Wort einer zornigen alten Einsiedlerin über meines stellen?«

Ihre Beschreibung von Melissa gab mir Gelegenheit zum Nachdenken. Als bei unserem ersten Gespräch die Rede auf Melissa gekommen war, hatte Louise vorgegeben, sich nicht an ihren Nachnamen zu erinnern – ein Vogelname, hatte sie gesagt, Zaunkönig oder Fink – und auch ihre gegenwärtige Adresse nicht zu kennen. Bei unserer jetzigen Begegnung konfrontierte ich sie zwar mit ihrer Geschichte, doch von Melissas augenblicklichen Lebensumständen hatte ich nichts erwähnt.

»Wie kommen Sie darauf, daß sie zornig ist?« fragte ich.

»Wer wäre das nicht? Sie ist entstellt, wohnt in zwei kleinen schäbigen Zimmern und lebt von der Sozialhilfe und einer Rente.«

Ich gab keine Antwort. Ließ das Schweigen sich ausdehnen, bis Louise Wingfield den Blick senkte und nach ihrem Zigarettenpäckchen tastete. Sie fand es, klopfte eine heraus und zündete sie an, bevor ich sie fragte: »Seit wann wissen Sie, wo Melissa wohnt?«

»Seit vergangenem Dienstag. Habe ich Ihnen das nicht erzählt? Nein, es war ja Montag abend, als wir nach North Beach und Seacliff fuhren. Melissa hat mich am nächsten Morgen angerufen. Ich war ganz überrascht, da wir doch am Abend vorher noch mit Frank Fabrizio über sie gesprochen hatten.«

»Was wollte sie von Ihnen?«

»Mich treffen. Ich bin zu ihr gefahren und habe sie angehört.«

Auf sie hatte Melissa also gewartet, als ich sie letzten Dienstag aufsuchte. »Ganz förmlich heute«, hatte sie gesagt – sie hatte Louise erwartet – und war dann ganz verwirrt gewesen, auf der Treppe einer Fremden gegenüberzustehen.

»Was wollte sie?« fragte ich.

»Geld.«

»Geld dafür, daß sie über Sie und Vincent Benedict schwieg?«

Sie zögerte und nickte dann. »Ich kann die Affäre genausogut zugeben. Ich bin keine gute Lügnerin.«

»Haben Sie ihr Geld gegeben?«

»Nein. Ich habe ihr Hilfe angeboten, weil es ihr so offensichtlich schlecht geht, aber ich habe ihr auch gesagt, daß sie sich selbst helfen muß. Es gibt in ihrer Gegend ein hervorragendes Senioren-Center mit Beratungsprogrammen, aber Melissa war nicht interessiert. Also sagte ich, sie solle mit ihrer Information über Vincent und mich machen, was sie wolle, und ging.«

»Es beunruhigte Sie nicht, welchen Gebrauch sie davon machen könnte?«

»Natürlich wollte ich nicht, daß sie es irgendwem erzählte. Ich hoffte, sie würde es einfach vergessen, was wahrscheinlich auch passiert wäre, wenn Sie sie heute nicht besucht hätten. Ich merke zwar, daß ich in Ihrer Achtung ziemlich gesunken bin, aber Schlimmeres wird kaum dabei rauskommen. Ich habe Cordy nicht getötet. Mein Alibi für die Nacht ist, wie es im Fernsehkrimi immer heißt, hieb- und stichfest, lebt überdies noch und wird wohl auch wieder für mich sprechen. Meine alten Freunde werden vielleicht einen kleinen Kitzel verspüren, wenn die Geschichte herauskommt, aber ich mache mir schon längst nichts mehr aus der Meinung der Leute. Damit habe ich aufgehört, als ich meinen Mann verließ und einen Skandal provozierte, indem ich für einen fairen Anteil an unserem gemeinsamen Vermögen vor Gericht zog. Ich lebe heute ganz anders, und kein Ereignis aus jener schlimmen früheren Zeit kann mich noch verletzen.«

Ich mußte ihre Aufrichtigkeit bewundern – soweit sie mich nicht mit Bedacht in die Irre führen sollte. »Ich hoffe in Ihrem Interesse, daß Sie recht haben«, sagte ich. »Darf ich Ihnen noch ein paar Fragen stellen?«

»Wenn es mich nicht zuviel Zeit kostet.«

»Sie haben Vincent Benedict durch Cordy kennengelernt?«

»Ja, bei einer Instituts-Party im August vierundfünfzig.«

»Und das war zu der Zeit, als sie mit Leonard zusammen war?«

»Auch das stimmt.«

»Können Sie sich irgendwie daran erinnern, wo und wann Cordy Melissa kennengelernt hat?«

»Nein. Ich vermute, es war im Herbst dreiundfünfzig, als sie die Idee mit dieser Wohnung hatte. Aber ich war in Stanford und ziemlich außer Reichweite. Ich weiß ehrlich nicht, was sie damals machte oder wer ihre Freunde waren.«

»War sie vielleicht schon damals mit Leonard zusammen?«

»Kann sein. Sie hatte sonst keinen Freund, jedenfalls keinen aus unseren Kreisen. Ihr Begleiter beim Cotillion war der Sohn eines Geschäftsfreundes ihres Vaters.«

»Warum nicht Leonard?«

Louise Wingfield lächelte. »Man merkt, daß sie kein Emily-Post-Zögling sind – Gott sei Dank. Als Begleiter bei Cotillions fungieren üblicherweise College-Studenten und nicht Männer über dreißig.«

»Also suchte Cordy die Gesellschaft von älteren Männern?«

»Schon auf der High-School. Wenn Sie wissen wollen, seit wann sie mit Leonard zusammen war, fragen Sie ihn doch selbst.«

»Das werde ich. Darauf können Sie sich verlassen.«

18

Kein Handwerkerauto blockierte mehr die Straße vor All Souls, und soweit ich sehen konnte, paßte jetzt auch der Seitenanstrich des viktorianischen Baus farblich mit der Front zusammen. Ted blätterte auf seinem Schreibtisch in einem Katalog für Büromaterial. Um seine Schultern lag ein rotweißer Blumenkranz.

»Hank ist zurück!« rief ich.

Ted lächelte wohlwollend, während er mir einen Stapel Notizzettel in die Hand drückte.

Ich sah nach dem Fähnchen an Jacks Box: Es zeigte an, daß er außer Haus war. Dann lief ich durch den Gang in Hanks Büro. Mein Boß – und lieber Freund zugleich – stand über sein von Papieren übersätes Rollpult gebeugt und fuhr sich mit der Hand durch das Haar, das mich immer an Stahlwolle erinnerte. Er versuchte, das Gekritzel auf einem Notizblock zu entziffern. Als ich klopfte, blickte er auf, und ein breites Grinsen zog über sein Gesicht.

»Wie kommt es«, sagte ich, »daß die Hölle los ist, sobald du weg bist, und mit deiner Rückkehr sofort wieder Frieden und Harmonie einkehren?«

»Weil ich eben zaubern kann, Baby«, sagte er in seinem singenden Tonfall, stand auf und umarmte mich.

»Der Urlaub scheint dir gut bekommen zu sein. Wie geht es Anne-Marie?«

»Sie ist unterwegs und rettet den Regenwald.«

»Tatsächlich?« Anne-Marie Altman, Hanks Frau, war Hauptbevollmächtigte eines Zusammenschlusses verschiedener Umweltschutzgruppen. Dazu gehörte auch die Stiftung, die Hy leitete.

»Jedenfalls ist sie nach Sacramento gefahren. Nur für ein paar Tage.« Hank öffnete seine Aktentasche, zog ein kleines, in Seidenpapier eingewickeltes Päckchen heraus und gab es mir.

»Oh, toll – ein Geschenk für mich!« Ich setzte mich in den Besuchersessel und fummelte an der Schleife herum. Geschenke spielen seit jeher eine große Rolle bei All Souls, und die von Hank sind die besten, weil er stets den Empfänger ganz persönlich im Auge hat. Meines war diesmal ein kleines, sonnengebleichtes Korallenstück, das sehr zerbrechlich aussah.

»Du hast es dir gemerkt«, sagte ich. Jahrelang besaß ich ein Korallenstück, das ich mir von einem Hawaii-Urlaub mitgebracht hatte. Ich trug es stets im Reißverschlußteil meiner Handtasche mit mir herum. Eines Tages war es plötzlich nicht mehr da, und das hatte mich mehr geschmerzt, als eigentlich angemessen war. Damals wurde mir klar, daß unbewußt die Koralle für mich ein Talisman gegen Katastrophen aller Art gewesen sein mußte. Und wenn ich mich auch brüstete, nicht abergläubisch zu sein, hatte ich es doch lange vermißt. Jetzt nahm ich das neue Korallenstück und stopfte es tief in meine Tasche.

»Bewahre es gut auf«, sagte Hank.

»Aber verlaß dich nicht drauf.«

»Wie?«

»Altes Sprichwort. In gewisser Weise lebe ich danach.« Dann berichtete ich ihm über Raes und meine Aktivitäten während seiner Abwesenheit und endete mit dem Fall Benedict. »Was weißt du über Joseph Stameroff?« wollte ich schließlich wissen.

Hank nahm seine dicke Hornbrille ab und kaute auf dem zernagten Bügel herum. »Stameroff, ein übler Patron. Konservativ bis auf die Knochen. Hat sich zur Zeit der Bürgerrechtsbewegung für ein paar vorsintflutliche Entscheidungen stark gemacht.«

»Kann er – oder könnte er je – käuflich gewesen sein?«

»Sicher kann er das. Das können wir alle, wenn der Preis stimmt. Aber wenn du wissen willst, ob er tatsächlich … Ich würde sagen, ja. Stameroff ist kein so guter Jurist. Er ist so weit gekommen, weil er gefällig war.«

»Wem?«

Hank zuckte mit den Schultern.

»Glaubst du, er könnte im Fall Benedict etwas vertuscht haben? Er war damals Stellvertretender Bezirksstaatsanwalt. Und plötzlich bekam er die Anklagevertretung in diesem aufsehenerregenden Fall. Wieso? Es sei denn, jemand hielt ihn für leicht manipulierbar.«

»Hast du Stameroff das gefragt?«

»Er sagt, seine Wahl für diesen Fall sei ›naheliegend‹ gewesen. Wegen seiner Prozeßerfahrung in ähnlichen Fällen.«

»Hm. Im Grunde weiß ich nicht allzu viel über den Fall Benedict – schließlich war ich sechsundfünfzig noch ein Kind.«

»Okay, riskiere eine Theorie.«

»Nach dem, was du berichtest, halte ich es für möglich, daß er etwas vertuscht hat.« Hank nagte weiter an seinem Brillenbügel. »Die Sache scheint dich sehr zu beschäftigen.«

»...Ich glaube, ja.«

»Was ist mit Jack? Glaubst du, er widmet einem eigentlich sehr privaten Fall zuviel Zeit?«

»Mag sein.«

»Und du ebenfalls?«

»Also, für mich hat er keine privaten Aspekte.«

»Aber du hast sie personalisiert.«

»Ja.«

»Ist es wichtig für dich?«

»Ja.«

»Dann bleib dran. Währenddessen stelle ich ein paar diskrete Nachforschungen über Stameroff an.«

Hank mußte sich selbst eigentlich gar nicht mit dem Fall befassen, und so schloß ich aus seinem Angebot, daß er sich an einem wunden Punkt getroffen fühlte. Mehr als alle anderen Anwälte bei All Souls spürt Hank die Last seines Schwurs, für Gerechtigkeit einzutreten. Mehr als wir anderen stellt er sich stets auf die Seite der Unterprivilegierten.

Ich bedankte mich für die Koralle und ging in mein Büro hinauf. Ich sah rasch die Mitteilungen durch, erledigte einigen Papierkram und führte ein paar Telefongespräche. Dann schwenkte ich in meinem Schreibtischsessel herum und starrte durch das Fenster hinaus auf die Bay, betrachtete das Spiel von Licht und Schatten über den Häusern jenseits des dreieckigen Parks und dachte an Louise Wingfield. Es ärgerte mich schon, daß sie mir anfangs ihre Affäre mit Vincent Benedict verschwiegen hatte, aber wahrscheinlich wollte sie wirklich bloß ihr Recht auf Privatsphäre verteidigen. Und ich hatte nur Melissa Cardinals Aussage über das Ausmaß, in dem Louise Cordy gehaßt hatte.

Welchen Glauben konnte ich Melissa Cardinals Äußerungen schenken? Die Frau war eine Erpresserin. Bei Louise Wingfield hatte sie zwar keinen Erfolg damit gehabt, aber vielleicht hatte sie Gleiches ja bei anderen probiert – bei dem Mann im Haven zum

Beispiel. Vielleicht hatte er es geschafft, den Spieß umzudrehen und nun Melissa Angst einzujagen.

Wer war Melissa überhaupt? Es mußte mehr in ihrer Vergangenheit geben als ihren Job als Stewardeß. Wie hatte sie Cordy kennengelernt? Wenn ich darauf eine Antwort fände, würde sich vielleicht auch vieles andere klären.

Ich mußte Melissas Weg zurückverfolgen, von ihrer gegenwärtigen Adresse an der James Alley bis weit zurück in die frühen Fünfziger...

Jemand klopfte gegen den Türrahmen. Ich schwenkte in meinem Sessel herum und sah Jack. Er fragte: »Hast du einen Augenblick Zeit für mich?«

»Sicher.«

Er trat ein, schob mein Tonbandgerät und die Kameratasche zur Seite und hockte sich ans Fußende der Chaiselongue. »Wir haben ein Problem.«

»Noch mehr Ärger mit Stameroff?«

»So ungefähr. Ich komme gerade von einem Gespräch mit James Wald, der das Historische Tribunal organisiert. Sie haben jetzt eine Jury zusammengestellt und die Verhandlung für das kommende Wochenende angesetzt.«

»*Was*? Warum so bald schon?«

»Weil Stameroff sich an Wald und Richter Valle gewandt hat und wieder die Rolle des Anklägers spielen will. Wald mit seiner Publicity-Sucht konnte der Versuchung nicht widerstehen, beide noch einmal in Lis' neuem Verfahren einzusetzen und damit einen Richter vom Oberen Gerichtshof vorweisen zu können. Rudy ist vom juristischen Standpunkt daran interessiert. Er möchte eine Rekonstruktion der Benedict-Anklage.«

»Aber warum an diesem Wochenende?«

»Darauf hat Stameroff bestanden. Er sagte, es sei der einzige freie Termin auf Monate hinaus. Meiner Meinung nach will er es hinter sich bringen, bevor deine Ermittlungen irgend etwas anderes aufdecken.«

»Der Schweinehund.« Ich trommelte mit den Fingern auf den Schreibtisch. »Stameroff muß tatsächlich etwas zu verbergen haben. Er begibt sich in eine Situation, die ihm möglicherweise gefährlich werden kann, und zwar in der Hoffnung, sie damit irgendwie unter Kontrolle zu haben.«

»Und wie es im Moment aussieht, wird ihm das wohl auch gelingen.«

»Wie sieht denn deine Verteidigungsstrategie aus?«

»Berechtigter Zweifel – daran hat der echte Verteidiger nie gedacht.«

»Und wann lernst du die Leute kennen, die die Rolle der Zeugen spielen?«

»Morgen früh.«

»Kannst du den Inhalt ihrer Aussagen, wie du ihn morgen vorgibst, später noch verändern?«

»Jederzeit bis zu dem Augenblick, in dem sie in den Zeugenstand treten. Und denk daran, die Verteidigung ist erst am Sonntag an der Reihe.«

»Damit gewinnen wir Zeit.«

»Du glaubst noch immer, du findest neue Beweise?«

Ich zuckte mit den Schultern. »Setzen wir uns erst mal und schauen, was wir haben.« Ich packte meine Akten unter den Arm, und wir gingen nach unten in unsere Bibliothek, wo wir alles auf dem großen Zeichentisch ausbreiteten. Rae hatte uns gehört und tauchte aus ihrem Verschlag unter der Treppe auf, immer noch mürrisch und einsilbig. Als Jack und ich anfingen, die nächsten Schritte aufzulisten, lebte sie auf und vergrub sich gleich in die Unterlagen. Das war nun genau die Umkehrung ihres bisherigen Widerstands, in den Fall hereingezogen zu werden, aber ich verkniff mir einen Kommentar. Statt dessen notierte ich, was zu tun war.

Zwei Dinge mußten gleich geschehen: ein Anruf bei Leonard Eyestone wegen eines Gesprächstermins morgen früh und ein zweiter Anruf bei Cathy Potter, damit ich Zugang zu dem Haus in Seacliff erhielt. Dann wandte ich meine Aufmerksamkeit wieder Melissa Cardinal zu.

»Alles, was wir über ihre Vergangenheit herausbekommen, kann uns vielleicht helfen«, sagte ich zu Rae. »Siehst du mal nach, was es an amtlichen Unterlagen gibt?«

»Klar. Ich habe jede Menge Zeit.« Sie blickte finster, sagte aber nichts weiter.

Jack und ich wechselten Blicke, die besagten, daß keiner von uns vorhatte, die Tiefen von Raes Mißmut auszuloten. »Es gibt da eine Miss Cook in der Personalabteilung der TWA in Kansas City«, sagte ich, »die glaubt, wir seien hinter Melissa her, weil eine unserer Klientinnen ihr etwas vererbt hat. Ruf sie an und sieh zu, ob sie dir Melissas Versicherungsnummer gibt oder sonst etwas aus ihrer Personalakte.«

»In Ordnung. Wenn ich im Meldeamt fündig werde und die Namen ihrer Eltern herausbekomme, gehe ich zum Wahlamt. Die könnten dann ihre Adressen und Berufe registriert haben.«

»Melissa selbst könnte alt genug gewesen sein, daß sie schon in den frühen Fünfzigern wählen durfte. Geh dem auch nach.« Ich sah auf, als Ted mit einem großen Aktenkoffer hereinkam.

»Für dich, Shar«, sagte er. »Kommt aus dem Polizeipräsidium.«

Die Sendung kam von Adah Joslyn. »Das sind die Originalakten der Polizei zum Fall Benedict, möchte ich wetten. Jack, willst du sie dir zuerst ansehen? Ich möchte nämlich gerade mal nach North Beach fahren und noch einmal mit dem Barkeeper im Haven und Frank Fabrizio reden. Das ist der Mann, der damals den Mädchen die Wohnung vermietet hatte. Wie wäre es, wenn wir uns hier zum Dinner wieder träfen?«

Beide nickten. Rae sagte: »Ich sorge für die Pizza.«

»Was ist mit Judy?« fragte ich Jack. »Sollte sie nicht auch dabei sein?«

Er zögerte eine Sekunde, und ein Schatten fiel über sein zerfurchtes Gesicht. »Ich schaue mal, ob sie sich freimachen kann«, war alles, was er sagte.

Das Gedächtnis des Barkeepers im Haven hatte sich seit der letzten Woche nicht gebessert. Es war eher noch schlechter geworden. Diesmal versuchte er nicht einmal mehr, mir Geld zu entlocken. Das warf natürlich die Frage auf, ob hinter seinem Gedächtnisschwund vielleicht eine Bargeldspritze steckte – und wenn ja, von wem sie stammte. Ich ließ meinen Wagen in der Nähe stehen und ging die wenigen Blocks hinauf zu Fabrizios Bäckerei. Von Frank Fabrizios Sohn erfuhr ich, daß sein Vater ein Mann mit festgelegtem Tagesablauf sei. Im Augenblick könne man ihn in der Sonne auf dem Washington Square finden.

Es war wieder ein wunderbarer Frühlingsnachmittag, und den oberflächlichen Betrachter mochte der Platz an die Vollkommenheit einer Ansichtskarte erinnern. Alte Männer und Frauen sonnten sich auf den Bänken. Kinder, viele in katholischer Schuluniform, spielten. Liebespärchen und Singles lagen auf dem Rasen. Jungen steckten die Köpfe zusammen und redeten miteinander, während sie hübschen Mädchen nachschauten. Doch für einen erfahrenen Beobachter wie mich hatte die Szene wenig mit einer Idylle zu tun. Zu vielen alten Menschen sah man ihre schlechten Lebensumstände an. Zwischen den Kindern lungerten junge Crack-Dealer herum. Acht von zehn Schläfern auf der Wiese waren obdachlos. Die Gespräche der Jungen drehten sich großenteils um Drogen und illegale Geschäfte. Zu viele der hübschen Mädchen waren Prostituierte.

Es machte mich traurig, daß Zeit und Erfahrung mich gelehrt hatten, mehr Schlimmes als Gutes wahrzunehmen. Doch in gewissem Sinne war ich jetzt besser dran als die junge, idealistische McCone, deren Glaube an die Menschheit immer wieder durch die Entdeckung scheußlicher Wahrheiten erschüttert worden war. Zudem war ich noch nicht so zynisch, das Gute nicht zu erkennen, wenn ich es sah, und auch nicht so abgestumpft, daß ich den seltenen schönen Augenblick nicht mehr festhalten und genießen konnte – oder?

Weitere Seelenerforschung blieb mir erspart, als ich Frank Fabrizio auf einer Bank im Schatten eines Baumes entdeckte. Er saß zurückgelehnt, die Arme über der Brust verschränkt, die Augen geschlossen – ein zufriedener alter Mann, der sich an dem schönen Nachmittag erfreute. Als ich zu ihm trat, öffnete er ein Auge. Er richtete sich auf und lächelte.

»Sie sind die Detektivin und Freundin meiner ehemaligen Mieterin«, sagte er, als ich mich zu ihm setzte. »Haben Sie die kleine Stewardeß inzwischen gefunden?«

»Ja. Sie hatten recht – es ist schrecklich, was die Zeit uns antut.« Ich schilderte ihm kurz, wie es Melissa Cardinal ging.

Fabrizio machte ein wehmütiges Gesicht. »So ein Verfall«, sagte er. »Wissen Sie, mir tut ja auch hier und da einiges weh, und manchmal komme ich morgens nur schlecht aus dem Bett. Aber was ist das schon, verglichen damit? Und das Tödliche ist, daß sie es sich selbst antut. Schließt sich ein und läßt ihr Leben versickern.«

»Sie ist furchtbar vernarbt...«

»Narben.« Er klang ungeduldig. »Narben im Gesicht sind gar nichts. Wenn man zuläßt, daß sie die Seele überziehen, dann... Aber mir steht da wohl kein Urteil zu. Was geschehen ist, ist geschehen.«

»Mr. Fabrizio, als sie damals die Wohnung vermieteten, haben Sie da nur mit Melissa einen Vertrag gemacht?«

»Sie hatte sich auf meine Anzeige gemeldet. Das war im Oktober dreiundfünfzig. Ich weiß das deswegen so genau, weil wir in dem Sommer das Haus in Dale City gekauft hatten und meine Frau außer sich war, weil die Wohnung noch nicht vermietet war. Sie rechnete aber mit den Einnahmen für unser Rentenalter. Unser Rentenalter... was für Pläne sie hatte!« Er sah düster in die Runde und zuckte dann mit den Schultern. »Ach, was nutzt es, darüber noch zu reden. Es ist vorbei, Gott schenke ihr Frieden. Um auf Ihre Frage zurückzukommen: Es waren Melissa und ihr Stiefbruder, die als erste in der Wohnung wohnten.«

»Erinnern Sie sich an seinen Namen?«

Die Falten um Fabrizios Augen vertieften sich, als er nachdachte. »Roger... Soundso.«

»Nicht Cardinal?«

»Nein. Wie gesagt, er war ihr Stiefbruder. Auch ein gutes Stück älter – in den Dreißigern. Hat nur einen oder zwei Monate dort gewohnt. Danach kam Melissa zu mir und fragte mich, ob ein paar Freundinnen mit einziehen dürften, um mit ihr die Miete zu teilen. Was konnte ich anderes sagen als ja? Und was dann folgte, laute Parties und ein ständiges Kommen und Gehen – ich mußte meine Frau mächtig zurückhalten.«

»Was war mit dem Stiefbruder? Warum zog er wieder aus?«

Fabrizio schüttelte den Kopf. »Ich kann mich nicht erinnern, daß Melissa das je erklärt hätte. Irgendwie hat sich in mir festgesetzt, daß er eingezogen wurde – Korea, Sie wissen schon. Aber das kann es nicht gewesen sein. Er war schon zu alt für den Militärdienst.«

»Sie haben keine Unterlagen mit dem Namen des Stiefbruders – den Mietvertrag, zum Beispiel?«

»Nein, diese Unterlagen sind längst alle weg.«

Wieder eine Sackgasse. Ich seufzte. »Dieser Roger – was war er für ein Mensch?«

Der Alte sah mich mit wachsamen Augen an. »Warum fragen Sie mich? Sie haben doch Melissa gefunden. Warum fragen Sie nicht sie?«

»Weil sie nicht mit mir reden will. Irgendwer hat ihr Angst eingejagt, große Angst. Ich versuche, ihr zu helfen.«

Er musterte mich wieder einen Moment lang. Dann nickte er, als habe ihm das, was er sah, eine innere Frage beantwortet. »Der Stiefbruder war... Ich weiß nicht, wie ich es ausdrücken soll. Durcheinander, könnte man vielleicht sagen. Ganz sicher ein finsterer Kerl. Meine Frau hat er nervös gemacht.« Er sah einer Gruppe Kinder nach, die lärmend über den Rasen lief. »Ich habe seit Jahren nicht mehr an Roger gedacht, aber jetzt erinnere ich mich genau. Sehr schmal, dunkel, stets unter Spannung. Sehr finster. Unfreundlich.«

Eine Brise fuhr durch die Zweige über uns. Die Schatten der Blätter zeichneten dunkle Flecken auf Fabrizios angestrengtes Gesicht. »Wissen Sie was?« sagte er. »Irgendwie war er mir unheimlich.«

19

»Wo steckt sie denn nun?« Es war kurz vor sieben, und Jack marschierte schon seit einer Viertelstunde in der Küche bei All Souls hin und her. Ab und zu trat er in den Flur hinaus und sah zur Haustür, wo Rae wohl blieb. Ich war mir nicht sicher, ob ihn der Hunger auf die Pizza umtrieb, die Rae versprochen hatte, oder das Bestreben, mit der Vorbereitung des Falles weiterzukommen.

»Vielleicht mußte sie bei Mama Mia's lange anstehen«, sagte ich. »Vielleicht verfolgt sie aber auch eine Spur. Was ist mit Judy? Ich dachte, du wolltest sie herbitten.«

Seine Lippen wurden schmal. »Konnte sie nicht erreichen.« Fehlte nur noch, daß er gesagt hätte: »Thema beendet.«

Ich stand auf und goß mir etwas von dem Kaffee ein, der schon den ganzen Nachmittag in der Maschine war und bitter schmeckte. Ich verzog das Gesicht, trank ihn aber, weil ich den Koffeinstoß brauchte. Auf dem Rückweg von North Beach hatte ich noch ein paar Dinge erledigt, die meine anderen Fälle betrafen. Dann war ich zu Hause vorbeigefahren, um zu sehen, ob dort alles in Ordnung war. Diese Zwangspause, die uns das Warten auf Rae bescherte, ließ mich spüren, wie wenig Schlaf ich seit meiner Rückkehr in die City gehabt hatte und wie tief meine Erschöpfung war.

Jack spähte wieder mal durch die Tür. »Wenn man darauf wartet, daß die Suppe kocht, kocht sie nie«, sagte ich. Er starrte mich an, kam aber zurück und setzte sich an den Tisch.

»Wie weit bist du mit den Polizeiakten?« fragte ich.

»Ich habe kaum damit angefangen. Ich mache am Abend weiter.«

Die Haustür ging auf, und man hörte Schritte im Flur. Dann erschien Rae, eine Pizza-Schachtel in der Hand. Jack wurde aktiv, öffnete die Box und teilte Teller aus. Rae stellte ihren Aktenkoffer auf den Tisch und schleuderte die Schuhe von den Füßen.

»Wo warst du denn die ganze Zeit?« fragte ich.

»Im Rathaus – Melde- und Wahlamt.«

»Aber die schließen um fünf.«

»Das Wahlamt nicht – wenn du zufällig einen tollen Kerl namens Tim, der dort arbeitet, in Verzückung versetzt hast.«

»Und das hast du getan.«

»Darauf kannst du Gift nehmen. Ich bin eine freie Frau und auf Männerfang.«

Jack stellte die Teller vor uns hin. »Okay, Tigerin«, sagte er, »was hast du herausbekommen?«

Sie zog einen vollgeschriebenen Block aus dem Aktenkoffer, setzte sich und blätterte die Seiten durch, während sie mit der anderen Hand nach einem Stück Pizza griff. Abgelenkt, wie sie war, traf sie den Mund nicht, und ein Stück Peperoni glitt an ihrer Wange herunter und landete auf der weißen Bluse. Zurück blieb ein Tomatenfleck.

»Wenn der tolle Tim dich nur so sehen könnte«, sagte Jack.

Rae pflückte lässig die Peperoni von der Bluse, steckte sie in den Mund und blätterte weiter in den gelben Blättern. »Okay«, sagte sie. »Melissa Cardinal, geboren am 11. Januar 1925, Tochter von Jane Marie und William Albert Cardinal. Totenschein von William Cardinal, datiert vom 13. Mai 1932, Herzanfall. Zweite Ehe von Jane Cardinal am 8. August 1935 mit Lawrence Robert Woods. Sterbeurkunde der Mutter vom 18. Dezember 1949, Lungenentzündung. Vom Stiefvater existiert in diesem County keine Sterbeurkunde. Keine Dokumente über eine weitere Heirat, das gilt auch für Melissa.«

»Dann hieß der Stiefbruder also wahrscheinlich Roger Woods«, sagte ich.

Rae sah auf. »Sie hatte einen Stiefbruder? Hast du das von ihrem ehemaligen Hauswirt?«

»Ja. Was hat das Wahlamt gebracht?«

Sie las aus dem Block vor. Melissas Mutter hatte als Beruf Hausfrau angegeben, der Vater war Installateur gewesen. In den sieben Jahren von Melissas Geburt bis zum Tod des Vaters hatten sie drei verschiedene Wohnungen im Mission District. Melissas Stiefvater hatte ›Arbeiter‹ als Beruf angegeben. Die Familie Woods hatte ganz in der Nähe in der Shotwell Road in Bernal Heights gewohnt.

Als Rae zu Ende war, fragte ich: »Sonst noch etwas?«

»Nur noch ihre Parteizugehörigkeit. Die Cardinals waren Demokraten. Auch Lawrence Woods. Achtundvierzig wechselten er und Melissas Mutter dann zu den Progressiven, und Melissa tat es ihnen nach. Danach gibt es keine Eintragungen mehr, weder über den Stiefvater noch über Melissa.«

»Die Progressive Partei.« Ich sah Jack an. »Hatte die nicht Henry Wallace als Präsidentschaftskandidaten aufgestellt?«

Er nickte. »Sieht so aus, als wären die Woods Linke gewesen.«

»Und sie haben hier in Bernal Heights gewohnt.« Nach dem, was Adah Joslyn mir über ihre linksgerichteten Eltern erzählt hatte, hatten die Woods genau dorthin gepaßt. Selbst wenn sie einen Hauch konservativer gewesen waren.

»Wer war Henry Wallace?« fragte Rae.

Jack starrte sie erstaunt und mißbilligend an. »Und du nennst dich eine Liberale!«

»Na, wie soll ich das denn wissen?« sagte sie zu ihrer Rechtfertigung. »Ich bin erst Mitte der Sechziger geboren.«

»Aber du solltest ein wenig Sinn für Geschichte haben. Ich nehme doch an, du hast von Franklin Delano Roosevelt und dem New Deal gehört. Wallace war sein Vizepräsident gewesen, wurde aber 1944 durch Harry Truman vom Spitzenplatz der Demokraten verdrängt. Wallace kämpfte weiter gegen Trumans reaktionäre Politik, wie er es nannte, wurde als Kommunistenfreund gebrandmarkt und erlitt achtundvierzig eine schwere Niederlage als Kandidat der Progressiven.«

»Waren die Progressiven in Wirklichkeit Kommunisten?«

»Nein, das waren sie *nicht*. Die Progressiven wurden das Opfer einer gut geführten Kampagne der Demokraten, die darauf abzielte, sie in der öffentlichen Meinung als Kommunisten abzustempeln. Man könnte sagen, sie gehörten zu den ersten Opfern des antikommunistischen Kreuzzugs.«

»Huh«, sagte Rae. »Interessant. Aber was hat es mit unserem Fall zu tun?«

»Möglicherweise nichts. Aber ich konnte der Versuchung nicht widerstehen, dir eine Lektion in Geschichte zu geben.« Jack blinzelte mich an und runzelte dann die Stirn. »Warum machst du so ein seltsames Gesicht?«

»Mache ich das?« sagte ich. »Ja, stimmt wohl. Irgendwie bestehen hier vage Zusammenhänge.«

»Inwiefern?«

»Das kriege ich jetzt noch nicht auf die Reihe. Ich brauche weitere Einzelheiten.« Ich sah mich um und entdeckte eine lange Telefonschnur, die sich über den Fußboden schlängelte, stand auf und folgte ihr. Sie führte zu einem Stapel schmutzigen Eßgeschirrs auf der Abtropffläche neben der Spüle. Dahinter fand ich das Telefon. Das Küchentelefon war das einzige Relikt aus jener Zeit, als rote Apparate mit acht Meter langen Kabeln zum allgemeinen Inventar bei All Souls gehörten. Mit der Zeit trat ein raffinierteres System an ihre Stelle, und ich jedenfalls vermißte es nicht, ihnen durch ein oft unentwirrbares Durcheinander von Kabeln nachspüren zu müssen. Ich rief die Mordkommission an, aber Adah Joslyn war nicht im Dienst. An ihrem Privatanschluß meldete sich niemand. Als nächstes grub ich ein Telefonbuch von San Francisco aus unter einem Haufen Kochbücher, die auf dem Fußboden unter einem Hackklotz lagen. Ich fand den Eintrag eines Rupert Joslyn nur ein paar Blocks weiter an der Powhattan Avenue. Ich fragte mich für einen kurzen Moment, ob Adah mir einen Anruf bei ihren Eltern ohne vorherige Absprache mit ihr wohl verübeln würde. Aber dann zuckte ich mit den Schultern und wählte.

Mrs. Joslyn meldete sich. Sie sagte, ihr Mann und sie würden sich freuen, mit einer Freundin von Adah über Zeitgeschichte zu diskutieren, und schlug vor, ich solle in einer halben Stunde vorbeikommen. Ich sagte zu und grabschte mir noch ein Stück Pizza, bevor Rae und Jack den letzten Rest verputzen konnten.

Das Haus der Joslyns war ein Bungalow. Er war mit sandfarbenem Kunststein verkleidet, der jeden Betrachter augenblicklich dazu bringen mußte, der Verwendung von synthetischem Baumaterial für immer abzuschwören. Als ich an der Tür läutete, bereitete ich mich innerlich darauf vor, nun Menschen gegenüberzutreten, die Adah »interessant« genannt hatte, »vor allem dann, wenn man nicht mit ihnen zusammenleben muß«.

Und ich wurde angenehm überrascht. Barbara Joslyn, eine attraktive Frau in frech gestreiftem Kaftan, war herzlich und freundlich und sehr um ihren Gast bemüht. Ihr Mann Rupert, groß und muskulös, dessen Alter nur die graumelierten Haare verrieten, war ruhiger, aber durchaus umgänglich. Während seine Frau den Kaffee holte, bat er mich in ihr schlicht möbliertes Besuchszimmer, öffnete die Fenster und machte eine Bemerkung über die für die Jahreszeit ungewöhnliche Wärmeperiode. Als Mrs. Joslyn zurückkam, entschuldigte ich mich dafür, daß ich so spät am Abend bei ihnen hereinschneite und begann ohne Umschweife mit meinen Fragen.

»Jane und Larry Woods?« sagte Rupert Joslyn. »Natürlich kannte ich die. Wenn Sie Bernal Heights schon jetzt eher für einen kleinen Stadtteil halten, hätten sie ihn erst mal gleich nach dem Krieg sehen sollen.«

»Ich habe sie nicht gekannt«, sagte Barbara Joslyn, »aber ich weiß, was mit all diesen Menschen passiert ist. Kriminell, einfach kriminell.«

»Was ist denn mit ihnen passiert?« fragte ich. »Ich weiß nur, daß Jane Woods im Dezember 1949 an Lungenentzündung gestorben ist.«

Die beiden tauschten Blicke. »Es war eine Lungenentzündung, das stimmt«, sagte Rupert. »Aber sie wurde erst richtig schlimm durch die Situation. Jane hat sich einfach aufgegeben.«

»Man hat ihr das Leben *genommen*, wenn auch indirekt«, sagte Barbara.

»Fang doch nicht wieder damit an, Barb.«

»Deine Wut mögen die letzten vierzig Jahre ja gedämpft haben. Meine nicht.«

»Du warst doch zu der Zeit auf dem College.«

»Habe ich deswegen kein Recht, wütend zu sein?«

Ich verstand langsam, was Adah gemeint hatte, als sie sagte, es sei ein Wunder, daß ihre Eltern noch lebten, so wie sie miteinander stritten. Bei einer hitzigen ideologischen Debatte wäre ich bestimmt nicht gern zwischen sie geraten.

Mit einem leichten Vorwurf in der Stimme fragte ich: »Was ist denn den Woods zugestoßen?«

»Verzeihen Sie«, sagte Rupert. »Larry Woods und seine Frau waren gute Freunde von mir und meiner ersten Frau. Für mich hat ihre Geschichte eine ganz persönliche Bedeutung, während Barb sie mehr als eine politische Metapher betrachtet.«

»Metapher. Ach, leck mich!«

»Weib, hüte deine Zunge!«

»Dann mach mich nicht nieder.«

»Es war so, Sharon...«

»Als man zum Schlag gegen die Kommunisten ausholte...«

»Larry war *nie* Kommunist...«

»Das war damals völlig egal. All ihre gefährlichen Etiketten und Schlagworte: Mitläufer, Sympathisant, Geheimmitglied...«

Ich hob die Hände. »Augenblick bitte! Sie haben mich offenbar ganz vergessen.«

Beide sahen mich überrascht an, als merkten sie erst jetzt wieder, daß sie auch noch eine Zuhörerin hatten. »Barb«, sagte Rupert, »nur einer von uns kann Wortführer sein.«

»Na ja, du hast eine persönliche Beziehung zu der Geschichte, während ich objektiven Abstand habe. Soll Sharon doch entscheiden, welche Version sie vorzieht.«

Großartig, dachte ich, jetzt soll ich auch noch Position beziehen. »Wie wäre es, wenn ich erst die persönliche Ansicht hören könnte, die Sie« – ich sah Barbara an – »dann in den allgemeinen Zusammenhang stellen könnten?«

Beide nickten offensichtlich zufrieden. Rupert legte die Fingerspitzen gegeneinander und sank tiefer in seinen Sessel – offenbar seine Erzähler-Positur. »Meine erste Frau und ich kamen im Krieg nach San Francisco. Ich habe in den Werften gearbeitet. Da habe ich auch Larry Woods kennengelernt. Er und seine Frau Jane waren noch keine zehn Jahre verheiratet – beide zum zweiten Mal. Sein Sohn Roger war bereits erwachsen und wohnte nicht mehr bei ihnen. Janes Tochter Melissa hatte gerade die High-School abgeschlossen und arbeitete in einer Fabrik unten in South City. Nette Familie.«

»Rupe, komm zur Sache!«

Er zwinkerte mir zu und ignorierte sie ganz bewußt. »Nach dem Sieg über Japan kam Larry bei San Francisco Stevedoring, einem großen Unternehmen, voran. Er trat der Dock- und Lagerarbeiter-Gewerkschaft bei. In der Gewerkschaft stieg Larry schnell auf, kam in Verbindung mit den Progressive Citizens of America, aus denen später die Progressive Partei entstand. Wahrscheinlich hat er auch ein paar Parteiversammlungen der amerikanischen Kommunisten besucht – aber wohl eher aus Neugier als aus anderen Gründen.«

Rupert hielt inne und seufzte schwer. Während er redete, war vollends die Dunkelheit hereingebrochen. Drüben auf der anderen Seite des Zimmers saß Barbara mit verschränkten Armen im Dunkeln.

Nach einer Weile fuhr Rupert fort. »Ich weiß nicht, ob Sie das wissen, aber Mitglieder der Kommunistischen Partei spielten eine große Rolle beim Zusammenschluß der Industriegewerkschaften, der CIO – und dazu gehörte auch die Dock- und Lagerarbeiter-Gewerkschaft. Eine Menge Parteimitglieder stiegen ziemlich hoch in der Hierarchie auf. Doch 1948 wandte sich dann die Stimmung gegen sie. Die CIO-Führung warf ihnen – größtenteils zu Unrecht – vor, Agenten einer fremden Macht zu sein. Bald schon wurden die

Gewerkschaftsführer von der Hysterie jener Zeit davongefegt, und selbst Mitglieder, die Wallace bei seiner Präsidentschaftskandidatur unterstützt hatten, wurden denunziert. Vor allem Larry Woods geriet in Schwierigkeiten. Er hatte den Mund einfach zu weit aufgemacht und sich zu viele Feinde geschaffen. Drei Tage vor Weihnachten desselben Jahres wurde er von einem Trio fanatischer Antikommunisten seiner Gewerkschaft zusammengeschlagen. Sie ließen ihn halbtot in einer kleinen Straße in South Market liegen.«

Rupert Joslyn räusperte sich. »Natürlich erhob er nach dem Überfall die Stimme noch lauter, und entsprechend mehr wurde er belästigt und verfolgt. Larry, Jane und Melissa lebten praktisch nur noch in Angst. Mitte neunundvierzig ging es mit Larry abwärts: Sie warfen ihn aus der Gewerkschaft, und er verlor seinen Job. Bekam auch keinen neuen. In den Firmen zirkulierte eine Schwarze Liste, lange vor der in Hollywood. Jane war nie sehr stark gewesen, und der Druck, dem sie ausgesetzt war, forderte seinen Tribut. Als sie die Lungenentzündung bekam, raffte die sie hinweg. Ein paar Wochen nach ihrem Tod verschwand Larry.«

Rupert hielt erneut inne und legte die Stirn gegen die Fingerspitzen. Ich spürte, wie er um Fassung rang. »Larrys Sohn Roger hat über drei Jahre lang nach ihm gesucht. Im Spätsommer dreiundfünfzig fand er ihn in der Krankenstation einer Wohltätigkeitseinrichtung in L. A. – seine Leber und sein Verstand waren kaputt. Zwei Tage später starb er.«

Ruperts Stimme war brüchig geworden. Er räusperte sich wieder. Barbara ließ einen kleinen Seufzer hören – Verständnis und Mitgefühl. »Ich bin sicher, Sie haben darüber gelesen, wie es im Kalten Krieg zuging, Sharon«, sagte sie. »Zum Glück ist die Geschichte revidiert worden, so daß man heute die Wahrheit sagen kann. Aber nur, wer es selbst erlebt hat, kann den Terror, der damals geherrscht hat, nachempfinden. Rupert hat ihn als Arbeiter erlebt, ich als Intellektuelle, aber glauben Sie mir, der Terror war der gleiche.«

»Nicht alle antikommunistischen Gewerkschaftsmitglieder waren solche Schufte wie die drei, die Larry zusammengeschlagen haben«, setzte Rupert hinzu. »Die meisten waren wie ich, gute Gewerkschafter, die sich darum kümmerten, daß die Arbeiterbewegung am Leben blieb. Es war einfach das Klima jener Zeit. Deswegen schäme ich mich nicht.«

Er senkte die Stimme, die jetzt rauh klang. »Aber ich schäme mich, weil ich nichts für Larry getan habe. Ich sah, was auf meinen Freund zukam. Ich habe ihn sogar gewarnt. Aber ich habe mich nie aus dem eigenen Versteck gewagt, um ihm zu helfen.«

»Das war die Taktik der Kreuzzügler in der Regierung gegen uns«, sagte seine Frau. »Wir sollten Angst vor ihnen bekommen, und, noch schlimmer, Angst voreinander. Ein Mensch, der Angst vor seinen Kameraden hat, vereinsamt, und ein einsamer Mensch ist leicht zu beeinflussen.«

»Was dennoch keine Entschuldigung für mein Nichtstun war.«

»Keine Entschuldigung – eine Erklärung.«

Ich schwieg einen Moment lang und dachte über diese gefährliche Einsamkeit nach. Dann fragte ich: »Was ist aus Roger Woods geworden?«

Rupert hob den Kopf und sah Barbara an. »Das weiß keiner genau«, antwortete er. »Aus dem, was mir sein Vater erzählte, schloß ich, daß Roger sehr weit links stand. Nach den Prozessen wegen Verschwörung neunundfünfzig gingen viele Parteimitglieder in den Untergrund.«

»Meinen Sie damit, Roger war Kommunist?«

»Auch das weiß ich nicht. Ich habe ihn nie persönlich kennengelernt. Ende dreiundfünfzig rief er mich an und sagte mir, daß sein Vater tot sei. Danach habe ich kein Wort mehr von ihm gehört.«

»Das muß zu der Zeit gewesen sein, als er und Melissa zusammen in North Beach wohnten. Er war nicht lange dort. Ihr Vermieter hat ihn als finster und unfreundlich beschrieben.«

»Verständlich, wenn man das Schicksal seines Vaters bedenkt.«

»Das war das Schicksal aller«, sagte Barbara. »Die Ironie dabei ist nur: die ›rote Gefahr‹, der russische Kommunismus, ist inzwischen tot. Doch die unsinnige Angst unserer Regierung vor dieser Gefahr hat das Leben vieler unserer Leute zerstört.« Sie fuhr fort, vom Kalten Krieg und dem antikommunistischen Kreuzzug zu erzählen. Und obwohl ich eine ganze Menge darüber gelesen hatte, fing ich erst jetzt an zu begreifen, was sie den Terror jener Zeit genannt hatte.

Barbara beschrieb eine Welt, in der der Boden unter den Füßen des Normalbürgers so unsicher war wie Treibsand. Eine Atmosphäre von Unterdrückung, in der ein Mensch seine Lebensgrundlage allein dadurch verlieren konnte, daß er einer Wohltätigkeitsorganisation einen Scheck ausstellte, der man linke Tendenzen nachsagte. Eine Zeit, in der die Denunziation von Freunden, Nachbarn und Verwandten als einzige Überlebensmöglichkeit galt. Als die Wahrheit Wachs war in den Händen von Inquisitoren aus dem Kongreß. Als die wahrheitsgemäße Feststellung von Tatsachen verdreht und als Bumerang gegen ihren Urheber verwendet wurde. Ein solches Leben muß der Fahrt in einer Geisterbahn nicht unähnlich gewesen sein, in der man auch nicht weiß, was hinter der nächsten Tür lauert. Plötzlich tut sich eine Falltür auf, und man ist verschwunden.

Als ich mich von den Joslyns verabschiedete, kam mir meine eigene Welt plötzlich sehr unsicher vor. Also sah ich mich in der Dunkelheit gut nach allen Seiten um, während ich zu meinem Auto ging – und spottete nicht einmal darüber.

20

Doch was hatte das, was ich gerade erfahren hatte, mit dem McKittridge-Mord zu tun?

Diese Frage stellte ich mir, als ich vor dem Haus der Joslyns in meinem MG saß. Hatte Melissa wie ihr Stiefbruder Roger Woods' Neigungen für die Kommunisten gehabt? War sie vielleicht sogar Parteimitglied gewesen? Wenn ja, was hatte das zu bedeuten? Ganz bestimmt hatten die linken Neigungen einer Wohnungsgenossin wenig zu tun mit der brutalen Ermordung einer einundzwanzigjährigen Frau, die wohl mehr für Cocktail-Parties übrig hatte als für politische Parteien.

Oder war Cordy politisch stärker engagiert gewesen, als ich vermutete? Ich wußte noch immer nicht, wie sie Melissa kennengelernt hatte. Was wäre, wenn...?

Im Besuchszimmer der Joslyns ging das Licht aus. Ich startete den Motor und sah in der Armaturenbeleuchtung auf meine Armbanduhr. Zwanzig vor zehn. Noch nicht zu spät, um bei All Souls vorbeizufahren und die Sache mit Jack durchzusprechen.

Als ich ankam, saßen Rae, Ted und Pam Ogata vor dem Fernseher im Empfang und sahen sich auf einem Kabelkanal einen alten Film mit Edward G. Robinson an. Ich blieb in der Tür stehen und fragte nach Jack.

»Versuch es im Remedy«, sagte Rae. »Er war dort mit Judy verabredet.« Sie wandte sich wieder dem Fernseher zu, schüttelte dann den Kopf und stand auf. »Wenn du möchtest, gehe ich mit dir hin. Dieser Film ist deprimierend.«

Auf dem Weg zur Mission Street berichtete ich ihr von meinem Besuch bei den Joslyns.

»Eigenartiger Zufall«, meinte sie, »daß Adah dir genau einen Tag, bevor du diese Information brauchtest, von ihren Eltern erzählt hat.«

»Das sage ich ja immer schon, SIE da oben sorgt für uns.« Ich zeigte zum Himmel.

Wir bogen in die Mission Street und schlängelten uns durch die Menge zur Remedy Lounge, einen kurzen Block weiter. Heute abend war alles unterwegs, was Beine hatte: Man stand in Türeingängen oder um Autos zusammen, trank und redete. Aus den Bars und Clubs drang Musik von Heavy Metal bis zu mexikanischer Salsa-Musik auf die Straße. Betrunkene torkelten den Gehsteig entlang. Junkies schlichen durch die Dunkelheit. Alte Menschen beobachteten Vorübergehende mit hastigen und ängstlichen Blicken. Parkplatzsucher und Streifenwagen zogen vorüber. In San Francisco sind die Nächte selten warm, selbst wenn es tagsüber heiß gewesen ist, und die Leute genossen die unerwartete Gelegenheit, jeder auf seine Weise.

Das Remedy war dagegen fast leer. Nur vier Gäste hockten an der von vielen Ellbogen abgewetzten Bar. Ihr Besitzer, Brian O'Flanagan, stand in der Nähe des Eingangs, nippte an seinem Kaffee und sah aus dem Fenster. Er begrüßte uns, und als er Rae sah, seinen Lieblingsgast, leuchteten seine Augen.

Jack saß allein in der Nische am Ende der Lounge und hielt sich an seinem Bier fest. Vor ihm lag, gefaltet oder zerrissen, ein Häufchen nasser Cocktail-Servietten. Von Judy war nichts zu sehen. Als wir auf ihn zu gingen, sah er hoffnungsvoll auf. Doch dann machte sich wieder Enttäuschung auf seinem Gesicht breit, und seine Miene verfinsterte sich.

»Sei mir gegrüßt«, sagte Rae und rutschte zu ihm in die Nische.

Jack grunzte nur.

Ich setzte mich gegenüber. »Wo ist Judy?«

»Ich will verdammt sein, wenn ich es weiß.« Seine Lippen wurden schmal, während er nach dem Bier griff. »Sie hat gesagt, sie kommt um neun.«

»Vielleicht ist im Theater etwas dazwischengekommen.«

»Ich habe angerufen. Dort ist sie nicht.«

Brian kam an den Tisch und stellte mir ein Glas Wein, Rae ein Bier hin. Soweit ich weiß, ist sie der einzige Gast, dem Brian etwas am Tisch serviert – und nur wer in ihrer Begleitung ist, erfährt die gleiche Ehre. Nachdem ich mir das über ein Jahr lang neidvoll angesehen hatte, habe ich ihn schließlich nach dem Grund dieser Vorzugsbehandlung gefragt. Brian hat nur mit den Schultern gezuckt und gesagt: »Sie hat etwas aus dem alten Kalifornien an sich.« Nachdem Rae ihre irische Abstammung ebenso hegt und pflegt wie ich mein Achtel schoschonischer, fehlte mir allerdings der rechte Zugang zu dieser Behauptung. Aber ich gestehe, daß es ganz nett ist, im Remedy ab und zu mal richtig bedient zu werden.

Als Brian wieder hinter der Bar war, fragte ich Jack: »Wo könnte denn Judy deiner Meinung nach sein?«

Er zögerte einen Moment, bevor er sagte: »Ich habe keine Ahnung, und im Augenblick kümmert es mich auch nicht. Judy macht sich wegen dieses Scheintribunals verrückt. Kaum hatte sie erfahren, daß ihr Vater selbst mitmachen will, lag sie mir auch schon in den Ohren, ich solle sie ebenfalls ihre eigene Rolle vor Gericht spielen lassen. Als ich sie fragte, ob sie das klug fände, fing sie... ich kann nur sagen, ein regelrechtes Verhör mit mir an. Sie verhörte mich über jedes Detail meiner Verteidigung. Schließlich sagte ich ihr, wir würden darüber reden, wenn du, Rae und ich uns mit ihr zum Dinner träfen, und da explodierte sie. Das ist der wahre Grund, daß sie vorhin nicht aufgetaucht ist. Ich hab bloß gesagt, ich hätte sie nicht erreicht, weil ich nicht darüber reden wollte.«

»Aber du hast danach noch einmal mit ihr gesprochen.«

»Ja. Gegen acht hat sie angerufen, und da klang sie schon ruhiger. Ich habe ihr vorgeschlagen, daß wir uns hier treffen und unterhalten. Und jetzt ist sie zum zweiten Mal nicht aufgetaucht.«

»Was meinst du, warum?«

»Ich weiß nicht. Aber was ich wahrnehme, ist eine stete Folge von rationalen und irrationalen Schüben bei ihr, und das gefällt mir gar nicht.«

»Hat es das früher auch schon gegeben?« fragte Rae.

»Na ja, Judy ist Schauspielerin und neigt zu melodramatischen Auftritten, aber... Es schien ihr zunächst gutzugehen, als Lis aus dem Gefängnis kam und zu ihr zog. Dann drängte sie mich, nach neuen Beweisen zu suchen und einen neuen Prozeß in die Wege zu leiten. Lis war absolut dagegen, und das ist auch ganz verständlich. Die Frau wollte schließlich nicht den knappen Rest ihres Lebens noch vor Gericht verbringen. Für eine gewisse Zeit gab Judy den Plan auf, doch dann kam ihr die Idee mit diesem Scheinprozeß, und sie redete tatsächlich mit James Wald, ohne mich vorzuwarnen. Und schon fing sie wieder an zu bohren. Lis fügte sich schließlich. Ich stellte mich stur, aber schließlich gab ich nach.« Er sah mich an. »Das war, als ich dich zu Lis schickte, um mit ihr zu reden.«

»Deswegen hatte Lis so betont, daß das Tribunal um Judys willen stattfand«, sagte ich. »Wer außer Judy, James Wald und dir wußte etwas über diesen potentiellen Scheinprozeß?«

»Schon ein paar Leute. Judy hat mit Gott und der Welt darüber geredet, und Wald hat sich sicher auch nicht zurückgehalten.«

»Und irgendwer geriet in Panik, als er davon hörte, und heuerte jemanden an, der Lis, Judy und später auch mich einzuschüchtern versuchte. Der Schuß ging allerdings nach hinten los, weil wir beide merkten, daß etwas dran sein mußte an Lis' Unschuldsbeteuerung, und deshalb entschlossen waren weiterzumachen.«

»Stimmt.«

Rae hatte mit zusammengekniffenen Augen zugehört. Jetzt murmelte sie: »Perfektes Timing.«

»Was meinst du damit?« fragte ich.

»Nichts, ich habe nur laut gedacht.« Sie wandte sich an Jack. »Vielleicht solltest du noch einmal im Theater anrufen.«

»Das letzte Mal habe ich es wenige Minuten vor eurem Auftauchen probiert.«

»Und bei ihr zu Hause?«

»Dahin würde sie nie gehen.«

»Wieso nicht?« fragte ich. »Die Polizei hat das Haus entsiegelt, sie kann also hinein und aufräumen. Wenn sie sich so irrational benimmt, wie du sagst, dann kannst du nicht wissen, was sie tut.«

Jack spielte mit seinem Bierkrug und wirkte unentschlossen.

»Ruf dort an«, drängte ich.

Er sah in Richtung Toiletten, wo das Münztelefon war, und schüttelte dann den Kopf. »Shar, ich komme heute abend nicht mit ihr zurecht. Es ist schlimm zwischen uns geworden seit Lis' Tod. Und schon vorher, wenn du die Wahrheit wissen willst. Ich bin wütend, ich habe getrunken, und ich möchte es nicht darauf ankommen lassen, daß bei mir die Sicherung durchbrennt.«

»Dann rufe ich an.« Ich stand auf und wühlte in meiner Tasche nach Münzen.

»Und was sagst du ihr?«

»Daß ich zu ihr fahren und mit ihr reden möchte.«

Er wirkte erleichtert und zugleich hin und her gerissen. »Shar, du solltest auf keinen Fall...«

»Jack, sie ist vielleicht deine Freundin, aber das hier ist mein Fall.« Ich ging nach hinten.

Ich ließ es im Haus an der Wool Street mehrmals läuten und wollte schon aufgeben, als Judy sich mit einem zögerlichen »Hallo« meldete. Sie schien nicht überrascht, daß ich wußte, wo ich sie finden würde, aber sie war strikt dagegen, daß ich zu ihr kam. Ich mußte einiges an Überzeugungskraft aufbieten, bevor sie nachgab.

Als ich das Remedy eilig verließ, drückte Jack die Knöpfe einer antiken Jukebox. Die Klänge der ersten Platte, die er gewählt hatte, verfolgten mich bis auf die Straße: ›The Great Pretender‹.

Das kleine Haus in der Wool Street lag still und dunkel da, als ich ankam. Als ich läutete, fiel mir auf, daß die Häuser in der Nachbarschaft ebenfalls dunkel waren. Dabei hätten die Fenster an diesem warmen Abend doch offenstehen müssen. Ich hörte kein Radio, keine Musik, keinen Fernseher. Ich kam mir vor wie die einzige Überlebende einer Atomkatastrophe.

Nach einer halben Minute hörte ich Schritte, und Judy öffnete die Tür. Sie hatte sich wieder in das schwere Cape ihrer Mutter gehüllt und hielt einen silbernen Kerzenleuchter in der Hand. Auf meinen fragenden Blick sagte sie: »Wir haben gerade Stromausfall.«

Das kam immer wieder in Teilen der Stadt vor, in denen das Stromnetz dem heutigen Verbrauch noch nicht angepaßt und deswegen überlastet war. Heute waren wieder einmal zu viele Ventilatoren und Klimaanlagen in Betrieb gewesen, und dem hatten die Transformatoren nicht standgehalten. »Zum Glück haben Sie Kerzen und Streichhölzer gefunden«, sagte ich beim Eintreten. »Meine sind nie da, wenn ich sie brauche.«

Judy gab keine Antwort, schloß nur die Tür und führte mich durch den Flur am Besuchszimmer vorbei. In ihrem langen schwarzen Cape und mit der Kerze in der erhobenen Hand erinnerte sie mich an eine Figur aus einem Horrorfilm der Billigklasse. Ich war überrascht, wohin sie mich führte: in das Zimmer, in dem Lis gestorben war.

Judy stellte die Kerze zu einer anderen auf den Tisch und ließ sich in dem Sessel nieder, in dem ich bei meinem letzten Gespräch mit ihrer Mutter gesessen hatte. Lis' Sessel lag noch immer umgestürzt auf dem Boden. Die Kreidestriche, die ihre Position markierten, waren zwar etwas verwischt, aber noch gut zu erkennen. Die Scherben der Kaffeetasse und der Glastür lagen noch auf den Fliesen verstreut. Vorsichtig tastete ich mich zu einem Stuhl vor und setzte mich vor die Sperrholzplatte, mit der die Türöffnung vernagelt war. Eines ist klar, dachte ich, zum Aufräumen war Judy an diesem Abend sicher nicht hergekommen.

»Jack sagt, dieser Scheinprozeß beunruhigt Sie sehr«, sagte ich.

Sie zuckte mit den Schultern und raffte das Cape um sich zusammen.

»Heißt das ja oder nein.«

»Ist das von Bedeutung?«

Es ärgert mich jedesmal, wenn jemand eine meiner Fragen mit

einer Gegenfrage beantwortet, und heute war es nicht anders. »Es ist von Bedeutung – für Jack wie für mich. Wir lassen unsere gesamte sonstige Arbeit für Sie liegen, da könnten Sie mir wenigstens jetzt eine eindeutige Antwort geben. Warum möchten Sie Ihre eigene Rolle vor dem Gericht spielen?«

Sie schwieg. Ihre Finger spielten mit einer Falte des Capes. Durch das offene Fenster über der Spüle fuhr ein Windstoß und ließ die Kerzen flackern. Ihr Licht verzerrte die Schatten und spiegelte sich in den Glasscherben am Boden. Einen Moment lang ging mir die Vision durch den Kopf, die ich vom Innern des Taubenhauses gehabt hatte: Schatten huschten über die rohen Backsteinmauern, tödlich aufblitzendes Metall…

Ich schüttelte den Kopf, um diese Gedanken zu vertreiben, und konzentrierte mich auf Judy. Selbst in diesem Halbdunkel, das alle Konturen weicher erscheinen ließ, wirkte ihre Haut schlaff und trocken. Die Falten, die wie Klammern ihre Mundwinkel begrenzten, waren tief eingegraben. Das helle Haar hing ihr in leblosen Strähnen um die Stirn. Es war, als sähe ich ihre Mutter vor mir.

Ich blieb hartnäckig. »Judy, warum?«

»Wer könnte die Rolle besser spielen als ich? Wer sonst weiß, was ich vorhabe? Ich muß nicht erst instruiert werden. Das würde Jack eine Menge Zeit sparen.«

Ich vermutete, daß Jacks Zeitersparnis nur ein Vorwand war. »Da steckt noch mehr dahinter.«

Schweigen.

»Warum sind Sie nicht, wie verabredet, zu Jack in die Remedy-Bar gekommen?«

»Ich hatte keine Veranlassung dazu.«

»Das ist nicht fair ihm gegenüber. Er empfindet sehr viel für Sie.«

Sie seufzte, als sei der Gedanke an seine Zuneigung bloß eine Last. Der Seufzer war reichlich theatralisch und ließ mich einen raschen Rückschluß ziehen.

»Hat der Plan, sich selbst zu spielen, etwas mit der einen großen Vorstellung zu tun, die Sie gestern erwähnt haben? Diese eine Vorstellung, die alles verändert hätte?« fragte ich.

»…kann sein. Aber es ist noch mehr. Wenn ich den Prozeß noch einmal durchmachen könnte, würde vielleicht meine Erinnerung zurückkehren. Dann wäre die ganze Sache endlich abgeschlossen.«

»Ich verstehe. Warum sind Sie heute abend hierher gekommen?«

»Ich mußte nachdenken.«

»Hier?«

»Hier so gut wie anderswo. Besser sogar. Ich fühle mich hier Lis näher.«

Lis näher, in dem Zimmer, wo sie gestorben war und wo alles noch unverändert war? »Worüber haben Sie nachgedacht?«

Zu meiner Überraschung fing sie an zu weinen – lautlos und mit fest zusammengepreßten Lippen. Die Tränen rannen unter ihren Brillengläsern hervor, zogen Spuren auf den Wangen und tropften ihr unbemerkt vom Kinn. Und dann kamen die Worte, stockend und zögernd, immer wieder unterbrochen von schluchzendem Atemholen.

»Sie lag da ... auf dem Boden, mit der Pistole. Lag da, aber ... war nicht mehr da. Und der Grund ... der Grund, warum sie ihn mir hingelegt hat. Ich habe ins Zimmer geschaut und den Brief gesehen ... dort, für mich.«

Sie zeigte in meine Richtung und wollte mir damit zeigen, wo sie gestanden hatte. »Dann waren *Sie* es, die die Tür eingeschlagen hat«, sagte ich.

»An der Haustür lag die Kette vor. Sie hatte mich nicht erwartet. Aber ich machte mir Sorgen. Ich hatte mein Flugticket für die Nachtmaschine an eine Bekannte in New York verkauft und einen früheren Flug genommen. Und als ich hier ankam ...«

»Sind Sie über den Weg zur Terrasse gegangen, haben hineingesehen und Lis' Körper am Boden gesehen.«

»Ich habe die Tür mit einem Stück Kaminholz eingeschlagen ... es war so laut. Zu spät. Sie war schon tot. Lag so unbeweglich da. Vielleicht hat sie Frieden gefunden. Glauben Sie, daß sie ihn endlich gefunden hat?«

»Ganz bestimmt. Was haben Sie dann getan?«

»Auf dem Tisch lagen ein paar Blätter Papier. Von einem der Blöcke, die sie mir immer zur Schule mitgegeben hatte. Darauf ihre Handschrift ... ein Brief meiner Mutter, an mich adressiert.«

Ein Abschiedsbrief, dachte ich.

»Ich konnte ihn nicht lesen«, sagte Judy. »Ich habe ihn genommen und in meine Handtasche gesteckt. Und dann... dann bin ich weggerannt.«

»Wohin?«

»Ich habe mich ins Auto gesetzt. Bin lange herumgefahren. Weit hinunter nach Süden den Strand entlang, bis zu den Höhlen... San Gregorio. Ich erinnerte mich an glückliche Zeiten, als Mama und Daddy dort... Ich habe lange auf den Felsen gesessen, dann zwang ich mich, zum Auto zurückzugehen und den Brief zu lesen. Nach einer Weile kehrte ich wieder nach Hause zurück und rief Jack an.«

»Warum haben Sie ihm nichts von dem Brief erzählt und davon, daß es Selbstmord war?«

»Ich konnte nicht. Wegen der Dinge, die sie geschrieben hatte.«

Judy hatte aufgehört zu weinen. Sie strich sich über das feuchte Kinn, nahm die Brille ab und rieb sich die Augen. Als sie die Hände sinken ließ, sah ich ihren trostlosen Blick, der in die Ferne gerichtet war. Schnell schob sie wieder die Brille davor.

»Als dann die Polizei kam«, sagte ich, »haben Sie sie im Glauben gelassen, Lis sei ermordet worden.«

»Ja.«

»Warum?«

Schweigen.

»Judy, was stand in dem Brief?«

Wieder Schweigen.

»Haben Sie ihn jemandem gezeigt?«

»Nein.«

»Darf ich ihn sehen?«

Sie hob abwehrend die Hände und ließ sie in den Schoß zurückfallen. Einen Augenblick lang lagen sie schlaff da. Dann verkrampften sie sich, zerrten und rissen am Stoff ihres Capes. Ihr Mund verzog sich in plötzlicher Wut.

»Ich kann ihn niemandem zeigen! Sie hat alles verhöhnt, was ich je für sie zu tun versucht habe. Sie hat gelogen, gelogen und gelogen... Sie hat *mein Leben zerstört*!«

Ich stand auf, ergriff ihre Hände und versuchte, sie zu beruhigen. Sie stieß mich weg, stand auf, zerrte sich das Cape von den Schultern, schleuderte es auf den Boden und trat es mit Füßen.

»Ich *hasse* sie! Mein ganzes Leben lang habe ich sie gehaßt. Ich habe mich schuldig gefühlt, und sie hat es zugelassen. Mein ganzes Leben lang habe ich versucht, es wiedergutzumachen, und sie nahm alles an, was ich ihr gab. Und dann ging sie hin und machte mit dem verdammten Brief alles zu einer Farce!«

»Haben Sie ihn noch?«

»Aber sicher! Glauben Sie, ich würde mich von diesem letzten kostbaren Geschenk meiner Mutter trennen?«

»Kann ich ihn sehen?«

Sie schüttelte den Kopf. In ihrem Gesicht standen noch immer Wut und Sarkasmus. Dann fing sie plötzlich wieder an zu weinen.

»Also, bitte«, sagte sie nach einer Weile. »Er steckt in meiner Handtasche. Holen Sie ihn heraus. Eigentlich wollte ich das nie zulassen.«

21

Meine Tochter! Es ist an der Zeit, dem allen ein Ende zu machen. Solange ich lebe, wirst Du immer wieder Erinnerungen auferstehen lassen, die besser begraben blieben. Und, offen gesagt, ich bin müde geworden, Dich vor ihnen zu bewahren. Ich bin müde, des Erinnerns müde, der Schrecken müde, die in mir leben, ja, müde des Lebens selbst. Jahrelang habe ich geschwiegen, und das will ich auch weiterhin tun. Ich habe mich auf einen Handel eingelassen, wenn auch auf einen billigen, aber ich will dazu stehen, in unser beider Interesse. Was ist besser, Deine Mutter für eine zu Unrecht wegen Mordes Verurteilte zu halten oder zu wissen, was für eine verabscheuungswürdige Kreatur sie ist? Nur Zeit und Verständnisbereitschaft können eine Antwort darauf geben, und uns fehlt beides. Wie könntest Du verstehen, daß ich den Brief fälschte, der die Frau in die tödliche Falle lockte? Daß ich in jener Nacht zum Taubenhaus ging, bewaffnet mit Talismanen gegen

Unglück? Wie könntest Du meine Wut und meine Enttäuschung verstehen und dieses schreckliche Gefühl, schließlich doch die Dumme zu sein? Das Wissen, daß sie, wenn ich nicht handelte, für alle Zeit die Gefühle Deines Vaters beherrschen würde? In einem geheimen Winkel Deines Herzens hast Du das immer gewußt, aber ich habe nie gewagt, Dich danach zu fragen. Und ich kenne auch Deine Wut und Deine Enttäuschung sehr genau.

Nimm die Dinge, wie sie sind, Judy. Nimm mich, wie ich bin. Und verzeih mir. Deine Dich liebende Mutter – Lis.

Ich sah von den dünnlinierten Blättern auf. Judy hatte sich wieder beruhigt und beobachtete mich. Ihre Augen hinter den Brillengläsern, in denen sich das Kerzenlicht spiegelte, waren undurchdringlich. »Sehen Sie?« sagte sie. »Nun hat sie doch noch gestanden.«

»Es ist ein Brief voller Selbstbezichtigungen, aber ich halte ihn nicht unbedingt für ein Geständnis.«

»Es steht doch alles da, schwarz auf weiß.«

»Sie gibt zu, den Brief geschrieben zu haben, der Cordy nach Seacliff lockte. Sie gibt zu, zu dem Taubenhaus gegangen zu sein. Aber sie schreibt nirgendwo: ›Und ich ermordete Cordy.‹«

»Ja – typisch Lis. Sie verschleiert die Wahrheit.«

»Das glaube ich nicht... Was hat es mit diesem Handel auf sich?«

Judy zuckte mit den Schultern.

»Und mit den ›Talismanen gegen Unglück‹?«

»Ich nehme an, sie meinte die Gartenschere.«

»Und dann sagt sie, Sie hätten es immer gewußt. Immer was gewußt?«

»Immer den Verdacht gehabt, daß sie es getan hat.«

»Sie sagt *gewußt*.«

»Eine Frage der Ausdrucksweise. Ungenaue Wortwahl.«

»Das bezweifle ich. Dieser Brief war ihr sehr wichtig. Kein Wort ist gestrichen, keine Schreibfehler, keine Zeichen von Hast. Es würde mich nicht wundern, wenn sie ihn mehr als einmal geschrieben hätte.«

»Was wollen Sie damit sagen? Daß Sie immer noch glauben, Lis habe Cordy nicht getötet?«

»Ich weiß nicht, was ich glauben soll. Aber dieser Brief läßt keinerlei Schlußfolgerungen zu.«

Judy schwieg für einen Augenblick. Schließlich sagte sie: »Gut, jetzt wissen Sie, warum ich mit diesem Prozeß weitermachen muß. Ich muß es dringender denn je wissen.«

»Und es kümmert Sie nicht, ob es dem Andenken Ihrer Mutter schadet?«

»Hat es sie je gekümmert, was mir schadet? Sehen Sie sich doch den Anfang des Briefs an. Sie schreibt eindeutig, daß sie sich umbringt, weil sie müde ist, mich vor der Wahrheit zu schützen!«

»Wie gesagt, voller Selbstbezichtigungen.«

»So war Lis. Sie spielte die Märtyrerin. Ihr erstes Martyrium war die Alkoholsucht meines Vaters, waren sein Fremdgehen und seine Mißhandlungen. Das zweite Martyrium war die fälschliche Mordanklage. Dieser Brief klingt jetzt so, als habe sie sich mit ihrem Märtyrertum fast selbst in die Gaskammer gebracht – und mich damit vor Gott weiß was geschützt.«

Ich sah mir den Brief noch einmal an. »Ich frage mich, was das für ein Handel war. Er stützt die Vertuschungstheorie. Und es paßt zu einer Äußerung, die sie bei einem unserer ersten Gespräche machte – daß sie, als sie begnadigt wurde und nicht in die Gaskammer mußte, ›wisse, was da laufe‹.«

»Sie meinen, der Handel bestand darin, daß sie ins Gefängnis ging, aber nicht exekutiert wurde? Als Gegenleistung wofür?«

Ich schüttelte den Kopf.

»Mit wem hat sie den Handel abgeschlossen? Mit meinem Adoptivvater?«

»Nicht sehr wahrscheinlich. Er selbst war damals noch nicht so einflußreich. Ich glaube, er hat im Auftrag eines noch Einflußreicheren gehandelt.«

»Des Gouverneurs?«

»Eher einer dieser Drahtzieher hinter den Kulissen mit dem wirklich großen Geld und der wirklichen Macht in den Händen.«

Judy sackte zusammen, ein bißchen theatralisch. »Meine ersten Eltern waren ein Alkoholiker und eine... ich weiß nicht, was. Und dann wurde ich von einem Mann adoptiert, der einen Pakt mit dem Teufel einging.«

»Was war Ihre Adoptivmutter für eine Frau?«

»Sie war kalt. Ich spürte, daß sie mich nicht wirklich mochte. Sie starb schon wenige Jahre nach meiner Adoption.«

»Hat er nie wieder geheiratet?«

»Er war viel zu sehr mit dem Erklimmen der politischen Erfolgsleiter beschäftigt, um dazu die Zeit zu finden. Ich wurde mehr oder weniger von der Haushälterin aufgezogen.«

»Okay«, sagte ich, »genug der wiedergekäuten Vergangenheit. Jetzt müssen Sie etwas tun, das ganz bestimmt nicht leicht ist.«

»Sie meinen, der Polizei von diesem Brief erzählen und davon, daß ich sie habe weiterermitteln lassen, als wäre Lis ermordet worden.« Sie biß sich auf die Unterlippe. »Sperren sie mich dafür ein?«

»Möglich. Aber ich glaube, wir können erreichen, daß sie es nicht tun oder zumindest warten, bis das Tribunal vorbei ist.«

Sie nickte resigniert. »Rufen Sie die Polizei an?«

»Wollen Sie keinen Anwalt dabei haben?«

»Der einzige Anwalt, dem ich traue, ist Jack, und ihn will ich auf gar keinen Fall hier haben. Ich versuche mein Glück mit Ihnen und den Cops.«

Ich nickte und ging zum Telefon. Als ich nach dem Hörer griff, ging das Deckenlicht an. Der Kühlschrankmotor seufzte und ächzte und begann zu brummen. Aus einem Nachbarhaus ertönte ein Hurra-Schrei.

Ich nahm ihn als gutes Omen.

»Das stinkt mir aber sehr«, sagte Adah Joslyn. »Kann sich die eine oder andere von Ihnen beiden vorstellen, wie sehr mir das stinkt?«

»Ich wage zu behaupten, ungeheuer.«

»Das ist gar nicht zum Lachen, Sharon. Ich dürfte, außer in Gegenwart ihres Anwalts« – sie deutete mit dem Kinn auf Judy – »überhaupt nicht mit ihr reden. Sie gibt zu, Ermittlungen behindert zu haben. Das ist ein schweres...«

»Kommen Sie, Adah. Sie werden es nicht zu einer Anklage kommen lassen.«

»Was sagen Sie da?«

»Sie werden es nicht dazu kommen lassen, weil es sonst kein Tribunal mehr geben wird. Und wenn es das nicht gibt, werden Sie und Wallace ihr eigentliches Ziel nicht erreichen.«

»Unser eigentliches Ziel war die Lösung dieses Mordfalls – von dem sich nun herausstellt, daß es *kein* Mord war.«

»Sie haben – oder jedenfalls Wallace hat – ein eher persönliches Interesse an der Sache.«

Ihre Augen verengten sich. Ich wußte, was sie dachte: Nachdem Lis Selbstmord begangen hatte, war Joseph Stameroff nicht mehr als Mörder festzunageln. Was hatte es also für einen Sinn, den alten oder den neuen Fall weiter zu verfolgen?

Langsam und mit Nachdruck fügte ich hinzu: »Ich weiß, was Lis Benedict meinte, als sie in ihrem Brief schrieb, sie sei lebensmüde. Aber ich weiß auch, daß die Frau durch diese Schmierereien und die anonymen Anrufe zu Tode gehetzt wurde. Und auch Judy und mich hat es einigen Schlaf gekostet, abgesehen von den Beschädigungen an unserem Eigentum. Adah, hinter alldem steckt doch jemand! Irgend jemand will verhindern, daß die Fakten des alten Mordfalls wieder ans Tageslicht gezerrt und noch einmal überprüft werden. Dieser Jemand hat sich krimineller Machenschaften in der Gegenwart schuldig gemacht und wahrscheinlich auch in der Vergangenheit. Ich glaube, Sie und Wallace erreichen das Ziel, das Sie sich gesetzt haben, indem Sie dem Tribunal beiwohnen und sich ansehen, was dort aufgedeckt wird.«

»Sie scheinen ziemlich zuversichtlich, daß der Prozeß Ergebnisse bringt.«

»Was ich ermittelt habe, geht in die Richtung.«

»Sind Sie sicher, daß Sie nicht mehr versprechen, als Sie halten können?«

Das war ich nicht, aber ich sagte ja.

Adahs Blick flog zu Judy hinüber, die uns verwirrt und etwas argwöhnisch musterte. Dann kehrte er zu mir zurück. »Na gut, es ist zwar kein todsicherer Weg, um diese Person in die Knie zu zwingen, aber es könnte doch zufriedenstellend ausgehen. Ich nehme an, das ist auch Barts Ansicht.«

»Heißt das, Sie lassen die Idee einer Anklage gegen Miss Benedict fallen?«

»Könnte ich mir vorstellen.«

»Und wenn diese neue Entwicklung an die Öffentlichkeit dringt?« Ich zeigte auf Lis' Brief, der auf dem Tisch zwischen uns lag. »Was ist dann?«

»Es wird schwer sein, das geheimzuhalten. Die Medien haben ein gewisses Interesse an dem Fall, und auch auf das Polizeipräsidium wird nicht wenig Druck ausgeübt.«

»Ich frage mich ohnehin, ob es falsch wäre, die Sache an die Öffentlichkeit zu bringen.«

Judy gab einen Protestlaut von sich.

»Ich weiß, wie Sie sich fühlen«, sagte ich zu ihr, »aber, wenn die Öffentlichkeit annimmt, Ihre Mutter habe gestanden, bevor sie sich umbrachte, dann könnte das jemanden aus der Reserve locken.«

»Sie sind also wirklich überzeugt, daß Lis Cordy nicht getötet hat«, sagte sie.

»Wie ich schon sagte, wir können aus so einem vieldeutigen Brief keine eindeutigen Schlüsse ziehen. Warum sollten wir also nicht von unseren ursprünglichen Annahmen ausgehen?«

Judy sah auf ihre Hände, die das schwarze Cape ihrer Mutter fest umklammert hielten. Sie hatte es wieder vom Boden aufgehoben und liebevoll zusammengefaltet, und jetzt schien sie es nicht mehr loslassen zu wollen. »Lis ist tot«, sagte sie mit kleiner Stimme, »und nur ganz wenige Menschen haben überhaupt jemals an ihre Unschuld geglaubt. Man kann also den Inhalt ihres Briefes genausogut an die Presse weitergeben.«

Adah Joslyn nickte entschlossen. »Wir sagen einfach, es gibt neue Indizien, und erklären nicht eindeutig, wie wir an sie gekommen sind.« Sie sah Judy streng an. »Ich weiß nicht, warum ich mir das alles für Sie antue, aber Sie haben mit der McCone da eine starke Verbündete.« Dann wandte sie sich an mich. »Wie ist denn jetzt der Stand der Dinge? Was haben Sie seit unserem letzten Gespräch herausgefunden? Als reichte das hier noch immer nicht...«

Ich erzählte, was ich im Laufe des Tages erfahren hatte. Als ich auf meinen Besuch bei ihren Eltern zu sprechen kam, warf sie zur Abwechslung nun mir einen strengen Blick zu.

»Sie haben Nerven, ihnen ohne Rücksprache mit mir auf die Bude zu rücken«, bemerkte sie.

»Ich habe es versucht. Aber Sie waren nicht da. Sie sollten sich zumindest einen Anrufbeantworter zulegen.«

»Den habe ich. Ich vergesse nur immer, ihn einzuschalten. Hasse die verdammten Dinger. Was hatten Sie für einen Eindruck von meinen alten Herrschaften?«

»Sie haben mir gefallen. Aber ich verstehe, warum es schwer sein dürfte, mit ihnen zusammenzuleben.«

»Schwer« ist reichlich gelinde ausgedrückt. Aber egal – dieser Verbindungsstrang zu den Kommunisten, glauben Sie, der bringt was?«

»Er ist es wert, verfolgt zu werden.« Ich sah Judy an. »Was fällt Ihnen zum politischen Standort Ihrer leiblichen Eltern ein?«

»Sie haben eine strikt konservative Linie auf seiten der Republikaner verfolgt, da bin ich sicher. Wer als Intellektueller in den fünfziger Jahren zum militärisch-industriellen Komplex gehörte, wäre verrückt gewesen, das nicht zu tun. Es gab schließlich kaum eine Alternative. Man wurde auf Herz und Nieren durchleuchtet, und zwar nicht nur als Institutsmitglied. Auch die Familie kam in die Sicherheitsprüfung.«

»Dann gibt es da keinen Ansatz.« Ich wandte mich an Adah Joslyn. »Könnten Sie mal bei den Kreditsicherungsunternehmen NCIC und CJIS nachfragen, was sie über Roger Woods wissen?«

»Sicher. Aber da wird nicht viel zu holen sein, und die Mühlen der Bürokratie mahlen verdammt langsam. Ich sehe mal, ob ich ein bißchen Dampf machen kann.« Sie stand auf und nahm Lis' Brief in die Hand. »Den muß ich mitnehmen«, sagte sie zu Judy, »aber Sie bekommen ihn zu gegebener Zeit wieder.«

Judy lockerte ihren verkrampften Griff um das Cape und streckte die Hand aus, als wolle sie Adah zurückhalten. Doch dann zog sie sie wieder zurück und schüttelte den Kopf. »Nehmen Sie ihn. Behalten Sie ihn.« An mich gewandt, fügte sie hinzu: »Ich habe gemeint, was ich vorhin sagte – ich will ihn nicht mehr.«

Um Mitternacht war ich im Bett, erschöpft, aber wach. Ralph und Allie spürten meine Unruhe und schmiegten sich an mich, und zwar so eng links und rechts, daß ich mir vorkam wie ein Buch zwischen zwei samtigen Buchstützen. Meinem Haus war nichts Neues angetan worden, und der Anrufbeantworter hatte nichts aufgezeichnet – nicht einmal eine Nachricht von Hy, was mich ein wenig beunruhigte. Also lag ich angespannt da und horchte auf verstohlene Geräusche von draußen oder das Läuten von Telefon oder Türglocke. Und während die Stunden vergingen, ging mir Adah Joslyns Frage immer wieder durch den Kopf: *Sind Sie sicher, daß Sie nicht mehr versprechen, als Sie halten können?*

22

Am Donnerstag morgen hatte ein Haufen Abfall vor meiner Tür gelegen. Am Freitag stand Richter Joseph Stameroff in seiner grauen Sicherheitslimousine davor. Als ich die Stufen hinunterging, stieg der Chauffeur aus und öffnete die hintere Tür. Stameroff winkte mir, einzusteigen. Ich folgte seiner Einladung, weil ich bezweifelte, daß ein Richter unseres Obersten Gerichts mir vor den Augen neugieriger Nachbarn etwas antun würde. Die gingen nämlich gerade zur Arbeit und hatten den Wagen sehr genau im Auge.

Auch Stameroffs Gesicht war, wie das Judys am Abend zuvor, sehr angespannt. Zwar stand noch immer Arroganz in seinen Augen, doch zugleich waren sie von Kummer und Sorge umwölkt. »Ich bin gekommen«, sagte er, »um Sie ein letztes Mal zu bitten, diesen Scheinprozeß zu stoppen.«

»Das kann ich nicht. Sie haben selbst dafür gesorgt, daß er stattfindet, indem Sie sich eingemischt haben.«

»Miss McCone, ich würde mich nur allzu gern daraus zurückziehen. Und ich habe bei Ihnen eine gewisse... Charakterstärke festgestellt. Wenn Sie wollten, könnten Sie den Prozeß stoppen.«

»Vielleicht, wenn es nur um Jack Stuart ginge. Aber Judy will entschlossen weitermachen. Haben *Sie* je versucht, sie aufzuhalten, wenn sie sich etwas in den Kopf gesetzt hatte?«

Er seufzte. »Versucht, ja. Mit Erfolg? Nein.«

»Sie hat Ihnen eine Menge Ärger gemacht im Laufe der Jahre, nicht? Ich hoffe, der Handel, den Sie mit Lis Benedict eingegangen sind, war es wert.«

»Ich bin mit ihr keinen Handel eingegangen.«

»Kommen Sie, Stameroff. Wir wissen beide, daß da etwas vertuscht wurde und daß Sie mittendrin steckten. Warum geben Sie das nicht zu – zumindest mir gegenüber?«

»Miss McCone, zur Zeit des Benedict-Prozesses war ich ein ganz kleines Rädchen im Getriebe der Justiz. Wenn Mrs. Benedict ein Abkommen geschlossen hat, dann mit einer wesentlich wichtigeren Persönlichkeit, als ich es war.«

»Sie waren nur ausführendes Organ, oder? Gehörte die Adoption von Judy auch zu den Anordnungen, denen Sie sich unterwarfen?«

Er schüttelte traurig den Kopf. »Sie verstehen überhaupt nichts, oder? Ich mochte das kleine Mädchen wirklich. Sie war allein in der Welt – oder würde es bald sein – und brauchte mich, wie mich vorher noch nie jemand gebraucht hatte. Es mag Sie überraschen, Miss McCone, aber selbst ein Mann, von dem Sie sowenig halten, ist zur Liebe fähig. Die Ereignisse der nächsten Tage werden Judy sehr verletzen, und mir bleibt nichts, als mich selbst zu verteidigen.«

»Jedem bleibt eine andere Möglichkeit.«

»Wenn ich eine habe, kann ich sie nicht erkennen.«

Wir saßen eine Weile schweigend da und teilten einen Gedanken – den an die bevorstehende Katastrophe. Zu meiner Überraschung reichte mir Stameroff schließlich die Hand. »Wahrscheinlich werden wir keine Gelegenheit mehr zu einem weiteren Gespräch haben.«

»Nein, wohl kaum.«

Ich stieg aus und sah dem Wagen nach, der langsam seinen Weg aus meiner engen, verstopften Straße suchte. Dann brach ich selbst zu meinen Terminen auf.

Der Morgen war mit Nebel heraufgezogen, und wie jeder wahre Einwohner von San Francisco war ich gewissermaßen erleichtert. Lange, warme Abschnitte sind nicht normal für unsere Stadt an der Bay. Dauert so eine Wärmeperiode länger als ein paar Tage, erinnern wir uns gleich der seltsamen Schwüle, die damals vor dem Erdbeben von 1989 herrschte, und schon werden wir nervös und reizbar. Als ich unter der diesmal geschlossenen muschelförmigen

Kuppel des Institute for North American Studies wartete, sah ich zu meiner Freude, daß sich salzige Feuchtigkeit auf dem Glas abgesetzt hatte.

Für zehn Uhr war ich mit Leonard Eyestone verabredet gewesen. Als er nach zwanzig Minuten noch nicht gekommen war, stand ich auf und ging unruhig in der Lobby auf und ab. Links vom Empfang befand sich ein zurückgesetzter Bereich in Form eines Sechsecks, der mich an die Apsis einer Kirche erinnerte. Ich ging hinüber und entdeckte eine kleine Fotogalerie mit einer Polsterbank in der Mitte.

Die Fotos zeigten Ereignisse aus der Geschichte des Instituts: der Transport von Möbeln ins Haus Seacliff, Russell Eyestone beim Empfang einer Medaille von John F. Kennedy, das Ausheben der Fundamente hier am Embarcadero, die Feierlichkeiten zur Eröffnung des neuen Gebäudes. Der Rest beschränkte sich überwiegend auf Männer hinter Rednerpulten – die Ansprachen hielten, Auszeichnungen entgegennahmen, bekannten Persönlichkeiten die Hände schüttelten. Eines erkannte ich wieder. Ich hatte es schon auf Mikrofilm in der Bibliothek gesehen. Es zeigte John Foster Dulles mit den Eyestones. Auf einem anderen entdeckte ich eine attraktive, junge Lis Benedict. Sie saß am Kopf einer Bankettafel. Ich trat näher und sah mir den Mann zu ihrer Rechten an. Vincent Benedict, ein dunkler, leichtlebiger Typ, war auf seine Art ein gutaussehender Mann gewesen. Die Kamera hatte ihn in einer wohl für ihn charakteristischen Pose festgehalten, das Cocktailglas halb zum Mund erhoben. Alle Fotos, auch die neuesten, trugen unten links in der Ecke in silberner Prägung denselben Namen: Loomis.

»Ah, da sind Sie ja.« Leonard Eyestone stand hinter mir.

Ich drehte mich um. Er trug einen untadelig geschnittenen grauen Nadelstreifenanzug, doch sein Gesicht wirkte aufgedunsen, die hervorstehenden Augen müde. Wir gaben uns die Hand, und er zeigte auf die Bank.

»Wenn es Ihnen nichts ausmacht, unterhalten wir uns hier«, sagte er. »In meinem Büro herrscht das Chaos. Wir bereiten gerade eine Pressekonferenz vor, und irgendwie scheinen meine Mitarbeiter zu glauben, daß Reporter auch auf Details wie Staub achten.«

»Eine Pressekonferenz? Worüber?«

»Über einen neuen, recht umfangreichen Vertrag – ein regelrechter Coup. Eine auf fünf Jahre angelegte, mit sechzig Millionen Dollar dotierte Studie über die religiöse Rechte. Das Hauptgewicht liegt auf ihren destruktiven Taktiken und ihrem Potential zur Unterwanderung etablierter sozialer Institutionen. Wenn die Ergebnisse unsere Vermutungen bestätigen, werden wir auch den Rahmen für ein entsprechendes Informationssystem entwickeln – öffentliche Seminare, Lehrveranstaltungen auf dem Campus –, um die Bürger auf eventuelle Gefahren hinzuweisen.«

»Wurde die Studie von der Regierung in Auftrag gegeben?«

»Vom Ministerium für Gesundheit, Erziehung und Wohlfahrt.«

»Ich staune, daß unsere gegenwärtige Regierung sich für rechte Sekten interessiert.«

»Wieso? Sie sorgt sich um die Stabilität unserer Gesellschaft. Die religiöse Rechte besteht aus Extremisten. In der Vergangenheit haben sie oft genug für Unruhe gesorgt. Sie sind in der Lage, der Position der Konservativen unkalkulierbaren Schaden zuzufügen.«

Ich konnte seine Sichtweise nachvollziehen. Als Liberale war auch ich besorgt über die zunehmende Bedeutung der religiösen Rechten. Aber daß die Regierung eine Studie in Auftrag gab, mit deren Hilfe diese Rechte nun offensichtlich unter Kontrolle gehalten werden sollte, hatte für mich den gleichen Beigeschmack von Intoleranz wie umgekehrt die Kampagne der religiösen Rechten für ein Verbot der Abtreibung, der Evolutionslehre in den Schulen und von Büchern, die nicht dem eigenen engstirnigen Weltbild entsprachen.

»Diese Studie ist inhaltlich wohl meilenweit entfernt von dem Auftrag, den Ihr Institut an dem Abend der Öffentlichkeit vorgestellt hat, als Cordy McKittridge ermordet wurde«, wandte ich ein. »Von der Verfolgung der extremen Linken zur Verfolgung der extremen Rechten ist es ein weiter Weg für nur sechsunddreißig Jahre.«

»Miss McCone, wir ›verfolgen‹ niemanden und haben es auch nie getan. Wir haben lediglich den Auftrag von der Regierung, bestimmte Fakten zu ermitteln.«

»Und nach der Herausgabe Ihrer Berichte ist es Ihnen egal, wie sie interpretiert werden? Wie sie benutzt werden – oder gegen wen?«

Er seufzte, als wäre er es leid, einem etwas zurückgebliebenen Kind ein einfaches Konzept zu erklären. »So ist es. Wir haben lediglich den Auftrag, Informationen zu sammeln und dabei objektive Methoden der Analyse anzuwenden.«

»Und Sie haben kein persönliches Interesse an dem, was dabei herauskommt?«

»Persönliches Interesse? Nein. Aber wenn Sie mich fragen, ob ich eine persönliche Meinung dazu habe, dann ist das etwas ganz anderes. Ich glaube, jede Art von Extremismus hat negative Auswirkungen auf unsere Gesellschaft. Aber wenn wir sie im Zaume halten und kanalisieren können, lassen sie sich zum Wohle der Öffentlichkeit nutzen. Für unsere derzeitige Studie heißt das: Wenn wir die religiöse Rechte objektivieren und quantifizieren können – laienhaft ausgedrückt: herausbekommen, was sie in Schwung hält –, können wir ihre unerwünschten Auswirkungen neutralisieren und zugleich wieder die Kräfte nutzen, die der amerikanischen Gesellschaft insgesamt zu größerer Stabilität verhelfen. Das hätten wir so auch schon mit den Kommunisten und den Vietnamkriegsgegnern machen sollen.«

Mein Unbehagen nahm heftig zu. »Sie meinen, sie sich zunutze zu machen, ohne daß sie sich dessen bewußt sind?«

»Im großen und ganzen, ja.«

»Um den Status quo zu erhalten?«

»Ihn zu verbessern.«

»Aber zugleich die Position derer, die derzeit an der Macht sind, zu festigen?

»Nun ja...« Er zuckte mit den Schultern.

»Und Veränderungen zu verhindern, soweit sie nicht von der Regierung selbst verordnet sind?«

»Im Sinne eines höheren Wohls.«

Bedrückt sah ich mir die Fotos ringsum an den Wänden an. Sie alle legten eindeutig Zeugnis ab für eine beständige Allianz zwischen dem Institut und den jeweils Herrschenden. Zuviel Macht versammelte sich in diesem Eyestone-Heiligtum für Intellektuelle. Verdammt zuviel Macht, die gebraucht werden konnte – mißbraucht, um rücksichtslos die Rechte des weitgehend machtlosen Individuums zu übergehen.

»Das gefällt Ihnen nicht«, sagte Eyestone.

»Es endet für mich beim Großen Bruder.«

Er tat es mit einem Brummen ab. »Erfundener Quatsch – und total überholt. Für mich hat Extremismus in der modernen Gesellschaft einfach keinen Platz. Terroristen, Massenmörder, Demonstranten aller Schattierungen: Wir können uns keinen ungezügelten Individualismus mehr leisten. Und genauso wenig einen ungeplanten sozialen Wandel.«

Selten hatte ich mich durch eine Argumentation so in eine Falle gelockt gefühlt wie hier, und ich spürte, daß genau das die Absicht war. Eyestone hatte mich vor ein ausgesprochenes Dilemma gestellt: Einerseits verabscheute ich Terroristen und Mörder genauso wie Demonstranten, die zu sinnloser Gewalt oder Einschüchterungspraktiken neigten. Andererseits, wenn er von der Beschneidung der Rechte des Individuums sprach...

»Welchen Platz nimmt das Grundrecht auf Freiheit in diesem Schema ein?« fragte ich.

»Es wird gewaltig überbewertet. Wenn Sie glauben, es existiere heute noch, sind Sie politisch naiv.«

»Ich bin politisch nicht so naiv, wie Sie glauben. Sie reden hier von einer Oligarchie, in der nur denen das Recht auf Meinungsäußerung zugestanden wird, die von einigen wenigen Machtträgern dazu autorisiert sind. Und so weit sind wir heute noch nicht.«

Eyestones schiefes Gesicht verzog sich zu einem Lächeln. »Oligarchie! Donnerwetter, McCone, ich hatte keine Ahnung, daß Sie über so einen umfangreichen Wortschatz verfügen!«

»Da sehen Sie, Dr. Eyestone, ein paar viersilbige Wörter schnappt man eben zwangsläufig auch in Berkeley auf. Aber um auf unser Thema zurückzukommen – teilen Ihre Kollegen am Institut eigentlich Ihre persönliche Meinung?«

»Der eine mehr, der andere weniger.«

»Und war das immer schon die politische Linie des Instituts?«

»Sie meinen doch sicherlich, ob das auch die Linie zur Zeit des McKittridge-Mordes war, nicht? Mehr oder weniger.«

»Waren die Intellektuellen der Ära des Kalten Kriegs nicht eine ziemlich konservative Gesellschaft?«

»Ja, abgesehen von den paar hinlänglich bekannten Ausnahmen

– C. Wright Mills zum Beispiel und Erich Fromm. Dafür gab es eine Reihe Gründe, sowohl dramatische – das war die Angst vor McCarthys Untersuchungsausschuß gegen antiamerikanische Umtriebe und den Schwarzen Listen – als auch sehr prosaische – Gefallen an der Wohlstandsgesellschaft der Nachkriegszeit. Beides war auch hier am Institut spürbar. Wir sind eine private Gesellschaft, die mein Vater gegründet und aufgebaut hat. Unsere Aufträge sind unsere Existenz, und Aufträge kommen von der Regierung und aus der Wirtschaft. Die jeweiligen Implikationen können Sie sich sicher vorstellen.«

»O ja.«

»Das klingt so mißbilligend. Aber es paßt zu einer Berkely-Absolventin, die mal ein paar dieser Vier-Silben-Wörter aufgeschnappt hat.« Er lächelte dazu, als wolle er unserer Unterhaltung die Schärfe nehmen. »Was kann ich Ihnen sonst noch über mein Institut erzählen?«

»Ich würde gern ein wenig über Cordy sprechen. Wie lange hatte Ihr Verhältnis gedauert, bevor sie es abbrach?«

Mein Themenwechsel schien ihn überrascht zu haben, und er mußte einen Augenblick nachdenken, ehe er antwortete. »Ungefähr zweieinhalb Jahre.«

»Zu Beginn war sie also noch ein kleines High-School-Mädchen?«

»Cordy war nie *nur* ein High-School-Mädchen, und sie war sehr… überzeugend, wenn sie etwas – oder jemanden – haben wollte. Im Rückblick ist mir klar, daß ich intellektuell auf sie wirkte, und natürlich hatte auch das Heimliche an unserer Affäre etwas Prickelndes. Außerdem schadete es nicht, daß ich ein bißchen eigenes Geld hatte und noch mehr erben würde, auch die Leitung des Instituts.«

»Sie sagen, es war eine heimliche Affäre. Ich dachte, Sie haben sie auf Institutspartys mitgenommen.«

»Als Freund der Familie und vielleicht als ihr älterer Brudersatz.«

»Also wußten nur wenige Leute von Ihrer Beziehung?«

»Nur ihre jungen Freundinnen – Louise Wingfield zum Beispiel.«

»Haben Sie sich in dem Apartment in North Beach getroffen?«

»Aha, davon wissen Sie also?«

»Von Louise Wingfield. Haben Sie Melissa Cardinal gekannt, das Mädchen, das ursprünglich die Wohnung gemietet hatte?«

»War das die kleine blonde Stewardeß? Der bin ich hin und wieder begegnet.«

»Und ihrem Stiefbruder Roger Woods?«

Eyestone runzelte die Stirn. »An einen Bruder kann ich mich nicht erinnern.«

»Stiefbruder. Er hat mit Melissa zusammengewohnt, bevor dann die anderen sich an der Miete beteiligten.«

»Dann kann ich ihn doch nicht gekannt haben, oder?«

»Wahrscheinlich nicht. Aber Sie können Melissa wiedersehen, wenn Sie meine Einladung annehmen.«

»Und was ist das für eine Einladung?«

Ich erzählte ihm von dem Historischen Tribunal und dem zum Wochenende angesetzten Termin: »Nachdem Richter Stameroff daran teilnimmt, dachte ich, es könnte alle interessieren, die damals beim eigentlichen Prozeß ausgesagt haben. Und auch Melissa Cardinal, auch wenn sie damals keine Zeugin war.« Ich hatte meine Zweifel, ob Melissa die Einladung annehmen würde, aber fragen konnte ich sie immerhin.

Eyestone zerrte an seiner Manschette und spielte am Manschettenknopf. Ihm war sichtlich unbehaglich. »Ich müßte aber nicht aussagen, oder?«

»Nur dabei sein. Ich würde Sie dabei um den Gefallen bitten, es mich wissen zu lassen, wenn Ihnen etwas ungenau oder verdreht vorkommt. Wir möchten, daß beide Seiten historisch so korrekt wie möglich dargestellt werden.«

Eyestone dachte einen Augenblick nach. Ich wartete, ob mein allzu deutlicher Appell an seine Eitelkeit Wirkung zeigte. Schließlich lächelte er: »Ich komme sehr gern, Miss McCone. Wir sehen uns morgen im Rathaus.«

»Ich nehme an«, sagte Louise Wingfield, »daß Sie mich alle Zeiten des Mordes an Cordy verdächtigen, wenn ich nicht an dem Scheinprozeß teilnehme.«

»Würde Ihnen das etwas ausmachen?«

»Seltsamerweise mag ich Sie, und darum ist es mir nicht gleichgültig, was Sie von mir denken.« Sie zögerte und dachte nach. »Joe und Leonard werden anwesend sein. Judy. Und Sie sagten, Sie wollen Melissa überreden. Die alten Zeiten. Gott, was für eine kunterbunte Truppe!«

»Werden Sie kommen?«

»Ja. Ich finde die Idee zwar nicht gut, aber es gehört wohl zum Reinigungsprozeß dazu. In der Morgenzeitung stand, die Polizei hätte Indizien gefunden, die auf einen Selbstmord von Lis schließen lassen.« Sie wies auf ein Exemplar des *Chronicle*, das auf der Ecke ihres Schreibtischs lag.

Ich hatte den Artikel gelesen. Er war gerade noch für die Stadtausgabe fertig geworden. »Lis' Tod war dennoch gewissermaßen Mord. Wahrscheinlich hätte sie sich nicht umgebracht, wenn man sie nicht so gequält hätte.« Dann wechselte ich das Thema. »Einen Punkt aus Ihrer Aussage beim echten Benedict-Prozeß muß ich noch klären, und ich muß Sie noch ein paar Dinge über Cordy fragen. Haben Sie noch ein wenig Zeit?«

Louise Wingfield lehnte sich in ihrem Stuhl zurück und griff nach einer Zigarette. »Bitte sehr. Ich komme heute morgen ohnehin zu nichts Ordentlichem mehr.«

»Erst einmal Ihre Aussage: Als Cordy der Brief ins Apartment gebracht wurde, war da noch jemand da?«

Sie dachte nach, die Augen zusammengekniffen. »Melissa.«

»Haben Sie das der Polizei gesagt?«

»...das werde ich wohl.«

»Hat die Polizei Melissa vernommen?«

»Ich weiß nicht.«

»Hat Stameroff Sie später gefragt, ob Melissa anwesend war?«

»Nein. Wie ich schon sagte, die Existenz der Wohnung und die Leute, die sie sich teilten, wurden mit Rücksicht auf Cordys Familie nicht zur Sprache gebracht.«

Oder mit Rücksicht auf jemand anderen, dachte ich. »Ist jemals eine Person wegen einer Aussage an Melissa herangetreten?«

»Woher soll ich das wissen? Ich habe Melissa an dem Tag, als der Brief eintraf, das letztemal gesehen. Und dann erst wieder letzte Woche, als ich sie aufsuchte.«

»In Ordnung. Jetzt zu Cordy: Wo stand sie politisch? War sie konservativ oder liberal?«

»Das Wenige, was sie an politischen Ansichten hatte, war konservativ geprägt. Wir alle, die wir in der Gesellschaft von San Francisco aufgewachsen waren, dachten so. Selbst auf dem College kümmerten wir uns mehr darum, vollwertige Individuen aus uns zu machen – das war damals so eine Phrase aus der Erziehung –, als nach neuen Konzepten oder Ideologien zu suchen.« Sie zog ein reumütiges Gesicht. »Und darum haben sie uns auch die Schweigende Generation genannt.«

»Soweit Sie wissen, hat Cordy also nie mit einer radikalen Richtung geflirtet? Mit dem Kommunismus?«

Louise hob die Brauen. »Cordy? Um Gottes willen, nein! Ihre Flirts bezogen sich immer nur auf das andere Geschlecht.«

»Wie war es bei Melissa Cardinal? Haben Sie mit Ihr jemals über Politik geredet?«

»Nein. Meine Beziehungen zu den anderen Mädchen, die die Wohnung benutzten, waren ziemlich oberflächlich. Und schließlich war da ja Vincent. Wenn man mit einem Mann, den man zu lieben glaubt, im Schlafzimmer ist, hat man keine besondere Antenne für die politischen Neigungen seiner Wohnungsgenossinnen.«

Die Offenheit, mit der sie über Benedict und sich sprach, war eine abrupte Kehrtwendung nach ihrem Vorwurf, ich dringe in ihre Privatsphäre ein. Sollte das nun der Wahrheitsfindung dienen, oder war es eher kalkulierte Freimütigkeit, die mich verwirren sollte? »Sind Sie je Melissas Stiefbruder Roger Woods begegnet?«

»Ich wußte nicht einmal, daß sie einen Stiefbruder hatte.«

»Und Sie erinnern sich noch immer nicht, wo Cordy und Melissa sich kennengelernt haben?«

Sie schüttelte den Kopf und blies den Zigarettenrauch durch die Nase aus. »Ich habe eine Weile darüber nachgedacht und bin eindeutig zu dem Schluß gekommen, daß auch Cordy Melissa gar nicht so gut kannte. Aber sie schienen gemeinsame Freunde gehabt zu haben. Ich erinnere mich, daß sie sich einmal über eine lächerliche Angelegenheit unterhielten, die im ›Unspeakable‹ passiert war.«

»Wo?«

»In einem Café an der Filbert Street. Das gibt es schon lange nicht mehr.«

»Ein Beat-Lokal?«

»Nein, das war noch vor der Zeit. Mehr mit sozialistischem Einschlag.«

»Das ist vielleicht der Zusammenhang, nach dem ich suche. Wissen Sie, wer es damals führte? Oder wie ich sonst etwas darüber herausbekommen kann?«

»Ich war nur einmal dort. Es war ein Wochenende, an dem ich aus Stanford zurückkam und dort mit einem Kommilitonen verabredet war, der sich selbst gern für radikal hielt. Wir sind nicht lange geblieben, weil er zuviel getrunken hatte und Krach schlug und wir deswegen hinauskomplimentiert wurden.«

»Dann war er wohl kein Stammgast.«

»Vielleicht doch. Zumindest war er früher schon dort gewesen. Ich kann ihn fragen, ob er sich an das Café erinnert.«

»Sie haben noch Kontakt zu ihm?«

»Gott, ja. Seine und meine Mutter waren Bridge-Partnerinnen. Nachdem er seine radikale Phase hinter sich hatte, stieg er in die Maklerfirma seines Vaters ein und machte Millionen. Ich gehe ihn regelmäßig um Spenden an.«

»Würde es Ihnen etwas ausmachen, ihn anzurufen und nach dem Unspeakable zu fragen?«

»Mache ich.«

Eine ganze Weile war nun schon eine Diskussion in der Nachbarkabine im Gang. Plötzlich verschärfte sie sich. Spanische Kraftausdrücke flogen hin und her. Louise Wingfield sah in die Richtung, aus der sie kamen, und sagte: »Ich glaube, ich werde gebraucht.«

»Ich hoffe, ich höre dann etwas von Ihnen über das Unspeakable. Wir sehen uns beim Tribunal.«

Ihre Lippen verzogen sich schmerzlich. »Und *ich* hoffe, dieser Prozeß macht uns nicht alle zum Gespött.«

Ich fuhr in mein Büro zurück und meldete mich bei Cathy Potter. Sie hatte ein paar interessante Dinge über das Seacliff-Anwesen auf Lager: Der Schätzpreis lag bei 5,5 Millionen Dollar. Aber Besitzer war nicht mehr das Institute for North American Studies, sondern eine Firma namens Keyes Development.

»Und jetzt kommt es!« fügte sie hinzu. »Es scheint, das Institut hatte das Haus bis zum Maximum mit Hypotheken belastet, um das neue Gebäude zu finanzieren. Im letzten Jahr sind sie mit den Zahlungen an die Hypothekengeber in Verzug geraten. Außerdem schulden sie auch Keyes noch Millionen. Keyes hat den Bau am Embarcadero vermittelt. Also übernahm die Firma jetzt das Anwesen als Sicherheit, einen erstklassigen Besitz direkt am Meer, wenn auch der größte Teil des Grundstücks praktisch in der Senkrechten liegt.«

»Und – kann ich hin?«

»Ich bemühe mich darum.«

»Wann weißt du Bescheid?«

»Wie gesagt, ich bemühe mich.«

»Ruf mich an, wenn du Genaueres weißt. Wenn du es schaffst, verspreche ich dir, mein nächstes Haus über dich zu kaufen.«

Nachdem Cathy mit den seltsamen und komplizierten Winkelzügen um den Erwerb meines jetzigen Hauses bestens vertraut war, schnaubte sie nur und hängte ein.

Auch ich hängte ein und widmete mich den Mitteilungen, die ich aus meinem Fach mit nach oben genommen hatte. Zwei Klienten mit weniger wichtigen Anfragen. Einer, der sich für meine geleistete Arbeit bedankte. Meine Mutter: Mein Anrufbeantworter habe ihr bei ihrem gestrigen Anruf ins Ohr gekreischt. Sie fürchte, er sei kaputt. Ob ich sie zurückrufen würde, wenn ich Zeit hätte?

Das würde ich gern. Seit meine Mutter sich im letzten Herbst hatte scheiden lassen und zu ihrer neuen Liebe, einem jüngeren Mann von siebenundfünfzig Jahren namens Melvin Hunt, gezogen war, waren unsere Gespräche zunehmend munter und erfreulich geworden. Das gleiche galt für den Umgang mit meinem Vater, der täglich weiter aus seiner Jahrzehnte dauernden Depression und Isolation emportauchte. Zu beiden mußte ich eine neue Beziehung aufbauen – eine, in der Kritik, Schuldzuweisungen und Verstimmungen aufgrund elterlicher Autorität keinen Platz mehr hatten. Es war wunderbar, in den eigenen Eltern zwei neue Freunde gefunden zu haben.

Und die letzte Nachricht: »Linda wartet auf einen Rückruf im Wig Wonderland.« Dahinter hatte Ted ein großes Ausrufezeichen gemalt und ein Gesicht, das meinem auf bemerkenswerte Weise ähnelte, gekrönt von karottenfarbenen Locken.

Linda? Wig Wonderland? Ach ja – Tony Nuevas Freundin, Linda Bautista. Sie hatte versprochen, mich anzurufen, wenn sie etwas von ihm gehört hatte.

Ich beschloß, lieber gleich hinzufahren.

23

Linda Bautista trug eine kastanienbraune Perücke. Die unecht glänzenden Locken waren so hoch aufgetürmt, daß es aussah, als balancierte sie eine blattlose Ananas auf dem Kopf. Als ich den Laden betrat, setzte sie gerade einer jungen Asiatin einen Mop aus platinblonden Locken auf. Es sah grauenhaft aus, aber die Frau drehte den Kopf nach rechts und nach links und lächelte dazu. Als Linda mich sah, legte sie einen Finger auf die Lippen und zeigte auf einen Durchgang mit einem Vorhang am hinteren Ende des Ladens. Ich nickte und ging dorthin. Kurz darauf kam sie nach.

Der Durchgang führte in einen Lagerraum. In den Regalen standen weitere körperlose Köpfe, und lockige Perücken lagerten in ihren Plastikhüllen wie schlafende Tiere. Linda lehnte sich gegen die Wand, zog einen ihrer leuchtendroten Pumps aus und rieb sich die bestrumpften Zehen. »Tony ist wieder da«, sagte sie. »Er möchte sich mit Ihnen treffen.«

»Wo ist er – bei Ihnen zu Hause?«

Sie schüttelte den Kopf. »Er versteckt sich bei einem Freund draußen am Strand.«

»Vor wem versteckt er sich? Vor dem, der ihn verprügelt hat?«

»Ja und nein. Es ist etwas... kompliziert.«

»Erzählen Sie.«

»Also...« Ihr Blick wich mir aus, und sie bückte sich nach dem

Schuh. »Tony war in Chula Vista und ist von dort aus mit seinen Cousins nach Tijuana gefahren. Auf der Rückfahrt gab es dann Ärger mit dem Zoll, also hat er sich aus dem Staub gemacht.«

»Was für einen Ärger? Drogen?«

»Äh, das weiß ich nicht. Aber irgendwie wollte er nicht im Süden bleiben.«

Ich hatte schon lange darauf gewartet, daß Nueva einmal einen gravierenden Fehler machen würde. Er war nicht schlau genug, um auf die Dauer auf dem schmalen Grat am Rande der Legalität zu balancieren. »Und da ist er hierher zurückgekommen, wo er doch weiß, daß ihn hier jemand auf dem Kieker hat.«

Linda fummelte an ihrem Schuh herum und zog die zerknautschte, schmutzige Einlegesohle heraus. »Aber wohin soll er sonst gehen? Hier hat er wenigstens noch Freunde. Wollen Sie sich mit ihm treffen?«

»Haben Sie seine Adresse?«

Sie gab sie mir: Siebenundvierzigste Avenue, in der Nähe der Santiago Street. Als sie ihren Schuh wieder anzog, fragte ich: »Heißt das, Sie und Tony sind wieder zusammen?«

Sie zuckte mit den Schultern und mied immer noch meinen Blick. »Was soll ich machen? Er braucht mich.« Unausgesprochen blieb die Ergänzung: *Und ich brauche ihn.*

Zu gern hätte ich ihr gesagt, daß sie noch andere Möglichkeiten hatte als diesen halbseidenen Burschen, der mit seinen neunzehn Jahren schon mit einem Bein im Gefängnis stand. Aber ich wußte nicht genau, ob das auch stimmte, und sie hätte es sowieso nicht hören wollen. Also sagte ich nichts. Als ich den Laden verließ, bat die Asiatin Linda gerade um eine Perücke, genau wie die ihre.

Die äußeren Bereiche des Sunset-Distrikts ähneln sehr den Strandorten Südkaliforniens. Doch hier erinnert alles an die heftigere Wirkung der Elemente. Der Rost an den eisernen Geländern der Wohnhauskomplexe am Great Highway zeugt von der salzig-feuchten Luft und von starken Regenfällen. Der sandhaltige Wind scheuert an den Farben und am Verputz der dazwischengeklemmten kleinen Häuser. Selbst an sonnendurchfluteten Tagen liegt eine leicht depressive Stimmung über dem Gebiet, wie eine Nebelbank draußen über der See. An einem Tag wie heute, an dem die ganze Stadt grau in grau getaucht war, waren die Schäbigkeit und der Verfall besonders sichtbar.

Die Adresse, die Linda mir gegeben hatte, war ein Einlieger-Apartment im Erdgeschoß eines pinkfarben verputzten Hauses. Ich läutete. Salzige Feuchtigkeit legte sich auf meine Wangen, während ich wartete. Leise Schritte näherten sich der Tür. Ich sah in den Spion. Ein dunkles Auge blickte mir entgegen. Dann rasselte die Sicherheitskette, und Tony Nueva ließ mich ein. Rasch legte er die Kette wieder vor und drehte den Schlüssel herum.

Wir standen in einem engen, dunklen Flur. Auf dem Boden lagen Läufer in verschiedenen Formen und Farben. Manche überlappten sich und machten den Boden uneben. Es roch modrig und entfernt nach Hund. Tony sagte nichts, sondern führte mich in ein Zimmer, in dem sich lediglich eine Matratze und einer dieser Sitzsäcke befand, die in den Sechzigern so beliebt waren. Es gab keine Küche, nur eine Herdplatte auf einem kleinen Kühlschrank. Durch die Badezimmertür sah ich auf den Berg Geschirr im Waschbecken. Nueva deutete auf den Sitzsack und ließ sich selbst auf die Matratze nieder.

Die Vorhänge am einzigen Fenster des Apartments waren zugezogen und mit Sicherheitsnadeln zusammengehalten. Das Licht, das noch durch die Ritzen drang, reichte aus, mir einen ungewohnt mitgenommenen Tony zu zeigen. Das dunkle Haar stand ihm struppig vom Kopf, die blutunterlaufenen Augen hatten dunkle Ringe, und er roch nach Bier. Eine Pyramide aus Budweiser-Dosen lehnte an der Wand.

»Diesmal hat es dich also erwischt«, sagte ich. »Was ist passiert an der Grenze? Hast du Drogen geschmuggelt?«

Er machte eine müde Handbewegung. »Keine Predigten, McCone. Fertigmachen kann ich mich selber, auch ohne Ihre Hilfe.«

»Und wer hat dich sonst noch fertiggemacht?« In seinem Gesicht sah ich verschorfte Schnittwunden und gelbgrün verfärbte Prellungen.

»Bevor ich Ihnen das erzähle, brauche ich ein paar Mäuse, damit ich aus der Stadt komme.«

»Da kann ich vielleicht helfen. Aber erst einmal muß ich hören, was du mir zu sagen hast.«

»Scheiß drauf, McCone...«

»Soll ich dir nun helfen oder nicht?«

Er sah mich an und seufzte schließlich. »Okay. Diesen Freitag vor zwei Wochen sind Sie wegen der Schmierereien zu mir gekommen, nicht? Sie hatten recht, daß es leicht sein würde, den Kerl ausfindig zu machen – wegen seiner roten Hände. Er heißt Enrique Chavez. Großer, häßlicher Kerl und ziemlich blöd. Gab vor den Typen in diesem Motorradladen damit an, daß das ein Auftrag von so einem hohen Tier ist und er jetzt mächtig Geld scheffelt.«

Nueva sah sich um, griff nach einer Bierdose und schüttelte sie. Dann legte er den Kopf zurück und nuckelte den letzten Rest heraus. »Ich also hin zu Chavez«, fuhr er fort. »Denke mir, wenn der, der ihn angeheuert hat, wirklich ein hohes Tier ist, kann ich auch ein Geschäft machen. Ich rede mit dem Kerl und erzähl ihm, daß Sie hinter den Schmierereien her sind. Er sagt, alles klar, ich soll Ihnen nichts sagen, er will sehen, was dabei herausspringt. Am nächsten Tag kreuzt er mit fünf Hundertern auf.«

»Und dann?«

»Ich hör ihm zu. Chavez ist wirklich ein blöder Kerl. Reißt das Maul auf. Ich höre, daß noch ein paar Schmierereien dazugekommen sind. Und Anrufe. Und *dann* höre ich von der alten Lady.«

»Was hast du gehört?«

»Nur den Namen. Benedict.« Nueva nickte und zeigte mit dem Finger auf mich. »Den einen Tag erzählt Chavez von ihr. Am nächsten ist sie tot. Jetzt weiß ich, daß ich einer heißen Sache auf der Spur bin.«

Offensichtlich hatte er nicht die Morgenzeitung gelesen und keine Ahnung, daß Lis Benedict Selbstmord begangen hatte. »Also bist du noch einmal zu Chavez gegangen«, sagte ich.

»Nicht gleich. Ich habe ein paar Tage darüber nachgedacht. Bin alles durchgegangen. Dann bin ich zu Chavez in den Motorradladen gegangen. *Großer* Fehler. Chavez gibt zwei Kumpeln ein Zeichen, und alle drei fallen über mich her. Diese Kerle – richtige Killer. Kann also keinesfalls mehr in der Stadt bleiben, haue nach Süden ab. Und wenn ich mich nicht von meinem verdammten Cousin Carlos hätte überreden lassen, ein paar Kilo über die Grenze schaffen zu helfen, dann wäre ich jetzt noch da unten.«

Ich schwieg und dachte über das nach, was er mir berichtet hatte. Wie ich schon zu Adah Joslyn gesagt hatte: Auch wenn Lis Benedict Selbstmord verübt hatte, war sie doch buchstäblich in den Tod getrieben worden. Ich mußte diesen Enrique Chavez haben – und die Person, die ihn angeheuert hatte. »Du weißt, wo Chavez wohnt?« fragte ich.

Nueva schüttelte den Kopf. »Wie gesagt, er hängt da bei den Ace Bike Works herum, an der Siebzehnten, Nähe Folsom Street. Aber gehen Sie nicht hin, McCone. Diese Kerle machen Sie zu Hackfleisch.«

»Kümmere dich mal um dich selbst, Nueva.«

»Tue ich doch. Warum habe ich Ihnen das wohl alles erzählt? Wieviel kriege ich dafür?«

»Die zwanzig Dollar, die ich dir ursprünglich für die Information versprochen habe.«

»McCone!« Großes Heulen und Zähneklappern.

»Du bist wieder im Geschäft, Tony. Du hättest mir nicht einmal meinen Zehn-Dollar-Vorschuß zurückgegeben, wenn ich dir nicht auf den Pelz gerückt wäre und gesagt hätte, her damit.«

»McCone, ich *muß* raus aus der Stadt. Wenn Chavez rauskriegt, daß ich es Ihnen erzählt habe, machen er und seine Kumpel mich garantiert kalt.«

»Das bezweifle ich. Chavez weiß nicht, wo du steckst. Und ich werde es ihm nicht verraten, weil ich will, daß du genau hier bleibst.«

»Warum?«

»Weil ich dich vielleicht brauche. Und wenn ja, dann bezahle ich dich gut.«

Nueva lächelte. Selbst mit einer drohenden Anklage wegen Drogenschmuggels vor Augen ließ ihn die Aussicht auf ein Geschäft wieder richtig aufleben.

Ace Bike Works war kein großer Laden, nur eine Garage unter einem baufälligen viktorianischen Haus an der Siebzehnten Straße im Herzen des Mission District. Dort wurden sicher keine großen

Geschäfte gemacht. Als ich um zehn vor fünf in die Einfahrt bog, sah ich nur einen Mann drinnen – einen rundköpfigen Latino im Overall, der den Boden fegte und den Dreck auf die Straße beförderte. Er sah mich gleichgültig an, als ich aus dem MG stieg, und kümmerte sich dann wieder um seinen Besen.

Während ich auf ihn zuging, sah ich mich in der Garage um. Sonst war tatsächlich niemand da. Es stand auch nur ein Motorrad in der Garage – eine alte Harley-Davidson, die aussah, als wäre sie seit Jahren nicht mehr verkehrstauglich. Der Mann hörte auf zu fegen, stützte sich auf den Besen und sah mich mit stumpfem Blick an.

»Enrique da?«

Keine Reaktion.

»Enrique Chavez?«

Es war, als hätte ihn jemand angeknipst. Sein Blick hellte sich unendlich langsam auf. »Enrique?« fragte er zurück, und ich merkte, daß er etwas zurückgeblieben war.

»Enrique Chavez«, sagte ich noch einmal langsamer.

»Nicht da.«

»Wissen Sie, wo er wohnt?«

Wieder keine Reaktion.

»Sein Haus? Seine Adresse?«

»Clipper Street?«

»Nummer?«

Kopfschütteln.

»Querstraße?«

»Sanchez?«

»Danke.«

Der Mann sagte nichts mehr, fegte bloß weiter.

Nach dem Telefonbuch in einer Zelle am Bahnhof in der Sechzehnten Straße gab es in den Häusern der Clipper Street im Bereich der Sanchez Street nur drei Chavez und nur einen mit dem Vornamen Enrique. Ich rumpelte durch eine Serie Schlaglöcher zur angegebenen Adresse.

Die Clipper Street ist die wichtigste West-Ost-Verbindung von Twin Peaks über den Hügel zum Mission District, vor allem auch, wenn man dann weiter zur Oakland Bay Bridge will. Ich habe lange den Verdacht gehegt, daß die Anwohner unsere berühmte Pothole Patrol regelrecht davon abgehalten haben, allzu häufig vorbeizukommen und die Löcher zu stopfen, weil sie hofften, so den Verkehr zu vertreiben. Die Fahrbahn vor Chavez' Block war die schlimmste, und mein Rückgrat tat mir weh, als ich endlich gegenüber von seinem viktorianischen Cottage anhielt. Die Farbe war schon vor langer Zeit abgeblättert. Übriggeblieben war nur rissiges Holz. Wenn nicht bald etwas geschah, würde das ehrwürdige Gebäude nur noch als Brennholz taugen.

Ich ging hinauf und läutete. Niemand zu Hause. Als ich mich umdrehte, entdeckte ich einen Nachbarn, der gerade seine Abendzeitung von den Stufen aufhob, und rief: »Wohnt hier Enrique Chavez?«

»Vater oder Sohn?«

»Sohn.«

»Ja, den gibt's hier noch. Der Alte ist vor sechs Monaten mit einem Flittchen auf und davon.«

»Danke.« Ich stieg wieder in meinen MG und wartete.

Eine Stunde verging. Der Nebel breitete sich auf das Festland aus und kroch die Hügel hinter mir hinauf. In den Häusern ringsum gingen die Lichter an. Es herrschte zwar noch Tageslicht, und man hätte noch Strom sparen können, aber der Abend kam früh. Im Chavez-Haus blieb es dunkel.

Ich starrte durch den Dunst, der sich auf meiner Windschutzscheibe niederschlug. Das Haus stand in einer kleinen Senke, in der der Nebel wie unbeweglich lag, genau wie in der Nacht, als Louise Wingfield und ich nach Seacliff gepilgert waren. Und vielleicht wie in jener Nacht, als Cordy McKittridge starb...

Doch an diese Nacht wollte ich jetzt nicht denken. Ich schob die Bilder beiseite. Aber sie kamen immer wieder. Laut sagte ich: »Himmel, was ist denn los mit dir?«

Ich hatte seit Tagen nicht gut geschlafen. Doch jetzt war es, als gehöre diese Müdigkeit einfach zu meinem Körper, wie das Blut, das durch seine Adern floß. Innerlich war ich wütend auf mich selbst, daß ich mich so tief hatte hineinziehen lassen – nein, gib es zu, hinein verbissen hatte – in diese lange vergangenen Ereignisse, die ich nicht mehr verhüten oder ändern konnte. Wütend auch wegen der gegenwärtigen Ereignisse, die mich lehrten, daß die Vergangenheit noch nicht so tot war, wie ich es gern gesehen hätte. Doch zugleich war diese Wut seltsam gedämpft. Denn dort, wo meine Nerven offenlagen, also dort, wo ich handelte und entschied, kam sie nicht hin. Ich war schlicht müde, meine Energien auf unproduktive Gefühle zu verschwenden.

Inzwischen war es ganz dunkel geworden. Bei Chavez war noch immer niemand zu Hause. Ich hatte heute abend noch zuviel zu tun und konnte nicht mehr warten. Ich fuhr auf der Vierundzwanzigsten Straße zum Bell Market und rief von einer Telefonzelle All Souls an.

Ted meldete sich. Er war um zwanzig vor sieben noch immer im Dienst. »Louise Wingfield hat angerufen«, sagte er. »Der frühere Besitzer des Unspeakable heißt Jed Mooney. Hier ist die Nummer, unter der du ihn erreichen kannst.« Er las sie mir vor und fragte dann: »Was ist das – eine dieser Kotz-Rockgruppen?«

»Nur ein nicht mehr existierendes Café. Sonst noch etwas?«

»Nein. Jack ist oben und konferiert mit Judy. Ich soll dir, wenn du anrufst, ausrichten, daß du um acht Uhr herkommen sollst. Strategiesitzung.«

»Sag ihm, ich versuche es.«

Ich hängte ein und rief Jed Mooney an. Er sagte, er freue sich auf ein Gespräch mit mir über »die letzte gute Dekade« und gab mir seine Adresse in der Einunddreißigsten Avenue in Outer Richmond.

Auf dem Weg zurück zu meinem Wagen fragte ich mich, was das wohl für ein Mensch war, der so über die schäbigen, konformistischen fünfziger Jahre dachte.

Ein Überbleibsel der Beat-Generation – das war er. Zählebige Hippies kannte ich massenweise. Es gab sie überall. Sie wohnten in wiederaufgelebten Kommunen in den Bergen oder gingen auch ganz ordinären Geschäften nach, wie zum Beispiel mein Postbote. Aber einem übriggebliebenen Beat-Jünger war ich bislang noch nicht begegnet.

Jed Mooney war über sechzig, groß, sehr schlank und trug eine

Uniform aus anderen Tagen: schwarze Jeans, schwarzen Sweater, Spitzbart und Bürstenschnitt. Von außen sah sein verputztes Reihenhaus genauso aus wie die anderen in diesem Block. Aber die Einrichtung war so, wie ich mir sein ehemaliges Kaffeehaus vorstellte. Die Wände im Wohnzimmer waren mit vergrößerten Fotos von Ginsberg, Kerouac und Ferlinghetti bepflastert. Aus der Stereoanlage leierte die seltsam-nasale Stimme eines Folk-Sängers. Gegen die hereinbrechende Dunkelheit hatte Mooney eine Kerze in einer wachsbetropften Chianti-Flasche angezündet. Er bot mir ein Sitzkissen an einem niedrigen Tischchen an und setzte sich gegenüber. Mit den Händen klammerte er sich an die Teakholztischplatte. »Sie sagten, Sie wollten mit mir über das Unspeakable reden?«

»Ja. Soviel ich weiß, gehörte es Ihnen von…«

»Zweiundfünfzig bis sechsundsechzig. Dann ließ leider das Interesse nach, und ich mußte zumachen.«

»Es war ein Beat-Lokal?«

»Zuletzt. Vorher hatten wir eine eher politische Klientel – Sozialisten, Anarchisten, Kommunisten. Das repressive Klima damals zwang sie entweder in den Untergrund oder dazu, sich quasi zu bessern. Und dann wurde es lebendiger bei uns. Wie Sie sehen, gefielen die mir besser.« Er zeigte auf Allen, Jack und Lawrence.

»Eine wunderbare Zeit«, setzte er hinzu. »Ich nehme an, Sie sind zu jung, um sich daran zu erinnern.«

»An was ich mich aus den fünfziger Jahren erinnere, sind eher Hula-hoop-Reifen und Autos mit riesigen Heckflossen.«

Mooney schnaufte. »Ja, das sind die Dinge, an die man sich normalerweise aus den Fünfzigern erinnert. Und die Sechziger – jeder identifiziert sie mit den Hippies, nicht mit ihren intelligenteren Vorgängern. Die kurze Beat-Ära«, seine Augen glänzten im Kerzenlicht, »was für eine fröhliche Zeit!«

»Ich dachte, Beat hieß soviel wie kaputt-und-erledigt.«

Mooney streckte seine lange Nase vor und sah mich streng an. »Junge Frau, da sind Sie aber ganz schlecht informiert. Wie Kerouac einmal sagte: ›Beat bedeutet Glück für uns, *beatitudo*, nicht auf die Pauke hauen.‹« Sein Blick wanderte ehrfürchtig zum Foto des Autors. Hätte er gestanden, wäre jetzt wohl ein Kniefall fällig gewesen. »Die Beats fühlten die Dinge. Sie gingen ihnen auf den Grund. Sie waren religiös, sie haben überall Gott gesucht.«

Er hatte recht. Ich hatte falsche Vorstellungen von dieser kurzen, aber historisch bedeutsamen Bewegung. Und ich hätte auch gern mehr erfahren, aber mir fehlte die Zeit. »In meinem Fall ist es Ihre erste Klientel, Mr. Mooney, über die ich mit Ihnen reden möchte. Vor allem über eine Frau namens Melissa Cardinal und ihren Stiefbruder Roger Woods. Sie könnten in den frühen Fünfzigern in Ihrem Café verkehrt haben, jedenfalls vor sechsundfünfzig.«

Mooney schürzte die Lippen. Nach einer Weile nickte er. »Ich erinnere mich an sie. Roger Woods war ein interessanter Mann. Hatte mit Erfolg Politische Wissenschaft studiert und irgendwo an seiner Dissertation gearbeitet. Dann gingen ihm seine Illusionen verloren, und er brach ab. Ich glaube, seinem Vater war etwas zugestoßen, und das machte ihn wütend auf die Gesellschaft und verbitterte ihn.«

»Und Melissa?«

»Die war weniger interessant. Stewardeß bei einer Fluglinie. Angeblich war sie nebenbei ein bißchen als Kurier tätig – Dokumente und solche Sachen. Aber im Rückblick... Wir waren damals alle reichlich romantisch. Vielleicht hat Melissa diese Gerüchte selbst in die Welt gesetzt, um nicht als eine bloße Luftkellnerin abqualifiziert zu werden.«

»Meinen Sie damit, daß sie und ihr Bruder Mitglieder der Kommunistischen Partei waren?«

»Roger schon, viele Jahre lang. Bei Melissa bin ich mir nicht sicher. Und Roger war als Mitglied auch nicht sehr angesehen. Die Partei, vor allem nach der Verurteilung von elf ihrer Anführer wegen Verletzung des Smith Act, im Jahr neunundvierzig. Roger war zu wild, zu laut. Er setzte sich offen für einen gewaltsamen Sturz der Regierung ein. Ich würde mich nicht wundern, wenn ihn die eigenen Parteigenossen umgebracht haben.«

»*Umgebracht*?«

»Das kam uns jedenfalls zu Ohren. Im Sommer sechsundfünfzig, glaube ich. In Seattle. Es hieß, er sei in den Docks erschossen worden. Die einen behaupteten, er habe versucht, Schauerleute für die Partei zu werben. Andere behaupteten, er habe nach Rußland fliehen wollen.«

»Hat Melissa das eine oder andere denn bestätigt?«

»Sie wollte über Roger nicht sprechen. Nach ungefähr einem Jahr kam sie schließlich nicht mehr ins Café.«

»Was wissen Sie über eine junge Frau namens Cordy McKittridge? Ist sie mal mit Melissa ins Unspeakable gekommen?«

Mooneys Augen weiteten sich. »Darum geht es also – um diese ermordete junge Frau aus der feinen Gesellschaft. Ja, sie war mit Melissa befreundet, und eine Zeitlang kam sie häufig. Aber das endete im Frühjahr fünfundfünfzig, also lange vor ihrer Ermordung.«

»Ist sie immer mit Melissa gekommen oder auch mal mit einem Mann?«

»Wo immer die beiden Mädchen auftauchten, hatten sie eine Menge Männer im Schlepptau.«

»Aber an einen bestimmten erinnern Sie sich nicht?«

»Da gab es einen Freund von Roger Woods, aber der war in meinen Augen nur ein politischer Amateur, ein Mitläufer.« Er brach ab. »Tut mir leid, ich kann mich an seinen Namen nicht erinnern.«

»Können Sie ihn beschreiben?«

»Nein. Wenn ein Mann direkt neben Cordy McKittridge stand, nahm man kaum Notiz von ihm, es sei denn neidvolle. Sie war schön und leidenschaftlich. Frisch wie ein Frühlingsschauer, zart wie die Morgenröte...« Er brach ab und lächelte schmerzlich. »Wie Sie sehen, Miss McCone, bin ich ein Poet – aber ein ganz miserabler.«

»Sie erinnern sich wirklich sehr lebhaft an Cordy«, sagte ich und ignorierte die Aufforderung zu einem Kommentar seiner Vergleiche.

»Bei einigen Menschen geht mir das so. Meine Erinnerung an Cordy ist besonders deutlich. Für mich bleibt ihr Bild auf ewig in einem wunderbaren Licht – jung, schön, vollkommen.«

Lis Benedict hatte etwas Ähnliches über Cordy in ihrem Abschiedsbrief geschrieben, daß sie sich für immer in Vincents Gefühle einzugraben drohte. »Es hört sich an, als hätten Sie viel für sie übrig gehabt.«

Er schenkte mir die ganze Melancholie seines Lächelns. »Sehr viel. Aber sie hat es nie gewußt. Cordelia McKittridge hätte meine Gefühle nie erwidert – nicht bei einem Mann wie mir. Sie war etwas Besonderes, und das bin ich leider nicht.«

Ich spürte, daß er genug wehmütige Selbsterkenntnis besaß, um jede tröstliche Platitüde zu durchschauen, die ich ihm hätte anbieten können. So stellte ich ihm statt dessen eine Frage. »Das Café – warum nannten Sie es das Unspeakable?«

Wieder das Lächeln, es zitterte auf seinen Lippen und verlosch. »Ich dachte, es würde das Unaussprechliche in mir aufheben – meine Einsamkeit. Aber das tat es nicht. Sie ist immer geblieben.«

24

Jed Mooney bestand darauf, mir Kaffee anzubieten – eine bittere türkische Mischung, die den ganzen Abend meine Magenwände piesacken würde –, und ich hatte nicht den Mut, ihn abzulehnen. Zwanzig Minuten lang erzählte er von jener Zeit, als das Unspeakable ein Mekka der Hippies war. Von Dichterlesungen, Jazzimprovisationen, von Drogen, Sex und Absurditäten. Ich hörte ihm zerstreut zu, während ich in Gedanken ein halbes Jahrzehnt weiter zurück war, bei den Beziehungen zwischen einer jungen Frau aus den besten Kreisen, einer Stewardeß, einem gesichtslosen Mann und einem Kommunisten, der für den gewaltsamen Sturz der Regierung plädierte. Als ich mich endlich von Mooney verabschieden konnte, war es schon nach acht, und der Nebel hatte die Stadt in seine schwere Umarmung genommen.

Jacks Strategiesitzung hatte ich verpaßt. Er würde jetzt wütend auf mich sein. Aber ich hatte nichts Neues zu bieten – noch nicht. Vielleicht morgen, wenn ich die originale Polizeiakte über den Mord gelesen hatte. Das bedeutete wieder eine lange Nacht. Aber so, wie ich mich fühlte, konnte ich ohnehin nicht viel schlafen.

Was nun? Ich könnte Adah Joslyn anrufen und fragen, ob sie etwas über Roger Woods erfahren hatte. Doch dafür war es viel zu früh. Außerdem würde sie mich dann wieder fragen, was ich im Laufe des Tages erreicht hätte – und im Moment hatte ich keine

Lust, das alles wiederzukäuen. Vielleicht sollte ich noch einmal bei Enrique Chavez vorbeifahren und das Haus beobachten, bis er heimkam. Aber eigentlich erschien mir das auch nicht sinnvoll. Ich war unruhig, wollte etwas tun. Das Gefühl der Erschöpfung nahm ich mittlerweile kaum mehr wahr.

Ich stand neben meinem Wagen, der Nebel machte mich blind, und ich spürte den Sog. Versuchte zu widerstehen, aber es ging nicht. Also gab ich nach.

Seacliff lag nur ungefähr ein Dutzend Blocks entfernt. Ich stieg in den MG und fuhr nach Westen.

Vor mir wand sich die kurvige, von Zypressen gesäumte Auffahrt zum ehemaligen Institut. Dicker Nebel hing schwer und seltsam unbewegt in den Zweigen. Vom Gate tuteten Nebelhörner herauf, und die kalte Luft roch nach dem wilden, offenen Meer. Ich hielt vor der Einfahrt an und fragte mich, wie der Besitz wohl gesichert war.

Er wirkte genauso verlassen wie in der Nacht, als Louise Wingfield und ich hier gewesen waren. Falls die Besitzer das Grundstück bewachen ließen, würden die Wachleute wahrscheinlich nur oberflächlich und in größeren Abständen vorbeischauen. Polizeistreifen gab es in Seacliff nämlich reichlich, und außerdem verringerte die Lage des Hauses die Gefahr von Vandalismus – an einer Straße, die zur einen Seite keine freie Ausfahrt bot, zur anderen an der National Recreation Area zur Sackgasse wurde.

Ich ging verstohlen die Auffahrt hinauf und hielt mich neben dem Kiesbelag, so daß meine Schritte kaum hörbar waren. Die trockenen Blätter einer nahen Eukalyptusgruppe raschelten über mir. Als ich um die Kurve bog, sah ich das Haus – hoch, massiv und bis auf die Sicherheitsbeleuchtung schwarz wie ein Grab. Nichts bewegte sich hier, nicht einmal ein Vogel im Efeu.

Genauso mußte es gewesen sein in jener Juninacht vor sechsunddreißig Jahren. Und durch das Dunkel, den Nebel, war ein Mörder gegangen, so wie jetzt ich.

Ich ging um das Haus, sah kurz zu den Gauben im zweiten Stock hinauf und fragte mich, an welchem Fenster dort oben wohl Judy gestanden und sich gefürchtet hatte vor dem Wesen, das sich unter ihr im Dunkeln bewegte. Ich glaubte ihren bruchstückhaften Erinnerungen – da war nichts übertrieben. Sie hatte jemanden gehört, etwas gesehen. Vielleicht war sie Zeugin eines so schrecklichen Ereignisses geworden, daß sie sich unbewußt zwang, es zu vergessen.

Hinter dem Haus befand sich eine mit Schieferplatten belegte Terrasse mit einer Mauer zur Klippe hin. Ich überquerte sie und stützte mich mit den Handflächen auf die Mauer. Unten rollte die Brandung gegen zerklüftete Felsen. Rechts von mir, wo halbmondförmig China Beach lag und dahinter die Träger von Golden Gate standen, war nur Nebel. Ich wandte mich wieder um und ging zu der Stelle, wo das Taubenhaus gestanden hatte.

Es machte nichts, daß es nicht mehr da war. Es machte nichts, daß ich nicht genau wußte, wo es gestanden hatte. Ich ging weiter. Das Gelände hatte zunächst ein leichtes Gefälle, wurde dann aber eben. Nach etwa fünfzehn Metern fiel es steil zum Meer ab – eine Felswand, bewachsen von zähen Monterey-Kiefern. Irgendwo auf dem flachen Stück davor mußte…

Ich stieß mit dem Fuß gegen einen Stein, und trotz der Schutzkappe an meinem Turnschuh schoß mir ein Schmerz in den Zeh. Ich fluchte, humpelte ein wenig, dann ging ich in die Hocke und tastete den Boden mit den Händen ab. Ein gerundetes Fundament. Ich hatte die Stelle gefunden, an der Cordy gestorben war.

Ich blieb eine Weile mit geschlossenen Augen stehen und lauschte dem Schlag der Wellen, dem Rauschen des Windes in den Zweigen, dem klagenden Tuten der Nebelhörner. Vor meinem inneren Auge tauchten Bilder auf, Alpträume. Ich öffnete die Augen und schüttelte den Kopf. Was *tat* ich überhaupt hier?

Ich beachtete die Frage nicht und kniete mich neben das Fundament. Noch einmal berührte ich es vorsichtig. Ich dachte an Cordy. Dachte an sie alle: an Lis und Vincent Benedict, ihre kleine Tochter Judy. An Louise Wingfield, Russell und Leonard Eyestone, Melissa Cardinal, Joseph Stameroff. Und an Roger Woods, auch wenn er wahrscheinlich nie hier gewesen war. Und auch an Rogers Vater Larry, der den konservativen Kräften die Stirn geboten und seinen letzten Atemzug in einem Pflegeheim in L. A. getan hatte…

Und wieder dachte ich an Cordy.

Soviel Blut. Soviel Schmerz. Was trieb einen Menschen an, anderen soviel Schmerz zuzufügen? Die üblichen Gründe – Angst, Wut, sogar Haß – reichten für eine Erklärung nicht aus. Wahnsinn? Der unkontrollierbare Schub einer Psychose? Das gab es heute, aber in den Fünfzigern? Gut, Ungeheuer hat es immer schon gegeben. Doch was für ein Monster schändet einen Menschen auf diese Weise, bahrt das Opfer dann auf, verschließt ihm die Augen mit zwei Pennystücken?

Ich bekam die Gewalttat und die rituelle Handlung nicht auf einen gemeinsamen Nenner.

Und der Finger. Guter Gott, der Finger…

Ich kniete lange auf dem kalten Boden, die Hände auf das bewachsene Fundament gestützt. Und wieder dachte ich an alle, die jeder für sich ebenfalls zu Opfern geworden waren. Und zu Tätern.

Auch wenn ich hier keine endgültigen Antworten gefunden hatte, spürte ich doch, daß ich den Zweck meines Kommens erreicht hatte. Schließlich stand ich auf und wischte mir die Hände ab. Ich wandte mich um und ging.

25

Im Haus von Chavez war Licht. Ich stellte meinen Wagen direkt davor ab, stieg die brüchigen Eingangsstufen hinauf und klopfte. Eine dickliche Frau in Jeans und Hawaiihemd öffnete. Nein, sagte sie, Enrique sei nicht daheim.

»Wann erwarten Sie ihn zurück?«

Sie lächelte, als hätte ich einen Witz gemacht. »An einem Freitagabend – wer weiß das schon? Meine Jungs kommen und gehen, wann sie wollen. Meistens gehen sie.«

Ich bedankte mich und wollte mich gerade umdrehen, als ein Motorrad um die Ecke kam. Mrs. Chavez sagte: »Da ist er.«

Das Motorrad hielt vor meinem Wagen. Der Fahrer stieg ab und warf einen neugierigen Blick auf den MG, als habe er ihn zuvor schon einmal gesehen und wolle ihn einordnen. Dann sah er zu mir auf der Treppe hoch. Er war groß und schlank. Er hatte Aknenarben im Gesicht, und eine dichte Mähne fiel ihm fast bis auf die Schultern.

Es war der junge Mann, der zu Louise Wingfield in ihr Büro bei den Helping Hands gekommen war, als ich das erste Mal mit ihr gesprochen hatte.

Wie hatte sie ihn noch gerufen? Rick. Sie hatte seinen Namen anglisiert.

Chavez blickte noch einmal auf den MG und zählte jetzt zwei und zwei zusammen. Dann stieg er wieder auf sein Motorrad.

»Rick, bleib, wo du bist!«

Ich sprang die Stufen hinunter. Rick warf die Maschine an. Ich machte einen Satz nach ihr, aber sie zog davon. Die Auspuffgase trafen heiß meine Jeans. Ich sah dem Motorrad nach, wie es in westlicher Richtung die Clipper Street hinauf davonbrauste.

Mrs. Chavez stand mit offenem Mund auf dem Treppenpodest. Ich rief ihr zu: »Wo fährt er hin?«

Sie schüttelte den Kopf.

»Zu einem Freund? Einer Freundin?«

»Sind Sie von der Polizei oder so, Lady?«

»Ich bin nicht von der Polizei.«

»Aha.« Sie ging ins Haus und schlug die Tür zu.

Alles in Ordnung, dachte ich. Mit Rick Chavez mußte ich im Moment gar nicht reden. Aber mit Louise Wingfield war jetzt ein Gespräch fällig.

Am ersten Abend unserer Pilgerfahrt nach North Beach und Seacliff war Louise' Wagen in der Werkstatt gewesen. Ich hatte sie vor ihrer Wohnung an der Chestnut Street in Russian Hill abgesetzt. Jetzt fand ich das breite, mit braunen Schindeln verkleidete Gebäude leicht wieder. Es lag an der Nordseite der Straße, und große Glasflächen und vorspringende Terrassen boten den Bewohnern einen Blick auf die Bay. Jedoch nicht heute abend. Selbst hier hielt der Nebel die Stadt im Griff.

Ich ging zum Eingang und sah mir die Reihe der Briefkästen an. Louise Wingfields Wohnung schien den kompletten zweiten Stock einzunehmen. Ich läutete. Keine Reaktion. Ich trat auf den Gehsteig zurück und sah hinauf. Alle Fenster waren dunkel. Keine Wingfield. Keine Antworten auf meine Fragen.

Was nun?

Auch in der James Alley hing der Nebel so dick wie überall in der Stadt heute abend. Ich ging die Straße hinunter. Die Häuser rechts und links dämpften die Geräusche des ringsum dicht besiedelten Gebiets. Es war sehr dunkel, und nur wenige Fenster waren beleuchtet. Melissa Cardinals Tür war nur schwer zu finden.

Da war sie – die mit dem Gitter vor dem Türfenster. Ich tastete nach den Klingelknöpfen und drückte auf den, den ich für Melissas hielt. Keine Reaktion. Ich drückte auf die anderen. Auch nichts. Bei meinen beiden Besuchen zuvor hatte ich keine anderen Bewohner wahrgenommen. Vielleicht standen die anderen drei Wohnungen leer.

Ich ging den Weg zurück, den ich gekommen war, dann blieb ich stehen. Melissa hatte neulich große Vorsicht walten lassen, ehe sie die Tür öffnete. Vielleicht stieg sie auch jetzt erst die Treppen hinunter. Ich ging zur Tür zurück und lauschte, hörte aber nichts. Schließlich griff ich nach dem Türknopf und versuchte die Tür aufzudrükken. Sie stand einen Spalt offen.

Ich entdeckte nichts, was sie am Zuschnappen gehindert haben könnte. Ich wollte sie weiter aufschieben, stieß aber auf Widerstand. Nachdem ich aus meiner Tasche eine Taschenlampe hervorgegraben hatte, stellte ich mich auf die Zehenspitzen und leuchtete durch das Drahtgitter.

Was ich sah, gab mir Grund genug, die Tür mit der Schulter gewaltsam aufzudrücken. Ich bekam sie etwa zwanzig Zentimeter weit auf, genug, um mich ein Stück weit durchzuquetschen. Ich leuchtete nach unten.

Das Hindernis, gegen das ich gestoßen war, war Melissa. Sie lag am Fuß der Treppe auf dem Boden. Der Kopf ruhte auf der untersten Stufe. Ihr Rock war bis zur Mitte des Oberschenkels hochgerutscht und gab die gespreizten Beine voller Krampfadern frei. Und das Blut…

Es war an die Wände gespritzt. Die Flecken schienen mir entgegenzuspringen, als der Strahl meiner Lampe über sie glitt. Schon klebrig hier, dort noch feucht, und dazu der widerlich süße Geruch, vermischt mit anderen, stechenderen...

Mein Herz setzte einen Augenblick lang aus, und dann fing es an zu rasen. Mein Magen revoltierte. Ich quetschte mich wieder durch den Türspalt hinaus und benutzte den Mülleimer neben mir für die Reste des türkischen Kaffees. Dann atmete ich tief durch, an die Wand des Hauses gelehnt. Es dauerte mehrere Minuten, bis ich wieder soweit war, daß ich hineingehen konnte.

Sie war noch warm, hatte aber keinen Puls mehr. Wäre da nicht das Blut gewesen, hätte ich angenommen, sie wäre die Treppe hinuntergefallen und hätte sich das Genick gebrochen. Ich konnte keine Wunde erkennen...

Moment, da war sie. Am Hals. Ein einziger Stich in die Schlagader. Kein Wunder, daß das Blut gespritzt war. Der Mörder – oder die Mörderin – mußte von oben bis unten voller Blut sein.

Im Haus war es still – eine Stille, die mir sagte, daß niemand sonst hier war. Ich ging vorsichtig um Melissas Körper herum und stieg hinauf in ihr Apartment. Die Tür stand offen. Sie war also hinuntergegangen, um jemandem aufzumachen.

Auf dem Tisch neben dem Sessel stand ein Telefon. Meine Karte steckte noch unter dem Lampenfuß. Sie hatte Fingerspuren, als hätte sie mit dem Gedanken gespielt, mich anzurufen. Ich hob den Hörer ab und wählte die Nummer der Mordkommission. Wallace saß an seinem Platz. Er sagte, er werde die Streife schicken und gleich mit Adah Joslyn nachkommen. Ich legte auf, knipste die Lampe an und sah mich im Zimmer um.

Als erstes entdeckte ich Melissas große weiße Katze. Sie kauerte unter dem großen Schrank. Ich zog das Tier hervor und streichelte es. Es befreite sich aus meinem Griff und verschwand wieder unter dem Schrank. Also ließ ich es, wo es sich sicher fühlte.

Als ich mich aufrichtete, fiel mein Blick auf die Gegenstände in der Vitrine. Ich sah sie mir näher an. Die Tierfiguren waren kein Kitsch, wie ich zuerst angenommen hatte, sondern geschmackvoll und teuer ausgesuchte Stücke, wie man sie an den Verkaufsständen von Museen sieht. Und sie waren, entgegen meinem ersten Eindruck, nicht gerade erst abgestaubt. Vielmehr lag eine Staubschicht auf dem steinernen Seelöwen, der Katze mexikanischer Volkskunst, der goldenen Schnecke mit geschliffenem Kristallgehäuse, den Elfenbeinschildkröten, den feinen Porzellanhunden und den holzgeschnitzten Dschungel-Raubtieren. Ein großes Jadekaninchen mit Hängeohren und in die Luft gereckter Nase war ein Stück verrückt worden und hatte so winzige Fußabdrücke hinterlassen.

Eine wertvolle Sammlung für eine Frau, die von Sozialhilfe und einer Invaliditätsrente lebte, dachte ich. Melissa hatte wohl sonst sehr wenig für sich ausgegeben. Doch auch dann mußte sie noch eine zusätzliche Geldquelle gehabt haben, um sich eine solche Sammlung leisten zu können. Vielleicht waren ihre kürzlichen Erpressungsversuche nicht die einzigen gewesen...

Draußen hörte ich die erste Welle der Gesetzeshüter heranschwappen und ging ihnen entgegen. Melissas Körper wirkte jetzt seltsam geschrumpft, als hätte die Gegenwart der Polizei ihre Überreste veranlaßt, sich möglichst aus dem Staub zu machen. Als ich mich an ihr vorbeischob, spürte ich ein Bedauern. Denn es war bereits, als wäre sie schon lange tot. Bald würden die Spuren ihrer Existenz ganz ausradiert sein. Das einzige, was von ihr blieb, waren dann die totgeborenen Tierfiguren, die sich in den Antiquitätengeschäften wiederfänden, und eine lebendige Katze, die im Tierheim landete.

Draußen wies ich mich gegenüber den Streifenpolizisten aus und nannte ihnen die wichtigsten Details. Sie baten mich, im Streifenwagen auf Wallace und Joslyn zu warten. Ich folgte ihnen und setzte mich bei offener Tür hinein, die Füße auf dem Pflaster. Ein zweites Einsatzfahrzeug parkte hinter mir ein. Anwohner kamen jetzt auf die Straße. Als Wallace' Zivilfahrzeug auftauchte, stieg ich aus und winkte.

Adah Joslyn lief zum Haus und sprach mit einem der Uniformierten. Wallace kam auf mich zu. »Gehörte sie zu den Spuren, die Sie verfolgten?« fragte er und zeigte hinter Adah her.

»Ja. Melissa Cardinal war eine der Frauen, die das Apartment in North Beach mit Cordy McKittridge teilten.«

Er sah sich nach seiner Kollegin um, die jetzt ins Haus trat. »Können Sie sich irgendeinen Reim auf das Ganze machen?«

»Ja.« Ich erzählte ihm von Louise Wingfield, die möglicherweise Enrique Chavez angeheuert hatte, um Lis Benedict und mich zu belästigen – und vielleicht auch Melissa.

»Ich gebe eine Fahndung nach Chavez und Wingfield heraus.«

»Wenn Sie schon einmal dran sind, dann auch noch eine nach Tony Nueva. Er wird in San Diego wegen einer Drogengeschichte gesucht und weiß vielleicht mehr über die Sache mit Chavez, als er mir erzählt hat.«

Bart Wallace schrieb auf, was ich ihm über Nueva sagen konnte, und folgte Adah Joslyn ins Haus.

Ich lehnte mich gegen den Streifenwagen und beobachtete den allzu vertrauten Ablauf der Dinge. Adah kam aus dem Gebäude, sprach mit einem der uniformierten Beamten und verschwand wieder. Der Wagen der Spurensicherung traf ein und danach der Polizeiarzt. Nach einer Weile fuhren sie mit der Leiche in einem Sack davon.

So geht das also, dachte ich. Du lebst, und dann stecken sie dich in einen Sack mit Reißverschluß wie den Müll von gestern.

Wallace kam zurück. »Adah möchte, daß Sie in das Apartment kommen.«

Ich stieß mich vom Streifenwagen ab. »Kommen Sie nach?«

»Hm. Ich will mir die Nachbarn persönlich vorknöpfen.«

Ich ging hinauf in Melissas Apartment.

Die Spurensicherung hatte bereits die Fingerabdrücke sichtbar gemacht. Adah Joslyn saß im Sessel und ging das Adreßbuch durch. Sie hatte Pullover und Hose an – also hatte sie dienstfrei gehabt und war daheim gewesen, als ich angerufen hatte. Anders als ihr Kollege, der war ein Workaholic. Sie hielt das Adreßbuch hoch und sagte: »Reichlich dünne Ausbeute. Sie hatte verschiedene Ärzte, einen Zahnarzt und einen Chiropraktiker. Einen Tierarzt für die Katze« – sie zeigte zum Schrank, unter dem das Tier noch immer hockte – »und ein Paar namens Mary und Rod in Cedar Rapids, Iowa.«

Ich setzte mich auf das Sofa. »Vielleicht sind das Verwandte, und wenn ja, wohl ihre nächsten. Ich habe ein paar recht interessante Dinge über ihren Stiefbruder erfahren.« Ich berichtete ihr, was ich vom Leben und Tod Roger Woods wußte.

Adah sah nachdenklich aus. »Ich werde in Seattle wegen des Mordes an ihm nachfragen.«

»Haben Sie eine Waffe entdeckt?«

»Nein. Nach der Wunde muß es eine dünne, scharfe Klinge gewesen sein. Was wissen Sie sonst noch?«

Ich erzählte ihr jede Einzelheit. Zum Schluß sagte sie: »Es klingt, als glaubten Sie nicht, daß dieser Chavez Melissa getötet hat.«

»Ich halte den Burschen eher für einen Straßenjungen als für einen bezahlten Killer. Ich glaube, der Mörder war jemand, den Melissa erwartet hat. Möglicherweise jemand, aus dem sie etwas herauszuholen hoffte.

»Die Wingfield? Melissa hatte mit ihrem vorausgegangenen Erpressungsversuch keinen Erfolg gehabt.«

»Vielleicht hat sie es noch einmal probiert. Und dann ist da der Mann, den sie im Haven getroffen hat. Wie wäre es folgendermaßen: Der Mörder hat *sie* angerufen und so getan, als wolle er auf ihre Forderungen eingehen, um einen Grund zu haben, hierherzukommen?«

»Könnte sein.«

»Bleiben wir noch einen Augenblick bei Melissas Versuch, Louise Wingfield zu erpressen«, sagte ich. »Es hat nicht geklappt, und einer der Gründe dafür ist, daß sie keine Beweise hatte. Aber bei einem anderen, wo sie einen Beweis hatte...«

»Hätte der Mörder dann nicht danach gesucht? Nichts deutet hier darauf hin.«

»Es sei denn, der Beweis hätte nur eine Bedeutung, wenn Melissa lebte und ihn erklären konnte.« Ich zeigte auf die Vitrine. »Ich weiß nicht, ob Sie es bemerkt haben, aber die Sammlung ist sehr kostspielig für jemanden, der nur über ein geringes Einkommen verfügt. Diese Erpressungen könnten schon eine längere Geschichte haben.«

»Warum ist sie dann aber jetzt getötet worden?«

»Vielleicht waren ihre früheren Forderungen bescheiden, doch dann sah sie die Gelegenheit kommen, ihrem Opfer schwerer zuzusetzen, und erhöhte den Einsatz. Lis Benedicts Entlassung, das bevorstehende Tribunal – oder etwas, was wir noch nicht wissen, könnte dazu geführt haben.«

»Aber Sie sagen, Melissa hätte Angst gehabt. Wollte nicht über den McKittridge-Mord reden. Was hat sie Ihnen noch gesagt? Daß sie keine Selbstmörderin sei?«

Ich dachte einen Augenblick nach. »In Ordnung – wie wäre es so: Sie versucht, den Einsatz zu erhöhen, und die Person – der Mann im Haven, Louise Wingfield oder sonstwer – drohte ihr. Also schreckt sie zurück. Aber dann ... Sehen Sie sich meine Visitenkarte an, die sie unter den Lampenfuß geschoben hatte. Sie ist richtig abgegriffen. Vielleicht hatte sie vor, mich anzurufen und mir zu sagen, was sie über die McKittridge wußte. Als Gegenleistung wollte sie Schutz. Der oder die Betreffende bekam das heraus und tötete sie.«

Adah nickte. »Das macht ebenso Sinn wie alles andere. Und wenn sie so etwas wie einen Beweis in der Hand hatte, ist er womöglich noch in dieser Wohnung. Machen wir uns mal auf die Suche.«

Wir durchsuchten die beiden Zimmer, sahen uns an den üblichen und weniger üblichen Stellen um, wo Menschen ihre Sachen verstekken. Daß es keine persönlichen Dinge gab, stimmte mich traurig. Wir fanden keine Fotos, Erinnerungsstücke, Briefe, aus denen sich schließen ließ, daß Melissa ein Leben auch außerhalb dieser Mauern führte. Einfach nichts, außer einem schmalen Ordner mit bezahlten Rechnungen und abgerechneten Schecks, aus denen sich das Leben der Frau rekonstruieren ließ, die sich hier eingemauert hatte.

Schließlich blieb nur noch die Vitrine im Wohnzimmer übrig. Ich versuchte, die Glastür zu öffnen, aber sie war verschlossen. Adah sah mir zu und holte einen Schlüssel aus der Schublade des Tischs neben dem Sessel. Als ich ihn in das Schloß steckte, sah mich die weiße Katze mit großen blauen Augen angstvoll und bittend an. *O nein, es passiert dir nichts*, dachte ich, hob sie auf und legte sie Adah in die Arme.

»Da!«

Ich öffnete die Vitrine. Die dicke Staubschicht um einen Elfenbeineisbären erinnerte an ein Schneefeld. Die Fußabdrücke des großen Jadekaninchens waren ...

Das Kaninchen war, wie ich jetzt sah, in Wirklichkeit eine Vase und sein nach oben gerecktes Maul die Öffnung für die Blumen. Jetzt steckte ein zusammengerolltes Stück Papier darin. Ich nahm das Kaninchen, untersuchte die Öffnung mit dem Fingernagel und zog das Papier heraus. Ein Foto.

Es trug die gleiche Signatur wie die Fotos in der Galerie des Instituts – Loomis – und zeigte die Terrasse hinter dem Haus in Seacliff, auf der eine Cocktailparty stattfand. Im Vordergrund unterhielten sich Lis und Vincent Benedict mit einem Paar, das ich nicht kannte. Im Hintergrund hielt Russell Eyestone in einem Kreis von Männern hof. Noch weiter hinten rechts befanden sich zwei junge Paare. Ich erkannte Cordy, die ich schon auf Mikrofilm gesehen hatte. Sie lachte mit nach hinten geworfenem Kopf, und ihr blondes Haar glänzte in der untergehenden Sonne. Neben ihr stand ganz verzückt Leonard Eyestone. Louise Wingfield wirkte äußerst gelangweilt, und ihr Begleiter – ein großer, schlanker, dunkelhaariger Mann – lächelte höflich, den Blick jedoch auf einen fernen Punkt gerichtet.

Und? dachte ich und reichte Adah das Foto.

»Muß Melissa etwas bedeutet haben«, sagte sie, »aber, was? Und wann wurde es aufgenommen?«

Ich zuckte mit den Schultern und sah mich nach einem Telefonbuch um. Es lag im Fach unter dem Tisch neben dem Sessel. Ich schlug den Buchstaben L auf. Loomis Photography residierte an der Natoma Street in South of Market. Ich wählte die Nummer, aber es wurde nicht abgehoben.

Adah sah mich fragend an. »Den Fotografen gibt es noch. Ich setze mich morgen mit ihm in Verbindung. Mal sehen, ob er sich an etwas erinnert.«

Sie saß auf dem Sofa, die Katze noch auf dem Schoß. Ihren Kopf hatte die Katze in Adahs Ellbogenbeuge gesteckt, aber sie sträubte sich nicht. »Gehen Sie morgen nicht zu dem Prozeß?« fragte sie.

Der Prozeß! Ich sah auf die Uhr. Es war schon Mitternacht vorbei. Jack würde inzwischen richtig wütend auf mich sein. »Ich hoffe«, antwortete ich. »Haben Sie etwas dagegen, wenn ich noch einen Anruf mache?«

»Seien Sie Melissas Gast.«

Ich ignorierte den Galgenhumor und rief All Souls an. Als ich Jack erklärte, was passiert war, löste sich sein Ärger in Luft auf. »Ich bin sowieso die ganze Nacht auf«, sagte er. »Komm vorbei, wenn du kannst.«

Ich legte auf und fragte Adah: »Kann ich das Foto über Nacht behalten?«

»Bitte sehr.« Sie hielt es mir hin. »Ich bezweifle, daß es mit meinem Fall zu tun hat.«

Im Moment war ich da anderer Meinung. Aber sie vertraute es mir an, schließlich hatten sie und ihr Kollege mir bereits viel zuviel anvertraut. Sie konnten jetzt nur noch hoffen, daß ich ihnen irgendein Ergebnis präsentierte.

»Danke.« Ich steckte es in meine Tasche und zeigte dann auf die Katze. »Was fangen Sie mit ihr an? Ins Tierheim geben?«

Adahs Hand hielt beim Streicheln inne. Sie sah sie an. Die Katze – das kluge Tier – sah bittend zurück. »Ach, zum Teufel«, sagte sie, »vielleicht ist es Zeit, meine Warmwasserfische gegen etwas Geselligeres einzutauschen.«

Ihre Worte versetzten mich ein paar Jahre zurück – in die Wohnung einer anderen ermordeten Frau und zu einem fetten, schwarzweiß gesprenkelten Kater namens Watney, der sich fauchend unter das Sofa verkrochen hatte. Ich wollte ihn nur für die eine Nacht mit zu mir nach Hause nehmen. Letztes Jahr war er hochbetagt gestorben und ruhte nun unter meinem Rosenstrauch.

»Sie werden es nicht bereuen«, sagte ich zu Adah.

26

Aus Jed Mooneys Reihenhaus kam gedämpfte Musik. Als die Tür aufging, erkannte ich den Sound von Charlie Parkers Altsaxophon. Mooney sah ein wenig angetrunken oder angetörnt aus. Nach einem kurzen Zögern strahlte er mich an. »Tut mir leid«, sagte ich, »Sie so spät zu belästigen. Aber ich habe da etwas, das Sie sich bitte ansehen sollten.«

»Keine Stunde ist zu spät für eine Frau wie Sie.« Die Eleganz seines tiefen Dieners verlor etwas durch sein Torkeln gegen den Türrahmen. Er richtete sich wieder gerade auf und seufzte: »Sie sehen, warum ich bei Vertreterinnen des schöneren Geschlechts nie besonderen Erfolg hatte.«

Ich lächelte und folgte seinen wackeligen Schritten ins Wohnzimmer. Er drehte Charlie Parker leiser und goß mir, ohne zu fragen, ein Glas Chianti aus einer fast leeren Flasche ein, die neben der Kerzenflasche auf dem Tisch stand. Wir setzten uns wieder auf das Sitzkissen.

»Sie sehen blaß und müde aus«, sagte Mooney. »Trinken Sie.«

Ich nahm einen kleinen Schluck und spürte die Wärme, nahm mir aber vor, nicht mehr zu trinken. Mein Dinner hatte aus ein paar im Auto verzehrten Schokoriegeln bestanden, und auch das war schon lange her.

»Was wollten Sie mir denn zeigen?« setzte Mooney hinzu.

Ich zog das Foto aus Melissas Kaninchen-Vase aus der Tasche und reichte es ihm. »Kennen Sie diese Leute?«

Er hielt es nahe an die Kerze und studierte es aufmerksam. Nach ungefähr fünfzehn Sekunden sagte er: »Das ist natürlich Cordy McKittridge. Und Roger Woods.« Er zeigte auf den dunkelhaarigen Mann neben Louise Wingfield.

Ich hatte gehofft, daß er den Mann als den identifizieren würde, den er zusammen mit Cordy im Unspeakable gesehen hatte. Dies war nun noch interessanter. Denn dieser Roger Woods, der Parteikommunist, war zu Besuch in diesem rechtslastigen, sicherheitsbewußten Institut gewesen. Auf wessen Einladung? Louise Wingfields? Es sah so aus, aber Louise behauptete, von einem Stiefbruder Melissas überhaupt nichts gewußt zu haben.

»Sind Sie ganz sicher, daß es Woods ist?« fragte ich Mooney.

»O ja.« Er nickte. »Er ist viel besser gekleidet als bei seinen Besuchen in meinem Kaffeehaus, aber es ist eindeutig Roger.«

»Was ist mit den anderen Leuten auf dem Bild? Haben Sie von denen mal einen im Unspeakable gesehen?«

»Das kann ich nicht mit Sicherheit sagen. Einige kommen mir bekannt vor, weil heute abend Fotos von ihnen im *Examiner* waren, im Vorbericht zu dem Historischen Tribunal am Wochenende. Ich hätte mich gefreut, wenn Sie mir bei Ihrem ersten Besuch gesagt hätten, daß Sie dort mitarbeiten. Es wäre schön für mich gewesen zu wissen, daß ich an etwas… Wichtigem beteiligt war.«

Er klang so wehmütig, daß ich sagte: »Ich entschuldige mich dafür. Um es wiedergutzumachen, besorge ich Ihnen einen Platz ganz vorn im Verhandlungssaal. Vielleicht brauchen wir Sie am Sonntag auch als Zeugen, der Woods identifiziert, wenn die Verteidigung an der Reihe ist.«

Mooneys Gesicht leuchtete auf. »Hatte Woods mit dem Mord zu tun? Nein, er hatte damals schon die Stadt verlassen. In was für einer Verbindung könnte er zu dem Fall stehen?«

»Das werden wir sehen.« In Wirklichkeit hatte ich nicht die geringste Vorstellung, und jetzt spürte ich, wie mich der Streß packte. In acht Stunden würde der Scheinprozeß beginnen. Ich mußte mich noch mit Jack zusammensetzen und die Originalakten studieren. Und ich mußte noch mit Loomis, dem Fotografen, reden. Auch hätte ich mich gern noch einmal Louise Wingfields angenommen, aber mein gesunder Menschenverstand sagte mir, daß das lieber die Polizei tun sollte. Gott, ich hoffte, daß Jack sich eine solide Grundlage für die Prozeßführung zurechtgelegt hatte und nicht darauf wartete, daß ich einen Sinn in diese kleinen Beweisbruchstücke brachte!

Jed Mooney war jetzt ganz aufgeregt. Er wollte sich mit mir über den Fall und die Anlage des Prozesses unterhalten. Er bat mich, von meinem Wein zu trinken, mich ein wenig zu entspannen und Charlie Parker zu hören. Ich sagte nein, weil ich noch mit dem Verteidiger sprechen müsse, und sofort entschuldigte er sich. Als ich ging, überlegte er schon hektisch, was er denn beim morgigen Tribunal anziehen sollte.

»Himmel, ich finde *keinen* Ansatz, wie ich den Fall anpacken könnte«, sagte Jack. Er saß in unserer Handbibliothek auf einem Stuhl – zerknittert, mit roten Augen und das graumelierte Haar von seinen Fingern zerrauft. Auf dem Tisch lagen seine Unterlagen und die Polizeiakten – die er kaum schon angeschaut haben konnte – und dazwischen die Reste eines Sandwichs, das ich mir aus den vorhandenen Resten gemacht hatte. Es war inzwischen halb drei geworden, und ich hatte Kopfschmerzen. Meine Haut hatte diese straffe, prickelnde Spannung, die ich immer spüre, wenn ich mehr als erschöpft bin.

»Ich dachte, du hättest deine Verteidigung auf der Linie aufgebaut, nach der von ›vernünftigen Zweifeln‹ ausgegangen werden muß«, sagte ich. »Bei den meisten Fällen, die vor das Tribunal kommen, kann man nur von dieser Basis ausgehen.«

»Deshalb muß sie mir ja noch nicht gefallen. Ich wollte neue Beweise vorlegen.«

»Von denen haben wir viele. Aber auch wenn man sie addiert, reichen sie nicht aus.« Ich gähnte. »Judy besteht noch auf ihrer Teilnahme?«

»Hm. Wir haben das mit James Wald und Rudy Valle geklärt. Stameroff hat darauf verzichtet, sich vorher mit ihr zu treffen, um sie zu präparieren, und das bedeutet, daß er wohl so vorgehen wird wie im damaligen Prozeß.«

»Hast du Rae gesehen? Hat sie bei TWA in Kansas City noch etwas erreicht?«

Jack schüttelte den Kopf. »Sie wollten nicht mehr die kleinste Information über Melissa Cardinal herausrücken.«

»Und jetzt ist sie tot.«

Das Telefon summte. Ich griff nach dem Hörer. Wie erwartet, war Adah Joslyn am Apparat. Ich hatte bei ihr angerufen, als ich vor einer Stunde angekommen war. »Tut mir leid, daß es mit meinem Rückruf so lange gedauert hat.« Sie hörte sich genauso verbiestert an wie Jack. »Schlechte Nachrichten. Nueva und seine Freundin sind verschwunden. Er hat gegen sieben Auto, Fernseher und Stereoanlage an einen Nachbarn verkauft. Inzwischen können sie sonstwo sein. Und Chavez haben wir auch noch nicht.«

»Was ist mit Louise Wingfield?«

»Sie hat für den Abend ein Alibi, das wir auch schon überprüft haben. Gibt zu, Chavez zu kennen, aber nur als ehemaligen Klienten ihres Projekts Helping Hands. Sagt, sie weiß nicht, warum er an dem Tag, als Sie bei ihr waren, in ihrem Büro aufgetaucht sei. Als Sie gingen, sei er schon wieder weg gewesen und nicht mehr wiedergekommen.«

»Sie glauben ihr?«

»Sie klang überzeugend. Aber wer weiß?«

»Adah, dieses Foto in Melissas Apartment.«

»Ja?« Sie sprach jetzt leiser.

»Ich weiß jetzt, wer der Mann neben der Wingfield, Eyestone und Cordy McKittridge ist. Es ist Roger Woods.«

»Der Kommunist. Holla! Mit dem ist es übrigens komisch, Sharon. Ich habe in Seattle nachgefragt. Es gibt dort überhaupt keine Unterlagen darüber, daß er fünfundfünfzig ermordet wurde. Auch nicht aus den drei Jahren vorher oder nachher.«

»Also könnte er durchaus noch am Leben sein. Und dem Foto käme eine große Bedeutung zu. Geht es noch immer, daß ich es über Nacht behalte?«

Sie schwieg. Dann sagte sie: Für mich gibt es gar kein Foto.«

»Aber wenn es ein Beweisstück ist...«

»Werden wir es noch einmal in Melissas Apartment entdekken.«

»Ist das nicht gefährlich für Sie...«

»Tut mir leid, Sharon. Ich muß weg.«

Ärgerlich hängte ich ein. »Wo waren wir stehengeblieben?« fragte ich Jack.

»Vernünftige Zweifel.«

»Richtig. Was den neuen Beweis betrifft, den du haben möchtest – wie wahrscheinlich ist es, daß Judy sich noch an irgend etwas erinnert, das uns weiterhelfen könnte?«

»Ich weiß nicht, was in ihrem Kopf vorgeht.« Es klang bitter.

»Mit euch beiden geht es wohl nicht so recht weiter.«

Er zögerte. »Um ehrlich zu sein, ich bin sehr wütend auf sie. Ich könnte diesen ganzen Prozeß inzwischen zum Mond schießen, aber dafür stecke ich zu tief drin, und es geht um meinen Ruf dabei. Diese Ärsche vom Tribunal haben so viel Presse eingeladen, wie sie konnten. Der ganze Juristenklüngel wird genüßlich dasitzen und zusehen, wie ich es mit Stameroff aufnehme. Ich fühle mich manipuliert – vom Tribunal und von Judy. Sie spielt die ganze Zeit mit meinen Gefühlen wie mit einem Gummiband – mal dehnt sie es, dann läßt sie es wieder zurückschnellen. Ich bin nur froh, daß es am Sonntag vorbei ist, egal, was zum Schluß herauskommt.« Er holte Luft und grinste dann traurig. »Hör sich einer den guten alten Jack an – jammert dir etwas vor, als wärst du sein Beichtvater.«

»Wäre ich das, würde ich dir nur sagen, setz dich mit ihr zusammen. Aber wie die Sache liegt, habe ich einen konkreteren Vorschlag – in bezug auf den Prozeß, nicht auf dein Liebesleben. Judy soll doch als Zeugin der Anklage wie der Verteidigung aufgerufen werden, nicht?«

»Ja.«

»Und du rufst sie zuerst in den Zeugenstand?«

»Stimmt wieder.«

»Okay. Ich erinnere mich, daß bei dem Patty-Hearst-Bankraubprozeß das ganze Gericht den Saal verlassen hat und in das Apartment gezogen ist, wo die Kidnapper sie in den Schrank gesperrt hatten. Könntest du bei diesem Prozeß nicht auch so einen Ortstermin arrangieren? Für Judys Aussage nach Seacliff hinauszufahren?«

»Ich kann bei Gericht einen Lokaltermin beantragen. Das passiert dann, wenn ein Punkt nicht durch Fotos, Diagramme oder direkte Beschreibungen in der Aussage geklärt werden kann.«

»Ich würde sagen, dies ist so ein Fall, oder?«

»Also, es gibt subjektive Faktoren, die am Tatort klarer herauskommen würden. Das ist allgemein der Grund, warum man das macht. Aber ich müßte meinen Antrag begründen, und dann läge es im Ermessen des Richters.«

»Glaubst du, er wäre dafür?«

Jack rieb sich das stoppelige Kinn und dachte einen Augenblick nach. »Normalerweise sind die Richter dagegen. Sie haben gern alles unter Kontrolle und wissen, daß die ihnen zum Teil verlorengeht, wenn sie den Sitzungssaal verlassen. Andererseits ist das hier nur ein Scheinprozeß. Da geht man entspannter an die Sache heran. Rudy Valle ist ein guter Jurist und neigt schon einmal dazu, im Interesse der Wahrheitsfindung ein wenig von der Regel abzuweichen. Ich würde sagen, es bestehen gute Chancen. Aber bist du sicher, daß wir Zugang zu dem Anwesen erhalten?«

»Meine Maklerin kümmert sich noch darum. Morgen früh erfahre ich es.«

Jack setzte sich auf und wirkte jetzt lebendiger als seit Tagen. »Dann sollte ich Valle und Wald heute in der Vormittagspause auf diese Möglichkeit vorbereiten. Wann sollten wir denn am besten hinausfahren?«

»Das wäre noch einmal ein wenig außer der Reihe. Ich würde den Lokaltermin nämlich am liebsten für morgen abend ansetzen lassen, nach Einbruch der Dunkelheit. Herrscht dann ein Nebel wie heute, müßten wir die gleichen Verhältnisse vorfinden wie in der Mordnacht.«

Er runzelte die Stirn. »Das engt den Zeitplan allerdings furchtbar ein. Ich müßte dann schon morgen am späten Nachmittag mit der

Verteidigung beginnen und nicht erst am Sonntag. Aber ich glaube, das geht. Wenn nötig, verzichte ich auf mein Eröffnungs-Statement – ist ja doch nur ein Haufen Mist.«

»Ich werde mich sporadisch im Sitzungssaal aufhalten«, sagte ich. »Ich muß nämlich noch ein paar Dingen nachgehen. Ich halte dich auf dem laufenden. Wenn alles klappt, fahren wir morgen abend nach Seacliff, und du kannst Judy vorführen lassen, was sie in der Mordnacht getan und gesehen hat. Das sollte die Jury überzeugen, daß die Anklage erhebliche Lücken aufweist. Und vielleicht erinnert sich Judy an etwas Besonderes, womit du deine Gesamtdarstellung des Falls am Sonntag abstützen kannst.«

»Du glaubst wirklich an diese Sache mit der verdrängten Erinnerung?«

»Du nicht?«

Er sah weg. »Ich weiß überhaupt nicht mehr, was ich glauben soll.«

»Also, ich habe mich darüber mit einer Therapeutin unterhalten. Es kommt häufiger vor, als du dir vorstellst. Der Susan-Nason-Fall...«

»Den kenne ich.« Er schüttelte den Kopf. »Ich meine, es ist schwer zu glauben, daß einem Menschen, dem du nahestehst, etwas so Bizarres passiert.«

»Nun zerbrich dir darüber nicht gerade heute nacht den Kopf. Du brauchst deine Ruhe.« Ich stand auf und nahm die dicke Polizeiakte vom Tisch.

»Du fährst nach Hause?«

»Ja, aber nicht, um zu schlafen. Ich habe noch einige Lektüre vor mir.«

JUDY BENEDICT: Mamas Kleid war vorne rot. Es war ein weißes Kleid, aber bis zum Saum war alles rot. Sie sagte, es sei Tinte... Der Ring war in dem Ritterspornkleid, das sie letzte Weihnachten angehabt hat.

RUSSEL EYESTONE: Das Kind kam mit dem Ring die Treppe herunter. Sie sagte, sie habe es im Ritterspornkleid gefunden – sie meinte damit die Farbe des Kleides. Mrs. Benedict sagte, sie hätte es auch weggeben sollen... Sie meinte damit wohl, daß sie es mit den anderen Kleidern in die Kleidersammlung hätte geben sollen…

DR. ROBERT MCDONALD (Lis Benedicts Hausarzt): »Nein, Mrs. Benedict hat mich nicht wegen der Lebensmittelvergiftung konsultiert. Das überrascht mich, offen gesagt. Sie kam mir nämlich immer ein bißchen hypochondrisch vor…«

LEONARD EYESTONE: Wir waren alle, bis auf Mrs. Benedict, im Blue Fox und später im St. Francis. Nur während des Wechsels in das andere Lokal waren wir nicht alle zusammen. Und wie Sie wissen, ist der Weg nicht weit…

RUSSELL EYESTONE: Den Außenminister befragen? Sind Sie verrückt?

AARON OVERTON (stellvertretender Coroner des San Francisco County): Wer immer sie getötet hat, muß buchstäblich blutüberströmt gewesen sein. Es sei denn, der oder die Mörder hätten Schutzkleidung getragen, und selbst dann… Eine Leiche nach dem eingetretenen Tod zu zerstückeln, wenn sie nicht mehr blutet, ist ein schmutziges Geschäft. Einen Menschen bei lebendigem Leibe zu zerhacken… also, Sie haben gesehen, wie es im Taubenhaus aussah. Welches die erste Verletzung war? Wie soll ich Ihnen das denn sagen?

TOM DECK (Hausmeister am Institut): Diese Gartenschere lag immer im Gartenschuppen, wenn ich um fünf Uhr abschloß. Aber wenn ich es mir genau überlege, habe ich sie vielleicht auch im Taubenhaus liegengelassen oder irgendwo in der Nähe. Ich hatte an dem Nachmittag den Rittersporn zurückgeschnitten, der um das Taubenhaus wächst. Ich kann sie dort abgelegt oder an die Mauer gelehnt haben. Wissen Sie, ich war in Eile, weil mein Junge an dem Abend ein Baseballspiel hatte…

LEWIS WELLMAN (Münzhändler): Ende vierundfünfzig – ich glaube, es war im November – habe ich zwei Kriegs-Pennies, Jahrgang 1943, an Vincent Benedict verkauft. Ich erinnere mich sehr gut daran, weil Mr. Benedict wußte, daß die Pennies aus zinküberzogenem Stahl waren, und weil er sie genau deswegen haben wollte. Er war Chemiker. Er sagte, er wolle sie verschenken. Ich hatte den Eindruck, daß er sich einen Spaß damit machen wollte, denn er amüsierte sich mächtig, als er sie aussuchte.

Ich stieß mich vom Küchentisch ab und streckte mich. Eingeschränkte Aussagen, vage Aussagen, unterdrückte Aussagen – von allem gab es etwas in der Polizeiakte. Ich sah auf die Uhr. Es war fast fünf Uhr morgens. Ich fühlte mich seltsam munter, trotz leichter Kopfschmerzen.

Meine Handtasche stand in Reichweite unter der Küchenbar. Ich wühlte im Reißverschlußteil nach einem Aspirin. Dabei stießen meine Finger auf das Korallenstück, das Hank mir aus Hawaii mitgebracht hatte. Einen Moment lang rieb ich über seine rauhe Oberfläche. Dann lächelte ich. Jetzt nahm alles Gestalt an. Ich mußte nur noch zwei Informationen einholen.

Ich vergaß das Aspirin und ging zum Schrank in meinem Arbeitszimmer. Ich suchte die alte Funk-&-Wagnalls-Enzyklopädie heraus, die unsere Mutter vor vielen Jahren durch fleißiges Sammeln von Rabattmarken für uns erworben hatte. Ich zog die Bände 15, *Lace* bis *Maots*, und 25, *Watfoe* bis *Zymol*, heraus, setzte mich im Schneidersitz auf den Fußboden und sah mir ein paar Eintragungen sorgfältig an. Dann ließ ich die Bücher liegen, wo sie waren, ging in die Küche zurück und goß mir ein kleines Gläschen Brandy ein.

Die Couch im Wohnzimmer sah mich einladend an. Ich rollte mich auf ihr zusammen und sagte mir, daß ich die Polizeiakte schon viel früher hätte zur Hand nehmen und sofort ganz durchlesen sollen. Aus den maschinegeschriebenen Protokollen, Niederschriften von Vernehmungen, Autopsieberichten und handgeschriebenen Notizen von längst pensionierten oder bereits verstorbenen Polizeibeamten entwickelte sich langsam ein Bild, das immer deutlichere Konturen annahm. Auch was nicht erwähnt war, war bezeichnend. Jetzt fingen all die Fakten, die in meinem Unterbewußtsein rumort hatten, an, wie gefiltert emporzutauchen und mit meinen neueren Erkenntnissen zu verschmelzen. Bald würden sie von selbst zu einer Lösung führen.

Doch im Moment brauchte ich Schlaf, wenn auch nur eine Mütze voll. Aber bestimmt würde es der gesündeste Schlaf sein seit meinem Rückflug mit Hy aus den Great Whites am vergangenen Mittwoch.

Hy, dachte ich plötzlich, was ist los mit dir? Wo steckst du gerade? Und warum rufst du nicht an? Mein Körper vermißte ihn, aber noch mehr brauchte ich seinen Verstand. Wenn ich alles hier mit ihm durchsprechen könnte, seine Objektivität und seinen Scharfsinn nutzen könnte...

Aber das war nicht möglich. Ich mußte mich einfach mit der Tatsache abfinden, daß ich so nie auf ihn würde zählen können. Genau wie auch umgekehrt. Eine kümmerliche Beziehung also? Vielleicht, in den Augen der meisten Leute. Doch tief in mir gab sie einer inneren Rastlosigkeit den notwendigen Raum – einem Drang nach Freisein, der dazu geführt hatte, daß ich mich an anderen, festeren Bindungen wundgerieben hatte.

Ich nippte am Brandy und starrte zum Fenster, hinter dem die Morgendämmerung heraufzog. Alles war ruhig, und ich hatte keine Angst mehr vor weiteren mutwilligen Zerstörungsakten. Enrique Chavez war auf der Flucht, falls man ihn nicht schon geschnappt hatte.

Allie schnarchte auf einem Polster am Kamin. Ralph, für den nur die Couch in Frage kam, lag neben mir. Ich streichelte ihn und dachte, wie in den frühen Morgenstunden nach Lis Benedicts Tod, über Opfer und Täter nach. Und darüber, daß ich nun die meisten Gründe kannte, warum...

Dritter Teil
Warum es geschah

27

An diesem Samstag um halb neun war die Rotunde in der City Hall gesteckt voll. Die Sicherheitsvorkehrungen – seit dem Mord an Bürgermeister George Moscone und Supervisor Harvey Milk stets sehr umfangreich – wurden streng eingehalten. Während ich mich durch die Menge unter der Kuppel nach vorne kämpfte, brach ein Stimmengewirr über mich herein, das von den drei Bogengalerien zurückgeworfen wurde. Ich schaute hinauf, sah aber keine bekannten Gesichter über die Geländer spähen.

Bevor mein Blick zu den Menschen in meiner direkten Umgebung zurückkehrte, blieb er an einem der vielen Reliefs hängen, die das Gebäude schmückten: den Initialen der Stadt, die so ineinander verschlungen waren, daß das *S* dem Dollarzeichen ähnelte – sicher ein ganz und gar unbeabsichtigter Effekt. Aber passend für eine Stadt, in der man so tatkräftig dem Dollar hinterherhechelte. Ich lächelte und schaute die breite Marmortreppe hinauf, die sich vom Fuß der Rundhalle zur Vorstandsetage der Stadtverwaltung emporschwang. Und auf den Stufen entdeckte ich Richter Joseph Stameroff.

Er stand in der Mitte, ein paar Stufen höher als alle anderen, und blickte mit priesterlicher Würde auf eine Gruppe seiner Bewunderer herab. Eine Frau arbeitete sich mit den Ellbogen nach vorn durch, gefolgt von einem Mann mit einer Videokamera. Die Frau war Jess Goodhue, Moderatorin der KSTS-TV-Abendnachrichten. Sie ging direkt auf Stameroff zu und hielt ihm das Mikrophon vors Gesicht. Bevor er anfing zu sprechen, stieg er noch eine Stufe höher. Jess Goodhue folgte ihm auf dem Fuß und drängte immer weiter. Damit nötigte sie Stameroff, die nächste Stufe zu nehmen, um seinen höheren Standpunkt zu behalten. Schließlich rettete ihn James Wald, ein kahlköpfiger, zur Korpulenz neigender Mann, indem er sich zwischen Stameroff und das Mikrophon schob. Während ich mich in ihre Richtung vordrängelte, schien Jess das Interesse an Walds Worten verloren zu haben – wahrscheinlich die Standardsprüche über das Tribunal für die Presse. Als ich sie erreichte, zog sie gerade mit einem Kameramann davon.

»Wieso sind Sie selber hier vor Ort?« fragte ich Jess. Als Moderatorin arbeitete sie selten draußen.

Sie lächelte, als sie mich erkannte. »Hi, Sharon. Ich möchte eine Sonderreportage über das Tribunal machen.« Wenn ihre Begrüßung auch herzlich war, zeigte sie sich doch leicht reserviert. Vor einiger Zeit hatte ich Jess einmal aus einer wahrscheinlich katastrophalen Lage gerettet, und wie die meisten Leute, die meinen, einem etwas schuldig zu sein, das sie nie abtragen können, fühlte sie sich ein wenig unwohl in meiner Gegenwart.

»Möchten Sie mir etwas über Ihre Ermittlungen oder die Verhandlungsstrategie Ihrer Kanzlei erzählen?« setzte sie hinzu.

Ich schüttelte den Kopf.

»Was ist mit diesem Mord in Chinatown, gestern abend – Melissa Cardinal? Wo ist der Zusammenhang?«

»Kein Kommentar.«

Jess drängte nicht, sondern fragte mich nur. »Aber Sie haben mit dem Richter gesprochen?«

Ich machte den Mund auf und wollte nein sagen, aber genau in dem Augenblick erschien Rudy Valle auf dem obersten Treppenabsatz und nickte Wald zu. Als Organisator des Tribunals ergriff Wald nun Joseph Stameroffs Arm und führte ihn zu den Aufzügen.

»Zu dumm. Gerade wollte ich mit ihm sprechen«, murmelte Jess und ließ ihren geübten Blick über die Menge wandern, von einem Kopf zum nächsten. Sie suchte schon ihr nächstes Opfer. Ich folgte ihrem Blick und entdeckte Jack und Judy, die in der Lobby an den Aufzügen auf der Seite der Civic Center Plaza warteten.

Judy befand sich offensichtlich in der Hinwendungsphase ihrer aus einem ständigen Hin und Her bestehenden Beziehung. Sie hielt Jacks Arm umklammert und zerrte an seinem Ärmel wie eine hungrige Straßenbettlerin. Jack ignorierte es. So, wie er den Mund verzog und ungeduldig zu den Aufzügen starrte, hätte er sie wohl am liebsten abgeschüttelt. Jess Goodhue marschierte auf sie los und ließ mich ohne Gruß am Fuß der Treppe stehen.

Jetzt kamen Rae und Hank aus einem der Seitengänge, deren

Wände noch mit Sperrholz verkleidet waren. Dahinter verbargen sich die Schäden von dem Loma-Prieta-Erdbeben. Ich winkte. Hank bemerkte mich, winkte zurück und zeigte auf Rae. Sie trennten sich. Hank ging nach hinten, wo sich die Anmeldung befand. Rae kam auf mich zu. Während ich auf sie wartete, sah ich noch einmal zu den Galerien hinauf. Im ersten Stock lehnte Leonard Eyestone an einem Pfeiler und starrte über das Geländer mit seinen goldenen Verzierungen herab.

Sogar von hier unten konnte ich den besorgten und zugleich geistesabwesenden Blick des Institutsdirektors erkennen. War er vielleicht auf einen Punkt in einer anderen Zeit gerichtet, dreieinhalb Jahrzehnte zurück? Dem traurigen Zug um seinen Mund nach zu schließen, dachte er sicher über den Tod nach. Ich hätte viel dafür gegeben, seine Gedanken lesen zu können.

Rae stieß zu mir. »Hank holt sich eine Tasse Kaffee und geht nach oben. Du solltest dich besser auch beeilen, bevor dir jemand deinen Platz wegnimmt.« Man hatte mir einen Sitz in der Reihe direkt hinter der Verteidigerbank zugeteilt.

Ich nickte und folgte ihr zu den Aufzügen.

»Judy ist heute morgen in Topform«, fügte Rae hinzu, als wir auf den Aufzug warteten.

»Wie meinst du das?«

»Hank und ich sind ihr und Jack auf der Straße begegnet. ›Ach, ich weiß nicht, was ich ohne Jacks Unterstützung anfangen sollte. Ach, Jack, du *mußt* mir einfach hier durchhelfen.‹« Sie parodierte Judys gehauchten Tonfall. Sie brach ab und kicherte. »Gott, was für eine Schauspielerin!«

Ich runzelte die Stirn und wunderte mich, daß Rae, die selbst eine so begnadete Schauspielerin war, solch eine Bemerkung riskierte.

»Ja, ich weiß«, fügte sie fröhlich hinzu. »Nur wenn man selber eine ist, kann man das erkennen. Wie soll ich sonst Dingen auf den Grund kommen, die offenbar niemand anders sieht?«

Während ein leerer Aufzug ankam und wir einstiegen, sagte ich: »Stört es dich nicht zuzugeben, daß du...«

»Sicher, hin und wieder. Es ist bestimmt nicht der erstrebenswerteste Charakterzug. Aber ich kenne mich wenigstens, und ich stehe dazu. Judy hat entweder eine völlig verschrobene Selbsteinschätzung, oder sie glaubt, sie kann jeden an der Nase herumführen – und wenn du mich fragst, ich neige zu letzterem.«

Während ich darüber nachdachte, quetschten sich noch ein paar Leute in den Fahrstuhl, so daß die Tür sich nicht schließen konnte, bis zwei wieder zurücktraten. »Glaubst du, Jack hat sie durchschaut?«

»Kluge Männer können so vollkommene Idioten sein, wenn sie verliebt sind. Aber ich bin ziemlich sicher, er ist dabei. Und wenn das so ist, wird es schmerzlich für ihn.«

Ich erinnerte mich daran, wie laut Jack vor einer Woche geworden war, als er wegen der Oberlichter gepoltert hatte. Schon damals hatte ich seine Reaktion für übertrieben gehalten. Jetzt allerdings fragte ich mich, ob er nicht seinen Ärger über Judys ähnliches Verhalten auf Rae übertragen hatte. Falls Rae recht hatte, kamen wieder einmal harte Zeiten auf Jack zu.

Die Tür ging schließlich zu, und der Aufzug fuhr in den dritten Stock. Er schien die Leute vor mir regelrecht auszuspeien in Richtung der Telefonzellen und der Getränke- und Süßigkeitenautomaten. Ich verlor Rae im Gewühl und eilte zum Nordkorridor, unterwegs fischte ich meinen Ausweis aus der Tasche. Das Tribunal fand in einem der größeren Sitzungssäle statt. Ich war dort selbst schon ein- oder zweimal vor Gericht aufgetreten und hatte dabei viele Stunden in diesen Gängen zugebracht, hatte allein auf den Eichenbänken gehockt oder mit anderen Zeugen und Anwälten geschwatzt. Heute fiel mir auf, daß die gedeckten Geschäftsanzüge fehlten, die hohen Absätze und die Aktenköfferchen. Das Publikum trug lässige Kleidung, und die Unterhaltungen drehten sich eher um Tischreservierungen zum Dinner und Theaterkarten als um Gegenklagen und außergerichtliche Klärungen. Als ich mich ans Ende der Schlange stellte, die in den Verhandlungssaal strebte, entdeckte ich Jed Mooney, von oben bis unten in Beat-Aufmachung. Er winkte und lächelte, während ein Kontrolleur den Revers prüfte, den ich ihm heute früh ins Haus geschickt hatte. Jetzt hatte ich alle am Fall direkt Beteiligten gesehen, bis auf Louise Wingfield.

Im Saal übten die goldfarbene Eichentäfelung, das Behördengrün der Wände und die hohe Richterbank ihren ehrfurchtgebietenden Eindruck auf die Hereinströmenden aus. Sie traten mit ernsten Mienen ein, nahmen ihre Plätze ein und redeten nur das Notwendigste. Ich lief den Gang zwischen den Sitzen entlang, wobei die Sohlen meiner Turnschuhe auf dem abgetretenen braunen Linoleum quietschten, und klappte den Holzsitz gleich hinter Jacks Platz hinunter. Als ich mich niederließ, sah er sich um und nickte.

Ich hatte ihn selten bei einem richtigen Prozeß unter solcher Spannung gesehen. Er hielt die Schultern steif. Seine Hände irrten ziellos zwischen den Stapeln von Dokumenten auf seinem Tisch umher, als versuche er so, den Wust aus Fakten und Theorien, aus denen unser Fall derzeit bestand, in Bewegung zu halten. Ich lächelte ihm aufmunternd zu, aber zu spät: Judy, die ein Stück weiter saß, beugte sich vor und zupfte ihn am Ärmel. Er drehte sich zu ihr um.

Stameroff und Wald kamen aus dem Richterzimmer. Wald setzte sich ans Ende der Geschworenen-Bank, während Stameroff am Tisch der Anklagevertretung Platz nahm. Er wandte sich um und lächelte seiner Tochter zu. Judy wich seinem Blick aus. Stameroff runzelte die Stirn und nickte dann Jack freundlich zu. Jacks Erwiderung wirkte nervös und unstet. Im Moment machte All Souls keinen überragenden Eindruck.

Als nächstes zogen die Geschworenen ein. Ich sah mir die Liste an, die man mir an der Tür in die Hand gedrückt hatte. Es war eine Jury mit beeindruckenden Namen, darunter mehrere Professoren kalifornischer Universitäten, Stanford und San Francisco State, und ein Journalist von der *Los Angeles Times*, der für eine Gerichtsreportage den Pulitzerpreis bekommen hatte und ein bekannter Autor wahrer Kriminalgeschichten war.

Die Geschworenen setzten sich, und im Saal wurde es still. Ich sah mich um und bemerkte die Reihe der Reporter hinter dem Tisch des Anklägers. Dahinter saß Bart Wallace mit verschränkten Armen und strengem, ausdruckslosem Gesicht. Sein Mantel lag auf dem Nebensitz. Wahrscheinlich hielt er ihn für Adah Joslyn frei. Von Louise Wingfield war noch immer nichts zu sehen.

Ich sah nach vorne, um mich ganz auf den Prozeß zu konzentrieren. Doch da schoß mir der Gedanke durch den Kopf: *Wie grotesk!*

Schnell löste ihn ein nächster, nicht weniger häretischer Gedanke ab: *Und widerwärtig*.

So feierlich sich die Versammlung auch gab, in Wirklichkeit war das alles nur ein *Spiel*. Wie ich schon zu Jack gesagt hatte: Das Historische Tribunal war nichts weiter als eine intellektuelle Spielerei für Erwachsene, ein kurzes Wochenendvergnügen. Heute würden wir mit der Erinnerung an drei Tote spielen und dem Gedenken an sie möglicherweise Schaden zufügen – Cordy McKittridge, Lis Benedict und Melissa Cardinal. Und wir könnten den Ruf anderer, noch lebender Opfer schädigen.

Während James Wald aufstand und selbstgefällig über seine Rolle bei der Einrichtung dieses Tribunals zu reden begann, dachte ich: *Sag jetzt nichts Hochtrabendes zu diesem Spiel*. Prahl nicht, wie wir helfen werden, die Geschichte zurechtzurücken. In Wirklichkeit bieten wir den Leuten doch nur eine Unterhaltung vor dem Dinner oder einem Theaterbesuch.

Wie sie wohl reagieren würden, wenn ich jetzt aufstünde und laut sagte, was ich dachte? Sie aufforderte, dieser Schmierenkomödie ein Ende zu machen?

Glücklicherweise war Walds Rede kurz. Richter Valle betrat den Raum. Wir standen auf und durften uns wieder setzen.

Valle war in voller Amtsrobe. Er ging zum Richtertisch hinauf, setzte sich und schaltete das Mikrophon ein. Dann starrte er, die römische Nase vorgestreckt, mit seinen dunklen Augen streng und forschend in den Saal.

Mit feierlicher Stimme begann er: »Wie Mr. Wald ausführte, haben wir uns an diesem Wochenende hier versammelt, um über einen historischen Fall zu entscheiden. Und wenn dieses Tribunal auch eigentlich nur eine Nebenbeschäftigung für uns ist, nehme ich die Verantwortung doch nicht auf die leichte Schulter. Ebensowenig tun das die Geschworenen, der Ankläger, die Verteidigung. Wir hoffen, daß das Publikum dem Verfahren mit gleicher Ernsthaftigkeit folgt. Schließlich ist dieses, wenn auch inoffiziell, doch ein ordentliches Gericht, und das Gesetz duldet nicht, daß man ein Spiel mit ihm treibt.«

Ich war irgendwie erleichtert und ließ meine Vorbehalte fahren.

Valles Blick wanderte erneut forschend durch den Saal. »Bei der Wiederaufnahme des Verfahrens *Der Staat von Kalifornien gegen*

Lisbeth Ingrid Benedict«, fuhr er fort, »haben wir es mit ungewöhnlichen Umständen zu tun. Bis vor zehn Tagen hat die Angeklagte noch gelebt. Ihre Tochter und andere Personen, die damals im ursprünglichen Prozeß aufgetreten sind, sind auch heute anwesend. Eine Frau, die nach Auskunft der Verteidigung eng mit dem Fall in Verbindung stand, ist gestern abend brutal ermordet worden. Diese Umstände verleihen der vor uns liegenden Verhandlung eine Unmittelbarkeit und mögliche Auswirkungen, wie wir sie beim Historischen Tribunal selten erleben.«

Er hielt inne, um die Worte wirken zu lassen, und fuhr dann fort: »Im Lichte dieser Umstände greife ich zu einem ungewöhnlichen Mittel. Wir unterbrechen jetzt für fünf Minuten die Sitzung. In dieser Pause mögen Anklage und Verteidigung noch einmal überdenken, ob sie den Prozeß fortsetzen wollen. Wenn ich zurückkomme, werde ich sie nach ihrer Entscheidung fragen, und diese wird dann endgültig und bindend sein.«

Valle stand auf, sah noch einmal auf das Publikum herab, verließ den Richtertisch und ging in sein Zimmer.

Einen Moment lang verharrte die Menge schweigend. Dann ging ein Gemurmel los – vor allem dort, wo die Pressevertreter saßen. Ich sah Jack und Judy an. Er drehte sich zu ihr um und sprach leise mit ihr. Sie hörte zu und schüttelte dann nachdrücklich den Kopf.

Ich sah zum Tisch der Anklagevertretung. Stameroffs Blick war auf den leeren Richtertisch gerichtet, seine Hände waren ineinander verschränkt. Mit eng zusammengekniffenen Augen schien er die Konsequenzen abzuwägen, die Rückzug oder Fortsetzung haben würden. Nach einer Weile drehte er den Kopf und sah sich suchend nach Judy um.

Sie hielt Jacks Arm umklammert und sprach schnell, mit verbissenem und entschlossenem Gesicht, auf ihn ein. Jack flüsterte etwas, und sie sah ihren Adoptivvater an. Ich konnte ihren Gesichtsausdruck nicht erkennen, aber er zwang Stameroff, den Blick abzuwenden. Judy sprach weiter auf Jack ein, und schließlich nickte er resigniert.

Das Gemurmel im Saal schwoll an, verebbte und schwoll wieder an. Alle, Stameroff, Jack und Judy, starrten nun zum Richtertisch. Als Richter Valle zurückkam, brachen die Gespräche ab, und wir erhoben uns. Als wir wieder saßen, ließ der Richter einen Blick über die Menge schweifen. Dann wandte er sich der Verteidigerbank zu. »Mr. Stuart, wie haben Sie entschieden?«

»Die Verteidigung ist bereit, den Prozeß zu führen, Euer Ehren.«

»Richter Stameroff?«

»Bereit zur Anklage, Euer Ehren.«

»Dann erwartet das Gericht jetzt Ihre Eröffnungserklärungen.«

Joseph Stameroff stand auf, trat zur Geschworenenbank und fing an zu reden. Verwundert hörte ich zu, als er – ohne Notizen – Worte zu zitieren begann, die ich erst vor zwei Nächten im Verhandlungsprotokoll gegen Lis Benedict gelesen hatte.

Offenbar vertraute er so sehr auf die Methode, nach der er den Originalfall behandelt hatte, daß er plante, das Ganze wörtlich zu wiederholen.

28

Ich sah Stameroff an und hörte ihm aufmerksam zu. Die Worte klangen zweifelsfrei wie die aus dem Protokoll. Selbst seine Gesten wirkten einstudiert, so, als erinnerte er sich genau, wie er vor sechsunddreißig Jahren Hände und Körper bewegt hatte. Es war, als befände ich mich in der Aufführung eines Stücks, dessen Text ich erst kürzlich gelesen hatte.

Rechts von mir saß Judy, die Fäuste so geballt, daß die Knöchel weiß hervortraten, und starrte den Mann an, der sie aufgezogen hatte. Ihr Gesicht wirkte wie versteinert. Die Anspannung hatte tiefe Furchen gezogen. War es Stameroff bewußt, was er der Tochter antat, die er seinerzeit aus den Trümmern dieser Tragödie geholt und zu sich genommen hatte? War er sich dessen wirklich *bewußt*?

Kümmerte es ihn?

Das hielt ich nicht mehr länger aus. Ich schrieb Jack eine kurze Notiz, gab sie ihm und ging hinaus.

Auf der Civic Center Plaza blies ein kalter Wind. Er hatte die letzten Nebelreste zu einer grellweißen Wolkendecke zusammengeweht. Ein paar abgerissene Gestalten hockten unter den knorrigen Platanen und auf den Bänken am Brunnen, in dem sich das Licht spiegelte. Doch sonst war die Gegend verlassen wie an allen Samstagvormittagen. Ich ging zur Market Street und beschloß, die wenigen Blocks bis zu Loomis' Fotoatelier an der Natoma Street zu Fuß zu gehen.

Ich hatte als erstes am Morgen dort angerufen und mit Nell Loomis, der Tochter des Instituts-Fotografen, gesprochen. Sie hatte das Atelier nach dem Tod ihres Vaters geerbt. Sie sei den ganzen Tag da, weil sie an einem eiligen Auftrag arbeite, hatte sie mir gesagt, und ich könne vorbeikommen, wann ich wolle – aber möglichst erst nach zehn. Sie hatte sich mißmutig und unfreundlich angehört, aber ich hoffte, daß das nur an ihrer frühmorgendlichen Stimmung gelegen hatte.

Die Natoma Street ist eine der vielen kleinen Straßen, die So-Ma – wie South of Market kurz genannt wird – durchkreuzen. Hier finden sich überwiegend Lagerhäuser, Autogeschäfte und kleinere Firmenniederlassungen und hier und da ein zufällig erhalten gebliebenes viktorianisches Haus. Der Block an der Natoma Street zwischen der Zehnten und der Elften Street war rein gewerblich genutzt. Ich fand die blaue Tür, die Nell Loomis mir beschrieben hatte, auf halbem Wege, gleich neben einer Fernsehreparaturwerkstatt.

Die Frau, die auf mein Läuten öffnete, war ungefähr in meinem Alter. Ihr karottenrotes Haar war kurz geschnitten. Sie trug kein Make-up bis auf einen dunkelgrünen Lidschatten. Eine Gummischürze schützte Jeans und T-Shirt. Sie sah mich kaum an, winkte mich bloß zu sich ins Halbdunkel. Dann schlug sie die Tür zu und sicherte sie mit zwei Riegeln.

»Verdammte Vorsichtsmaßregeln«, sagte sie und ging um mich herum. »Man kann die Tür nicht einmal offenlassen, wenn man nur zwei Fuß hinaus zu seinem Wagen etwas holen geht. Die City tut einfach nichts, um das Problem der Kriminalität zu lösen, und wer bezahlt die Zeche? Leute wie ich, die sich abstrampeln, um zu überleben. Achtung, Stufe.«

Der dunkle Flur führte ins Studio. Es war ein großer Raum mit weißgetünchten Ziegelwänden, einem Sofa, Schreibtisch und Sessel in einer Ecke, während der Rest mit Lampen, Stativen, aufgerollten Hintergrundprospekten und allen möglichen anderen Requisiten vollgestellt war. Mitten im Raum stand ein Turm Artischockenherzen in Dosen, wie man sie in Supermärkten aufgebaut findet.

Nell Loomis sah, wie ich ihn betrachtete, und sagte: »Das ist der erwähnte eilige Auftrag. Landesweite Anzeigenkampagne, die heute abend mit der Lebensmittelausstellung beginnt.«

»Sie arbeiten überwiegend für die Werbung?«

Sie hockte sich auf die Schreibtischkante und bot mir das Sofa an. »Ich mache im Grunde alles, was mir das Geld für die Miete einbringt. Bekomme leider nicht so viele Werbeaufträge, wie ich gern hätte. Meistens bin ich mit dem Kram beschäftigt, den auch mein Vater gemacht hat – Hochzeiten, Partys, besondere Ereignisse.«

»Gehört das Institut for North American Studies zu Ihren Stammkunden?«

Sie verzog mißbilligend den Mund. »Nicht mehr. Mein letzter Auftrag für das Institut war bei der Einweihung des Hauses am Embarcadero. Diese Schweinehunde können sich finanziell so übernehmen, daß sie in ein Millionen teures Haus ziehen, aber wenn ich meine lumpigen kleinen Rechnungen bezahlt haben möchte, fühlen sie sich belästigt. Wenn ich das Geld nicht bald bekomme, trete ich die Forderung an eine Inkassofirma ab.«

»Wieviel schulden sie Ihnen denn?«

»Tausende. Sie kamen mir damit, daß sie auf einen Großauftrag warteten und dann gleich zahlen würden, aber ich habe noch keinen Cent gesehen. So, was möchten Sie nun von mir? Ich muß zurück in die Dunkelkammer.«

»Wie weit reichen zeitlich Ihre Geschäfte und Ihr Archiv zurück?«

»Bis ins Jahr einundfünfzig, als mein Vater das Atelier eröffnete. Warum?«

»Wäre es möglich, einem Auftrag nachzugehen, den er für das Institut erledigt hat?« Ich zeigte ihr das Foto aus Melissa Cardinals Kaninchen-Vase und erzählte ihr auch von dem Bankett und dem Empfang für Dulles.

Nell Loomis runzelte die Stirn. »Es ist zwar möglich, das Zeug herauszusuchen, aber nicht heute. Die Unterlagen sind alle in Kartons verpackt.« Sie zeigte nach oben zur Decke, und jetzt erst sah ich die Empore mit dem Geländer am hinteren Ende des Raums. »Mein altes Atelier an der Minna Street hat eine Menge abgekriegt bei dem großen Erdbeben. Habe sechs Monate gebraucht, bis ich das hier fand. Seitdem habe ich mich abgerackert, überhaupt über die Runden zu kommen. Ich habe es noch nicht geschafft, alles wieder einzuordnen.«

»Was würde es kosten, die Unterlagen und die Negative herauszusuchen, die ich brauche?«

Nell Loomis dachte nach und fuhr sich mit dem Daumen über die Unterlippe. »Auf jeden Fall mein Stundenhonorar. Aber dieser Eilauftrag...«

»Ich verstehe das, aber können Sie sich nicht zwischendurch die Zeit nehmen – sagen wir, während Ihre Abzüge trocknen?«

Sie überlegte.

»Ich zahle Ihnen das doppelte Honorar.«

»In dem Fall, okay.« Sie stand auf. »Ich muß noch ein paar Handgriffe in der Dunkelkammer tun, und dann steige ich rauf und versuche es mal.«

»Danke. Ich weiß das zu würdigen. Dürfte ich wohl Ihr Telefon benutzen, während ich warte?«

»Wenn es ein Ortsgespräch ist.«

Während Nell Loomis in ihrer Dunkelkammer verschwand, setzte ich mich an den Schreibtisch und rief Cathy Potter an. »Sharon, wo haben Sie denn nur gesteckt? Keyes Development ist einverstanden. Sie dürfen den Besitz in Seacliff betreten, aber sie wollen wissen, wann.«

»Am liebsten heute abend. Aber jetzt kommt der Haken an der Sache: Ich möchte eine ganze Reihe Leute mitbringen.« Ich erzählte ihr von meiner Idee, das Gericht dort aufmarschieren zu lassen.

»Ich weiß nicht, ob ihnen das recht ist. Das geht sicher nicht ohne einige Publicity, und die Erinnerung an den Mord ist sicher keine gute Verkaufsstrategie für das Anwesen.«

»Publicity entsteht so oder so. Wenn Keyes Development mit uns zusammenarbeitet, hilft das vielleicht sogar, einen Interessenten zu finden, der nicht so zimperlich ist.«

»Kann sein«, sagte sie skeptisch. »Rufen Sie mich in einer Stunde wieder an, ja?«

Fünf Minuten später tauchte Nell Loomis aus ihrer Dunkelkammer auf und kletterte auf die Empore. Ich rief ihr nach, daß ich ihr gern helfen würde, aber sie sagte, ihre Versicherung würde nicht zahlen, wenn mir etwas passierte. Also blieb ich auf dem Sofa sitzen und sah ihr zu, wie sie dort oben im Licht einer einzigen Glühbirne zwischen den Kartonstapeln hin und her huschte. Sie brauchte ungefähr eine halbe Stunde, dann kam sie schließlich mit einem dicken Ordner unterm Arm wieder heruntergeklettert.

»Ich kann die Auftragsnummer nicht finden, die auf Ihrem Abzug steht. Außerdem stimmt irgend etwas nicht an diesem Auftrag für das Bankett und den Empfang«, sagte sie.

»Und was?«

»Auf dem Auftragszettel steht, daß die Abzüge und Negative vernichtet werden sollten.«

»Warum?«

»Das steht nicht da.«

»Auf wessen Anordnung?«

»Steht auch nicht da.« Sie zeigte mir das Blatt. Es war ein einfaches Formular mit Spalten, in die die Anzahl der bestellten Abzüge und ihre Formate eingetragen werden konnten. Quer darüber hatte jemand geschrieben: »Abzüge und Negative vernichten«, dazu das Datum: »25. Juni 1956«, drei Tage nach dem Mord an Cordy McKittridge.

»Ist das die Handschrift Ihres Vaters?« fragte ich.

»Die meiner Mutter. Sie hat im Studio mitgeholfen, aber sie ist einundsiebzig gestorben.«

»Wissen Sie, mit wem Ihre Eltern im Institut normalerweise zu tun hatten?«

»Nein. Mein Kontakt lief über Leonard Eyestones Sekretärin, also nehme ich an, daß Dad seine Aufträge auch von einem der Angestellten bekam.«

»Könnte es in den anderen Unterlagen Ihres Vaters einen Beleg darüber geben, wer das gewesen ist?«

»Möglich.« Nell Loomis sah auf die Uhr. »Aber ich kann jetzt nicht nachsehen. Ich muß zurück in die Dunkelkammer.«

»Gut, wenn Sie es später tun könnten, wäre ich sehr froh.« Ich stand auf und griff nach meiner Tasche.

»Augenblick«, sagte sie. »wollen Sie sich die Negative nicht ansehen?«

»Ich dachte, die wären vernichtet.«

»Dad hätte *niemals* die Negative seiner Aufnahmen vernichtet. Da sind sie.« Sie hielt mir ein Bündel Klarsichthüllen hin. »Ich schalte das Lichtpult ein. Dann können Sie sie sich ansehen, während ich mich an meine Abzüge mache.«

Ich nahm die Hüllen, zog aus einer Hülle einen Filmstreifen heraus und legte ihn auf die Mattscheibe. Diese Fotos zeigten offensichtlich die Haupttafel des Banketts. Der Sprecher war eindeutig Dulles. Ich legte die anderen Negative aus: noch einmal die Haupttafel; Leute, die sich die Hände schüttelten und in Positur stellten; ein Empfangsdefilee; weitere gestellte Gruppenfotos, darunter auch eines mit den beiden Eyestones und Dulles. Durch die Umkehrung von Hell und Dunkel auf den Negativen waren zwar Details nur schwer zu erkennen, doch kein Foto schien mir besonders belastend oder auch nur ungewöhnlich. Ich ging alle Negative sorgfältig durch, schaltete dann das Licht aus und seufzte. Ich brauchte Abzüge, um herauszufinden, warum die Fotos vernichtet werden sollten.

Es war fast eine Stunde vergangen, seit ich mit Cathy Potter gesprochen hatte. Ich rief in ihrem Büro an, hörte aber nur ihre Stimme vom Anrufbeantworter. Ich hinterließ ihr die Nachricht, daß ich nach dem Lunch wieder anrufen würde. Als ich auflegte, kam Nell Loomis aus der Dunkelkammer und machte ein furchtbar finsteres Gesicht. »Was, zum Teufel, erwarten die denn von mir? Wie soll ich das rechtzeitig schaffen?« brummte sie. »Brauchen eine ganze Woche, um diese verdammten Artischocken zu liefern, und jetzt wollen sie...« Sie brach ab und machte ein verlegenes Gesicht, als hätte sie vergessen, daß ich da war. »Haben Sie gefunden, wonach Sie suchten?«

Ich schüttelte den Kopf. »Ich brauche Abzüge von denen hier. Heute noch.«

»Das geht nicht.«

»Ich verdreifache Ihr Stundenhonorar.« Ich holte ein paar Zwanzig-Dollar-Scheine aus der Tasche und bot sie als Anzahlung an.

»Also ...«

»Und das gilt auch für die Zeit, die Sie brauchen, um herauszufinden, wer vom Institut Ihrem Vater gewöhnlich die Anweisungen zu den Fotos gegeben hat.«

Nell Loomis biß sich auf die Unterlippe und überlegte ein paar Augenblicke lang hin und her, dann nickte sie. »Ich mache es. Wie schnell brauchen Sie die Abzüge?«

»Gleich. Aber es reicht mir auch, wenn ich sie in ein paar Stunden habe.«

»Ich kann nicht garantieren, daß sie gut werden. Aber ich mache mich so schnell wie möglich daran.«

Auf dem Rückweg zur City Hall versuchte ich, mir selbst einzureden, daß ich nun die Spur zur Lösung von Jacks Fall gefunden hatte. Auch bestärkte ich mich selbst in der Hoffnung, daß Keyes Development dem Gericht erlauben würde, den Lokaltermin auf dem Seacliff-Anwesen abzuhalten. Und schließlich redete ich mir ein, daß Jack bis zu meiner Rückkehr in den Sitzungssaal sein altes Selbstvertrauen wiedergefunden und gerade ein solides Fundament für die neuen Beweise errichtet haben würde, die ich liefern wollte.

Aber all diese Gedankenspiele bewirkten am Ende nur neue Zweifel und Unsicherheiten.

29

Die Zeugin wurde von dem Mann, der sie aufgerufen hatte, keineswegs geschont. Stameroff ging aggressiv auf Judy los, stieß mit dem Zeigefinger in ihre Richtung, wenn er ihr eine Frage stellte. Als ich zu meinem Platz ging, sagte Jack gerade: »Einspruch. Der Staatsanwalt spricht gegen seine eigene Zeugin.«

»Stattgegeben.«

Ich rutschte auf meinen reservierten Sitz. Stameroff trat einen Schritt vom Zeugenstand zurück, vollführte eine halbe Drehung und sah die Geschworenen mitleidheischend an. Ich kannte den Trick. Es war ein Blick, der sagen sollte: »Was *soll* ich denn machen?« Aber Mitleid fand er nur wenig. Diese Jury war einfach zu erfahren, um auf derart theatralische Tricks hereinzufallen.

Stameroff erkannte seinen Fehler und wandte sich schnell wieder seiner Tochter zu. »Versuchen wir einmal«, sagte er, »Ihre Aussage auf das zu beschränken, was Sie in der Mordnacht tatsächlich gesehen haben. Wie Sie sagten, hatte Ihre Mutter Blut vorn auf dem Kleid...«

Der alte Herr hatte noch keinen dieser hinterlistigen Kniffe verlernt, die man in seinem Geschäft braucht. Jack sagte: »Einspruch. Die Zeugin hat nichts Derartiges gesagt.«

»Stattgegeben.«

»Dann möchte ich es anders ausdrücken. Wie sah Ihre Mutter aus, als sie ins Haus zurückkam?«

Judy wirkte verwirrt.

»Miss Benedict?«

Sie antwortete nicht. Ich beugte mich vor und sah sie gespannt an. Hinter der Frage steckte etwas...

Nach einer Weile sagte sie: »Sie hatte Flecken auf dem Kleid. Es war Tinte, rote Tinte.«

»Woher wissen Sie, daß es rote Tinte war?«

»Sie sagte zur Polizei...«

»Miss Benedict, beschränken Sie sich auf das, was Sie selbst gesehen haben.«

»Es tut mir leid.« Sie war noch immer verwirrt und schaute Jack hilfesuchend an. Er war in ein Dokument vertieft, das vor ihm auf dem Tisch lag.

»Sie und Ihre Mutter waren also die einzigen Menschen, die sich in dieser Nacht in dem Anwesen aufhielten«, fuhr Stameroff fort. »Ist das richtig?«

»Ich... weiß nicht.«

Der Richter runzelte die Stirn. »Sie wissen es nicht?«

»Ich erinnere mich, daß ich in meinem Zimmer am Fenster stand und irgend etwas da unten in der Dunkelheit war...«

»Irgend *etwas* oder irgend*wer*?«

»Ich weiß nicht!«

»Könnte dieses... Etwas vielleicht das Produkt einer überreichen Phantasie sein?«

»Einspruch!«

»Ich lasse die Frage zu.«

»Nein, es war wirklich. Ich erinnere mich...«

»Ja?«

Judy schwieg.

Stameroff beugte sich vor, eine Hand auf den Rand des Zeugenstands gestützt. »Ist es nicht so«, fuhr er fort, »daß Sie sich nur an sehr wenige von den Ereignissen jener Nacht erinnern?«

»Ich...«

»Trifft es nicht zu, daß neben den Blutflecken auf...«

»Einspruch!«

»Ich formuliere es anders. Trifft es nicht zu, daß Sie sich, außer an die *roten Flecken* auf dem Kleid Ihrer Mutter, wirklich nur an wenig erinnern?«

»Ich erinnere mich...«

»An *was* erinnern Sie sich, Miss Benedict? An *was*?«

Judy ließ den Kopf hängen. Sie zitterte – vor Zorn, dachte ich.

»Ich ziehe meine Frage zurück«, sagte Stameroff. »Ich würde jetzt gern zum Abend des siebzehnten Juli kommen...«

Richter Valle unterbrach ihn. »Nachdem dieser Teil der Aussage zweifellos umfangreich werden wird und es kurz vor zwölf ist, unterbrechen wir bis halb zwei für eine Mittagspause.«

Nachdem Valle den Gerichtssaal verlassen hatte, ging ich um die Barriere, um mit Jack zu sprechen. Judy stand im Zeugenstand auf. Sie blickte wütend auf Stameroff, der seine Papiere einsammelte. Er richtete sich auf und trat in den Gang. Ich stand ihm direkt gegenüber. Sein Gesichtsausdruck zeigte keine Befriedigung, sondern nur Trauer und etwas, das nach Verzweiflung aussah. Unsere Blicke trafen sich, lang und abschätzend. Dann nickte er und trat zur Seite. Ich ging zu Jack am Tisch der Verteidigung.

»Es geht schnell voran«, sagte ich.

»Ja, die ersten Zeugen hat er im Sturmschritt hinter sich gebracht, und er spielt ziemlich genau das Protokoll nach.«

»Hast du mit Wald und Valle über einen Lokaltermin am Ort des Verbrechens gesprochen?«

»In der Pause. Sieht aus, als würde es gehen. Weißt du schon, ob wir Zutritt bekommen?«

»Meine Maklerin ist noch am Ball.« Ich gab ihm einen Stapel Notizen, die ich mir bei der Lektüre der Polizeiakten heute früh gemacht hatte. »Vielleicht schaust du sie dir mal für die Verhandlung morgen an.«

Er nickte und stopfte sie in die Innentasche seines Jacketts.

Judy kam an den Tisch, die Lippen vor Zorn noch immer zusammengepreßt. Rasch sagte ich: »Ich muß noch mit Hank sprechen.«

Mein Boß saß in der letzten Reihe des Sitzungssaals. Als ich mich zu ihm setzte, meinte er: »Stameroff behandelt Judy wie eine Zeugin der Gegenseite.«

»Falls du es noch nicht bemerkt haben solltest, sie *steht* auf der Gegenseite. Nicht so, wie damals, als sie noch ein Kind war und leicht zu führen. Jetzt hat sie ihren eigenen Kopf. Ich bin überzeugt, daß er ihre ursprüngliche Aussage gelenkt und ihr vielleicht auch einiges vorgesagt hat.«

»Würde mich nicht wundern.« Hank sah den restlichen Zuschauern nach, die den Gerichtssaal verließen. Dann stand er auf und ging zum Fenster. Er schaute hinaus. »Ich bin dem nachgegangen, was ich dir versprochen hatte.«

»Und?«

»Stameroff hat sich kaufen lassen, mehrere Male.«

»Wer hat dir das gesagt?«

Er schüttelte den Kopf und hob eine der Stangen auf, mit denen man die altertümlichen Fenster auf- und zumachte, probehalber hielt er sie hoch. »Ich kann nur sagen, ich habe es aus zuverlässiger Quelle, der ich vertraue.«

»Von wem ist er gekauft worden?«

»Von niemandem, dessen Name dir etwas sagt.« Hank zielte mit der Stange und holte aus wie ein Speerwerfer. »Die Leute, die die wirkliche Macht in Händen halten, sind sehr zurückhaltend. Oft wissen nicht einmal unsere gewählten Vertreter genau, wie sie sind. Und fast nie sind sie zur Rechenschaft zu ziehen. Darum läßt sich verdammt schwer mit ihnen kämpfen.«

»Ich hielt solche Theorien immer für paranoid.«

»Ja.« Hank stocherte mit dem Speerersatz wütend durch die Luft. »Jedenfalls hat man Stameroff den Posten des Bezirksstaatsanwalts versprochen, wenn er im Fall Benedict siegte, und das hat ihn auf den Geschmack solcher Händel gebracht. So schacherte er sich hinauf bis ins Oberste Gericht des Staates Kalifornien.«

»Warum aber beteiligt er sich nun selbst an diesem Scheinprozeß? Der gesunde Menschenverstand hätte ihm sagen müssen, daß das nur die Aufmerksamkeit auf seine Aktivitäten lenken würde. Das Tribunal mag publicityhungrig sein, aber gar soviel Presse bekommt es auch nicht. Wäre Stameroff nicht dabei, käme höchstens eine Spalte in der Montagsausgabe heraus.«

Hank lehnte die Stange neben das Fenster und sah mich nachdenklich an. »Es muß da etwas sehr Nachteiliges geben, das er unter dem Deckel halten will. Aber ich habe nicht den leisesten Schimmer.«

»Ich auch nicht.« Ich stand auf, und Hank folgte mir durch den leeren Saal. »Hast du gesehen, ob Bart Wallace gegangen ist?« fragte ich.

»Der Inspektor von der Mordkommission? Ach ja, er und seine Kollegin haben mich gebeten, dir auszurichten, sie seien in Tommy's Joynt. Wenn du nichts dagegen hast, gehe ich mit dir. Es ist Jahre her, daß ich dort den Büffeleintopf gegessen habe.«

Tommy's Joynt an der Van Ness Avenue war seit langer Zeit schon eine Institution in San Francisco. Draußen in schreienden Farben mit Slogans und Werbung bemalt, drinnen laut und gemütlich, bot es seit Jahrzehnten mit die besten Speisen und Getränke, und zwar für Einheimische wie für Touristen. Hank und ich mußten uns durch die Menge kämpfen, ehe wir die beiden Inspektoren weit hinten an einem Tisch fanden. Adah Joslyn ging gerade auf ein dickes Pastrami-Sandwich los, während das Glas mit dem dunklen Getränk vor Bart Wallace darauf schließen ließ, daß er seinen Lunch heute in flüssiger Form zu sich nahm.

Hank ging an die Theke und gab unsere Bestellung auf. Ich setzte mich neben Adah. »Was halten Sie vom bisherigen Verlauf?« fragte ich.

»Ich halte Stameroff für ein Riesen-Arschloch«, sagte Bart. »Wenn dieser verdammte Kerl jemals so etwas wie Menschlichkeit besessen hat, dann ist das lange her.«

»Anders gesagt«, fügte Adah hinzu, »Bart findet Stameroff richtig nett.«

»Gibt es Fortschritte bei den Ermittlungen im Fall Cardinal?« fragte ich sie.

»Null Komma Null. Keiner aus der Nachbarschaft hat irgend etwas gesehen, keiner hat etwas gehört. Sie wollen – welche Überraschung! – nur nicht hineingezogen werden.«

Ich sah Wallace an. Er bemerkte es nicht. Sein Blick erforschte die Tiefen seines Drinks, als fände er dort Antwort auf die Probleme dieser Welt. Wahrscheinlich ging das dort genausogut wie an jeder anderen Stelle.

»Eine kleine Nachricht habe ich tatsächlich für Sie. NCIC hat sich auf meine Anfrage wegen Roger Woods gerührt.«

»Mein Gott.« Beim FBI war man, was die Information über Verbrechen anging, notorisch langsam. »Was haben sie gesagt?«

»Woods Akten sind Verschlußsache.«

Das war das letzte, was ich erwartet hatte. »Was heißt das?«

»Da gibt es die verschiedensten Möglichkeiten. Er kann in geheimem Auftrag tätig gewesen sein, oder er war ein besonders geschützter Zeuge.«

»Sie meinen, er könnte beim FBI gewesen sein oder ein Informant?«

»Oder er hatte mit einer von den zahllosen Agenturen oder Operationen zu tun.«

Hank kam mit Kaffee und zwei Schüsseln Büffeleintopf zum Tisch zurück. Ich starrte meine Schüssel an und merkte, daß mir der Appetit vergangen war. »Sie wissen«, sagte ich zu Adah, »daß ich mir über Roger Woods eine Theorie zurechtgelegt habe. Dieses Paar aus Cedar Rapids in Melissa Cardinals Notizbuch – Mary und Rod. Könnte es nicht sein, daß Sie den Namen falsch gelesen haben? Vielleicht heißen die beiden in Wirklichkeit Mary und *Rog*.«

»Das ist möglich.«

»Haben Sie sie angerufen?«

»Ich habe es versucht. Es hat niemand abgehoben.«

»Versuchen Sie es doch noch einmal.«

Sie runzelte die Stirn. »Sie meinen, Roger Woods versteckt sich seit dreißig und mehr Jahren in *Cedar Rapids*?«

»Der Ort ist genauso gut wie jeder andere. Außerdem versteckt er sich vielleicht gar nicht.«

Adah nickte und warf ihre Serviette auf den Tisch. Ich stand auf, damit sie sich an mir vorbeiquetschen konnte. Als ich mich wieder hinsetzte, murmelte Bart Wallace etwas vor sich hin und starrte weiter in sein Glas.

»Was haben Sie gesagt?« fragte ihn Hank.

»Ich sagte, der Schweinehund macht immer weiter und kriegt nie etwas ab, was immer man auch unternimmt.«

Er hatte also von dem Gespräch zwischen Adah und mir nichts mitbekommen. »Sie meinen Stameroff?«

Er nickte.

Ich sah Hank an, der den Rest seines Eintopfs verschlang und gierig auf meine unberührte Portion blickte. »Bart, wäre es nicht an der Zeit, uns einmal zu erzählen, was zwischen Ihnen und Stameroff ist?«

Er schwieg, die Hände um sein Glas gelegt.

Hank machte jetzt ein Gesicht wie ein Junge auf einem Plakat der Welthungerhilfe. Ich seufzte und tauschte meine volle Schüssel gegen seine leere aus.

Wallace äffte meinen Seufzer nach. »Märchenstunde, wie?« sagte er. »Soll ich mit ›Es war einmal‹ beginnen? Es war einmal ein Mann, der hatte einen älteren Bruder – Burton. Der andere hieß Bart. Burt und Bart. Niedlich, nicht?« In seinem Ton schwang Bitterkeit mit.

Ich wartete.

»Burt hatte zusammen mit einem Partner ein privates Wach- und Sicherheitsunternehmen. 1967 erhielten sie den Auftrag, bei einem Rock-Festival in einer großen Sportarena für die Sicherheit zu sorgen. Es kam zu Krawallen, Burt wurde getötet. Zahlreiche Zeugen haben die Jungen gesehen, die dafür verantwortlich waren. Ich war damals noch neu bei der Polizei, aber die Mordkommission hat mich die Akte einsehen lassen. Jede Menge Beweise. Doch als die Akte dann zum Bezirksstaatsanwalt gewandert war, lehnte der eine Verfolgung ab.«

Wallace hob sein Glas und nahm einen Schluck. »Mangel an Beweisen, hieß es. Alles Scheiße. In Wirklichkeit machte unser

Bezirksstaatsanwalt einen Handel. Der Vater von einem der Jungs war ein hohes Tier in der Raumfahrtindustrie unten in Monterey. Ein paar Monate später kaufte sich Stameroff sein Haus in Presidio Heights.«

Er schwieg einen Moment und meinte dann: »Eines hat es bewirkt: So wurde aus mir der Polizist, der ich heute bin. Vor Burts Tod hatte ich daran gedacht, die Polizei zu verlassen und in seine Firma einzutreten. Doch danach beschloß ich, der verdammt beste Cop zu werden und Fälle so aufzubereiten, daß sie nicht aus Mangel an Beweisen zu den Akten gelegt werden konnten. Und ich schwor mir, Stameroff von seinem Podest zu holen. Aber als ich ihn heute im Gerichtssaal erlebte, wurde mir klar, daß das nie passieren wird.«

»Das kann man nicht wissen«, sagte ich. »Stameroff sieht nur gut aus, weil die Verteidigung noch nicht dran war.«

Wallace zuckte mit den Schultern und trank den nächsten Schluck. Ich wußte, er glaubte mir nicht. Und ich war auch nicht sicher, ob ich mir selbst glauben sollte.

»Sharon?« Adah Joslyn stand wieder am Tisch.

Ich schob meinen Stuhl weg und ließ sie vorbei. »Haben Sie jemanden erreicht?«

Sie nickte. »Sie hatten recht – der Kauz draußen in Cedar Rapids ist tatsächlich Roger Woods. Er ist jetzt seit ein paar Jahren in einem Pflegeheim, aber ich habe mit seiner Frau gesprochen. Die Sache mit Melissa schien sie nicht besonders aufzuregen, und über Roger wollte sie nicht viel sagen.«

»Haben Sie sie gefragt, warum seine FBI-Akte unter Verschluß ist?«

»Sie behauptet, gar nicht zu wissen, daß es eine über ihn gibt.«

»Was ist mit dem Gerücht, daß er in den Fünfzigern im Hafen von Seattle gestorben sei?«

»Das hat sie überrascht. Und als ich eine mögliche Verbindung zur Kommunistischen Partei von Amerika erwähnte, bekam sie fast Zustände. Sagte, sie seien stets ›anständige Republikaner‹ gewesen wie alle anderen auch.«

»Interessant.« Lauter überraschende Wendungen, aber keine, die ich mit dem in Einklang bringen konnte, was mir die Leute über diesen Mann erzählt hatten.

Ich sah auf die Uhr. Es ging auf halb zwei, keine Zeit mehr, darüber nachzudenken. »Danke für die Anfrage, Adah«, sagte ich. »Ich halte Sie auf dem laufenden.« Dann eilte ich zurück in die City Hall und ließ Hank über seinem Büffeleintopf sitzen, den er sich so schlau unter den Nagel gerissen hatte.

30

Nell Loomis klang gequält, als ich sie aus einer Telefonzelle im dritten Stock der City Hall anrief. Die Fotos von den Artischockenherzen habe sie alle vermasselt, sagte sie, und zu meinen Abzügen sei sie noch nicht gekommen. Noch weniger zum Durchforsten der Ablage auf der Empore. Ich betonte noch einmal, wie eilig es sei, und sie versprach mir, innerhalb der nächsten Stunde anzufangen. Schließlich brauche sie das Geld dringend. Ich sagte, ich würde um drei wieder anrufen.

Von Cathy Potter erhielt ich erfreulichere Nachricht. Keyes Development war einverstanden. »Sie hatten recht mit Ihrer Annahme, daß Publicity Ihnen vielleicht einen Käufer verschafft«, fügte Cathy hinzu. »Und ich hoffe jetzt nur noch, daß die Vermittlung über mich läuft.«

Ich sagte, ich würde mich später wieder wegen der letzten Einzelheiten bei ihr melden, und überließ sie ihren Träumen von einer gewaltigen Provision. Dann eilte ich in den Gerichtssaal.

Judy saß wieder im Zeugenstand, und Jack begann gerade sein Kreuzverhör. Es lief gut. Während der Mittagspause hatten beide ihr Gleichgewicht wiedergewonnen. Ihre Vorstellung lief so reibungslos ab, daß sie vorher geprobt worden sein mußte. Trotz häufiger Einsprüche Stameroffs gelang es Jack, an verschiedenen Punkten ihrer Zeugenaussage vernünftige Zweifel anzumelden – Punkte, die Stameroff in einer abermaligen Vernehmung der Zeugin nach dem Kreuzverhör nicht auszuhöhlen vermochte.

Stameroff wandte sich an die Schauspielerin, die die Rolle der Louise Wingfield verkörperte, und führte sie routiniert durch ihre Aussage, die fast identisch mit dem alten Protokoll war. Jacks Fragen im Kreuzverhör wichen deutlich von denen des unbeholfenen Pflichtverteidigers ab, den Lis Benedict gehabt hatte.

»Der Brief, mit dem Cordelia McKittridge nach Seacliff bestellt wurde, traf wann ein, Miss Wingfield?«

»Am 21. Juni, einen Tag vor dem Mord.«

»Und *wo* traf er ein?«

»In einem Apartment in North Beach, das Cordy und ich und noch ein paar Frauen sich teilten.« Die Schauspielerin nannte die Adresse.

Stameroff sah auf. Er preßte die Lippen zusammen. Es war klar, daß er von dem Apartment wußte und ihm die Richtung, in die die Fragen gingen, überhaupt nicht paßte.

»War dieses Apartment der ständige Wohnsitz von Miss McKittridge?« fragte Jack.

»Einspruch. Die Frage bezieht sich auf etwas, das hier nicht zur Verhandlung steht.«

»Euer Ehren, diese Richtung der Vernehmung wurde von der Anklage eingeschlagen. Wir werden ihre Relevanz demonstrieren.«

»Einspruch abgelehnt.«

»Miss Wingfield?«

Die Schauspielerin erläuterte, was es mit dem Apartment auf sich hatte und was dort passierte. Man hörte Stimmengemurmel, und Richter Valle rief das Publikum zur Ordnung.

»Dann gab es also häufige Besuche von verschiedenen Männern in dem Apartment?« fragte Jack.

»Ja.«

»Vincent Benedict?«

»Ja.«

»Leonard Eyestone, der Sohn des Institutsdirektors?«

»Ja.«

Ich sah Eyestone an, der in der fünften Reihe saß. Er wirkte unbeeindruckt.

»Gab es noch andere regelmäßige Besucher aus dem Institute for North American Studies?«

»Nicht, daß ich mich erinnere.«

»Gehen wir zurück zu dem Tag, an dem der Brief kam,

Miss Wingfield. War zu der Zeit außer Ihnen und Miss McKittridge noch jemand in dem Apartment?«

»Melissa Cardinal war da. Sie hat den Brief gesehen.«

»Hatten Sie den Eindruck, sie wußte, daß er von Vincent Benedict war?«

»Einspruch. Verlangt eine Schlußfolgerung durch die Zeugin.«

»Stattgegeben.«

»Lassen Sie es mich so ausdrücken, Miss Wingfield. Hat Melissa Cardinal Vincents Briefe Ihnen gegenüber jemals erwähnt?«

»Ja. Sie sagte...«

»Einspruch. Bloßes Hörensagen.«

»Stattgegeben.«

Jack wechselte elegant die Richtung. »Bei Ihrer Zeugenvernehmung sagten Sie, Miss Wingfield, Sie hätten gewußt, daß der Brief von Vincent Benedict war. Sie hätten seine Handschrift erkannt.«

»Das stimmt.«

»Sind Sie eine Freundin von Mr. Benedict gewesen? Gab es Gründe, daß auch Sie Briefe von ihm bekamen?«

»Einspruch!«

»Ich lasse die Frage zu. Die Zeugin möge antworten.«

»Ich war mit Mr. Benedict befreundet.«

»Und Sie haben Briefe von ihm erhalten?«

»Hin und wieder.«

»Aus welchem Grund?«

Die Schauspielerin war schon öfter vor dem Tribunal aufgetreten und gab die bühnenreife Vorstellung einer bedrängten Zeugin. Sie rang die Hände, befeuchtete sich die Lippen, suchte nach einem Fluchtweg. Zu viele ›Perry Mason‹-Wiederholungen gesehen, dachte ich.

»Aus welchem Grund, Miss Wingfield?«

»Für... Verabredungen...«

Jack fuhr zurück, tat schockiert. Auch er sollte wohl seine abendlichen Sitzungen vor dem Fernseher etwas reduzieren. »Miss Wingfield«, sagte er, »wollen Sie damit sagen, daß Sie eine Affäre mit Vincent Benedict hatten?«

Die kleine Schmierenkomödiantin ließ den Kopf hängen und erzählte ihre – Louise' – traurige Geschichte. Ich war froh, daß Louise

Wingfield selbst nicht im Saal war und zusehen mußte, wie ihr Ruf auf so achtlose Weise in den Schmutz gezogen wurde, gleich, wie wenig sie sich angeblich um ihren Ruf scherte. Doch als die Zeugin entlassen wurde, hatte Jack weitere Zweifel bei den Geschworenen geweckt.

Stameroff war während des letzten Teils ihrer Aussage in ein übellauniges Schweigen verfallen, hatte höchstens noch routinemäßig Einspruch erhoben. Aber als er den Mann aufrief, der Leonard Eyestones Rolle spielte, wurde er wieder lebhafter. Ich warf einen Blick auf den echten Eyestone und sah, daß er sich interessiert und leicht amüsiert in seinem Sitz vorgebeugt hatte.

Während seiner Einzelvernehmung versuchte Stameroff jede Gelegenheit zu umgehen, die Jack erlauben würde, Eyestone nach seiner persönlichen Beziehung zu der Ermordeten zu fragen. Dennoch fand Jack eine kleine Lücke, und als er das Kreuzverhör beendet hatte, sah Eyestone ebenso schlecht aus wie Louise Wingfield. Zusätzlich zu der Affäre des Direktors mit Cordy und der Tatsache, daß er die Abtreibung ihres gemeinsamen Kindes bezahlt hatte, impfte Jack den Geschworenen auch noch die Idee ein, daß sich die ständige Anwesenheit aller Gäste beim Bankett und beim Empfang für Dulles den ganzen Abend über auf keinen Fall voraussetzen und überprüfen ließ. Daß Stameroff das durchgehen ließ, konnte nur ein Zeichen zunehmender Erschöpfung sein, dachte ich.

Als Jack an den Verteidigertisch zurückkehrte, beugte ich mich über die Brüstung und sagte: »Für heute abend ist alles geregelt. Wir müssen der Wachtruppe von Keyes Development nur noch die Uhrzeit angeben.«

»Gut. Stameroff schließt seinen Beweisvortrag mit der Aussage des Gärtners ab – die ich in der Luft zerreißen werde, nach dem, was du mir aus dem Polizeireport herausgepflückt hast. Ich habe dann noch genug Zeit für meine Eröffnungserklärung und meinen Antrag auf einen Lokaltermin.«

»Das bekomme ich leider nicht mehr mit, ich muß nämlich wieder los.« Ich gab ihm Cathy Potters Visitenkarte. »Sorgst du dafür, daß Wald das Ganze mit ihr arrangiert? Ich melde mich später wieder.«

Als ich durch den Gang hinauseilte, blieb mein Blick an Leonard

Eyestone hängen. Er starrte mich mit kalten, forschenden Augen an. Ich nickte, aber er drehte das Gesicht zur Richterbank. Das Tribunal hatte nun wohl doch aufgehört, ihn zu amüsieren.

Aus einer Telefonzelle neben den Aufzügen rief ich Nell Loomis an. Sie brauchte lange, ehe sie abhob. Sie sagte, sie »komme voran«, aber ich solle lieber nicht vor sechs bei ihr auftauchen. Dann sei ihr Artischocken-Auftrag raus.

»Haben Sie die Unterlagen durchgesehen?«

»Das habe ich soweit geschafft. Nichts zu finden, nur Bestellzettel mit der Nummer und den eingetragenen Formaten.«

»Und meine Abzüge?«

»Kommen Sie nach sechs, okay?«

Ich sagte, das würde ich, und bemühte mich, nicht ärgerlich zu klingen.

Als nächstes versuchte ich, Louise Wingfield unter einer der Nummern zu erreichen, die auf ihrer Visitenkarte für die Stiftung standen, aber ich bekam es nur mit Anrufbeantwortern zu tun. Ihre Privatnummer stand nicht im Telefonbuch, also verließ ich die City Hall und fuhr nach Russian Hill.

Louise kam an die Tür ihrer Wohnung. Sie sah abgespannt aus und roch nach Gin. Sie bat mich mürrisch herein und sagte: »Danke, daß Sie mir gestern abend die Polizei auf den Hals gehetzt haben.«

»Ich hatte keine Wahl. Können wir miteinander reden?«

Sie zuckte mit den Schultern und bat mich in ein Wohnzimmer mit guten, abgenutzten Möbeln, die lange keinem Polsterer mehr unter die Hände gekommen waren. Ohne zu fragen, stellte sie mir einen Martini hin, zündete sich eine Zigarette an und legte ihre Füße in Reebok-Turnschuhen auf den Kaffeetisch. Sie nahm einen tiefen Schluck aus ihrem Cocktailglas.

»Normalerweise trinke ich weder so viel noch so früh«, sagte sie abwehrend. »Aber seit gestern abend stürzt alles auf mich ein, und ich bin furchtbar in Bedrängnis.«

»Alles?«

»Meine ganze kaputte und miserable Vergangenheit. Ich habe gar nicht gewußt, was für eine Heuchlerin ich bin.«

»Inwiefern?«

Sie zuckte wieder mit den Schultern und trank niedergeschlagen von ihrem Drink.

Ich zog das Foto mit ihr und Roger Woods aus der Tasche und schob es über den Kaffeetisch. »Erinnern Sie sich, wann das aufgenommen wurde?«

Sie nahm es auf und studierte es genau. »Das muß auf einer der Cocktailpartys am Institut gewesen sein. Cordy war noch mit Leonard zusammen, wie ich sehe. Dann muß es gewesen sein, als ich mit...«

Ich wartete. Als sie nicht weitersprach, sagte ich: »Als Sie mit Vincent Benedict zusammen waren.«

Sie bestätigte es mit einem Senken ihres Kinns und legte das Foto auf den Tisch zurück. »Gott, ich mag mich gar nicht daran erinnern, wie blöd ich damals war.«

»Wie paßt dieser Mann dort hinein?«

»Er gehörte einfach zu den Leuten, die Cordy für mich einlud. Ein Freund von Leonard. Ich erinnere mich nicht an seinen Namen.«

»Hat Cordy das oft getan – jemanden für Sie eingeladen?«

»Hin und wieder. Langsam erinnere ich mich wieder an den Abend.« Sie zeigte auf das Foto. »Leonard hatte Cordy gebeten, eine Begleitung für den Freund zu besorgen, damit er mit auf die Party konnte, ohne als fünftes Rad am Wagen zu gelten. Ich hatte den Eindruck, er suchte dort nach Kontakten. Vielleicht suchte er eine Anstellung. Das muß es gewesen sein, denn er wanderte den ganzen Abend herum, ließ sich Leuten vorstellen und platzte in ihre Gespräche. Das Foto wurde in einem der wenigen Momente aufgenommen, in denen wir tatsächlich zusammen waren. Mir war es egal. Ich war nur aus Trotz hingegangen.«

»Warum?«

»Vincent und ich hatten am Nachmittag zuvor Streit gehabt. Ich wollte zu der Party und vor seiner Nase herumtanzen, damit es ihm leid tat, daß er mit seiner Frau da war und nicht mit mir. So ungefähr.« Sie verzog bitter den Mund und zündete sich die nächste Zigarette am Stummel der alten an.

»*Tat* es ihm denn leid?«

»Nein. Er war höflich und distanziert. Beide waren es, er und Lis. An dem Abend wurde mir klar, daß die Dinge nicht so waren, wie… daß er Lis meinetwegen nicht verlassen würde.«

»Sie erinnern sich ganz sicher nicht an den Namen Ihres Begleiters?«

Sie nahm das Foto noch einmal zur Hand und sah sich das Gesicht des Mannes prüfend an. »Tut mir leid, nein.«

»Könnte es Roger Woods gewesen sein?«

»Haben Sie mich nicht schon einmal nach dem Namen gefragt? Ja, es könnte Roger Woods gewesen sein. Es ist so lange her.«

»Aber er war Leonards Freund?«

»Das hat Cordy jedenfalls gesagt, als sie uns zusammenbrachte. Aber ich weiß nicht – sie sind gar nicht so freundschaftlich miteinander umgegangen.«

»War er vielleicht zufällig ein Freund von Melissa?«

»Na ja, als er in das Apartment kam, schien er sie zu kennen. Übrigens, hat man herausgefunden, wer sie umgebracht hat?«

»Noch nicht. Ich könnte mir denken, daß das Bild etwas mit dem Mord zu tun hat. Sie hatte es in ihrer Wohnung versteckt. Können Sie sich vorstellen, warum?«

»Nein, das kann ich nicht. Soweit ich weiß, war Melissa nie im Institut. Ich habe keine Ahnung, woher sie das Foto hat, es sei denn, aus Cordys Sachen aus dem Apartment. Cordy hat Fotos gern als Souvenirs aufgehoben.« Louise Wingfield studierte es noch einmal, als könnten die Personen von damals ihr eine Antwort geben.

»Können Sie wohl exakt feststellen, wann es aufgenommen wurde?« fragte ich.

»Also, im Frühjahr fünfundfünfzig, bevor Cordy sich… bevor zwischen Vincent und mir Schluß war.«

»Sind Sie dem Mann noch einmal begegnet?«

»Nie mehr.« Sie trank aus und ging zu der fahrbaren Hausbar, auf dem der Martini-Mixer stand. Nachdem sie sich eingegossen hatte, schaute sie auf mein Glas, sah, daß es noch voll war, und setzte den Mixer wieder ab.

»Reden wir jetzt über Rick Chavez.«

»Ich habe der Polizei bereits gesagt…«

»Ich weiß, was Sie der Polizei gesagt haben. Aber vielleicht gibt es etwas, wonach sie zu fragen vergessen hat. Chavez gehörte zu Ihren Schützlingen?«

»Ja, aber nicht zu den besonders vielversprechenden. Doch ich mochte ihn. Er hatte eine schlimme Zeit hinter sich – Familienprobleme und ein Mädchen, das an einer Überdosis gestorben war. Oft kam er nur, um mit mir zu reden.«

»Haben Sie ihm einen Job verschafft?«

»Ich habe ihn in eine Ausbildung für Wartungsdienste gesteckt – Hausmeisterarbeiten. Unser Center am Potrero Hill macht das. Er hat mehrere Stellen gehabt. Mit der ersten hat es nicht geklappt.«

»Aber mit der zweiten?«

»Ich weiß nicht. Möglicherweise auch nicht. Vielleicht war er deshalb an dem Tag bei mir, als Sie mich besuchten. Ich hatte ihn eine ganze Weile nicht gesehen.«

Oder er kam zu dir, dachte ich, weil er ein größeres Problem als einen verlorenen Job hatte. Vielleicht machte es ihm Kummer, in welche Klemme er dadurch geraten war, daß er für Geld eine alte Frau belästigt hatte. »Könnten Sie wohl heute noch herausbekommen, ob er gearbeitet hat und für wen?«

»Ich könnte zum Potrero-Hill-Center gehen und in den Unterlagen nachschen.«

»Würden Sie das für mich tun? Es ist wichtig.«

»Dann tue ich es. Bis heute abend weiß ich es.«

Ich sah ihr zu, wie sie die nächste Zigarette anzündete und das Streichholz löschte. Dann fragte ich sie: »Wieso waren Sie nicht bei der Verhandlung?«

»Ich war heute morgen wütend auf Sie, weil Sie der Polizei von meinem Kontakt zu Rick Chavez erzählt haben. Und danach war ich zu niedergeschlagen.« Sie zeigte auf ihr Cocktailglas. »Ich weiß, das da ist ein armseliger Problemlöser. Ich warne stets alle davor, mit denen ich zu tun habe. Aber wie die meisten Menschen richte ich mich selten nach meinen eigenen Ratschlägen.«

»Vielleicht wollen Sie aber heute abend mit nach Seacliff hinauskommen.« Ich berichtete ihr von dem geplanten Lokaltermin.

Zu meiner Überraschung verlor sie die Nerven: Sie preßte die Lippen zusammen und beugte sich vor, die Ellbogen auf den Knien, die Stirn gegen die Handballen gepreßt.

»Ich kann nicht«, sagte sie.

»Warum nicht?«

»Ich kann mich der schrecklichen Situation nicht noch einmal aussetzen.«

»Louise, es sind Jahrzehnte vergangen. Das Haus steht leer, das Taubenhaus gibt es nicht mehr...«

»Aber das Geschehene liegt dort noch überall in der Luft. Das wissen Sie. Sie haben es selbst erlebt in der Nacht vor zwei Wochen. Ich habe es gesehen: Sie haben gezittert. Und ich... habe es auch gespürt.«

»Was speziell haben Sie gespürt?«

»Haß. Wut. Schmerz. Schrecken. Die krankhafte Freude, die sich beim Tod eines Menschen einstellt, den man verabscheut.«

Ich biß mir auf die Unterlippe. Nahm einen kleinen Schluck Martini. Er schmeckte bitter wie die Reste eines sechsunddreißig Jahre alten Hasses und scharf wie alte, gutgenährte Wut. Ich stellte das Glas ab und wartete.

Louise Wingfield seufzte tief. Hob den Kopf und richtete sich auf. »In Ordnung«, sagte sie. »Die Stunde der Wahrheit.«

Ich wartete weiter.

»Melissa hatte recht«, sagte sie. »Ich habe Cordy gehaßt. Als sie tot war, war ich *glücklich*. Und meine Freude über ihren Tod hat nie nachgelassen.« Sie brach ab, trank einen Schluck und dachte nach.

»Im Laufe der Jahre«, fuhr sie fort, »machte ich immer, wenn ich etwas besonders Gutes erlebte, eine Bestandsaufnahme meiner Gefühle. Bei der Geburt meines Sohnes zum Beispiel sagte ich mir: ›Jetzt hast du jemanden, den du absolut lieben kannst und der diese Liebe erwidert. Ist es jetzt nicht Zeit, diesen Ballast abzuwerfen?‹ Die Antwort hieß jedesmal nein. Alle paar Jahre machte ich diese Probe, aber der Haß und die krankhafte Freude blieben mir erhalten.«

»Auch jetzt noch?«

»Ja.« Sie stellte ihr Glas ab und sah mich unerschrocken an. »Ich hasse Cordy in diesem Augenblick so sehr, wie ich es immer getan habe. Sie hat mir alles genommen, woran ich hing, und hat mein Leben vernichtet.«

Louise Wingfield stand auf und trat an die Fensterwand hinter ihr. Ihre Silhouette zeichnete sich vor der frühen Abenddämmerung ab. Schließlich sagte sie: »In Ordnung. Ich komme heute abend nach Seacliff. Ich stelle mich der Situation ein letztes Mal. Entweder befreit mich der heutige Abend, oder ich bleibe für den Rest meines Lebens die Gefangene meines Hasses.«

31

Es war eine ganze Weile nach sechs, als ich in Nell Loomis' Atelier ankam. In der Natoma Street war es dunkel und ruhig geworden. Ein Zettel steckte an Nells blauer Tür und flatterte im Wind.

»Bringe Paket zur Ausstellung im Süden der Stadt«, stand darauf. »Bin bald zurück. Versuchen Sie nicht, die Tür zu öffnen – Achtung, Hund!« Ich hatte vorher nichts von einem Hund gesehen. Also nahm ich an, daß Nell Loomis sich so vor Einbrechern schützte – vorausgesetzt, sie konnten gut genug lesen, um ihre Nachricht zu entziffern.

Die nächste halbe Stunde verbrachte ich gereizt in meinem Wagen. Ich mußte noch mit Jack über heute abend reden, aber ich wollte jetzt auch nicht wegfahren. Wenn Nell Loomis zurückkommt und mich nicht antrifft, dachte ich, dann geht sie heim, und ich bekomme die Abzüge nicht mehr. Diese Abzüge hatten aber in den letzten Stunden in meiner Vorstellung eine immer größere Bedeutung angenommen.

Wenn das nicht das beste Argument für die endgültige Anschaffung eines Autotelefons war. Gleich Montag würde ich eins kaufen und es All Souls in Rechnung stellen. Sollten sie sich sträuben – was bislang der Fall war –, würde ich es eben selbst bezahlen. Und würde ihnen klarmachen, daß, soweit es mich betraf, ihr ganzes Gerede vom bevorstehenden Sprung ins einundzwanzigste Jahrhundert nichts als aufgeblasenes Geschwätz war.

Um zehn vor sieben bog ein Wagen in die schmale Straße ein und hielt hinter mir. Nell Loomis und ich stiegen gleichzeitig aus unseren Fahrzeugen. Sie schenkte mir ein winziges Lächeln und bedankte sich für mein Warten. Im Atelier entschuldigte sie sich dann und verschwand in der Toilette. Ich benutzte ihr Telefon und rief Jack an.

»Ist alles arrangiert?« fragte ich.

»Ja – für neun Uhr. Wald hat einen Anfall bekommen, weil Keyes Development die Zahl der zugelassenen Personen auf ein Minimum begrenzt sehen will. Das bedeutet, nur die direkt Beteiligten und die Besitzer von Sonderausweisen dürfen das Grundstück betreten. Keine Presse. Hast du noch etwas herausgefunden, was ich wissen sollte?«

»Nichts Endgültiges. Wie willst du da draußen vorgehen?«

»Judy soll ihre Geschichte von Anfang an durchgehen und mit dem Fenster in ihrem alten Zimmer beginnen. Hoffentlich machen wir damit Punkte bei der Jury.«

»Wie geht es ihr?«

»Sie ist ruhig und zuversichtlich.«

»Und dir?«

»Ich bin ein Wrack. Ich glaube, sie hält mich hin.«

»Bleib am Ball. Judy ist unsere einzige lebende Zeugin. Lassen wir ihre Erinnerung für sich selbst sprechen.« Nell Loomis kehrte von der Toilette zurück und ging in die Dunkelkammer. Ich sagte Jack, ich müsse gehen, und folgte ihr.

Sie schob einen Negativstreifen in den Halter des Vergrößerungsgeräts und blies mit Druckluft den Staub von der Oberfläche. Sie sah mich an und runzelte die Stirn.

»Kann ich zuschauen?«

»Meinetwegen. Nur stehen Sie mir nicht im Weg.« Sie schob den Halter ins Gerät und schaltete von Neon- auf orangefarbenes Dunkelkammerlicht. Die Zeituhr surrte, Licht blitzte auf und erlosch wieder, und der Zeitmesser schaltete sich aus. Nell nahm das Fotopapier aus dem Vergrößerungsgerät und legte es in die Entwicklerschale.

»Ich möchte die Belichtungszeit überprüfen«, sagte sie.

Ich trat näher und beobachtete über ihre Schulter, wie auf dem Papier in der Flüssigkeit die Bilder sichtbar und schärfer wurden. Die Tafel beim Bankett im Blue Fox, Dulles hinter dem Rednerpult. Rechts von ihm Russell Eyestone. Rechts von Eyestone seine Frau und Leonard. Und rechts von Leonard Vincent Benedict – mit trübem Blick, wahrscheinlich betrunken. Die Kleidung der Männer: dunkles Dinnerjackett, weißes Hemd und Fliege. Dulles trug, wie es sich für einen Konservativen gehörte, ein strenges Plisseehemd mit schlichten Manschettenknöpfen. Das gleiche bei Russell Eyestone. Benedict und Leonard – wilde und verrückte Kerle, die sie damals waren – hatten Rüschenhemden vorgezogen.

Nell Loomis sagte: »Belichtung stimmt«, und legte das Papier ins Unterbrecherbad. »Sie sind sicher, daß Sie richtige Abzüge brauchen, nicht nur Kontaktabzüge?«

»Kontaktabzüge bringen nicht die Details, die ich brauche.«

Sie zuckte mit den Schultern. »Es ist Ihr Geld.« Sie ging zurück zum Vergrößerungsgerät und machte sich endgültig an die Arbeit.

Vom Vergrößerungsgerät zum Entwickler, vom Entwickler ins Unterbrecherbad, vom Unterbrecherbad ins Fixierbad: Eyestone sen. schüttelt Dulles beim Bankett die Hand. Dulles mit Benedict, mit Leonard, mit Leuten, die ich nicht kannte. Paare beim Gespräch in der Lobby. Dulles beim Verlassen des Restaurants inmitten einer Phalanx von Sicherheitsbeamten.

»Können Sie sich die Fotos vom Empfang vornehmen?« sagte ich zu Nell Loomis.

Wieder Paare beim Gespräch in einem Raum, der wie der Ballsaal im St. Francis aussah. Ich erkannte den jungen Stameroff, den damaligen Bürgermeister von San Francisco und andere Personen des öffentlichen Lebens, unter ihnen einen Mann, der später zweimal Gouverneur von Kalifornien werden sollte. Eine Aufstellung zum Empfangsdefilee: Dulles, Russell Eyestone und Frau, andere Institutsmitglieder mit ihren Frauen, deren Gesichter mir jetzt langsam vertraut wurden. Einer von denen, die an Dulles und Eyestone vorbeidefilierten, war mir inzwischen ebenfalls vertraut: Roger Woods, mager und ein wenig linkisch wirkend in seiner förmlichen Aufmachung. Und dann das Foto, das die Zeitung von den Eyestones zusammen mit Dulles ausgewählt hatte: tadellos gekleidet, korrektes Lächeln auf den Lippen, aber Leonard wirkte wie geschrumpft...

Ich starrte auf die beiden letzten Abzüge, bis Nell Loomis sie mit der Zange packte und aus dem Entwickler holte. Starrte weiter, als sie im Unterbrecherbad versanken. Ging zu den Abzügen, die im Fixierbad schwammen, und fischte darin herum, bis ich einen mit den beiden Eyestones und Vincent Benedict in der Lobby vom Blue Fox fand.

Und entdeckte, was diese Fotos für eine der leitenden Persönlichkeiten des Instituts belastend machte.

Nell Loomis stieß mich an. »Habe gesagt, Sie sollen mir nicht im Weg stehen«, brummte sie ärgerlich.

Ich trat zur Seite. »Wie lange dauert es, bis Sie die wieder aus dem Trockner haben?«

»Alle?«

»Nein, nur diese beiden, und noch die zwei.«

»Das geht ziemlich schnell, wenn es weiter nichts ist.«

»Danke.« Ich ging nach vorn ins Atelier. Sank auf das Sofa, sprang aber sofort wieder auf die Füße. Wanderte ziellos zwischen den Lampen, Stativen und dem Berg von Dosen mit Artischockenherzen herum. Und dachte dabei unentwegt darüber nach, wie ich meine Karte in Seacliff ausspielen sollte.

Nach ein paar Minuten rief ich Adah Joslyn zu Hause an. Ich legte ihr dar, was ich wußte, aber nicht beweisen konnte, und bat sie und Wallace, zu dem Anwesen hinauszukommen.

Ich wußte jetzt, wer.

Ich glaubte auch zu wissen, warum.

Aber vieles war noch immer unerklärlich. Blieb es womöglich für immer.

32

Adah Joslyn, Bart Wallace und ich lehnten an einem zivilen Polizeifahrzeug. Die Straße vor dem Seacliff-Anwesen war von Autos verstopft. Nachbarn standen an den Fenstern der angrenzenden Häuser. Die Umgebung war fast taghell erleuchtet, und an der Einfahrt stand ein Reporter von KPIX-TV und sprach in ein Mikrophon. Die Stimmung bei der Presse war auf einem Tiefpunkt.

Ein paar Minuten zuvor hatte Richter Valle sich an die Menge gewandt und gesagt, nur Inhaber von Sonderausweisen hätten Zutritt zu dem Grundstück. »Dies ist ein Gericht«, sagte er, »und ein Gericht darf nicht in einen Medienzirkus verwandelt werden.« James Wald, der neben ihm stand, nickte zwar zustimmend, verzog aber ungehalten die Mundwinkel.

»Ein großer Abend für das Tribunal«, sagte Adah, »und dann kommen der Richter und Keyes Development daher und machen alles kaputt.«

Wallace grinste und klopfte Adah auf die Schulter. »Auch für dich ein großer Abend, Kollegin. Du schnappst dir den Typen, und kein Richter und kein Keyes Development können dir *das* kaputtmachen.«

Damit hatte ich schon die Antwort auf die Frage, was Barts Zugeständnis an Adah dafür war, daß sie das komplette Risiko dieses Falls auf sich genommen hatte: Sie bekam das komplette Verdienst für die Festnahme zugeschrieben. Ich würde, wenn überhaupt, nicht viel Dank ernten. Aber das ging schon in Ordnung. Mein Bekanntheitsgrad war ohnehin schon ungemütlich hoch.

»Nun mal langsam, Bart«, sagte Adah. »Wir haben nichts in der Hand für eine Festnahme, geschweige denn, um vor Gericht zu bestehen.«

»Wie Sharon schon sagte, wird heute abend hier etwas passieren« – er zeigte auf das Anwesen –, »und dann steht die Tür weit offen.«

Ich merkte, wie nervös und gereizt ich war. Ich wollte nicht mehr darüber reden. »Gehen wir«, sagte ich.

Wir schoben uns durch die Menge finster blickender Reporter und gingen zur Auffahrt. Dort zeigten wir einer der Wachen, die Keyes Development aufgestellt hatte, unsere Ausweise. Der Nebel war wieder da. Er hing dicht in den Bäumen, verwischte Schatten und Konturen. Zögernd folgte ich den beiden Inspektoren von der Mordkommission und kämpfte mit den Bildern, die vor meinem inneren Auge entstanden.

Vor uns lag schemenhaft das Haus. Ein Lichtschein durchdrang von der Eingangstür her den Nebel. Verschwommene Gestalten liefen davor hin und her. Ich blieb stehen und sah durch die Dunkelheit zu der Stelle, wo das Taubenhaus gestanden hatte. Vom Gate her tuteten Nebelhörner herauf – zwei lange, traurige Töne, untermalt vom Dröhnen und Rauschen der Brandung.

Hätte ich das Wetter bestellen können, wäre die Wiederholung der furchtbaren Nacht vor sechsunddreißig Jahren nicht besser ausgefallen.

Vor mir trennten sich Joslyn und Wallace. Sie sahen sich nach den Personen um, die sie überwachen sollten. Ich schloß mich der Gruppe an der Tür an. Judy, Jack und Richter Valle standen dort zusammen, und der Richter sagte etwas. Aber ein kalter Windhauch verwehte seine Worte. Er winkte die Leute näher zu sich und begann noch einmal.

»Heute abend spielen wir eine Szene nach, bei der ein Mord geschah. Solch eine Demonstration hat zwar etwas Melodramatisches, aber wir gehen sie mit größter Ernsthaftigkeit an. Ich möchte Sie daran erinnern, daß dies noch Teil der Gerichtsverhandlung ist und wir deswegen keine Störungen dulden werden. Sind Sie soweit, Mr. Stuart?«

Jack trat vor und erklärte, daß man jetzt ins Haus und im zweiten Stock in das Zimmer gehen werde, das damals die zehnjährige Judy Benedict bewohnt habe. Miss Benedict werde die Führung übernehmen und berichten, was sie in der Nacht des 2. Juni 1956 gehört und gesehen habe.

Während Jack sprach, sah ich mir die anderen Beteiligten an. Die Geschworenen standen zusammen, in schwere Mäntel gehüllt. Manchen sah man deutlich an, daß dieser Ausflug in die Kälte, dazu an einem Samstagabend, für sie mehr war, als eigentlich abgemacht. Jed Mooney stand draußen am Rand der Versammlung. Sein schwarzes Neo-Beat-Outfit verschmolz mit der Dunkelheit. Louise Wingfield und Leonard Eyestone sahen mit blassen und besorgten Mienen von links herüber. Hinter ihnen stand Adah Joslyn. Auf der anderen Seite musterte Bart Wallace mit zusammengekniffenen Augen Joseph Stameroff. Etwa einen Meter hinter den beiden sah ich Rae und Hank.

Plötzlich fiel mir ein Traum aus frühen Morgenstunden ein, als ich auf der Couch gedöst hatte. Judy kniete neben den Grundmauern des Taubenhauses, und Jack und ich sahen ihr zu. Sie sagte, sie habe Angst, und Jack antwortete: ›Nur weil es das letzte Mal so passiert ist, muß es diesmal nicht wieder so sein.‹ Und ich hatte gesagt: ›Die Wahrheit ändert sich nicht.‹ Darauf Judy: ›Ich habe Angst.‹ Und so hatte sich die Unterhaltung immerfort um sich selbst gedreht.

Heute wirkte Judy, eingehüllt in das schwarze Cape ihrer Mutter und den blonden Kopf hoch erhoben, gar nicht ängstlich. Als Jack zu Ende war und ihr zunickte, drehte sie sich um und führte uns ins Haus.

Drinnen war es kälter als draußen – es war diese tote, alles durchdringende Kälte, die man in lange leerstehenden Häusern findet. Im Licht der Wandleuchten sah man einen abgetretenen Holzfußboden und hohe, gewölbte Decken mit Basreliefs. Über dem Bogen der geschwungenen Treppe hing ein schmiedeeiserner Kronleuchter, der aber nicht eingeschaltet war.

Judy blieb stehen und sah sich um. Schien unter ihrem Cape die Arme um sich zu schlingen – mehr wohl, um sich gegen die Erinnerung zu schützen als gegen die Kälte. Sie sagte leise etwas, und Richter Valle forderte sie auf, lauter zu sprechen.

»Ich sagte, die Beleuchtung stimmt so. Diese Wandleuchten waren immer die ganze Nacht an.« Sie ging auf die Treppe zu, berührte leicht den untersten Pfosten und stieg dann die Stufen hinauf.

Der Gang im ersten Stock war breit und zur Treppe mit einem Geländer gesichert. Judy zögerte erneut und sah den Gang entlang. Dunkle Türen unterbrachen in regelmäßigen Abständen die hellgestrichenen Wände. Am Ende befand sich eine Flügeltür, die wahrscheinlich in eine große Suite führte. Judys Blick blieb einen Augenblick an ihr hängen. Dann tippte sie sich mit dem Finger an die Braue und schüttelte den Kopf, als solle er klar werden. Dann blickte sie schnell in die andere Richtung, wo die nächste Treppe begann.

Was hatte das nun zu bedeuten? Der Ansatz einer wiederkehrenden Erinnerung?

Wir folgten Judy die Treppe hinauf. Der Gang im zweiten Stock war schmaler. Hier öffneten sich nach beiden Seiten Türen. Das Zimmer, in das Judy uns führte, war klein – wohl ursprünglich als Dienstbotenzimmer gedacht – und hatte eine schräge Decke. Aus dem Gaubenfenster fiel der Blick auf nebelverhangene Kiefernwipfel. Judy schaute hinaus.

Jack folgte ihr. »Es ist der 22. Juni 1956. Du bist zehn Jahre alt und kannst nicht schlafen. Also schaust du aus deinem Schlafzimmerfenster. Was siehst du?«

»Es ist neblig. Ich kann kaum die Lichter der Brücke erkennen. Etwas ist da draußen. Bewegt sich unter diesen Kiefern. Ich habe Angst.«

»Warum?«

»Es ist die Art, wie es sich bewegt. Es kriecht, als wolle es nicht gesehen werden.«

»Ist es ein Tier? Oder ein Mensch?«

»Ein Mensch.«

Das klang mir zu glatt und einstudiert. Ich beobachtete die Geschworenen. Einige blickten skeptisch, als hätten sie den gleichen Gedanken. Als ginge ihnen durch den Kopf, daß Judy einmal Schauspielerin gewesen war.

»Was machst du jetzt?« fragte Jack.

»Ich gehe zurück ins Bett. Aber ich kann nicht schlafen. Mama hat mich schon vor Stunden ins Bett geschickt. Sie war krank. Sagte, sie wolle auch zu Bett gehen. Aber jetzt höre ich jemanden an der Haustür. Geht er hinaus? Vielleicht kommt er herein. Das kann nicht sein – Mama ist der einzige Mensch im Haus außer mir.«

Judys Stimme hatte sich verändert. Sie wurde höher und höher, bis sie den kindlichen Singsang erreicht hatte, an den ich mich von meiner Dinnerparty her erinnerte. Damals erzählte sie mir, wie sie Cordys Ring gefunden habe. Ich beobachtete sie genau und wollte herausbekommen, ob das hier auch einstudiert war oder ob es tatsächlich aus ihrer Erinnerung kam.

»Was tust du jetzt?« fragte Jack wieder. Aus seinem Ton konnte ich nicht heraushören, ob ihre Veränderung ihn überrascht hatte.

»Ich ziehe mir die Decke über den Kopf. Ich habe Angst ganz allein hier oben, weil der Mann da draußen ist.«

»Der *Mann*?« Jetzt war Jack anzuhören, daß ihn die Antwort überrascht hatte. Ein paar Geschworene bemerkten es ebenfalls und sahen sich bedeutungsvoll an.

»Der Mann unter den Kiefern«, sagte Judy ungeduldig.

»Es war ein *Mann*? Bist du sicher?«

Sie sah ihn an. In ihren Augen blitzte der Ärger. »Es war ein Mann! Er bewegte sich wie ein Mann.«

»Okay«, sagte er schnell, »du hast also Angst, und du hast die Decke über dem Kopf. Was machst du jetzt?«

Judy schwieg. Nur die Atemzüge der Anwesenden waren in dem kleinen Zimmer zu hören. Von draußen tönte der Klageruf der Nebelhörner.

»Ich suche Mama«, sagte sie. Als sie auf die Tür zusteuerte, wirkte sie konzentriert wie eine Schlafwandlerin.

Ich fing Jacks Blick auf. Er schüttelte den Kopf. Falls sie schauspielerte, hatte sie ihm davon vorher nichts gesagt.

Wir folgten ihr mit geringem Abstand die Treppe hinab und den Gang im ersten Stock entlang zu einer der offenstehenden Türen. Judy tat, als öffne sie sie und schaue ins Zimmer. »Sie ist nicht da«, sagte sie. »Jetzt gehe ich in die Bibliothek. Manchmal liest sie dort nachts.«

Wieder folgten wir ihr, doch jetzt etwas mehr auf Distanz. Sogar Jack hing ein wenig nach, als fürchte er, ihre Konzentration zu stören. Ein paar Stufen vor dem Ende der Treppe blieb sie stehen. Stameroff und Eyestone standen jetzt zusammen. Eyestones Gesicht war ausdruckslos, aber Stameroff runzelte die Stirn.

»Die Haustür steht offen«, sagte Judy. »Mama muß hinausgegangen sein... O nein, dorthin würde sie nicht gehen.«

»Wohin, Judy?« fragte Jack.

»Ich wollte sagen, zum Taubenhaus, aber das würde sie nicht betreten.«

»Warum nicht?«

»Weil sich dort Daddy mit Cordy trifft.«

Einige Geschworene stöhnten auf. Richter Valle hustete. Stameroff ballte seine Hände zu Fäusten. Judy bemerkte keine dieser Reaktionen. Sie ging durch die Eingangshalle zur Haustür und trat in den seltsam stillen Nebel hinaus, auf die leere Stelle am Steilufer über dem Meer zu.

Die Gruppe folgte ihr, und Louise Wingfield gesellte sich zu mir. »So eine Vorstellung habe ich heute abend nicht erwartet«, meinte sie. »Sie muß das Ganze spielen.«

»Zu Anfang war das auch der Fall. Jetzt weiß ich nicht mehr so recht. Haben Sie diese Informationen über Chavez bekommen?«

»Ja – ein seltsamer Zufall. Wie ich Ihnen sagte, nutze ich gewaltig meine alten gesellschaftlichen Kontakte, um Jobs für unsere Schützlinge zu finden. Also, der Arbeitsplatz, den Chavez bekommen hat – und an dem er heute morgen das erste Mal gefehlt hat – war Judys Theater, das Artist's Showcase.«

Ich blieb stehen und starrte sie an. Ihre Worte überschlugen sich in meinem Kopf. Überschlugen sich mit anderen, die ich in den letzten zwei Wochen gehört hatte. Und bildeten schließlich ein fertiges Muster, das mich erstarren ließ.

Bis jetzt hatte ich gewußt, wer. Und ich hatte geglaubt zu wissen, warum. Aber ich hatte gefürchtet, daß andere Dinge vielleicht für immer ungeklärt blieben.

Jetzt hätte ich mir fast gewünscht, daß es so wäre.

33

Ich ließ Louise Wingfield stehen und ging schnell über den holprigen Boden weiter. Zum Fundament des Taubenhauses, wo die Gruppe jetzt stand und sich gegen den kalten Wind vom Meer zusammendrängte. Ich wollte das Ganze stoppen, bevor es zu weit ging...

Judy hatte sich hingekniet, wie in meinem Traum. Berührte das runde Backsteinfundament, wie ich die Nacht zuvor. Ich drängte mich zwischen den Menschen durch, die um sie herumstanden. Jack sah mich, er schüttelte den Kopf und winkte mich zurück.

»Ich bin hierher gegangen, um nach Mama zu suchen«, sagte Judy mit ihrer Kleinmädchenstimme. »Im Taubenhaus war Licht. Die Tür stand offen.«

Ich drängte weiter vor. Jack packte mich am Arm.

»Mama kam aus dem Taubenhaus. Ihr Kleid war vorn ganz rot. Ich habe mich zwischen den Bäumen versteckt.« Sie kroch rückwärts und duckte sich unter die Zweige.

Ich versuchte, mich von Jack loszumachen. Er hielt mich fest. »Nein, laß sie.«

»Du verstehst nicht...«

»Ich verstehe mehr, als du glaubst.«

»Sie hatte das Licht angelassen«, sagte Judy. »Die Tür war offen.« Sie kam wieder unter den Zweigen hervor, stand auf, schritt vorwärts. »Ich ging hin und sah hinein.« Sie beugte sich über die Grundmauer. Schreckte zurück.

Die Gruppe war nun von der Szene wie gefangen. Niemand bewegte sich oder flüsterte auch nur. Mir lief ein kalter Schauer über den Rücken, und ich versuchte erneut, mich von Jack loszumachen. Sein Griff wurde fester, tat mir weh. Sein Blick war auf Judy gerichtet. Unerbittlich.

»Es ist Cordy!« Mit ganz leiser Stimme jetzt. »Sie liegt da, als ob sie schläft, aber alles ist voll Blut...«

Ich sah mich nach Wallace und Joslyn um, versuchte, ihnen ein Zeichen zu geben. Doch sie sahen mich beide nicht. Eyestones Gesichtsausdruck war wachsam geworden, sein Blick fuhr zwischen Judy und Stameroff hin und her. Der Richter stand mit gesenktem Kopf da, als warte er auf einen tödlichen Schlag.

»Cordy ist tot«, sagte Judy in bühnenerprobtem Flüsterton. »Sie hat Mamas Jubiläums-Glückspennies auf den Augen.« Sie trat zurück, sah auf ihre Füße.

Schweigen. Judy sah noch immer nach unten. Schließlich setzte sie hinzu: »Und da ist Cordys Finger mit dem Amethystring, den Daddy ihr geschenkt hat.«

Ein Schauer durchfuhr die Umstehenden. Meine schlimmen Vorahnungen wuchsen. Judy sah weiter auf den Boden, dorthin, wo einmal der Rittersporn gewachsen war. Rittersporn...

Stameroff hob den Kopf und wollte auf sie zutaumeln. »Judy, nein...«

Sie sah ihn an. »Warum nicht? Du weißt, was ich getan habe.«

»Judy...«

»Ich hob Cordys Finger auf und zog den Ring herunter. Dann warf ich den Finger von der Klippe ins Meer. Und dann ging ich ins Haus zurück und versteckte den Ring, wo niemand außer mir ihn je finden würde.«

Es folgte eine Stille, als wären wir alle in eine Leere gestürzt. Unten schlug eine hohe Welle gegen die Klippe.

Judy sah ihrem Adoptivvater mit verächtlich zusammengepreßten Lippen direkt in die Augen. »Ich habe gelogen«, sagte sie. »Jahrelang habe ich gelogen. Und *du hast mich dazu gebracht.*«

Jacks Griff lockerte sich. Ich zog meinen Arm mit einem Ruck fort. Stameroff und ich gingen im selben Augenblick auf Judy zu. Und blieben stehen, als ihr rechter Arm unter dem Cape hervorschoß und eine langläufige Pistole auf ihn richtete.

»Du hast mich zum Lügen gezwungen«, sagte sie. »All diese Jahre und jedesmal, wenn ich der Wahrheit auf den Grund gehen wollte, hast du mich daran gehindert.«

Rundum ein allgemeines Aufstöhnen. Die Umstehenden wichen wie auf ein Wort zurück – schockiert und bestürzt. Selbst Wallace und Joslyn waren wie erstarrt.

Mein erster Gedanke war, daß Judys Waffe, mit der sich Lis erschossen hatte, ja im Besitz der Polizei war. Diese Waffe mußte also aus dem Bühnenfundus stammen – wieder ein inszeniertes Melodram. Mit Platzpatronen geladen, wenn überhaupt. Doch was war, wenn echte Kugeln im Magazin steckten? Was, wenn sie wirklich vorhatte, ihn zu töten?

Wallace erholte sich von seinem Schock und rief: »Keine Panik! Es ist alles in Ordnung. Nur nicht bewegen!«

Stameroff ignorierte ihn, ging mit wild flackerndem Blick auf Judy zu. »Ich habe es zu deinem Schutz getan! Ich mußte deiner Mutter versprechen...«

»Ihr beide wolltet nur euch selber schützen.« Sie faßte die Pistole mit beiden Händen. Stameroff erstarrte.

Alle, außer Jack und mir, waren in ihrem Blick- und Schußwinkel. Jack schien unfähig zu sprechen oder sich zu bewegen.

Sollte ich auf die Waffe losgehen? Riskieren, daß es eine tödliche Waffe war? Wenn sie nun auf Stameroff oder in die Menge schoß?

Ich machte einen langsamen Schritt auf sie zu. Sie bekam die Bewegung am Rande ihres Blickfelds mit. »Nicht näher, Sharon.«

Ich blieb stehen, sah mir die Waffe an. Auf die Entfernung war nicht zu erkennen, ob sie echt war oder nicht – Theaterrequisiten hatten schließlich ihre Qualität. *Sollte* ich es wagen?

Wenn nur ich beteiligt wäre, vielleicht. Aber ich konnte nicht die Sicherheit der anderen gefährden.

Also vernünftig mit ihr reden? Dem großen Drama, das sie da inszenierte, auch noch Nahrung geben?

Vielleicht von beidem etwas. Vielleicht traf ich ja auch eine schwache Stelle.

»Judy«, rief ich, »ich weiß, er ist ein Schweinehund und verdient seine Strafe, aber nicht so. Und nicht vor all diesen Zeugen.«

»Was kümmern mich schon Zeugen?«

»Weil dein Leben etwas wert ist. Wirf es nicht weg.«

»Das hat meine Mutter weggeworfen, als sie diese Frau ermordete.«

Sie wußte es nicht. Die Lücke in ihrer Erinnerung hatte sich nicht ganz geschlossen.

Und da war die schwache Stelle.

»Judy, deine Mutter hat Cordy McKittridge nicht getötet. Möchtest du den Menschen, der es getan hat, weiter ungeschoren davonkommen lassen?«

Meine Worte schienen sie zu verwirren. Aber sie hielt die Waffe immer noch auf Stameroff gerichtet.

»Nachdem du den Finger weggeworfen hast«, fragte ich schnell, »da bist du doch ins Haus zurückgegangen, nicht?«

»...ja.«

»Wen hast du da gesehen?«

Schweigen.

»Wen, Judy?«

»Nicht Mama. Ihre Tür war verschlossen.«

»Aber es war jemand anders da, nicht?«

Sie zögerte, schüttelte dann den Kopf, nahm die linke Hand von der Waffe und ließ sie sinken. Dann faßte sie sich an die Augenbraue, wie vorhin im Gang im ersten Stock.

»War jemand *oben*?«

Das schwarze Cape flatterte in einem Windstoß um Judys schlanken Körper. Die Waffe schwankte. Sie runzelte die Stirn, hielt den Griff fester.

»Denk nach, Judy«, sagte ich. »Der Gang im ersten Stock. Du stehst da, mit Cordys Ring in der Hand. Die Tür zum Zimmer deiner Mutter ist verschlossen. Was spürst du?«

Sie hielt den Blick auf Stameroff gerichtet, doch nach einem

Augenblick sagte sie: »Mir ist kalt. Ich bin im Pyjama und barfuß. Und ich habe Angst. Mama und ich haben diese schreckliche Tat begangen.« Wieder sprach sie mit ihrer Kleinmädchenstimme, doch jetzt klang sie wirklich hilflos und angsterfüllt.

»Was hörst du?«

»... fließendes Wasser, ich glaube, in Mamas Badezimmer.«

»Sonst noch etwas?«

»Schritte. Oben, am Ende des Gangs. In Dr. Eyestones Suite.«

»Und?«

»... ich gehe zurück. Zur Treppe, die zu meinem Zimmer führt. Es ist dunkel dort. Ich kauere mich hinter den Treppenpfosten.«

»Was passiert dann?«

»Die Tür geht auf.«

»Wer kommt heraus?«

Sie sah mich an. Schock und gleichzeitiges Erkennen zeichneten ihr Gesicht. Mit ihrer Erwachsenenstimme sagte sie: »Leonard.«

Wieder ein Aufstöhnen unter den Zuhörern, Gemurmel. Eyestone tat einen Schritt zurück und schüttelte den Kopf.

Judy schwenkte die Waffe von Stameroff zu Eyestone. »Leonard war im Smoking, und sein Haar war naß. Ich hatte Angst, daß er mich entdeckte. Wenn er mich mit dem Ring sähe, wüßte er, was meine Mutter getan hatte. Nur das hatte sie nicht – oder, Leonard?«

Eyestone breitete die Arme in einer großen Geste der Verwirrung und der Unschuld aus.

Judy faßte die Waffe wieder mit beiden Händen und war bereit, abzudrücken. Plötzlich teilte sich die Menge. Sie zerstreute sich und ging auf Distanz.

Ich rannte auf Judy zu.

Sie drehte sich zu mir um, aber zu spät. Ich rammte gegen ihre Schulter. Packte ihren Arm und schlug ihr die Waffe aus der Hand. Sie schrie auf, stieß mich weg, ging in die Knie und griff wieder nach ihr.

Ich warf mich noch einmal gegen sie, stieß sie weg, beförderte die Waffe mit einem Fußtritt außer Reichweite. Sie rutschte über den Boden gegen das Fundament. Judy wollte an mir vorbei, aber da sprang Adah Joslyn auf sie zu, packte sie an den Armen, drehte sie ihr nach hinten, drückte ihr ein Knie in den Rücken und zwang sie zu Boden. Judy lag da und schluchzte, das Gesicht in den Schmutz gepreßt.

Hinter mir gab es einen weiteren Zusammenstoß. Als ich mich umdrehte, sah ich gerade noch, wie Stameroff auf Eyestone losging.

Der Richter packte Eyestone bei der Schulter und schlug ihm die Faust ins Gesicht. Eyestone stolperte. Stameroff schlug noch einmal mit der ganzen Kraft seines Alters zu. Eyestone sackte auf ein Knie und stürzte dann nach vorn.

Ich spürte die ganze Kraft von sechsunddreißig Jahren Wut, Scham und Abscheu vor sich selbst hinter Stameroffs Schlägen. Er war kein Mann, der seinen Zorn gegen sich selbst richtete. Nur so hätte er Recht tun können, doch statt dessen lenkte er ihn gegen den, der ihn korrumpiert hatte.

Bevor Wallace ihn überwältigen konnte, hatte Stameroff Eyestone gegen den Kopf getreten.

Ich kam auf die Füße und ging zur Mauer. Es war keine Waffe aus der Requisite - es war ein .22 Colt Woodsman. Ich holte das Magazin heraus, untersuchte die Ladung.

Keine Platzpatronen – echte Kugeln.

Immer noch Melodram oder doch ein echter Mordversuch? Das würde ich wohl nie mehr ganz sicher erfahren.

Aber eines war sicher: Judy hatte endlich ihren großen Auftritt gehabt.

34

Am Sonntag nachmittag gestand Leonard Eyestone im Polizeigewahrsam, wo er sich von den Verletzungen erholte, die Stameroff ihm zugefügt hatte, Cordy McKittridge getötet zu haben. Aber er bestritt entschieden den Mord an Melissa Cardinal.

»Und den wird er auch nie gestehen«, sagte Adah Joslyn, als sie bei mir vorbeikam, um mir von dem Geständnis zu berichten.

Draußen war es für die Jahreszeit wieder ungewöhnlich warm

geworden. Adah und ich saßen auf der Terrasse. Ralph lag, unsere Nähe suchend, zu unseren Füßen, während Allie in meinem knorrigen Apfelbaum einem imaginären Vogel auflauerte.

»Das Szenario der Mordnacht war genau so, wie Sie es entworfen haben«, fügte Adah hinzu. »Und wie Sie sagten, es steht alles in Lis Benedicts Abschiedsbrief. Man muß nur wissen, wonach man sucht.«

»In dem Abschiedsbrief und auf den Fotos, die Eyestone unterdrückt hat.«

In meinem Innern entstand die Szene oben im Gang des Seacliff-Hauses: die zehnjährige Judy, wie sie Eyestone beobachtet, der gerade aus der Suite seines Vaters kommt, wo er sich das Blut abgewaschen hat. Judy fürchtete viel zu sehr, er könnte bemerken, was sie und ihre Mutter getan hatten. Also kam ihr gar nicht die Frage, warum er dort oben war. Warum er in frischer Abendkleidung dastand, die er sich von seinem Vater geborgt hatte. Doch das neue Hemd war schlicht und hatte nur kleine Plissees, keine Rüschen wie das, das mit Cordys Blut getränkt war.

Eyestone war zu spät für das Defilee ins St. Francis zurückgekommen, aber rechtzeitig genug für ein gemeinsames Foto mit seinem Vater und John Foster Dulles. Ein möglicherweise verräterisches Bild, war ihm aufgefallen, als er es am nächsten Tag in der Zeitung sah. Denn es könnte jemand bemerken, daß er sich umgezogen hatte. Also hatte er den Fotografen angerufen und die Vernichtung sämtlicher Negative von diesem Abend verlangt. Ich hatte mich von Anfang an gefragt, welchen Grund er wohl dafür genannt hatte.

Aber etwas mußte Eyestone in den folgenden Tagen verwirrt und zugleich neugierig gemacht haben, trotz seiner Angst vor Entdeckung und Gefängnis. Gewiß, er hatte Cordy erstochen, aber er hatte sie nicht bei lebendigem Leibe zerfleischt. Das hatte jemand anders getan und dann die Leiche aufgebahrt – und Eyestone hatte sehr wohl einen Verdacht, wer das gewesen sein konnte.

Was ist besser, Deine Mutter für eine zu Unrecht wegen Mordes Verurteilte zu halten, oder zu wissen, was für eine verabscheuungswürdige Kreatur sie ist? Wie könntest Du meine Wut und meine Enttäuschung verstehen und dieses schreckliche Gefühl, schließlich doch die Dumme zu sein? Das Wissen, daß sie, wenn ich nicht handelte, für alle Zeit die Gefühle Deines Vaters beherrschen würde?

Eine verabscheuungswürdige Kreatur, hatte Lis Benedict geschrieben, weil sie den Körper einer schönen jungen Frau verstümmelt hatte.

Wut und Enttäuschung ... die Dumme zu sein, weil sie so um die Konfrontation mit Cordy gebracht worden war. Vielleicht um die Möglichkeit, ihr dabei das anzutun, was bereits von einem Unbekannten erledigt worden war.

Für alle Zeit beherrschen, weil selbst im Tode Cordy noch schön war und solche Vollendung zerstört werden mußte.

Aber dann war sie doch nicht fähig gewesen, sich von der, die sie so geschändet hatte, einfach abzuwenden – denn für eine abergläubische Frau wie Lis Benedict sahen die Augen eines toten Menschen den an, der als nächster sterben würde. Und das war sie. Also legte sie ihre Talismane auf.

Bewaffnet mit Talismanen gegen Unglück, die Glückspennies aus verzinktem Stahl, die Vincent Benedict ihr 1954 zum Jahrestag ihrer Eheschließung geschenkt hatte. Pennies, die im Jahr ihrer Heirat geprägt worden waren. Pennies zu ihrem elften Hochzeitstag, weil Stahl für die Beständigkeit stand. Ein ungewöhnliches Geschenk, aber Vincent Benedict und seine Frau waren auch ungewöhnliche Leute. Und wie der Münzhändler der Polizei gesagt hatte, schien Benedict ein ironisches Vergnügen an dem Geschenk gehabt zu haben – an Münzen, die von vielen Sammlern für unecht gehalten wurden und an die Schließung einer Ehe erinnern sollten, die selbst unecht geworden war.

»Und was Eyestones Motive anging, hatten Sie auch recht«, fügte Adah Joslyn hinzu. »Das Schwein hat früh in seinem Leben einmal einen Fehler gemacht, und daraus ist immer Schlimmeres entstanden.«

Leonards Fehler war ein jugendlicher Flirt mit dem Kommunismus gewesen. 1953 hatte er angefangen, mit radikalen politischen Ideen zu spielen, und als er Roger Woods 1955 auf einer Parteiversammlung kennenlernte, war er noch voller Idealismus und Neugier. Er versuchte sogar, Cordy mit hineinzuziehen, doch sie tat das bloß als ein weiteres Beispiel für seine eigenartigen Vorlieben ab. Bald schon bat Woods Eyestone, ihn mit ins Institut zu nehmen und seinem Vater und den Mitarbeitern vorzustellen. Diese Bastion des bourgeoisen Pseudo-Intellektualismus müsse infiltriert werden, war Rogers These. Leonard, der seine zwei Lebenswelten strikt voneinander getrennt hatte, schreckte davor zurück – bis Woods ihn daran erinnerte, welchen Schaden es für ihn und das Institut bedeuten würde, wenn seine radikalen Verbindungen publik würden.

Das wurde ihm noch klarer, als das Institut in Verhandlungen über einen Auftrag zum Thema Abschreckung und innere Sicherheit trat. In dem Zusammenhang wurden nämlich alle Institutsmitglieder, die mit dem Projekt zu tun bekamen, überprüft. Zwar gehörte Leonard nicht dazu, aber jetzt wurde er sich der Gefahr bewußt, in die er sich selbst gebracht hatte, und er versuchte, mit Woods und den anderen radikalen Genossen zu brechen. Aber Woods hatte die irritierende Angewohnheit, unangemeldet in Seacliff aufzutauchen und sich überall hineinzudrängen. Ganz besonders schreckte es Leonard, daß sein ehemaliger Kampfgenosse es gedeichselt hatte, eine Einladung zum Dulles-Empfang zu bekommen.

»Wenn man es sich genau überlegt«, sagte Adah, »war Leonards kommunistisches Engagement eine ziemlich unschuldige Sache. Er sagt, er war niemals Mitglied.«

»Das hatte damals nichts zu sagen«, sagte ich. »McCarthy und seine Verbündeten haben Leute für viel Geringeres vernichtet als das.«

»Das stimmt.« Sie streckte ihre langen Beine aus, stützte die Füße auf das Geländer und blinzelte in die Sonne. »Aber ich glaube noch immer, Leonard wäre davongekommen, wenn Cordy McKittridge nichts von der Geschichte gewußt hätte.«

Doch Cordy hatte Bescheid gewußt, und mit der Zeit fing sie an, Leonards radikale Neigungen und Roger Woods' ständige Teilnahme an Interna des Instituts als eine persönliche Bedrohung anzusehen. Vincent Benedict hatte beschlossen, seine Frau zu verlassen und sie zu heiraten. Die Scheidung würde teuer werden, und Cordy wußte, daß ihr konservativer, öffentlichkeitsscheuer Vater sie fallenlassen würde, wenn Lis sie als Scheidungsgrund nannte. Vincent war auf seinen Job angewiesen. Deshalb mußte das Institut geschützt werden. Im Juni 1956 schrieb Cordy ihrem verflossenen Liebhaber einen Brief: Er solle mit Woods brechen und aus dem Institut ausscheiden, sonst würde sie seinem Vater alles erzählen.

»Cordy war grob gegenüber Leonard«, sagte ich, »und dahinter steckte mehr als nur ein bißchen Eigeninteresse. Aber ich meine schon, sie hielt das – entschuldigen Sie die abgenutzte Floskel –, für das Richtige. Sie kam mir schon immer wie eine Frau vor, deren Moral nur Schwarz und Weiß kannte.«

Adah schnaufte höhnisch.

»Nein – denken Sie doch an ihre Herkunft. Altes Geld, konservativ. Gut erzogen. All diese Normen. Frühe derartige Einflüsse haben eine starke Wirkung. Was passiert mit Kindern, die so aufwachsen? Sie rebellieren und stoßen sich die Hörner ab, aber schließlich finden sie, daß sie dem, was sie sind, nicht entfliehen können. Sehen Sie sich Leonard an.«

»Mag sein.«

»Louise Wingfield sagte mir etwas Bezeichnendes: daß Cordy nämlich nie jemanden geliebt hat, am wenigsten sich selbst. Viel von diesem Selbsthaß könnte daraus entstanden sein, daß sie gegen alles anging, an das sie tief in ihrem Innern doch glaubte.«

»Sie sind ja eine richtige Psychologin, McCone.«

Ich überhörte die Stichelei. »Gibt Eyestone zu, daß er die Tat vorsätzlich begangen hat?«

»Nein. Er behauptet, von Melissa erfahren zu haben, daß Cordy an dem Abend ein Stelldichein mit Vincent hatte – Melissa wußte nicht, daß der Brief in Wirklichkeit von Lis stammte. Eyestone fand das angesichts des Banketts seltsam. Er fragte Vincent also, und der meinte, Cordy müsse da etwas verwechselt haben. Eyestone nutzte die Möglichkeit, das Bankett früh zu verlassen, und fuhr hin. Nur, um zu reden, sagt er. Aber sich aus dem Blue Fox wegzuschleichen, war heikel. Er muß es sich vorher gut ausgedacht haben. Warum aber die Heimlichtuerei, wenn er nicht vorhatte, sie zu beseitigen?«

»Natürlich hatte er es vor, aber das wird er nie zugeben. So, wie er es jetzt darstellt, kann sein Anwalt auf Tötung im Affekt plädieren. Berücksichtigt man, wie lange das Verbrechen her ist, kommt er wahrscheinlich mit einer milden Strafe davon. Denn für den Mord an Melissa Cardinal gibt es keine Beweise gegen ihn.«

»Ach, keine Sorge. Die kriegen wir noch.« Adah nickte weise. »Wir beide wissen, daß die Cardinal ihn jahrelang angezapft hat, und irgendwo in seinen Bankunterlagen muß es einen Hinweis darauf geben. Bart ist ein Meister im Aufstellen von Indizienbeweisketten. Und der Grund für den Mord an Melissa? Sie haben es letztlich ja schon angedeutet: Wahrscheinlich hat er erfahren, daß sie mit Ihnen reden wollte.«

Ich spürte ein Schuldgefühl in mir aufkommen. »Es ist indirekt mein Fehler gewesen. Ich habe Eyestone gesagt, daß ich Melissa überreden wollte, an dem Tribunal teilzunehmen.«

Adah brummte etwas. Nach einer Weile sagte sie: »Sie konnten das nicht wissen.«

»Nein.« Aber das Schuldgefühl blieb – und würde immer bleiben.

Wir verfielen in Schweigen und sahen Allie zu, die praktisch kopfüber im Baum hing. Nach einer Weile fragte ich: »Hat Eyestone gesagt, wer die Sache damals mit der Bezirksstaatsanwaltschaft abgekartet hat?«

»Die politischen Freunde des alten Eyestone. Leonard hielt erst einmal den Mund. Erst als Lis Benedict wegen Mordes angeklagt wurde, ging er zu seinem Vater und gestand es ihm. Er sagte, er könne nicht zulassen, daß eine unschuldige Frau in die Gaskammer geschickt würde.«

»Also ging Russell Eyestone zu seinen politischen Freunden und machte einen Handel mit ihnen. Der Fall sollte einem Ankläger übertragen werden, den man kaufen konnte – und dazu würde man einen ebenso käuflichen Pflichtverteidiger suchen. Lis würde verurteilt, und die Frage nach Cordys Mörder wäre damit erledigt. Aber Lis käme nicht in die Gaskammer.«

Adah nickte. »Lis hat das gewußt. Es gehörte zu dem Handel.«

»Aber warum willigte sie in eine Regelung ein, die für sie Lebenslänglich bedeuten würde? Das hat mich von Anfang an irritiert.«

»Ich nehme an, sie fühlte sich so schuldig, als hätte sie es selbst getan. Vielleicht dachte sie, sie hätte das lebenslange Gefängnis *verdient.*« Adah strahlte mich spöttisch an. »Sehen Sie? Auch ich bin eine Psychologin.«

Ich lächelte zurück. »Es gibt noch einen anderen Grund: Lis mußte an ihre Tochter denken. Mir kann niemand erzählen, sie habe nicht gewußt, wie der Ring auf ihren Dachboden gekommen war. In ihrem Abschiedsbrief schrieb sie: ›Du hast es immer gewußt, aber ich habe nie gewagt, Dich danach zu fragen.‹ Das heißt, sie wußte, Judy war am Tatort. Und Stameroff sagte, er habe Lis versprochen, Judy vor ihrer Erinnerung an jene Nacht zu schützen.«

Adah schauderte. »Was ist das für ein Kind, das einen abgetrennten Finger aufhebt und... die eigene Mutter beschuldigt?«

Darüber hatte ich mehr als einmal nachgedacht, aber es gab da ein paar Dinge über Judy, die ich Adah nicht sagen wollte. Sie würde sie selbst bald genug herausbekommen. »Nun ja«, sagte ich, »sie hat eben wirklich geglaubt, daß Lis Cordy getötet hat. In Judys Augen hatte ihre Mutter ihr Leben zerstört.«

»Es wäre so oder so zerstört gewesen, wenn ihre Eltern sich hätten scheiden lassen.«

»Kinder sehen das anders. Sie denken immer nur eingleisig. Ich wette, es ist ihr nie in den Sinn gekommen, daß Eyestone Cordy ermordet haben könnte. Als sie ihn im Gang sah, war er für sie nur jemand, der etwas über sie und ihre Mutter sagen könnte.«

»Zum Glück habe ich nicht vor, Kinder zu kriegen«, sagte Adah.

»So? Reicht Ihnen Melissas Katze?«

Der Teufel sollte mich holen, wenn das jetzt nicht das Lächeln einer liebevollen Mutter war.

Ich dachte noch einmal an die Vergangenheit, an Judys Erinnerung an eine Nacht Ende Juli 1956, einen Tag nach dem Zusammenstoß der *Andrea Doria* mit der *Stockholm.* An jenem Abend kam Vincent Benedict nach einer Phase relativer Trockenheit betrunken nach Hause und trank am Küchentisch weiter, bis er umfiel. Darauf gab er Judy in die Obhut der Eyestones, und die gaben sie in ein Heim, wo der Anklagevertreter leichten Zugang zu ihr hatte. »Hat Eyestone gesagt«, fragte ich, »ob Vincent Benedict wußte, was Lis getan hatte?«

»Wegen der Münzen hatte er einen Verdacht, aber am Anfang wollte er gegen die Anklage vorgehen. Dann hat ihm Russell Eyestone das Ganze zurechtgelegt und einen fertigen Handel präsentiert.«

»Und das war das Ende von Vincent Benedict.«

»Sie wissen, Sharon, die ganze Geschichte widert mich an. Sie bedrückt mich auch. Was nützt es schon, wenn kleine Leute wie ich für Gerechtigkeit kämpfen, während die Großen wie Russell Eyestone und seine Freunde sich die Dinge zurechtlegen, wie sie sie brauchen, und nicht einmal belangt werden können?«

Ich zuckte mit den Schultern. »Ich weiß nicht. Aber was wollen Sie tun? Aufgeben?«

»Manchmal denke ich, ja.«

»Aber Sie können nicht. Das steckt nicht in Ihnen. In mir auch nicht.« Ich brach ab und erinnerte mich. »Wissen Sie, wie Stameroff diese Großen nennt? ›Die Leute, die zählen‹. Das bedeutet natürlich, daß wir alle nicht zählen. Aber wissen Sie was? Es stimmt nicht. Nur kapiert er das nicht.«

»Wie meinen Sie das?«

»Ich meine, daß wir selbst es nicht zulassen, nichts zu zählen – indem wir uns hängenlassen und aufgeben. Ich glaube, wir zählen sehr wohl – wenn wir zornig genug sind und tapfer genug oder vielleicht auch nur dumm genug zu glauben, daß wir etwas ändern können.«

Adah Joslyn sah mich gespannt an. »Glauben Sie dieses Zeug wirklich?«

Ich zuckte noch einmal mit den Schultern. »Wie heißt es doch? Jeder muß an irgend etwas glauben.«

35

Bevor ich mich am Montag morgen auf den Weg ins Büro machte, mußte ich am Telefon erst einmal meine Überredungskünste ausspielen. Schließlich gelang es mir doch, mit Roger Woods im Pflegeheim von Cedar Springs zu sprechen. Woods bestätigte mir, daß er für das FBI kommunistische Zirkel in San Francisco ausgeforscht habe. Begonnen habe das, nachdem sein Vater an seiner, wie er sich ausdrückte, »Radikalsucht« gestorben war. Melissa hatte nie Verdacht geschöpft. Bis zuletzt habe sie geglaubt, ihr Bruder stehe treu für die Sache ein.

In das Institute for North American Studies habe er sich einschleusen lassen, nachdem er Leonard auf einer Parteiversammlung der amerikanischen KP kennengelernt habe. Er sollte unbestätigte Berichte überprüfen, nach denen noch andere Institutsangehörige Leonards politische Neigungen teilten. »Die Ironie dabei war«, sagte er, »daß ich dem Institut gerade absolute Sauberkeit bestätigen und Leonard nur eine Lektion erteilen wollte, als die kleine McKittridge ermordet wurde.«

Nach dem Mord schickte Woods' Führungsoffizier ihn wieder an die Ostküste zurück. Dann streute das FBI unter seinen ehemaligen Parteigenossen in San Francisco das Gerücht von seinem Tod aus. Einige Jahre arbeitete er als Informant in New Jersey. Dann heiratete er und zog mit seiner Frau in deren Heimat Iowa. Dort baute er Weizen auf einer Farm in der Nähe von Cedar Rapids an, bis ihn Ende der achtziger Jahre die Arthritis zum Krüppel machte. Als er in Rente ging, nahm er aus Sentimentalität wieder Kontakt zu seiner Stiefschwester auf. Aber sie gehörte, wie er sich ausdrückte, »nicht zu uns. Sie war und blieb eine Sympathisantin der Kommunisten. Und ich mochte sie nicht wirklich.«

Woods meinte, er spreche nur aus Patriotismus mit mir. Er wolle nur, daß man wisse, wieviel Schlimmes die Kommunisten damals angerichtet hätten. Für ihn seien sie heute noch zu vielem fähig. Dieser Demokratisierungsprozeß in Rußland sei nichts als heiße Luft.

Ich machte mir nicht die Mühe, ihm zu erklären, daß meiner Meinung nach Leute wie er Verheerendes angerichtet hatten in den fünfziger Jahren. Es wäre ihm gleichgültig gewesen.

Bei All Souls ging ich sofort in Jacks Büro. Er kniete auf dem Boden, rollte Kleider zusammen und stopfte sie in seinen Rucksack. Daneben lag die Kletterausrüstung.

Das war kein gutes Zeichen. Die Kletterei war für Jack das, was für andere ein schwerer Alkoholgenuß war. »Gehst du in Urlaub?« sagte ich.

Er sah auf und packte weiter. »Ja.«

»Möchtest du reden?«

»Worüber?«

»Judy hat Chavez dafür bezahlt, daß er Lis und mich belästigte, nicht wahr?«

»Ja.«

»Warum?«

»Weil sie einfach verrückt ist, darum.«

Aber sie war nicht verrückt, und er wußte das. Sie war berechnend, ja. Jack hatte den Fall anfangs nur zögernd aufgegriffen. Erst die Serie von Belästigungen hatten ihn dann zornig gemacht und zum Handeln getrieben. Bei mir hatte Judy wohl in eine etwas andere Richtung gedacht: Sie wollte mich an eine aktuelle Gefahr glauben lassen, damit ich mit größerem Eifer ermittelte.

»Sie war besessen«, fügte Jack bitter hinzu. »Total von der Idee besessen, Stameroff heimzuzahlen, was er ihr und Lis angetan hatte. Genauso besessen von dem Gedanken, Lis heimzuzahlen, was sie ihr ihrer Vorstellung nach als Kind angetan hatte.«

In gewisser Weise konnte ich Judys Beweggründe nachvollziehen. In den letzten zwei Wochen war ich mit Obsessionen recht vertraut geworden. Der Gedanke, auf Dauer damit leben zu müssen, war erschreckend: in einen Sog zu geraten, unbarmherzig von Kräften getrieben zu werden, die man nicht im entferntesten verstand...

Und dennoch rechtfertigte das nicht, was sie getan hatte.

»Und diese Vorstellung neulich abends in Seacliff, Jack? Wann hörte es auf, nur eine Vorstellung zu sein?« fragte ich Jack.

»Als du wissen wolltest, ob noch jemand anders im Haus gewesen sei. Davor hat sie geschauspielert – und verdammt gut dazu. Sie hatte mich ganz schön auf den Leim geführt.« Er hockte sich auf die Fersen. Sein Gesicht zeigte nackten Schmerz. »Hinterher hat sie alles zugegeben. Sie war jahrelang bei so einem Seelenklempner in Behandlung gewesen. Ihre Erinnerung war mit Hilfe von Hypnose zurückgekehrt, schon bevor Lis aus dem Gefängnis kam. Alles, bis auf diesen letzten Punkt. Bis dahin hatte sie geglaubt, Lis wäre Cordys Mörderin gewesen.«

»Meinst du, Judy hätte Stameroff erschossen?«

»Jetzt, in Untersuchungshaft, behauptet sie, sie hätte ihm nur Angst einjagen wollen. Aber, mein Gott, Shar – du hast sie gesehen, hast sie gehört.« Sein Blick verdüsterte sich. Die Erinnerung daran würde ihn in einem gewissen Maße immer verfolgen. »Ich *weiß* jedenfalls, daß sie Eyestone weggepustet hätte«, setzte er hinzu. »Sie ist… so voller Haß.«

Haß. War es am Ende nicht Haß, auf den dieser ganze Fall hinauslief? Intoleranz und Haß, unterschwellige Angst und Gewalt. In den Fünfzigern haßte man die Kommunisten. In den Sechzigern wurden Hippies und Hasch verteufelt. In den Siebzigern schmähte man den aufkommenden Feminismus. Die Achtziger erlebten den Rollback gegen die Liberalen. Und nun in den Neunzigern vergibt unsere Regierung Studienaufträge zur Steuerung und Einbindung der religiösen Rechten. Links, rechts oder gerade mitten drin – als Nation kennen wir in unserem Haß keine Unterschiede…

Jack stand auf und stemmte seinen Rucksack hoch.

»Wie lange bist du weg?«

»Bis ich mich wieder auf dem Damm fühle. Vielleicht ist ein gesunder Menschenverstand das einzig Vernünftige, auf das ich für mein Leben hoffen kann.«

»Vielleicht ist das für uns alle die einzige Hoffnung.«

Als er gegangen war, setzte ich mich eine Weile auf sein Sofa, um nachzudenken. Dann ging ich in mein Büro zurück.

Rae lag auf meiner Chaiselongue und schaute mehr als melancholisch drein. »Hast du Jack gesehen?« fragte sie.

Ich nickte. »Du hattest den Verdacht, daß Judy hinter diesen Belästigungen steckt, nicht wahr?«

»Ja. Wie bist du darauf gekommen?«

»Durch eine Bemerkung von dir an dem Abend im Remedy über das perfekte Timing dieser Aktionen.«

»Ach ja, richtig. Meinst du, Jack fängt sich wieder?«

Das war die Frage, über die ich auf seinem Sofa nachgedacht hatte. »Kann sein«, sagte ich. »Falls er nicht versucht, den Half Dome zu besteigen.«

Rae war nicht in der Stimmung für lockere Sprüche. Sie starrte nur trübsinnig zur Decke.

Ich setzte mich an meinen Schreibtisch. »Und wie steht es mit dir heute?«

»Ach... soweit okay.«

»Möchtest du mir erzählen, was zwischen dir und Willie war? Ich hörte so ein Gerücht über einen gewissen Diamantring.«

Sie setzte sich plötzlich gerade auf, und aus ihren Augen blitzte es. »Ach, hast du das? Soll ich dir mal etwas sagen, Shar? Willie ist so romantisch wie ein... Toaster!«

»Keinen Ring?«

»O doch, es gab einen Ring. Und Blumen. Auch Champagner. Aber weißt du, was dieser Dreckskerl wollte, bevor wir heiraten?«

Ich schüttelte wortlos den Kopf.

»Einen Vertrag.«

»Einen Ehevertrag?«

»Genau. Er behauptet, er hat ein Monster in mir geweckt, als er mir den Umgang mit Krediten beibrachte. Und wenn es mit unserer Ehe nicht klappt, dann will er nicht, daß ich Zugriff auf sein ganzes Geld habe!«

Ich sagte mir im stillen, wenn ich jetzt lachte, wäre unsere Freundschaft für alle Ewigkeit dahin. Also sagte ich in bemüht ernstem Ton: »Hank sagt, Eheverträge sind seit Donald Trump und seiner Ivana Mode geworden. Vielleicht kommt Willie ja wieder zu Verstand.«

»Nicht so leicht. Er weiß, was er mich mit seinem Vertrag mal kann!« Sie stand auf, ging zur Tür und drehte sich wieder um. »Übrigens, diese Adah Joslyn hat angerufen, während ich hier auf dich wartete. Sie wollte dir sagen, daß Chavez in Untersuchungshaft sitzt und Tony Nueva wegen Drogenbesitzes in einer Heiratskapelle in Reno festgenommen wurde.«

»Vor oder nach der Zeremonie?«

»Wie, zum Teufel, soll ich das wissen? Ich hoffe, vorher. Und wenn nicht, dann hoffe ich, daß er keine Zeit mehr hatte, seine Frau einen Ehevertrag unterschreiben zu lassen!«

Als sie gegangen war, erlaubte ich mir zu lachen. Raes Leben ähnelte oft dem Plot einer Seifenoper, aber verglichen mit Jack war sie noch an ihren schlimmsten Tagen auf Rosen gebettet...

Rosen. Ich sah auf die verwelkte, apricotfarbene Blüte in der kleinen Vase. Hys letzte Huldigung, vergangenen Dienstag von unserem Blumenhändler geliefert. Das war seit langem schon sein Auftrag. Er hatte ihn ausgeführt, auch als Hy und ich an dem Tag noch zusammen in Great Whites gewesen waren. Morgen würde wieder eine kommen. Einer plötzlichen Eingebung folgend, hob ich den Hörer ab und wählte die Nummer des Büros der Spaulding Foundation in Vernon, in der Nähe vom Tufa Lake.

Als ich Kate Malloy, die Assistentin, nach Hy fragte, klang ihre Antwort befremdet. »Er ist nicht da, Sharon. Ich wollte gerade Sie anrufen und fragen.«

Meine Haut kribbelte in böser Vorahnung. Vor meinem inneren Auge fiel ein kleiner Hochdecker vom Himmel, lag ein zerborstenes Wrack am Boden... »Was ist passiert?«

»Hy ist verschwunden.«

»Was?«

»Scheinbar mit Vorsatz. Sein Haus ist verschlossen, und seinen Leuten auf der Ranch hat er den Lohn zwei Monate im voraus bezahlt. Hat seinem Buchhalter gesagt, er soll sich um die eingehenden Rechnungen kümmern. Und sein Flugzeug steht seit letztem Mittwoch festgezurrt am Oakland Airport.«

Oakland? Mir hatte er gesagt, er wolle auftanken und gleich nach San Diego weiterfliegen. »Haben Sie bei der General Aviation in Oakland angerufen?«

»Ja. Ich wußte, daß er Sie am Mittwoch dort absetzen wollte, und ich dachte, er hätte da vielleicht einen Flugplan aufgegeben.«

Ich umklammerte den Hörer und schüttelte den Kopf. Hy Ripinsky hielt mich wieder mal zum Narren, und das ausgerechnet in dem Augenblick, da ich glaubte, ihn so weit wie nötig einschätzen zu können.

»Sagen Sie, Kate«, sagte ich, »gibt es einen Grund, daß Sie Hy sofort erreichen müssen?«

»...nein. Ich mache mir nur Sorgen.«

»Das brauchen Sie nicht. Wir wissen beide, daß Hy auf sich selbst aufpassen kann. Ich melde mich, wenn ich von ihm höre.«

Ich hängte ein. Lehnte mich in meinem Sessel zurück. Betrachtete nachdenklich die verwelkte Rose.

In gewisser Weise überraschte mich Hys Verschwinden nicht. Vielleicht kam ich langsam zu dem Punkt, an dem mich nichts mehr überraschte, was Hy tat.

Doch wie konnte ich so einer Herausforderung widerstehen?

»Hy, alter Halunke«, sagte ich, »damit kommst du mir nicht ungestraft davon.«

Ich zog einen neuen Aktenordner und einen Etikettenstreifen aus dem Regal. Schwenkte zu meiner alten Schreibmaschine herum und schob den Streifen ein. Und schrieb.

Dann schwenkte ich zum Schreibtisch zurück und eröffnete eine neue Akte unter dem Titel ›Ripinsky, Heino‹.

Marcia Muller

Mord ohne Leiche
Kriminalroman. Band 14541
Aus dem Amerikanischen von Monika Blaich und Klaus Kamberger

Tote Pracht
Kriminalroman. Band 14542
Aus dem Amerikanischen von Gabriele Graf

Niemandsland
Kriminalroman. Band 14543
Aus dem Amerikanischen von Monika Blaich und Klaus Kamberger

Letzte Instanz
Kriminalroman. Band 14544
Aus dem Amerikanischen von Monika Blaich und Klaus Kamberger

Wölfe und Kojoten
Kriminalroman. Band 14545
Aus dem Amerikanischen von Monika Blaich und Klaus Kamberger

Ein wilder und einsamer Ort
Kriminalroman. Band 14546
Aus dem Amerikanischen von Cornelia Holfelder-von der Tann

Fischer Taschenbuch Verlag

fi 1590 / 7

Marcia Muller

Am Ende der Nacht

Roman

Aus dem Amerikanischen von Cornelia Holfelder-von der Tann

Band 14352

Irgend etwas stimmt nicht, ahnt Sharon McCone, als ihre Freundin und frühere Fluglehrerin Matty Wildress sie Monate vor dem Fälligkeitstermin zur Überprüfung ihrer Fluglizenz bestellt. Und ihr Instinkt trügt nicht. Mattys Lebensgefährte John Seabrook ist seit einer Woche verschwunden und hat seinen elfjährigen Sohn Zach bei ihr zurückgelassen. In einem Abschiedsbrief fleht John Matty an, zusammen mit Zach eine Weile unterzutauchen. Doch Matty will zunächst noch an dem geplanten Schaufliegen teilnehmen – schließlich ist sie professionelle Fliegerin und dieser Termin ist für ihre Karriere wichtig. Aber dann läuft etwas fürchterlich schief, und vor den Augen des entsetzten Publikums stürzt Matty mit ihrer Maschine ab. Die Polizei vermutet menschliches Versagen als Unfallursache. Sharon McCone ist jedoch sicher, daß Mattys Tod kein Unfall war. Unterstützt von ihrem Freund Hy Ripinsky, stellt sie eigene Ermittlungen an, um nicht nur den Vater des kleinen Zach, sondern auch den Mörder ihrer Freundin zu finden.